अवसर

अवसर

नरेन्द्र कोहली

वाणी प्रकाशन

वाणी प्रकाशन

4695, 21-ए, दरियागंज, नयी दिल्ली 110 002

फ़ोन : +91 11 23273167 फ़ैक्स : +91 11 23275710

शाखाएँ

अशोक राजपथ, पटना 800 004, बिहार

कॉफ़ी हाउस कैम्पस, महात्मा गांधी मार्ग, इलाहाबाद 211 001, उत्तर प्रदेश

महात्मा गांधी अन्तरराष्ट्रीय हिन्दी विश्वविद्यालय, वर्धा 442 001, महाराष्ट्र

सुल्तानिया रोड, मोतिया पार्क, भोपाल 462 001, मध्य प्रदेश

www.vaniprakashan.com
marketing@vaniprakashan.in
sales@vaniprakashan.in

Avasar
by Narendra Kohli

ISBN : 978-81-8143-195-0
Novel

प्रथम संस्करण 2005
द्वितीय संस्करण 2009
तृतीय संस्करण 2015
चतुर्थ संस्करण 2021

मूल्य : ₹ 495

थॉमसन प्रेस (इंडिया) लि. में मुद्रित

वाणी प्रकाशन का लोगो मक़बूल फ़िदा हुसेन की कूची से

मधुरिमा, कार्त्तिकेय तथा
अगस्त्य के लिए

1

सम्राट् की वृद्ध आँखों में सर्प का-सा फूत्कार था।

"हुँ।"

बस एक 'हुँ'। उससे अधिक दशरथ कुछ नहीं कह सके।

ऐसा क्रोध उन्हें कभी-कभी ही आता था। किंतु, आज! क्रोध कोई सीमा ही नहीं मान रहा था। आँखें जल रही थीं, नथुने फड़क रहे थे; और उस सन्नाटे में जैसे तेज साँसों की साँय-साँय भी सुनाई पड़ रही थी।

नायक भानुमित्र, दोनों हाथ बाँधे, सिर झुकाए स्तब्ध खड़ा था। सम्राट् की अप्रसन्नता की आशंका उसे थी। वह बहुत समय तक सम्राट् के निकट रहा था और उनके स्वभाव को जानता था। किंतु उनका ऐसा प्रकोप उसने कभी नहीं देखा था। सम्राट का यह रूप अपूर्व था।...वैसे वह यह भी समझ नहीं पा रहा था कि सम्राट् की इस असाधारण स्थिति का कारण क्या था। उसे विलंब अवश्य हुआ था, किंतु उससे ऐसी कोई हानि नहीं हुई थी कि सम्राट् इस प्रकार भभक उठें। वह अयोध्या के उत्तर में स्थित सम्राट् की निजी अश्वशाला में से कुछ श्वेत अश्व लेने गया था, जिनकी आवश्यकता अगले सप्ताह होने वाले पशु-मेले के अवसर पर थी। यदि अश्व प्रातः राजप्रासाद में पहुँच जाते तो उससे कुछ विशेष नहीं हो जाता; और संध्या समय तक रुक जाने से कोई हानि नहीं हो गई..., किंतु सम्राट्...

वह अपने अपराध की गंभीरता का निर्णय नहीं कर पा रहा था। सम्राट् के कुपित रूप ने उसके मस्तिष्क को जड़ कर दिया था। सम्राट् के मुख से किसी भी क्षण उसके लिए कोई कठोर दण्ड उच्चरित हो सकता था...उसका इतना साहस भी नहीं हो पा रहा था कि वह भूमि पर दण्डवत् लेटकर सम्राट् से क्षमा-याचना करे...

सहसा सम्राट् जैसे आपे में आए। उन्होंने स्थिर दृष्टि से उसे देखा और बोले, "जाओ! विश्राम करो।"

भानुमित्र की जान में जान आई। उसने अधिक-से-अधिक झुककर नम्रतापूर्वक प्रणाम किया और बाहर चला गया।

भानुमित्र के जाते ही, दशरथ का क्रोध फिर अनियंत्रित हो उठा...मस्तिष्क तपने लगा...आभास तो उन्हें पहले भी था, किंतु इस सीमा तक...

क्या अर्थ है इसका?

दशरथ ने अश्व मँगवाए थे। अश्व रात में ही अयोध्या के नगर-द्वार के बाहर, विश्रामालय में पहुँच गए थे; किंतु प्रातः उन्हें अयोध्या में घुसने नहीं दिया गया। नगर-द्वार प्रत्येक आगंतुक के लिए बंद था—क्योंकि महारानी कैकेयी के भाई, केकय के युवराज युद्धाजित, अपने भाँजे राजकुमार भरत और शत्रुघ्न को लेकर अयोध्या से केकय की राजधानी राजगृह जाने वाले थे। नगर-द्वार बंद, पथ बंद, हाट बंद—जब तक युद्धाजित नगर-द्वार पार न कर लें, तब तक किसी का कोई काम नहीं हो सकता...

किसी का भी नहीं।

दशरथ का काम भी नहीं।

तब तक, सम्राट् के आदेश से घोड़े लेकर आने वाला नायक भी बाहर ही रुका रहेगा।

सम्राट् का काम रुका रहेगा, क्योंकि युद्धाजित उस पथ से होकर, नगर-द्वार से बाहर जाने वाला था। अपनी ही राजधानी में सम्राट् की यह अवमानना!

किसने किया यह साहस? नगर-रक्षक सैनिक टुकड़ियों ने—कैसे कर सके वे यह साहस? इसलिए कि वे भरत के अधीनस्थ सैनिक हैं। वे सैनिक जानते हैं कि भरत, राजकुमार होते हुए भी, सम्राट् से अधिक महत्त्वपूर्ण है क्योंकि वह कैकेयी का पुत्र है। युद्धाजित सम्राट् से अधिक महत्त्वपूर्ण है, क्योंकि वह कैकेयी का भाई है...

कैकेयी!

कैसा बाँधा है कैकेयी ने दशरथ को!

सम्राट् की आँखें कहीं अतीत में देख रही थीं...

कोसल की सेनाएँ राजगृह में जा घुसी थीं। राजप्रासादों को घेर लिया गया था; और केकय के राज-परिवार का प्रत्येक सदस्य बाँध कर दशरथ के सम्मुख लाया गया था। केकय का राज-परिवार दुर्बल था, इसलिए दशरथ ने उन्हें बाँधकर अपने सम्मुख मँगवाया था—पर कैकेयी को देखते ही दशरथ दुर्बल पड़ गए थे; और तब कैकेयी ने उन्हें बाँध लिया था। दशरथ कैकेयी की प्रसन्नता पाने के लिए कुछ भी देने को तैयार थे, कुछ भी कर गुजरने को—और तब दशरथ को केकय-नरेश ने बाँधा था; 'कैकेयी का पुत्र ही कोसल का युवराज होगा।'' दशरथ बँधे थे, प्रसन्नतापूर्वक। पर तब दशरथ ने इस पक्ष पर विचार नहीं किया था।

केकय-नरेश अपनी पराजय को कभी न भूले होंगे। युद्धाजित को अपनी किशोरावस्था की एक-एक बात याद होगी। उसने उन बातों को सायास याद रखा होगा। अपने मन में दशरथ के विरुद्ध विष को जीवित रखने, उसे पोषित और विकसित करने का प्रत्येक प्रयत्न किया होगा। उसने वर्षों स्वयं को उसी ताप में तपाया होगा, ताकि अवसर आते ही वह दशरथ को अपमानित करे।

आज अयोध्या में कैकेयी महारानी है। भरत युवराज न सही, युवराज-प्राय है। सेना की अनेक महत्त्वपूर्ण टुकड़ियाँ उसके अधीन हैं। कैकेयी का संबंधी पुष्कल सचिव है। केकय का राजदूत अयोध्या में विशेष आदर-सम्मान तथा स्थिति का स्वामी है। उसके पास सम्राट् की अनुमति से अंगरक्षकों की विशाल सेना है—कितनी शक्तिशालिनी है कैकेयी! उसकी प्रयत्क्ष अथवा अप्रत्यक्ष छाया मात्र पाने वाला सैनिक भी दशरथ के नायक को रात-भर अयोध्या के बाहर रोके रख सकता है।

ऐसा नहीं है कि दशरथ ने आज पहली बार कैकेयी की शक्ति का अनुभव किया हो—उसका आभास उन्हें विवाह के पश्चात् अयोध्या लौटते ही मिलने लगा था। और वह शक्ति क्रमशः बढ़ी है, कम नहीं हुई। अनेक बार दशरथ को अपने सम्मुख ही नहीं, दूसरों के सम्मुख भी अपमानित होना पड़ा है...किंतु उन्होंने आज तक कैकेयी की शक्ति को अपनी पत्नी की शक्ति मानने का भ्रम पाला है—पर आज वे देख रहे हैं, कैकेयी की शक्ति युद्धाजित की बहन की शक्ति है। भरत की शक्ति दशरथ के पुत्र की नहीं, युद्धाजित के भाँजे की शक्ति है—और युद्धाजित को अयोध्या में इतना शक्तिशाली नहीं होना चाहिए...

युद्धाजित से उनका संबंध, कैकेयी से संबंध होने से पहले का है। वह संबंध राजनीतिक संबंध है—विजयी की लौह-शृंखलाओं और पराजित की कलाइयों का संबंध। बँधे हुए हाथों और झुके हुए सिर वाले अपमानित किशोर युद्धाजित को दशरथ कैसे भूल गए? वे कैसे भूल गए कि नये संबंधों के बन जाने से पुराने संबंध मिट नहीं जाते! कैकेयी से दांपत्य का नया संबंध हो जाने से, युद्धाजित से पुराना संबंध कैसे समाप्त हो सकता है। दशरथ भूल भी जाएँ, पर युद्धाजित कैसे भूलेगा?...

दशरथ को पहले देखना चाहिए था कि अयोध्या में उनकी आँखों के सम्मुख सत्ता हथियाने का कैसा खेल खेला जा रहा है। वे कैकेयी के सौंदर्य और यौवन-संपदा की ओर लोलुप दृष्टि से ताकते रहे। लोलुप दृष्टि अपना विवेक खो बैठती है। वे कैसे देखते कि कैकेयी को प्राप्त करने की प्रक्रिया में उनके हाथों में से क्या खिसकता जा रहा है...

और अभी तो दशरथ सम्राट् हैं—चाहे कटे हुए हाथों वाले। पर कैकेयी के पिता का दिए गए वचन के अनुसार यदि उन्होंने आधिकारिक रूप से सत्ता भरत को सौंप दी, तो? भरत की शक्ति का अर्थ है, युद्धाजित की शक्ति। जब शक्ति दशरथ के हाथ में थी और युद्धाजित बाँधकर उनके सामने लाया गया था तो दशरथ

ने उसके कंठ पर खड्ग रखकर उससे अभद्र व्यवहार किया था। यदि उनकी इच्छा हुई होती तो वे खड्ग दबाकर युद्धाजित के कंठ में छिद्र भी कर सकते थे। यदि भरत के हाथों में सत्ता आने पर युद्धाजित भी उतना ही शक्तिशाली...

दशरथ का कंठ सूख गया। कंठ में स्थान-स्थान पर खड्ग की नोकें उग आई थीं। कंठ की नलियाँ जैसे जल रही थीं; और रक्त झरने-सा फूटकर बाहर आने को था।

दशरथ के हाथ-पैर ठंडे हो गए। वर्ण पीला पड़ गया। उन्होंने माथे पर हाथ फेरा—माथा ठंडा और पसीने से गीला था। उन्हें लगा कि वे एक भयंकर स्वप्न देख रहे हैं—वे पहाड़ की एक ऊँची चोटी से नीचे फेंक दिए गए हैं। वे बड़ी तीव्र गति से सहस्रों हाथ गहरे खड्ग में गिरते जा रहे हैं। वे देख रहे हैं कि नीचे गिरते ही उनकी एक-एक हड्डी चूर हो जाएगी। पर वे कुछ नहीं कर सकते। उनका शरीर जड़ हो चुका है। वे हाथ-पैर हिलाना चाहते हैं, पर हिला नहीं पाते। वे चीखना चाहते हैं, किंतु उनके कंठ से ध्वनि नहीं निकली। सारा शरीर जड़ हो गया है, बस आँखें खुली हैं और देख रही हैं। मस्तिष्क सक्रिय है और अनुभव कर रहा है...

बड़ी देर तक दशरथ उसी स्तंभित दशा में बैठे रहे; और सहसा वे सजग हुए—निश्चित रूप से वे घबराए हुए ही नहीं, डरे हुए भी थे। मन बार-बार कह रहा था, 'कुछ कर, दशरथ! यही अवसर है, नहीं तो बहुत देर हो जाएगी।' पर उनका मन उस छोटे बालक के समान था, जो हाथ में पूरी ईंट लिये हिंस्र भेड़िए के सम्मुख खड़ा सोच रहा था—ईंट न मारूँ तो यह मुझे खाने में कितनी देर लगाएगा और मारूँ तो यह मर जाएगा या कुपित होकर मुझे और भी जल्दी खा जाएगा? भेड़िए की आँखों में क्रोध था, उनकी लाल-लाल हिंस्र तथा लोलुप जीभ मुँह से बाहर लटक रही थी, बड़े-बड़े तीखे श्वेत दाँतों की चमक बढ़ती जा रही थी...

भेड़िया मुझे खाएगा अवश्य, मैं ईंट मारूँ या न मारूँ...

दशरथ की चिंता बढ़ती जा रही थी...

ईंट मारूँ?...

न मारूँ?...

सम्राट् को राजसभा में आने में विलंब हुआ था।

विलंब से आना सम्राट् का नियम नहीं था। अपवादस्वरूप ही ऐसा होता था। जब कभी ऐसा होता था, सम्राट् जल्दी-जल्दी लंबे-लंबे डग उठाते हुए सभा में आते थे और सिंहासन पर बैठते ही बड़ी शालीनता से खेद प्रकट करते थे। उनका सारा व्यवहार अतिरिक्त रूप से विनीत और नम्र होता था। विलंब से आने के कारण सभासदों को हुई असुविधा की क्षतिपूर्ति का प्रयत्न अंत तक चलता रहता था।

आज वैसा कुछ भी नहीं हुआ। सम्राट् विलंब से आए थे; पर न कोई जल्दी

थी, न कोई संकोच! वे स्थिर डगों से, दृढ़ चाल चलते हुए आए और जब सिंहासन पर बैठकर उन्होंने आँखें उठाईं तो सबने देखा, उनकी आँखें थकी, किंतु सतर्क थीं—संभवतः अपनी किसी चिंता के कारण सम्राट् रात-भर सो नहीं पाए थे।

"किन्हीं कारणों से सम्राट् को विलंब हुआ..." महामंत्री ने सम्राट् को चिंतित देखकर, बड़े नम्र ढंग से अपनी बात आरंभ की। अपेक्षा थी कि सम्राट् कहेंगे, 'हाँ, महामंत्री! चिंतित था, रात-भर सो नहीं पाया...'

किंतु सम्राट् ने महामंत्री की ओर दृष्टि उठाई तो उनके चेहरे का आवरण बहुत कठोर था। उतने ही कठोर स्वर में उन्होंने कहा, "सम्राट् मैं हूँ। राज-परिषद् का समय मेरी इच्छा से निश्चित होता है।"

महामंत्री ने आश्चर्य से सम्राट् को देखा; और फिर उनकी दृष्टि गुरु वशिष्ठ पर जम गई—जैसे कह रहे हों, दशरथ की राज-सभा की तो यह परिपाटी नहीं है...किंतु गुरु ने कोई उत्तर नहीं दिया। वे भी ऐसी ही दृष्टि से सम्राट् को देख रहे थे, जैसे कुछ समझ न पा रहे हों...

राज-सभा में एक अटपटा मौन छाया रहा।

किंचित् प्रतीक्षा के पश्चात् महामंत्री ने स्वयं को संतुलित कर, पुनः साहस किया, "सम्राट् की अनुमति हो तो आवश्यक सूचनाएँ निवेदित की जाएँ।"

"आरंभ कीजिए।" सम्राट् के शब्द सहज थे, किंतु उनका स्वर अब भी सहज नहीं हो पाया था।

महामंत्री के संकेत पर, पहले चर ने सूचना दी, "सम्राट्! मैं राज-सार्थों के संग यात्रा करने वाला दूत सिद्धार्थ हूँ। मैं राजकुमार भरत तथा शत्रुघ्न का समाचार लेकर आया हूँ। राजकुमार अपरताल तथा प्रलंब गिरियों के मध्य बहने वाली नदी के तट से होते हुए, हस्तिनापुर में गंगा को पार कर, सकुशल आगे बढ़ गए हैं।"

सम्राट् ने पूरी तन्मयता से समाचार सुना। उनके मन में उल्लास का एक स्वर फूटा, 'भरत अयोध्या से दूर हो गया।' उनकी आकृति की कठोर रेखाएँ शिथिल हो गईं। आँखों में संतोष झाँकने लगा और होंठों के कोनों में हल्की-सी मुस्कान उभरी।

सभा धैर्यपूर्वक सम्राट् के उत्तर की प्रतीक्षा करती रही, किंतु सम्राट् पूर्ण आत्मसंतोष के साथ, अपने अधरों की मुस्कान पीते रहे।

अंत में फिर महामंत्री ही बोले, "दूत! तुम्हारा समाचार शुभ है। सम्राट् राजकुमार का कुशल समाचार जानकर संतुष्ट हैं। तुम जाओ। विश्राम करो।'

दूत प्रणाम कर चला गया।

तब महामंत्री से संकेत पाकर न्याय-समिति के सचिव आर्य पुष्कल उठकर खड़े हुए, "सम्राट् को स्मरण होगा, कुछ दिन पूर्व सम्राट् के अंगरक्षक दल के सैनिक विजय, की केकय राजदूत के रथ के घोड़ों से टकरा, उनके खुरों के नीचे आकर, कुचले जाने के कारण मृत्यु हो गई थी। सम्राट् ने इस घटना की जाँच न्याय-समिति

को सौंपी थी। न्याय-समिति ने उस दुर्घटना की सम्यक् खोज की है। अपनी खोज के पश्चात् समिति इस निष्कर्ष पर पहुँची है कि वह दुर्घटना मात्र आकस्मिक थी। उसें केकय राजदूत की न इच्छा थी, न असावधानी। अतः समिति केकय राजदूत को निर्दोष पाकर अभियोग-मुक्त घोषित करती है। सम्राट् से प्रार्थना है कि वे इस निर्णय को अपनी मान्यता प्रदान करें।''

दशरथ का मस्तिष्क नामों पर अटक गया। जिस सैनिक की हत्या हुई, वह दशरथ के अंगरक्षक दल का था। जिसने हत्या की, वह केकय का राजदूत है, अर्थात् युद्धाजित का राजदूत। अपराधी पर अभियोग लगाने वाले सैनिक भरत के अधीन है। जाँच करने वाला पुष्कल है—कैकेयी का संबंधी। तो केकय राजदूत निर्दोष क्यों नहीं होगा...!

दशरथ के होंठों के कोनों पर फिर मुस्कान उभरी; किंतु यह संतुष्टि की मुस्कान नहीं थी। बोले वे अब भी कुछ नहीं।

सम्राट् को मौन देख, महामंत्री ही बोले, ''न्याय-समिति की जाँच से सम्राट् संतुष्ट हैं और समिति के निर्णय को मान्यता देते हैं...''

सहसा महामंत्री की बात काटकर दशरथ बोले, ''किंतु न्याय-समिति ने मृतक के परिवार की क्षतिपूर्ति का कोई सुझाव नहीं रखा। यह अनुचित है। सैनिक विजय के परिवार को, क्षतिपूर्ति के रूप में, उसके वेतन का दुगुना भत्ता प्रति मास दिया जाए।''

महामंत्री ने आश्चर्य से सम्राट् को देखा।

आर्य पुष्कल ने भी उसी मुद्रा में सम्राट् को देखा, किंतु वे महामंत्री के समान मौन नहीं रहे, ''न्याय-समिति के सचिव के रूप में मेरा यह कर्तव्य है कि मैं सम्राट् को स्मरण दिलाऊँ कि ऐसी स्थितियों में व्यक्ति के वेतन का आधा भत्ता देने का विधान है।''

''किंतु न्याय-समिति के सचिव को कौन स्मरण दिलाएगा,'' सम्राट् का स्वर अतिरिक्त रूप से तिक्त था, ''कि विधान में सम्राट् के अपने कुछ विशेषाधिकार भी हैं। सम्राट् को भत्ते की राशि को घटा-बढ़ा सकने का पूर्ण अधिकार है।''

आर्य पुष्कल के मन में अनेक आपत्तियाँ थीं—सम्राट् को विशेषाधिकार तो हैं, किंतु वे विशेष परिस्थितियों के लिए हैं। इस घटना में ऐसी कोई विशेष बात नहीं हैं

किंतु सम्राट् की भंगिमा ऐसी नहीं थी कि आर्य पुष्कल का कोई अन्य पार्षद कुछ कहने को प्रोत्साहित होता। सम्राट् अप्रसन्न हैं, यह साफ-साफ दीख रहा था, किंतु क्यों? किससे? क्या वे स्वयं पुष्कल से अप्रसन्न हैं?...

आर्य पुष्कल ने अपनी बात कंठ में ही रोक ली।

सभा में फिर मौन छा गया। सम्राट् के इस प्रकार खीझने के अधिक अवसर

नहीं आते थे; और जब आते थे, उनका टल जाना ही उचित था। किसी का साहस नहीं था कि सम्राट् की ओर देखे। सबकी दृष्टि भूमि पर गड़ी हुई थी।

ऐसी स्थिति में परिषद् को राजगुरु तथा अन्य ऋषि ही उबार सकते थे। उन पर सम्राट् का अनुशासन अनिवार्यतः लागू नहीं होता था। किंतु सामान्यतः सम्राट् द्वारा याचना होने पर ही गुरु तथा अन्य ऋषि अपना अभिमत देते थे, अथवा बहुत असाधारण स्थिति होने पर ही वे लोग सैद्धांतिक हस्तक्षेप करते थे—किंतु आज की बात तो सामान्य-सी वैधानिक बात थी।

सबको मौन देख, सम्राट् ने इस विषय को यहीं समाप्त मान लिया।

वे सभा में आने के पश्चात् पहली बार स्वयं सक्रिय हुए, "नगर-रक्षा के लिए कौन-सी सेवा नियुक्त है, महाबलाधिकृत?"

"साम्राज्य की तीसरी स्थायी सेना, सम्राट्!"

"कितने समय से यह दायित्व इस सेना के जिम्मे है?"

"उन्हें यह कार्य सँभाले केवल छह मास हुए हैं, सम्राट्"

"उसका महानायक कौन है?"

"स्वयं राजकुमार भरत!" महाबलाधिकृत ने सूचना दी, "किंतु अयोध्या से उनकी अनुपस्थिति में सेना उपनायक महारथी उग्रदूत की आज्ञा के अधीन है।"

दशरथ ने कुछ क्षणों तक चिंतन का नाटक किया; और फिर अपना पूर्व-निश्चित निर्णय सुना दिया, "महाबलाधिकृत! साम्राज्य की तीसरी स्थायी सेना के उपनायक को आदेश दें कि वे अपनी सेना को लेकर उत्तरी सीमांत पर स्थित स्कंधावर में चले जाएँ। वहाँ उनकी आवश्यकता पड़ सकती है। यह प्रयाण कल प्रातः ही हो जाना चाहिए।"

"जो आज्ञा, सम्राट्!"

"और अयोध्या की रक्षा का दायित्व मेरे अंगरक्षक दल के महानायक चित्रसेन को सौंप दिया जाए।" सम्राट् का स्वर पहले से भी ऊँचा हो गया था।

महाबलाधिकृत 'जो आज्ञा' न कह सके। तीसरी स्थायी सेना का स्थानांतरण यद्यपि अनियमित था; क्योंकि नियमतः एक सेना को एक स्थान पर साधारण परिस्थितियों में प्रायः तीन वर्षों तक रखा जाता है—फिर भी संभव है कि सम्राट् के मन में कोई असाधारण बात हो, संभव है उनके उस आदेश के पीछे कोई तर्क हो। यद्यपि ऐसे आदेशों के कारण महाबलाधिकृत से गुप्त नहीं रखे जाने चाहिए; और ऐसे आदेशों का पालन महाबलाधिकृत से उसकी सहमति लिए बिना नहीं होना चाहिए; फिर भी सम्राट् कभी-कभी विशेषाधिकार का उपयोग कर लेते हैं। अंततः ऐसे निर्णय लाभदायक ही होते हैं। किंतु नगर-रक्षा का दायित्व सम्राट् के निजी अंगरक्षकों को सौंप देना...क्या हो गया है सम्राट् की बुद्धि को?

"क्षमा हो, सम्राट्!" महाबलाधिकृत बहुत साहस कर बोले, "नगर-रक्षा का

दायित्व सम्राट् के अंगरक्षक दल को सौंप देना अपूर्व निर्णय है। अंगरक्षकों की संख्या इतनी अधिक नहीं है कि वे सम्राट् की निजी रक्षा, राज-सभा, राज कार्यालयों तथा राजप्रासादों की रक्षा के साथ-साथ नगर-रक्षा का दायित्व भी सँभाल सकें। सम्राट् विचार करें, यह आदेश अव्यावहारिक है। यह तब तक व्यावहारिक नहीं हो सकता, जब तक कि अंगरक्षकों की संख्या एक पूरी सेना तक न पहुँचा दी जाए।''

सम्राट् ने अधैर्यपूर्वक महाबलाधिकृत की बात सुनी; और पुनः बड़े कटु स्वर में उत्तर दिया, ''महाबलाधिकृत को कदाचित् ज्ञात हो कि सम्राट् ने अपनी आयु इस सिंहासन तथा राज-सभा में ही व्यतीत नहीं की है। मैंने सेनाएँ, स्कंधारवर तथा सेना-व्यवस्थाएँ ही नहीं देखीं—बड़े-बड़े युद्ध-अभियानों में एकाधिक सेनाओं का सफल नेतृत्व भी किया है। महाबलाधिकृत मुझे यह सीख न दें कि कौन-सी सेना किस कर्तव्य के लिए उपयुक्त है।''

विचित्र स्थिति थी—व्यवस्था का सर्वोच्च अधिकारी, व्यवस्था-संबंधी तर्क सुनने को प्रस्तुत नहीं था। अनुभवों की बात कहकर उन्होंने महाबाधिकृत का मुख बंद करने का प्रयत्न किया था। सम्राट् का व्यवहार देख, महाबलाधिकृत हतप्रभ हो चुके थे। महामंत्री आरंभ से ही निरस्त-से थे। गुरु ने भी अपूर्व चुप्पी धारण कर रखी थी।

अंत में आर्य पुष्कल ही उठे, ''सम्राट् यदि अनुमति दें तो मैं उनके विचारार्थ विधान की परंपरा का उल्लेख करना चाहूँगा, जिसके अनुसार नगर-रक्षा का कार्य अंग-रक्षकों के कर्तव्य से पृथक्...''

और सहसा जैसे विस्फोट हो गया।

सम्राट् अमर्यादित रूप से कुपित हो गए। उनका चेहरा तमतमा गया था। नथुनों के साथ अधर भी फड़क रहे थे। उनका स्वर धीमा होता तो सर्प का फूत्कार लिये होता, ऊँचा होता तो फटने-फटने को होता...

''प्रत्येक सभासद को स्पष्ट रूप से ज्ञात हो कि अभी दशरथ ही सम्राट् है और इस सिंहासन पर विराजमान ही नहीं है, सत्ता संपूर्णतः उसके अधिकार में है। मैं सम्राट् की सत्ता की अवहेलना अथवा उसके अवमूल्यन की रंचमात्र अनुमति नहीं दूँगा। सम्राट् के आदेशों पर विचार-विमर्श अथवा वाद-विवाद नहीं होगा। मैं यह निभ्रांत चेतावनी दे रहा हूँ कि सम्राट् का विरोध करने वाले न केवल पदच्युत होंगे, वरन् दण्डित भी होंगे। सम्राट् का विरोध राज-द्रोह माना जाएगा, जिसका परिणाम भयानक होगा।''

परिषद् जड़ हो गई। सम्राट् के निर्णय तो तर्कशून्य थे ही, उनका व्यवहार भी पर्याप्त चकित करने वाला था। सम्राट् अपने इस वय में, अपनी नम्रता ही नहीं, शिथिलता के मध्य इतना कठोर तथा परंपरा-विरोधी व्यवहार करें—अकल्पनीय बात थी।

सभा से उठकर आ जाने के पश्चात् भी दशरथ का मन क्षण-भर को शांत नहीं हुआ उनके मन में आज राज-परिषद् में हुई एक-एक बात, कई-कई बार पुनरावृत्ति कर चुकी थी। एक-एक पार्षद उनकी कल्पना की आँखों के सामने था। एक-एक व्यक्ति की कही हुई एक-एक बात जैसी उनकी समृति पर खोद दी गई थी...और अंत में उनके विचार दो व्यक्तियों पर आ अटके थे—महाबलाधिकृत तथा न्याय-समिति-सचिव पुष्कल!...

क्या महाबलाधिकृत मेरा विरोधी है?

यदि है, तो क्यों?

किंतु महाबलाधिकृत ने कभी राजनीति में विशेष रुचि नहीं ली। किसी का पक्ष अथवा विपक्ष उसने नहीं साधा। वह सैनिक परंपरा में पला हुआ, अधिकारी के सम्मुख सिर झुका देने वाला, शस्त्र-व्यवसायी है। उसका न कैकेयी से विशेष संबंध है, न भरत से, न केकय राजदूत से, न युद्धाजित से। उसने जो कुछ कहा, वह केवल सैनिक-कार्य-पद्धति की दृष्टि से कहा होगा। उस व्यक्ति को इतना बता देना ही पर्याप्त होगा कि वह अपने काम से काम रखे। राज-परिषद् के षड्यंत्रों अथवा पक्ष-विपक्ष में न पड़े।...न्याय-अन्याय का विचार, उचित-अनुचित का विवाद, कर्तव्य-अकर्तव्य का विश्लेषण बड़ी अच्छी बात है—यदि वह सम्राट् को अप्रसन्न करने का प्रयत्न नहीं करेगा तो सम्राट् उससे अप्रसन्न नहीं होंगे...

दशरथ का मन कहता था, महाबलाधिकृत अपने लाभ की बात समझ जाएगा।

किंतु पुष्कल!

वह बात-बात पर विधान की बात करता है। वह न्याय-समिति का सचिव है।...ठीक है, सारे विधानों तथा न्याय-समिति के सिर पर स्वयं सम्राट् होते हैं किंतु पुष्कल यदि प्रचार करे, तो जन-सामान्य की दृष्टि में, वह सम्राट् को अन्यायी अथवा अवैधानिक कार्य करने वाला व्यक्ति ठहराएगा। प्रजा की दृष्टि में सम्राट् का सम्मान घटेगा, जो पहले ही बहुत अधिक नहीं था। यह प्रचार विरोधी शक्तियों के लिए लाभदायक होगा।...पर पुष्कल ऐसा क्यों करेगा?

कदाचित् वह ऐसा न भी करे। किंतु वह कैकेयी का संबंधी है और कृपा-पात्र भी। उसे, या कैकेयी को, यह आभास मिलते ही कि सम्राट् ने उनका पक्ष दुर्बल करने के लिए कुछ भी किया है—भयंकर कोलाहल होगा।

तो क्या पुष्कल को अपदस्थ कर बंदी कर लिया जाए?

ऐसा करने के लिए पुष्कल पर अभियोग लगाना आवश्यक है; और अभियोग, न यह हो सकता है कि पुष्कल वैधानिक चर्चा करता है, न यह हो सकता है कि वह कैकेयी का संबंधी है। और फिर, कैकेयी को सूचना मिलते ही वह ऐसा विरोध खड़ा कर सकती है, जिसका सामना न दशरथ कर सकते हैं, न दशरथ की सेना।

इस उलझी हुई राजनीतिक गुत्थी को तो कोई राजनीतिक चाल ही सुलझा सकती है...

राजनीतिक चाल!

गई रात तक दशरथ विभिन्न योजनाएँ बनाते-बिगाड़ते रहे...तत्काल कुछ करना उचित नहीं होगा। दो-चार दिन रुक जाना चाहिए, अन्यथा संदेह की संभावना है।

जब तक ध्यान इस ओर नहीं गया था, बात और थी; किंतु अब सम्राट् को प्रत्येक घटना में या तो षड्यंत्र की गंध आती है, या अपना अपमान होता दिखाई पड़ता है। प्रत्येक महत्त्वपूर्ण व्यक्ति के वक्तव्य में सत्ता हस्तगत करने का दुष्प्रयास दिखाई पड़ता है या सम्राट् का अवमूल्यन। चिंता पीछा ही नहीं छोड़ती—तनाव किसी समय भी कम नहीं होता।

उन्हें लगता है, तनाव निरंतर बढ़ रहा है। किसी-किसी समय लगता है कि सारे शरीर का रक्त मस्तक की ओर दौड़ रहा है। शरीर रक्त-शून्य हो जाता है और मस्तिष्क फटने लगता है। और जब इस तनाव का ज्वार कुछ नीचे आता है तो मन हताश हो जाता है। चारों ओर अवसाद घिर आता है—टूटते हुए नशे जैसा। कुछ भी अच्छा नहीं लगता। हर चीज से मन उखड़ जाता है।

...इस उचाट अवस्था में कभी-कभी मन में आता है कि सब-कुछ छोड़-छाड़ कर कहीं दूर भाग जाएँ—जहाँ न चिंता हो, न परेशानी हो, न तनाव, न क्षोभ। इस वृद्धावस्था में शायद संघर्ष की शक्ति उनमें नहीं रह गई। संघर्ष उनमें उत्साह और ललक नहीं जगाता—खीज और द्वेष, कटुता और हताशा उत्पन्न करता है...किंतु तभी इस विरक्ति की तीव्र प्रतिक्रिया जागती है। दशरथ स्वयं अपने-आपको संदेह की दृष्टि से देखने लगते हैं—क्या उनके मन में भी कोई षड्यंत्रकारी घुस गया है? आखिर इस प्रकार के भावों का क्या अर्थ? ये दशरथ के भाव नहीं हैं। विरक्ति दशरथ के लिए नहीं है। भोग लेने पर, विषय और अधिकार के प्रति वैराग्य स्वीकार करना, दशरथ की प्रकृति नहीं है। उन्हें तृप्ति नहीं होती। यही कर सके होते तो कैकेयी से विवाह की क्या आवश्यकता थी! न कैकेयी से विवाह हुआ होता, न यह स्थिति आती। अनेक स्त्रियों के होते हुए वे कैकेयी को नहीं छोड़ सके, तो एकमात्र सिंहासन कैसे छोड़ दें?...दशरथ अपने हाथ का अधिकार नहीं छोड़ेंगे—हाथ ढीले हो गए, अधिकार खिसकता दिखाई दिया; तो वे उसे दाँतों से पकड़ेंगे। दाँत झड़ गए तो मसूड़ों से पकड़ेंगे ...जब तक बन पड़ेगा, वे अधिकार का भोग करेंगे, उसकी रक्षा करेंगे...

अधिकार-भोग करना है तो विरोधियों को मार्ग से हटाना होगा—यही राजनीति है। उसमें नीति क्या और अनीति क्या? सिद्धांत क्या और आदर्श क्या?

राजनीति के सारे सिद्धांतों, आदर्शों तथा नैतिकता का एकमात्र सूत्र है—विरोध-उन्मूलन। विरोधी का उन्मूलन भी...

दशरथ का मन हुआ, जोर से खिलखिलाकर हँस पड़ें—ऐसी हँसी, जिसकी क्रूरता लोगों के कलेजे दहला दे। उनके विरोधियों को मालूम हो कि सत्ता का विरोध क्या अर्थ रखता है और उसका कितना बड़ा मूल्य चुकाना पड़ता है।

आर्य पुष्कल को लिये हुए, उनका रथ स्थिर गति से, उनके भवन की आरे चला जा रहा था।

उनका मन खिन्न था। पिछले कुछ दिनों से राज-सभा से निकलते हुए उनका मन रोज ऐसा ही खिन्न होता था। सम्राट् प्रतिदिन नियमित रूप से अभद्र व्यवहार कर रहे थे। क्या हो गया है सम्राट् को? रोज कोई-न-कोई आकस्मिक निश्चय करते हैं। एक-से-एक विचित्र निश्चय और तदनुकूल आदेश। अब तो जैसे परंपरा ही चल पड़ी है। और प्रायः निर्णय एकमत से होते हैं। सभा में कोई इसका विरोध नहीं करता। किसी प्रस्ताव पर विचार-विमर्श अथवा वाद-विवाद नहीं होता। बस, प्रस्ताव स्वीकार भर कर लिये जाते हैं। पिछले कुछ दिनों से उनका स्वभाव कितना चिड़चिड़ा हो गया है। बात-बात पर अप्रसन्न हो जाते हैं, जैसे खीझने का कोई बहाना खोज रहे हों। राज-काज में मनमानी कितनी बढ़ जाती है। छोटी-छोटी बातों पर आशंकित हो उठते हैं।

क्या करे कोई? किसी में न तो इतना साहस है कि सम्राट् के सम्मुख बोले, न किसी को अधिकार! गुरु कह सकते हैं, किंतु गुरु ने जैसे राजनीति से वैराग्य ले लिया है। वे कुछ कहते ही नहीं...

राजकुमारों में राम पिता को समझा सकते हैं, किंतु वे अयोध्या से बाहर गए हुए हैं। भरत और शत्रुघ्न भी ननिहाल चले गए हैं। वैसे भी वे अभी छोटे हैं। सम्राट् का न तो विरोध कर सकते हैं, न उन्हें समझा सकते हैं। लक्ष्मण अवश्य अयोध्या में वर्तमान हैं; किंतु एक तो वे छोटे हैं, दूसरे भयंकर उग्र। उन्हें कुछ कहना व्यर्थ है। कहना ही हो तो राम के माध्यम से कहलाना चाहिए। उन्हें या तो राम की सच्चाई का विश्वास है, या अपनी माँ सुमित्रा की...

हाँ, महारानी कैकेयी से बात की जा सकती है। वे मेरी बात सुन भी लेंगी; और सम्राट् का अनुशासन भी वे कर सकती हैं।...उनसे अवश्य बात की जानी चाहिए ...वहीं से यह सूचना भी मिल जाएगी कि राम कब अयोध्या लौट रहे हैं। राम लौट आएँ और वे महारानी कैकेयी के साथ मिलकर प्रयत्न करें तो सम्राट् को अवश्य ही समझाया जा सकता है।

यही ठीक रहेगा...

मन कुछ हल्का हुआ, नहीं तो वे अपनी खिन्नता से ही पागल हुए जा रहे थे...

वे बर्हिमुखी हुए। उनका रथ अपने भवन के निकटतम चौराहे पर पहुँच रहा

था।...सहसा उनका ध्यान विपरीत दिशा से आते हुए एक अन्य रथ की आरे चला गया। रथ असाधारण तीव्र गति से भागा चला जा रहा था। नगर के मुख्य पथों पर रथों को इस गति से नहीं दौड़ाना चाहिए—वे सोच रहे थे—दुर्घटनाएँ ऐसे ही तो होती...

पर वह तो उन्हीं के रथ पर चढ़ा चला आ रहा था...सहसा इतने अकस्मात् रूप से, इतने निकट आकर वह रुका कि भ्रम हुआ, जैसे दोनों रथ परस्पर भिड़ गए हों।

...ऐसी ही एक दुर्घटना में पिछले दिनों सम्राट् के अंग-रक्षक दल का एक सैनिक मारा गया था—आर्य पुष्कल सोच रहे थे—ये दोनों रथ टकरा गये होते तो आज अधिक व्यक्तियों के प्राण गए होते।...उनके सारथी ने बड़ी सावधानी से काम लिया था। तीव्र चालक अच्छा सारथी नहीं होता, अच्छा सारथी तो अच्छा नियंत्रक होता है।

दूसरे रथ के रुकते ही, उसमें से कूदकर, चार हृष्ट-पुष्ट युवक नीचे उतरे। उनके वस्त्र साधारण नागरिकों के-से थे—जो इतने बहुमूल्य रथ मे यात्रा करने के उपयुक्त नहीं थे। वस्त्रों को देखकर, उनके व्यवसाय अथवा स्थिति के विषय में कुछ कहना कठिन था। उनकी आकृतियों पर होती-होती रह गई दुर्घटना का कोई प्रभाव नहीं था। वे तो जैसे किसी कर्म के लिए उद्यत थे...

वे सीधे उनके रथ की ओर बढ़ आए। उन्होंने बिना एक भी शब्द कहे, आर्य पुष्कल के दोनों अंग-रक्षकों तथा सारथी को रथ से नीचे घसीट लिया।

आर्य पुष्कल की आँखें फट गईं—यह क्या हो रहा है?

अंग-रक्षक असावधानी में पकड़े गए थे। फिर भी वे शस्त्र-व्यवसायी थे। उन्होंने अपने शस्त्र निकाल लिये थे। युवक भी निःशस्त्र नहीं थे। उन्होंने कदाचित् अपने वस्त्रों में शस्त्र छिपा रखे थे। और कुछ निमिषों में ही स्पष्ट हो गया कि उनका शस्त्र-कौशल असाधारण था।

दिन-दहाड़े, नगर के मुख्य पथ पर इस प्रकार शस्त्र-प्रहार हो रहा था, जैसे युद्ध हो रहा हो।

आर्य पुष्कल ने आगे बढ़कर कुछ कहना चाहा; किंतु घटना जिस गति से घटी थी, उसमें कहने-सुनने का कोई अवकाश नहीं था। वे कुछ कहते और कोई कुछ सुनता—उससे पहले ही, युवकों ने अंग-रक्षकों को हताहत कर, भूमि पर डाल दिया था। सारथी को अंग-रक्षकों के साथ ही नीचे पथ पर घसीटा गया था, जो अब भी भूमि पर पड़ा, पथराई हुई आँखों से सब कुछ देख रहा था।

अगले ही क्षण उन्होंने आर्य पुष्कल के मुख पर हाथ रख, भुजाओं से पकड़कर, सधे हाथों से ऊपर उठा लिया, जैसे यह उनका नित्य का काम हो। बड़ी दक्षता और स्फूर्ति से उन्होंने आर्य पुष्कल को ले जाकर, अपने रथ में पटक दिया। उनके पटके जाते ही रथ बिना किसी आदेश की प्रतीक्षा किए स्वतः चल पड़ा; जैसे एक-एक कृत्य पूर्व-नियोजित हो।

चलते हुए रथ में उनके हाथ-पैर अच्छी तरह बाँध दिए गए। न उनसे कुछ पूछा गया, न कुछ बताया गया। युवकों ने परस्पर भी कोई बात नहीं की थी। उनके हाथ कार्यरत थे, मुख बंद—जैसे गूँगे हों।

आर्य पुष्कल के मुख पर कसकर पट्टी बाँध दी गई। जाने उन्हें क्या सुँघाया गया...क्रमशः उनकी चेतना लुप्त हो गई, और वे अंधकार में खो गए।

राज-परिषद् की कार्यवाही दूत की सूचना से आरंभ हुई।

"सम्राट्! मैं राज-सार्थों के साथ यात्रा करने वाला दूत विजय हूँ। मैं राजकुमार भरत तथा शत्रुघ्न का समाचार लेकर आया हूँ। राजकुमार पांचाल देश से होते हुए, कुरुजांगल प्रदेश को पीछे छोड़ते हुए सकुशल, पुण्य सलिला इक्षुमति के उस पार उतर गए है।"

प्रत्येक सभासद ने देखा, उद्विग्न सम्राट् को इस समाचार से कुछ प्रसन्नता हुई।

भरत अयोध्या से दूर होता जा रहा है—दशरथ सोच रहे थे—दूत के अयोध्या लौटने तक समय में वह और भी दूर हो गया होगा। किंतु अयोध्या में बैठे भरतों का क्या हो?...

महामंत्री ने बिना औपचारिक भूमिका के अपनी बात आरंभ की, "क्षमा करें, सम्राट्! परिषद की अन्य कार्यवाहियों को स्थगित कर, बीच में एक आवश्यक सूचना देने को बाध्य हूँ।"

'अवश्य पुष्कल का समाचार होगा।' सम्राट् ने आश्वस्त मन से सोचा।

"राज-परिषद् के प्रमुख पार्षद तथा न्याय-समिति के सचिव आर्य पुष्कल का कल साँय, दिन-दहाड़े, नगर के प्रमुख चतुष्पथ से दस्युओं द्वारा अपहरण हो गया है। यह घटना अपने-आप में ही अयोध्या की शांति तथा सुरक्षा-व्यवस्था के नाम पर कलंक है। इतने प्रमुख नागरिक के साथ ऐसा अघटनीय घट जाए, ऐसी स्थिति में कोई भी सामान्य नागरिक स्वयं को सुरक्षित कैसे मानेगा? किंतु, आर्य पुष्कल के पुत्र, चिरंजीव विपुल का वक्तव्य इससे भी भयंकर, लज्जाजनक, त्रासद एवं आतंकपूर्ण है। राज-व्यवस्था..."

"महामंत्री!" सम्राट् ने बीच में टोक दिया, "जिस राज-व्यवस्था की आप धारा-प्रवाह निंदा कर रहे हैं, उसके आप महामंत्री हैं।"

"सम्राट् ठीक कहते हैं।" महामंत्री उसी आवेग में बोले, 'किंतु यह दुर्घटना अंग-रक्षक दल को नगर-रक्षा का भार सौंप देने की व्यवस्था से संबंधित है, जिसके लिए मैं उत्तरदायी नहीं हूँ।"

"अर्थात् मैं उत्तरदायी हूँ!" दशरथ पुनः बोले। इस बार उनका स्वर शांत नहीं था। उसमें आवेश की स्पष्ट झलक थी, "तब तो महामंत्री को और भी सोच-समझकर

मुख से शब्द निकालने चाहिए। व्यवस्था का अपमान सम्राट् का अपमान है; और सम्राट् का अपमान...''

सम्राट् अपने ही आवेश में मौन हो गए। शेष बात उनका तमतमाता चेहरा कह रहा था।

''मुझे अपनी ओर से कुछ नहीं कहना है, सम्राट्!'' महामंत्री के स्वर में न वह प्रवाह था, न तेज, ''आप चिरंजीव विपुल का वक्तव्य सुन लें।''

सम्राट् मौन रहे।

विपुल ने झुककर सम्राट् को प्रणाम किया। उसे देखते ही लगता था कि वह रात-भर सोया नहीं है। संभवतः किसी समय थोड़ा-बहुत रोया भी था। उसकी वेशभूषा राजसभा में उपस्थित होने के लिए उपयुक्त नहीं थी—कदाचित् उसे इसका भी अवसर नहीं मिला था।

''सम्राट्! कल संध्या समय हमारा सारथी जब आहत तथा अचेत अंग-रक्षकों को रथ में डालकर भवन में पहुँचा तो हमें सूचना मिली कि पिताजी का अपहरण हो गया है। हमारे लिए यह सूचना जितनी अप्रत्याशित थी, उतनी ही घातक भी। मैंने अपने अंग-रक्षकों और निजी सैनिकों को तत्काल चारों ओर दौड़ाया; और स्वयं निकटतम सैनिक चौकी की ओर बढ़ा।...मार्ग में मैंने देखा था कि यह समाचार सारे नगर में फैल चुका था। जगह-जगह विभिन्न प्रकार की चर्चाएँ हो रही थीं...अयोध्या जैसे नगर के लिए यह अकल्पनीय घटना थी। राज्य में इतने प्रभावशाली व्यक्ति का इस प्रकार दिन-दहाड़े राजपथ से हरण हो जाए और नगर-रक्षक कुछ न कर सकें।...अविश्वसनीय! नगर में त्रास फैल गया था। हाट बंद हो गए थे। व्यापार ठप्प हो गया था। लोग स्वेच्छा से अपने घरों में बंद हो गए थे।...सत्ता की शिथिलता का इससे बड़ा और क्या प्रमाण हो सकता है, सम्राट्।''

''युवक!'' दशरथ के स्वर में चेतावनी थी।

''क्षमा हो, सम्राट्! दुःखी व्यक्ति के मुँह से कोई अनुपयुक्त बात निकल जाए तो क्षमा करें।'' विपुल ने अपनी बात आगे बढ़ाई, ''नगर में इतना कुछ हुआ था और सैनिक चौकी को सूचना तक नहीं थी। पहले तो उन्होंने आर्य पुष्कल को ही पहचानने से इनकार कर दिया। जब पहचानने को बाध्य हुए तो उनके अपहरण की बात यह कहकर उड़ा दिया कि वे अपने मनोरंजन के लिए कहीं चले गए होंगे। मैंने अपने सारथी तथा आहत अंग-रक्षकों से प्रमाण दिलाए तो उत्तर मिला कि वे मदिरा पीकर आपस में लड़ पड़े होंगे...इत्यादि। यह सोचकर कि ये सैनिक इस प्रकार के परिवाद के लिए उपयुक्त पात्र नहीं हैं, मैं उच्चाधिकारियों से भी मिला। किंतु मुझे अत्यंत दुःख से सम्राट् के सम्मुख निवेदन करना पड़ रहा है कि उन अधिकारियों ने मेरे साथ ही नहीं, मेरा पक्ष लेने वाले प्रतयेक नागरिक के साथ दुर्व्यवहार किया; हम सबका अपमान किया।...मैं रात-भर इस संबंध में विभिन्न अधिकारियों के पास

भाग-दौड़ करता रहा हूँ, किंतु उन्होंने न इस विषय में कोई सूचना दी और न उन्हें खोज निकालने का कोई प्रयत्न किया।'' विपुल ने एक क्षण रुककर सम्राट् को देखा और पुनः बोला, ''किंतु सम्राट्! मैंने अपने निजी सूत्रों से पता लगाया है कि वे दस्यु न तो अयोध्या के बाहर से आए थे, न अयोध्या के बाहर गए हैं। वे सशस्त्र थे और उनका युद्ध-कौशल अच्छे प्रशिक्षित सैनिकों का-सा था।...सम्राट्, मुझे यह कहने की अनुमति दें कि वे दस्यु स्वयं सम्राट् के अंग-रक्षक दल के सैनिक थे, जिन्होंने सैनिक वेश उतारकर....''

''सावधान!'' सम्राट् ने उसे आगे बढ़ने नहीं दिया, ''किसी भी घटना की आड़ लेकर, इस प्रकार का अनर्गल प्रलाप करने की अनुमति नहीं दी जा सकती।''

''अन्नदाता!'' महामंत्री ने सम्राट् की बात पूरी होते ही कहा, ''चिरंजीव विपुल को अपनी बात पूरी करने के पश्चात् प्रमाण प्रस्तुत करने को कहा जाए। यदि वे अपनी बात प्रमाणित नहीं कर सकें, तो निराधार आरोप लगाने के अपराध में वे दण्डित किए जाए...''

''नहीं!'' सम्राट् का अधैर्य मुखर हो उठा। वे फिर आवेश की स्थिति में आ गए थे, ''इस प्रकार के दूषित प्रचार के लिए राजसभा का प्रयोग नहीं हो सकता। मैं इस विषय में विचार-विमर्श की अनुमति नहीं दे सकता।''

किंतु सम्राट् की इच्छा के अनुकूल, विपुल मौन नहीं रहा, ''यदि मेरे पिता ने कोई अपराध किया था तो सम्राट् उन पर खुला अभियोग लगाकर उन्हें बंदी कर सकते थे...

''इसे बंदी किया जाए।'' सम्राट् ने संतुलित आवेश में कहा।

दो प्रतिहारियों ने आगे बढ़कर विपुल को भुजाओं से पकड़ लिया। वह अपने-आप ही मौन हो गया।

दशरथ उसे घूरते रहे। किंतु जब कुछ नहीं बोला तो सम्राट् ने एक-एक शब्द पर बल देते हुए स्थिर स्वर में कहा, ''इस प्रकार के उत्तरदायित्वशून्य आचरण को मैं साम्राज्य के लिए हानिकारक मानता हूँ। अतः आदेश देता हूँ कि इस तथाकथित घटना की आड़ लेकर, साम्राज्य तथा सम्राट् के व्यक्तित्व के विरुद्ध प्रचार अपराध माना जाएगा। इस प्रकार का घातक प्रचार करने वाला व्यक्ति दण्डनीय होगा...''

सहसा विपुल छिटककर प्रतिहारियों के हाथों से निकल गया और चीत्कार के स्वर में बोला,''पहले ही किसी को दशरथ के शासन में आस्था नहीं थी। अब और भी नहीं रहेगी।...''

''इसे मौन करो!'' सम्राट् ने उच्च स्वर में कहा।

प्रतिहारी विपुल की ओर बढ़े।

विपुल प्रतिहारियों से बचता, इधर-उधर भागता रहा; और साथ ही चीखता रहा, "अब किसी को अपनी सुरक्षा के लिए राज्य के सैनिकों पर विश्वास नहीं रहा। लोग अपनी रक्षा स्वयं करेंगे। निजी अंगरक्षकों तथा निजी सैनिकों के युद्ध अयोध्या के हाट-बाजारों में होंगे। अयोध्या के मुख्य पथ रक्तपात के..."

प्रतिहारियों ने उसे पकड़कर, उसका मुख पट्टी से बाँध दिया था; अब केवल उसकी आँखें खुली थीं।

प्रतिहारी सम्राट् के आदेश की प्रतीक्षा कर रहे थे।

"इसे भू-गर्भ कारागार में डाल दो!" सम्राट् ने आज्ञा दी, "और आज से किसी राजकीय बंदी के विषय में अधिकारियों से पूछताछ नहीं की जा सकेगी। साम्राज्य की सुरक्षा के लिए, आवश्यक होने पर किसी भी व्यक्ति को बिना अभियोग बताए भी बंदी किया जा सकेगा।"

सम्राट् उठकर खड़े हो गए।

सभा विसर्जित हो गई।

दशरथ की चिंता तनिक भी कम नहीं हुई थी।

उन्होंने क्या करना चाहा था और क्या हुआ। अपने अंग-रक्षकों को नगर-रक्षा का दायित्व सौंपा था कि नगर में भरत की शक्ति कम हो जाए। भरत की शक्ति कम कर पाए या नहीं, कह नहीं सकते, हाँ, पुष्कल के द्वारा वैधानिक संकट अवश्य उठा दिया गया; साथ ही खतरा उत्पन्न हो गया कि यदि कैकेयी को आभास मिल गया कि दशरथ क्या करने का प्रयत्न कर रहे हैं तो उसकी ओर से जवाबी आघात हो सकता है; और संभव है कि वह आघात इतना भारी हो कि दशरथ उसे सँभाल न पाएँ। उससे बचने के लिए पुष्कल का अपहरण करवाया तो बवंडर मच गया...

क्या हो गया है उन्हें?

क्या सचमुच दशरथ इतने बूढ़े हो चुके हैं कि अब राजनीतिक गतिविधि उनकी क्षमता से बाहर है। उनकी प्रत्येक चाल उलटी पड़ रही है। उन्होंने सत्ता को पूर्णतः हस्तगत करना चाहा था—किंतु लगता है, उनकी रही-सही सत्ता को भी खतरा उत्पन्न हो गया है।

इस प्रकार का बल-प्रयोग, दमन, लोगों के अधिकारों को सीमित करना—कब तक उनकी सहायता कर पाएगा। हर बात की सीमा होती है...

इतना रोकने पर भी पुष्कल का बेटा क्या कह गया राजसभा में...किसी को दशरथ के शासन में आस्था नहीं है। अब कोई अपनी सुरक्षा के लिए राजकीय सैनिकों पर निर्भर नहीं रहेगा। सभी धनवान और शक्तिशाली लोग निजी सैनिक और अंग-रक्षक रखेंगे। स्थान-स्थान पर निजी सेनाओं में युद्ध होंगे, रक्तपात होगा...

कैसा होगा अयोध्या का शासन?

और सबसे बड़ी निजी सेना आज किसके पास है?

केकय के राजदूत के पास।

अब तक निजी सेनाएँ अपने स्वामियों के अंग-रक्षकों का काम करने की औपचारिकता निभाती रही हैं। उनके पास किसी भी प्रकार के राजकीय अधिकार नहीं हैं, किंतु यदि निजी सेनाओं के युद्ध आरंभ हुए तो फिर राजकीय अधिकारों की आवश्यकता किसको रहेगी। विशेष संबंधों को मान्यता देते हुए, केकय के राजदूत को सबसे बड़ी निजी सेना रखने की अनुमति दी गई थी। वह सेना कैकेयी की निजी सेना हो जाएगी—तो कैकेयी की शक्ति कम होगी या बढ़ जाएगी?

किस झमेले में फँस गए सम्राट्!

संभव है, उस लड़के विपुल ने निरर्थक प्रलाप ही किया हो, उसकी बात के पीछे कोई ठोस आधार न हो; किंतु संभावनाओं की ओर से आँखें नहीं मूँदी जा सकतीं।

अब तो एक ही रास्ता है कि साम्राज्य में निजी सेनाओं का निषेध कर दिया जाए...किंतु यह कैसे संभव है? कोसल के प्रत्येक सामंत के पास अपनी निजी सेना है, जो युद्ध के अवसर पर साम्राज्य की ओर से लड़ती है। प्रत्येक महत्त्वपूर्ण व्यक्ति के पास अपने अंग-रक्षक हैं। प्रत्येक राज्य के राजदूत के पास अपनी निजी सेना है...उन सब पर प्रतिरोध लगाया जाएगा तो सामंतों की सेना का व्यय साम्राज्य पर आ पड़ेगा।...अन्य निजी अंग-रक्षकों तथा सैनिकों की आजीविका का क्या होगा?...क्या साम्राज्य इतने कर्मचारियों का बोझ उठा सकेगा?...और अंत में विभिन्न राज्यों के राजदूतों की सुरक्षा का प्रबंध अयोध्या की सेना को करना पड़ेगा। फिर वे स्वतंत्र राज्य हैं, दशरथ का शासन उन पर नहीं है। दशरथ उन राज्यों की पूछताछ, प्रश्न-जिज्ञासा पर प्रतिबंध नहीं लगा सकते...

उन्हें क्या उत्तर देंगे सम्राट् ?

कोई उत्तर उनके पास हो या न हो, किंतु केकय के राजदूत के पास इतनी बड़ी निजी सेना दशरथ किसी स्थिति में नहीं रहने दे सकते...

कल ही उन्हें राजसभा में घोषणा करनी पड़ेगी कि अयोध्या में स्थित प्रत्येक राजदूत को अपने अंग-रक्षकों तथा निजी सेनाओं को कोसल के सेनापति के आज्ञाधीन मानना होगा।...और कल ही उन्हें केकय के राजदूत की निजी सेना को निःशस्त्र कर अयोध्या की सेना के अधीन असैनिक पदों पर भेज देना होगा।

इतना तो उन्हें करना ही होगा—चाहे कोई प्रसन्न हो या अप्रसन्न।

यह वे कर देंगे। किंतु उसके पश्चात्?

अब स्थिति यह नहीं थी कि वे सोचें कि भेड़िए को ईंट मारें या न मारें। आधी ईंट वे मार चुके थे, और शेष आधी उन्हें मारनी ही होगीं, उसके पश्चात् भेड़िया

चाहे झपट ही पड़े...अब कैकेयी से यह छिपा भी नहीं रह सकता कि उन्होंने आघात कर दिया है। कैकेयी प्रत्याघात भी अवश्य करेगी...

बात अब केवल कैकेयी की नहीं है। देश के भीतर का विरोध और बाहरी आक्रमणों की संभावनाएँ...वह बवंडर उठेगा कि सत्ता दशरथ के हाथों में नहीं रह पाएगी। यदि बाहर से कोई न भी आया और विभिन्न दबावों में पिसकर, उन्हें अपने वचनानुसार सत्ता भरत को सौंपनी पड़ी, तो पिछले दिनों के इन सारे प्रयत्नों, संघर्षों, आघातों का क्या होगा। भरत कुल अठारह वर्षों का तरुण है। वह स्वतंत्र रूप से राज नहीं कर सकता। राज युद्धाजित ही करेगा। दशरथ का भरत-विरोध खुलकर सामने आ चुका है।...ऐसी स्थिति में भरत के हाथ में सत्ता गई तो दशरथ का स्थान कहाँ होगा—भू-गर्भ कारागार में? गुप्त यंत्रणालय में? युद्धाजित के चरणों में? अथवा खड्ग की नोक पर?...

कैकेयी की ओर से किसी प्रकार की दया, सहानुभूति अथवा कोमलता की अपेक्षा वे नहीं कर सकते। कैकेयी के साथ वे काफी लंबे समय तक रहे हैं। वे उसकी धातु पहचानते हैं। होने पर आए तो वह कठोर भी हो सकती है और क्रूर भी। कैकेयी की माँ ने हठ के पीछे अपने पति के प्राणों तक की चिंता नहीं की थी, जबकि वह पति से प्रेम भी करती थी। दशरथ जानते हैं, कैकेयी को उनसे रंचमात्र भी प्रेम नहीं है—फिर वह दया क्यों करेंगी?...

तो?

दशरथ स्वयं को कैकेयी की दया पर छोड़ दें?...

नहीं।

तो?

दशरथ का ध्यान राम की ओर चला गया—शंबर-युद्ध के पश्चात् भी, दशरथ को राम ने ही सहारा दिया था। तब भी दशरथ ने सोचा था—कितनी बड़ा बेटा है उनका और कितना समर्थ। और अब तो राम अपनी सेवा, अपने शौर्य और अपने चरित्र की उदात्तता के कारण सारे आर्यावर्त्त में श्रद्धेय हो चुका है। दशरथ का ध्यान इस ओर पहले क्यों नहीं गया? उन्होंने सदा ही राम और राम की माँ की उपेक्षा की है। कभी समय से उन्हें उनका देय नहीं दिया।

यदि राम को युवराज घोषित कर सत्ता उसे सौंप दी जाए तो किसे आपत्ति होगी? राम सम्राट् की ज्येष्ठ रानी का पुत्र है। भाइयों में सबसे बड़ा है। योग्य, शक्तिशाली और वीर है; सबसे बढ़कर लोकप्रिय है। प्रजा मन से उसका स्वागत करेगी। कोई यह नहीं कहेगा कि दशरथ ने घबराकर राज छोड़ दिया, कोई नहीं कह सकेगा कि दशरथ कैकेयी अथवा युद्धाजित से पराजित हुए। प्रत्येक व्यक्ति स्वीकार करेगा कि दशरथ ने उचित समय पर उपयुक्त पात्र को सत्ता सौंप दी... राम के हाथ में सत्ता पूरी तरह सुरक्षित रहेगी—युद्धााजित अपनी तथा अपने मित्रों

की संपूर्ण बर्बर सेनाएँ लेकर भी अयोध्या पर चढ़ दौड़े, तो राम तनिक भी विचलित नहीं होगा।

घबराहट और जल्दी में उठाए गए इन सारे बवंडरों को राम झेल लेगा। राम साम्राज्य को सँभाल लेगा; और राम से दशरथ को कोई भय नहीं है।...दशरथ की आँखें चमक उठीं।...दशरथ को यह पहले क्यों नहीं सूझा?...चारों भाइयों में से, दशरथ यदि किसी को अपनी रक्षा का दायित्व सौंपकर निश्‍चिंत हो सकते हैं तो वह केवल राम हैं। अपनी तीनों पटरानियों में से दशरथ किसी की निरीहता अथवा प्रेम पर विश्वास कर सकते हैं तो वह केवल कौसल्या है...'

दशरथ को तत्काल राम का युवराजाभिषेक कर देना चाहिए।

...और यह भी कैसा सुखद संयोग है कि राम कल वापस अयोध्या लौट रहा हैं कल ही राज-परिषद् में राम के अभिषेक का निर्णय हो जाना चाहिए; और यथाशीघ्र अभिषेक भी। किसी को तनिक-सी भी सूंचना मिल गई तो विघ्न उठ खड़े होंगे। कैकेयी अपने समर्थकों की सहायता से इस अभिषेक को रोकने का प्रयत्न करेगी। संभव है, राम की हत्या का प्रयत्न हो। संभव है स्वयं सम्राट् के प्राण लेने का षड्यंत्र हो—राज्याधिकार के लिए क्या नहीं होता!

दशरथ का शरीर एक बार फिर ठण्डे पसीने ने नहा गया। मृत्यु जैसे उनके सामने खड़ी उनकी आँखों में देख रही थी—बस, हाथ बढ़ाने की बात है। यदि उन्होंने राम की बाँह पकड़ ली, तो राम अपने खड्ग की नोक मृत्यु के वक्ष में हूल देगा...

किंतु, केकय नरेश को दिया गया दशरथ का वचन?

रघुवंश में जन्म लेकर कोई अपना वचन नहीं तोड़ता। तो क्या वंश की प्रसिद्धि बनाए रखने के लिए दशरथ अपने कंठ में मृत्यु का फँदा डाल लें?

जीवन बड़ा है या वचन?

वचन की रक्षा कर मर जाना अच्छा है, या जीवन की रक्षा के लिए वचन को तोड़ देना?

दशरथ के मन में कहीं कोई संदेह नहीं था कि उनके मन में जीवन की अदम्य लालसा थी। वे जीना चाहते थे। न सही सत्ता, किंतु जीवन की रक्षा तो हो...

वचन की रक्षा धर्म है...

पर ज्येष्ठ पुत्र को उसका देय देना भी तो धर्म है...

पहले धर्म के पालन से उन्हें मिलेगी मृत्यु।

और दूसरे धर्म के साथ जुड़ा है उनका सुखद और सुरक्षित जीवन। उनकी रक्षा कोई कर सकता है तो केवल राम! राम उनकी रक्षा करने को तत्पर न हुआ तो फिर मृत्यु...

दशरथ ने अपने मन को पहचाना। भरत के नाना को दिए गए वचन की

पूर्ति की कोई इच्छा उसमें नहीं थी। वहाँ तो जीवन की सुख-कल्पना थी। और जीवन का अर्थ था राम!

किंतु क्या राम अपना युवराजाभिषेक स्वीकार कर लेगा?

राम जानता है कि दशरथ भरत को युवराज बनाने के लिए वचनबद्ध हैं। फिर वह क्यों चाहेगा कि पिता अपना वचन तोड़कर अपयश लें...दशरथ भली प्रकार जानते हैं कि राम को राज्य का रंचमात्र भी मोह नहीं है। उसने आज तक केवल कर्म किया है—उसका फल नहीं चाहा। उसने दायित्व निभाए हैं, अधिकार कभी नहीं माँगे।

उसे समझाना होगा कि उसका अभिषेक उसके पिता के प्राणों की रक्षा के लिए कितना आवश्यक है। उसे तत्काल अभिषेक करवाना होगा—युद्धाजित की तैयारी से पूर्व, भरत के लौटने तथा कैकेयी को गंध मिलने से पहले...

कल राम अयोध्या लौट आएगा। संध्या समय तक राज-परिषद् में उसके युवराभिषेक की घोषणा होनी चाहिए; और परसों सूर्योदय के साथ-साथ उसका युवराजाभिषेक...

अवश्य।

अनिवार्य रूप से। अन्यथा अब दशरथ बच नहीं सकते...

2

तीन सप्ताहों के प्रवास के पश्चात् राम प्रातः ही लौटे थे। सीता ने कुशल-क्षेम पूछी। स्नान-भर करने का अवकाश पाया कि लक्ष्मण, सुयज्ञ, चित्ररथ, त्रिजट, कुछ अन्य मित्र और सहयोगी मिलने आ गए। क्षणों में ही उनकी अनुपस्थिति में हुई सारी घटनाएँ खुलकर उनके सम्मुख आ गईं। फिर राम के पास रुकने का तनिक भी अवकाश नहीं था। खाने के नाम पर जल्दी-जल्दी कुछ निगला और चल पड़े।

सीता के लिए यह बहुत अनपेक्षित नहीं था। जब भी राम अयोध्या से कुछ दिनों की अनुपस्थिति के पश्चात लौटते थे तो पीछे इतना कुछ घट चुका होता था कि राम प्रहर भर का विश्राम भी नहीं पाते थे।...आज भी यही हुआ था।

जाते-जाते कह गए, ''काम अधिक है। प्रयत्न करूँगा, दोपहर को समय से लौट आऊँ। पर यदि विलंब हो जाए तो चिंता मत करना। समय से भोजन कर लेना।''

ऐसी बातें सीता सुन भर लेती हैं। जानती हैं, इसमें न कुछ नया है, न गलत। चार वर्षों के दाम्पत्य जीवन के पश्चात्, अब ऐसा कुछ नया हो भी क्या सकता है। कर्म के तेज बहाव वाले इस जीवन में, प्रेम के पुलक प्रसंगों का समय, कदाचित् व्यतीत हो गया है। अपवादस्वरूप, कभी कोई क्षण प्रेम-पुलक से भर जाए तो भर

जाए; नहीं तो कामकाजी, व्यावहारिक जीवन में प्रेम की ऊहात्मक उक्तियाँ परिहास बनकर रह जाती हैं। अब जीवन मात्र कर्म हो गया है। करने को इतना कुछ हो तो सामाजिक दायित्व के प्रति सजग पति-पत्नी अपने जीवन को पुलकित प्रेम की कहानी नहीं बना सकते।

फिर भी, राम को भोजन कराए बिना, स्वयं खा लेने की बात सीता आज तक स्वीकार नहीं कर सकीं। वे जानती हैं, राम पर राज्य की ओर से सौंपे गए दायित्व तो हैं ही; उनके अपने भीतर की आग भी उन्हें निष्क्रिय बैठने नहीं देती। जब घर से बाहर जाते हैं, कहीं-न-कहीं शासन की कोई अनीति, शिथिलता, कर्तव्य-हीनता अथवा उपेक्षा देखकर पिघल जाते हैं, या जल उठते हैं।...सम्राट् दिन-प्रतिदिन वृद्ध और शिथिल होते जा रहे हैं। शासन के सूत्र उनके हाथों से फिसलते जा रहे हैं। बहुत सतर्क रहने पर भी उनसे कोई-न-कोई प्रमाद होता ही रहता है। राम की अनुपस्थिति में, पिछले दिनों यहाँ क्या कुछ नहीं हुआ। वैसे भी कहीं-न-कहीं से किसी राजपुरुष के अमर्यादित अथवा अनीतिपूर्ण व्यवहार की सूचना राम को मिलती ही रहती है; और फिर राम शांत नहीं बैठ सकते। दृढ़ आत्म-नियंत्रण के कारण उनमें आवेश का ज्वार नहीं उठता; किंतु हल्की-हल्की आँच उन्हें तपाती ही रहती है।

व्यस्त राम को विलंब हो जाता है और वे भोजन के समय घर नहीं पहुँच पाते, तो स्वयं भी भूखी रहकर सीता उन्हें शक्ति नही पहुँचातीं। वे जानती हैं, वे स्वयं को अनावश्यक पीड़ा दे रही हैं। सीता के लिए यह संस्कार की बात नहीं है। अपनी बौद्धिकता के बल पर व्यर्थ के संस्कारों को तोड़ने में वे पूर्णतः सक्षम हैं। किंतु, जब पति बाहर से आता है और उसे मालूम होता है कि पत्नी उसके लिए भूखी बैठी है, तो उस कामकाजी जीवन में भी, दोनों के बीच कुछ कोमल क्षण जाग उठते हैं। संबंधों की इस कोमलता ने इस कर्तव्यपूर्ण जीवन में भी हरीतिमा बना रखी है। सीता उस हरीतिमा को कैसे छोड़ दें?

वे कितना चाहती हैं कि सामाजिक तथा प्रशासनिक कामों में राम का हाथ बँटाएँ; पर अभी तक राम की व्यक्तिगत देखभाल के साथ स्त्रियों तथा बच्चों के कल्याण संबंधी कुछ हल्के कामों के अतिरिक्त वे कुछ नहीं कर पायी हैं। इस परिवार का ही नहीं, सारे समाज का ढाँचा ही कुछ ऐसा है कि नारी कहीं शोभा की वस्तु है, कहीं भोग की। कहीं वह अत्यंत शोषित है, कहीं परजीवी। अमरबेल होकर रह गई है नारी; जो अपने पति के माध्यम से समाज का रस खींचती है। समाज से उसका सीधा कोई संबंध ही नहीं है। घर की व्यवस्था में तो फिर भी उसका स्थान है, सामाजिक उत्पादन में वह एकदम निष्प्रयोजन वस्तु है। निर्धन किसान की पत्नी उसके साथ खेत पर जाकर उसका हाथ बँटाती है, श्रमिक की पत्नी पति के साथ या स्वतंत्र रूप से श्रम करती है; किंतु धनी वर्ग की स्त्रियाँ मात्र जोंकें हैं। चूसने के लिए उन्हें रक्त चाहिए। उनकी सामाजिक उपयोगिता पूरी तरह शून्य है और

उसकी आवश्यकताएँ आसमान को छू रही है। उन्हें भड़कीले वस्त्र चाहिए, चमकीले आभूषण चाहिए; प्रसाधन के लिए चंदन-कस्तूरी के छकड़े भी उनके लिए अपर्याप्त हैं; चर्बी चढ़ाने के लिए दुनिया भर का गरिष्ठ और स्वादिष्ट भोजन चाहिए...

इन निकम्मी, मोटी बुद्धि वाली, निरर्थक वस्तुओं को देखकर सीता का खून जल उठता था। उनसे घड़ी-आधा घड़ी बात कर सीता का दम घुटने लगता था। रानियाँ, मंत्राणियाँ, सामंत-पत्नियाँ, आचार्य-पत्नियाँ—सब ही पुराने पड़े व्यर्थ के कबाड़-सी वस्तुएँ थीं, जिनकी कोई सामाजिक उपयोगिता नहीं थी।

पर सीता स्वयं भी सक्रिय होकर अभी तक कोई बहुत महत्त्वपूर्ण काम नहीं कर पाई थीं। इस प्राय-निष्क्रियता में सदा आशंकित रहती थीं कि कहीं वे भी सार्थक परिश्रम के अभाव में उसी चमकीले कबाड़ का अंग न बन जाएँ। पिछले चार वर्षों में कितनी बार पति-पत्नी में इस विषय पर कहा-सुनी हुई थी। साधारण बातचीत हुई थी, तर्क हुए थे, तनातनी और झगड़े भी हुए थे। पर अंत में दोनों ने यही पाया था कि यह रूढ़-व्यवस्था नारी-शून्य पुरुष समाज से काम कराने की इतनी अभ्यस्त हो चुकी थी कि नारी को अपने मध्य पाते ही, जैसे उसे पीसने लगती थी। वह व्यवस्था नारी को पुरुष की बराबरी का स्थान देने के लिए किंचित् भी इच्छुक नहीं थी। नारी को पुरुष की बराबरी का स्थान दिलाने के लिए लंबा और जोरदार संघर्ष अपेक्षित था।

सीता के छोटे-मोटे स्फुट प्रयत्न, रूढ़-व्यवस्था के विरुद्ध, लोहे की दीवार पर हाथ के नाखूनों से लगाई गई खरोंचें मात्र थे—जो दिखाई भी नहीं पड़ रहे थे।...वस्तुतः वे प्रतीक्षा कर रही थीं, और तैयारी भी। उनका शरीर घर और बाहर की नियमित, नित्य व्यवस्थाओं में लगा रहा था; किंतु मन भविष्य की कल्पनाएँ करता रहता था—आने वाले समय के लिए योजनाएँ बनाता रहता था। कहीं ऐसा न हो कि जब अवसर आए तो सीता को करने के लिए कोई काम ही न सूझे...

व्यक्तिगत जीवन अपनी जगह है। उसका सुख सबको आकांक्ष्य है। किंतु, सामाजिक लक्ष्य-रहित जीवन भी कोई जीवन है? सीता जब राम को जन-सामान्य की सुविधाओं की व्यवस्था में अपने प्राणों को खपाते देखती थीं, तो उनके मन में तृप्ति और स्पर्धा की भावनाएँ एक साथ ही अंकुरित हो उठती थीं। धन्य हैं राम, जो बिना कोई राजनीतिक अधिकार पाए भी अपने कर्तव्य में लगे हुए थे; यदि कहीं ऐसे ही ये चारों भाई होते। और स्पर्धा होती थी सीता को राम से—क्यों नहीं वे भी उन्हीं के समान अपना जीवन कर्म में खपा पातीं?

इस स्पर्धा में सीता का एक ही सहयोगी है—देवर लक्ष्मण। कितनी तड़प है लक्ष्मण में स्वस्थ, साहसी, सामाजिक, कार्य के लिए। अनीति देखकर लक्ष्मण रुक नहीं सकते। और फिर अपने भैया राम का एक संकेत उनके लिए पर्याप्त है। अब

तो वे सतरह वर्षों के हो गए हैं। चार वर्ष पूर्व जब वे राम के साथ सिद्धाश्रम गए थे, तब मात्र एक किशोर ही तो थे। किंतु किसी कर्म में, किसी जोखिम में, लक्ष्मण पीछे नहीं रहे।

भरत और शत्रुघ्न भी सात्विक प्रवृत्ति के हैं, अन्याय देखकर विरोध उनके मन में भी जागता है, किंतु उनमें राम और लक्ष्मण जैसी आग और तड़प नहीं है। वे दोनों ही आत्मकेंद्रित हैं। समाज की गतिविधियों और प्रवृत्तियों से उनका कोई विशेष संपर्क नहीं है। यही कारण है कि अन्याय के प्रति पूर्णतः समर्पित होने पर भी उन्हें अपने पड़ोस में होता हुआ अन्याय दिखाई नहीं पड़ता। उनकी अपनी दीवार की छाया में अमानवीय अत्याचार पनपता रहता है, और उन्हें वह तब तक दिखाई नहीं पड़ता, जब तक कोई अन्य व्यक्ति उसकी ओर इंगित न कर दे। उन दोनों का समस्त बल स्वयं चरित्रवान बनने पर है, परिवेश की गंदगी दूर करने की ओर उनका ध्यान नहीं है। ऐसे लोग अनीति के समर्थक तो नहीं होते, किंतु अनीति को उनसे कोई विशेष भय भी नहीं होता।

कदाचित् यही कारण था कि भरत और शत्रुघ्न का संबंध अयोध्या और अयोध्या के आस-पास होने वाली सामाजिक और राजनीतिक हलचलों से कम, भरत के ननिहाल से ही अधिक था। एक ही माता के पुत्र होने पर भी लक्ष्मण और शत्रुघ्न कितने भिन्न थे। सुमित्रा का सारा प्रशिक्षण, शत्रुघ्न को भरत के प्रभाव से मुक्त कर, लक्ष्मण जैसा नहीं बन सका था...

परिचारिकाओं की हलचल से सीता को राम के आने का आभास मिला।

राम ने कक्ष में प्रवेश किया। उनके चेहरे पर एक हल्की-सी मुस्कान थी; किंतु मुस्कान की उस परत के नीचे छिपी क्लांति सीता की दृष्टि से ओझल नहीं रह सकी।

''प्रवास की थकान कम थी कि फिर स्वयं को इतना थका डाला।''

राम की आँखों ने सीता की निरीक्षण-शक्ति की प्रशंसा की, ''तुमसे कुछ भी छिपाना कठिन है, सीते!''

''अभी तक भूखे हैं। कहीं भोजन भी नहीं किया होगा।''

राम मुस्कराए भर, कुछ बोले नहीं।

सीता ने परिचारिका को भोजन लाने का संकेत किया, ''देखती हूँ, सारे कार्यों के लिए, अयोध्या में केवल एक ही व्यक्ति सुलभ है।''

राम झेंपते-से मुस्कराए, ''ऐसा नहीं है, प्रिये! भेजने को तो मैं अन्य लोगों को भी भेज सकता हूँ; किंतु अपने अनुभव से क्रमशः ध्यान गया हूँ कि सामान्य राजपुरुष जब शासकीय कार्य के लिए जाता है तो प्रजा अथवा शासन का भला कम करता है, अपना भला ही अधिक करता है।''

''कोई विशेष बात?''

''बहुत नहीं। पर कुछ-न-कुछ तो होता ही रहता है। आज तो स्वयं सम्राट् के उठाए हुए ही अनेक बवंडर थे।...वैसे भी प्रजा के हित का ध्यान रख स्वयं राम का ही जाना उचित है।'' राम मुस्कराए, ''आशा है, मेरी प्रिया न तो आपत्ति करेगी, न बाधा देगी।''

परिचारिकाएँ भोजन ले आईं।

''न आपत्ति, न बाधा।'' सीता बोलीं, ''किंतु आपको दिन-भर के कार्य के पश्चात् भूखा तथा क्लांत घर लौटते देखकर मुझे कष्ट अवश्य होता है। यदि आपके कार्यस्थल पर भोजन तथा थोड़े आराम की व्यवस्था हो पाती, तो अपने पति को सत्कार्य करते देख मुझे असीम तृप्ति होती।''

''व्यवस्था तो हो सकती है; पर भोजन के लिए राम लौटकर सीता के पास ही आना चाहता है।'' राम के चेहरे पर कौतुक का भाव था, ''और सीता के साहचर्य के बिना विश्राम है कहाँ!''

''तो मुझे पृथक् कार्य देने के स्थान पर अपने ही साथ रखा कीजिए। मैं भी थक-हारकर संध्या समय भूखी लौटूँ, तो सार्थकता का सुख पाऊँ। मुझे तो हल्के और संक्षिप्त कार्य देकर बहला दिया जाता है, जैसे मैं किसी योग्य ही नहीं। कार्य केवल राम के लिए हैं, या बच जाएँ तो देवर लक्ष्मण के लिए।''

राम गंभीर हो गए, ''ठीक कहती हो, सीते! तुम्हें अपने योग्य कार्य अवश्य मिलना चाहिए, अन्यथा तुम्हारी समस्त ऊर्जा निष्क्रिय रहकर सड़ जाएगी। पर कठिनाई यह है कि इस समाज ने मान लिया है कि स्त्री घर से बाहर तभी कोई कार्य करेगी, जब पुरुष मृत, पंगु अथवा अनुपस्थित होगा। प्रयत्न में हूँ कि शीघ्रातिशीघ्र तुम्हें तुम्हारा उचित स्थान दे सकूँ।...

सहसा राम चुप हो गए। उनकी दृष्टि सीता के चेहरे पर ठहरकर कुछ ढूँढ़ रही थी। उन्हें लग रहा था, सीता अब पहले जैसी स्वस्थ-संतुलित नहीं रह गई थीं। वे कुछ असहज थीं।

''क्या बात है, सीते?''

''समाज में मेरा जो स्थान और उपयोगिता है, वह समझाने पिछले अनेक दिनों से कुल-वृद्धाएँ मेरे पास आ रही हैं।''

राम को समझने में देर नहीं लगी।

''उन बेचारियों पर दया ही करनी चाहिए, सीते! उनका मानसिक क्षितिज इससे अधिक व्यापक नहीं है...''

''किंतु...''

''किंतु क्या?''

''अब माता कौसल्या ने भी इंगित किया है, वे गोद में पौत्र खेलाने को उत्सुक हैं।''

राम सीता को देखते रह गए। वे सीता की पीड़ा समझ रहे थे। यह बात आज पहली बार नहीं उठी थी। चार वर्षों के दांपत्य जीवन में ऐसे प्रसंग अनेक बार आए थे। माता कौसल्या की पोते के प्रति उत्सुकता भी वे समझते थे—जिस समाज में मनुष्य पुत्र-पौत्र के जन्म से ही सौभाग्यशाली माना जाता है, जहाँ व्यक्ति अपने कर्मों से अधिक महत्त्व अपनी कुल-परंपरा को आगे बढ़ाने को देता है; वहाँ यदि माता कौसल्या पौत्र-मुख देखने को व्याकुल हों, तो आश्चर्य की बात क्या है। आश्चर्य तो यह था कि अभी तक पिता की ओर से उन्हें ऐसा कोई संकेत नहीं मिला था और न ही उनके दूसरे विवाह की बात उठाई गई थी।

कदाचित् ये सारी कुल-वृद्धाएँ, इतने अंतराल के पश्चात् भी, संतान न होने का दोष सीता की क्षमता को देती होंगी। जिनके विचार-संसार में विवाह के एक वर्ष के भीतर संतान उत्पन्न न करना बंध्या होने का प्रमाण-पात्र हो, वे सीता को चार वर्षों के पश्चात् भी कुछ न कहेंगी—इतनी अपेक्षा उनसे नहीं की जानी चाहिए। आक्षेप तो होंगे ही—सीता पर हों, या राम पर हों। उनसे बचना संभव नहीं है।...किंतु यदि राम आक्षेपों से बचने के लिए ही कर्म करने लगें, तो वे एक काम भी अपनी इच्छा से, स्वतंत्र रूप से नहीं कर पाएँगे। आक्षेपों से बचने के प्रयत्न में वे समाज की सबसे पिछड़ी हुई मानसिकता के दास हो जाएँगे।...नहीं! राम को अपने चिंतन के अनुसार, अपनी इच्छा से चलना होगा। किसी के कुछ कहने के कारण आवेश अथवा प्रतिक्रिया में राम कोई निर्णय नहीं लेंगे...

संतान के जन्म से पहले, उसके स्वागत के लिए माता-पिता की परिस्थितियाँ अनुकूल होनी चाहिए। वे भौतिक सुविधाओं, शारीरिक तत्परता तथा अनुकूल मानसिकता के साथ प्रस्तुत हों तो ही संतान के साथ न्याय हो सकता है। संतान को जन्म देने के पश्चात् माता-पिता को लगे कि उनके पास संतान के लिए समय नहीं है, उनके पास अपनी अन्य गंभीर चिंताएँ या महत्त्वपूर्ण लक्ष्य हैं, बच्चे उन्हें अपने मार्ग की बाधा लगने लगें और वे उन पर झल्लाते रहें तो यह संतान के साथ न्याय नहीं होगा। उन्हें पूर्णतः दासियों को सौंपकर संतान के मन में ग्रंथियाँ पैदा करने और उचित व्यवहार न कर पाने पर दासियों के प्रति मन में कटुता पालने से क्या लाभ? धन के बल पर दास-दासियाँ, शिक्षक-आचार्य उपलब्ध करा देने भर से, संतान के प्रति माता-पिता का दायित्व पूरा नहीं हो जाता। संतान को माता-पिता की भौतिक सुविधाओं के साथ, उनका समय, उनका शरीर, उनका मन, उनकी आत्मा—प्रत्येक वस्तु की आवश्यकता होती है...

राम की मानसिकता अभी संतान के लिए अनुकूल नहीं है। अयोध्या की स्थिति स्थिर नहीं है। इन दिनों सम्राट् की कार्य-नीति सदा अप्रत्याशितता की ओर प्रवृत्त रहती है। प्रतिदिन कुछ-न-कुछ नया घटित होता रहता है, जिससे कोई-न-कोई बवंडर उठता ही रहता है। जंबूद्वीप का राजनीतिक भूगोल रोज नई राज्य-सीमाएँ बना-बिगाड़

रहा है। समर्थ जन मानवीय आदर्शों से पतित हो रहे हैं। अनेक पिछड़ी जातियाँ भूखी, नंगी, रुग्ण, असहाय और अवश पड़ी, यातनाएँ सह रही हैं। बहुत प्रयत्न करने पर भी, ऋषि उन तक अपना ज्ञान, जागरूकता और संस्कार नहीं पहुँचा पा रहे हैं, और राक्षसों के हाथों प्रतिदिन वन्य-पशुओं के समान मारे जा रहे हैं।...

राम ने विवाह किया है, यद्यपि विश्वामित्र ने उन्हें रघुवंशियों के पत्नी-मोह के अतिरेक के विषय में स्पष्ट चेतावनी दी थी।...पर पत्नी सदा मार्ग की बाधा ही नहीं होती। वह सह-यात्री है—मार्ग की सहायिका भी हो सकती है। सोच-समझकर ही सह-यात्री चुना जाए तो सहायक होता है, बिना सोचे-समझे चुना जाए तो स्थायी सिरदर्द।...सीता से उन्हें विघ्न की कोई आशंका नहीं है...

तो क्या संतान सदा विघ्न-स्वरूप ही होती है?

राम का मन कहता है, संतान मार्ग की बाधा नहीं है, किंतु माता-पिता की पूर्व-व्यस्तता तथा अन्य-लक्ष्य-सिद्धता अवश्य संतान के मार्ग की बाधा हो जाती है। ...सिद्धाश्रम से मिथिला जाते हुए, मार्ग में पूछा गया ऋषि विश्वामित्र का प्रश्न बहुधा उनके सम्मुख आ खड़ा होता है, 'ऐसा क्यों है, राम! कि अपना घर फूँके बिना व्यक्ति परामार्थ की राह पर चल ही नहीं सकता?'

स्वार्थपरक सामाजिक व्यवस्था की इस द्वंद्वात्मकता को राम ने सदा मन में रखा है। इसमें परिवार तथा समाज का स्वार्थ प्रायः विरोधी है, एक के लिए दूसरे का त्याग करना पड़ता है। राम नहीं चाहते कि उनके द्वारा बृहत् सामाजिक दायित्व के पालन के कारण, उनके सगे होने का दण्ड उनकी संतान को मिले। वे नहीं चाहते कि उनकी संतान बड़ी होकर यह कहे कि दुर्भाग्य यह है कि उनका पिता सामाजिक जीवन में ईमानदारी से मग्न है, या यह कि अपने जननायक पिता की ओर से सदा उन्हें उपेक्षा ही मिली है, या यह कि उनके पिता के पास सबके लिए समय है; केवल अपनी पत्नी और बच्चों के लिए नहीं है...।

इसका क्या अर्थ—क्या राम समझते हैं कि जब जीवन में अन्य कोई कार्य नहीं रहेगा, जब वे सब ओर से अवकाश प्राप्त कर लेंगे, तो ही संतान की बात सोचेंगे? क्या ऐसा समय भी आएगा? जीवन में कुछ-न-कुछ तो लगा ही रहता है। जब जीवन में इतना कुछ—परस्पर समान और विरोधी साथ-साथ चलता रहता है तो संतान भी उसी वैविध्यपूर्ण जीवन का एक अंश बनकर क्यों नहीं चल सकती।...नहीं, राम जीवन के महत्त्वपूर्ण कामों से अवकाश प्राप्त कर, वृद्धावस्था में संतान को जन्म देने की बात नहीं सोचते। संतान के जन्म का भी उचित समय होता है, ताकि व्यक्ति ठीक समय से उनका पालन-पोषण कर उन्हें उनके अपने पैरों पर खड़ा कर दे।...हाँ, राम कुछ अधिक मानसिक अनुकूलता तथा परिस्थितियों की स्थिरता की प्रतीक्षा कर रहे हैं। विवाह के पश्चात् पाँच-सात वर्ष संतान न हो तो कोई आसमान नहीं गिर पड़ेगा। यदि वे विवाह ही रुककर करते तो? कई लोग

पैंतीस-चालीस वर्ष के वय में विवाह करते हैं। वे तो अभी कुल उनतीस वर्ष के हैं। वे संतान के लिए दो-चार वर्ष और प्रतीक्षा कर सकते हैं...

और फिर, संतान को इतना अधिक महत्त्व देने का भी क्या अर्थ कि जीवन के प्रत्येक धर्म से संतान अधिक महत्त्वपूर्ण हो जाए। मनुष्य का जीवन स्वयं कर्म करने के लिए है अथवा वंश-परंपरा को आगे बढ़ाने का माध्यम मात्र? राम का जीवन कर्म के लिए है।...बच्चे उन्हें भी अच्छे लगते हैं—वात्सल्य उनके मन में भी है, किंतु अपने उत्तराधिकारी की प्राप्ति ही उनके जीवन का एकमात्र लक्ष्य नहीं है। उन्होंने अपने लिए कोई संपत्ति अर्जित नहीं की है, जिसके लिए उन्हें उत्तराधिकारी की निपट आवश्यकता हो। संपत्ति व्यक्ति की नहीं, समाज की होती है। साम्राज्य स्थापित करने की उनकी कोई आकांक्षा नहीं है। अयोध्या का राज्य उन्हें ही मिलेगा—यह भी निश्चित नहीं है। अधिक संभावना यही है कि राज्य उन्हें नहीं मिलेगा। पिंडदान इत्यादि के लिए पुत्र की कामना उन्हें नहीं है। स्वर्ग किसने देखा है; और पुनर्जन्म का ही क्या प्रमाण है। यदि स्वर्ग है, और वह व्यक्ति को मिलता भी है, तो वह उन्हें अपने कर्मों से मिलेगा...इनके लिए उन्हें संतान की आवश्यकता नहीं है।

संतान यदि उन्हें चाहिए, तो केवल अपनी वात्सल्य की तृप्ति के लिए। वे प्रतीक्षा कर सकते हैं।

किंतु सीता...सीता की क्या इच्छा है? कहीं वे अपने विचार सीता की इच्छा के विरुद्ध तो उन पर आरोपित नहीं कर रहे...

''हाथ धो लें, आर्यपुत्र!''

सीता संभल चुकी थीं। वे शांत और सुव्यवस्थित लग रही थीं।

''प्रिय! कदाचित् तुम्हें मानसिक क्लेश पहुँचे, किंतु...'' राम का स्वर गंभीर था, ''समस्या का समाधान उसके साक्षात्कार में होता है...''

''आप निश्चिंत रहें।'' सीता मुस्कराईं, ''अब मैं दुर्बलता नहीं दिखाऊँगी।''

''ऐसा तो नहीं, सीते! कि मेरी चिंतन-पद्धति के कारण तुम्हें अपना अप्राकृतिक दमन करना पड़ा रहा हो? कुल-वृद्धाओं को छोड़ो। किंतु तुम्हारी इच्छा...''

''आपको आज तक मेरी इच्छा का ही पता नहीं है क्या?'' सीता स्थिर ही नहीं, दृढ़ थीं, ''ठीक है, मुझे अभी अयोध्या में अपने मनोनुकूल कार्य नहीं मिला है, किंतु मैं इतनी भी खाली नहीं हूँ कि शिशु-पालन के बिना दिन न कटता हो''

''तुम्हारे जीवन में संतान का कोई महत्त्व नहीं है?'' राम मुस्करा रहे थे।

''है। पर इतना नहीं कि अपने जीवन का सारा ताना-बाना उसी को केंद्र में रखकर बुनूँ। संतान की ऐसी भी क्या जल्दी कि फिर उसके पालन के लिए किसी सम्राट् सीरध्वज का खेत ढूँढ़ना पड़े।...मैं अभी प्रतीक्षा कर सकती हूँ।''

राम मौन हो गए। बात विचारों तक ही नहीं रही थी, अचानक ही सीता की छिपी वेदना बोल उठी थी। राम भीगे उठे...किंतु उन्हें भावुकता से बचना होगा। उन्होंने स्वयं को सँभाला...

"प्रतीक्षा चाहे कितने ही लंबी हो?"

"हाँ!"

"फिर तो कुल-वृद्धाओं के आक्षेप-उपालंभ भी सुनने ही पड़ेंगे।"

"सुन नहीं रही क्या?"

राम मुस्करा पड़े।

परिचारिका ने बाधा दी, "आर्य की अनुमति हो तो राजगुरु को सूचित करूँ कि आप उनसे मिलने को प्रस्तुत हैं। वे आपके भोजन कर लेने की प्रतीक्षा कर रहे हैं।"

सीता सावधान हो गईं।

राम के गंभीर स्वर में प्रताड़ना का भाव था, "गुरुदेव प्रतीक्षा क्यों कर रहे हैं, सुमुखि? उन्हें प्रतीक्षा कराने का अधिकार किसी को नहीं है।"

"क्षमा करें, कुमार!" सुमुखी ने सिर झुका दिया, "यह उनकी अपनी इच्छा थी।"

राम ने द्वार तक जाकर अगवानी की। गुरु को आसन पर बैठा उन्होंने हाथ जोड़ दिए, "क्षमा करें गुरुदेव! कह नहीं सकता कि किसके प्रमाद के कारण आपको प्रतीक्षा करनी पड़ी।"

गुरु मुस्कराए, "उद्विग्न न हो, राम! जो कुछ हुआ मेरी इच्छा से हुआ है।"

"पर क्यों?" राम सहज नहीं हो पा रहे थे।

"राम!" वशिष्ठ पूर्णतः शांत थे, "अयोध्या में कौन नहीं जानता कि राम जनकार्य में कितना व्यस्त है। पुत्र! मैं अयोध्या से बाहर नहीं हूँ। यह जानकर कि तुम प्रातः के गए अब लौटे हो, और इस समय दोपहर का भोजन कर रहे हो, जब अन्य लोग संध्या के भोजन की तैयारी कर रहे हैं—बाधा देकर मैं पाप का भागी क्यों बनता?...पर इस विषय को अधिक न खींचो। मैं शुभ और महत्त्वपूर्ण सूचना लाया हूँ।"

"कैसी सूचना है, गुरुवर?" सीता ने पूछा।

"पुत्री! आज राज-परिषद् ने एकमत से निर्णय किया है कि कल प्रातः राम का युवराजाभिषेक किया जाएगा...।"

सीता का स्वर हर्षातिरेक से जैसे भर्रा उठा, "कल प्रातः?"

"हाँ, पुत्री!" गुरु बोले, "समाचार अत्यंत गोपनीय है। अभी तक राजमहल में यह सूचना प्रसारित नहीं की गई। प्रयत्न यही है कि यथासंभव कम-से-कम लोगों को ही मालूम हो। समाचार तुम्हारे महल से बाहर न जाए तो अच्छा है। तुम लोग

प्रस्तुत रहो। पुत्र! अभी जाकर सम्राट् के सभा-भवन में भेंट करो। मैं प्रबंध करने जा रहा हूँ। रात्रि से पूर्व, फिर लौटूँगा। कुछ कर्मकाण्ड का विधान करना होगा...''

गुरु उठ खड़े हुए।

''एक और आकस्मिक घटना''—राम जैसे भाव-शून्य हो गए थे। उन्होंने यांत्रिक ढंग से गुरु को प्रणाम कर, उन्हें विदा किया।

सीता ने अपने उल्लास से बाहर निकल, राम को देखा—राम न प्रसन्न थे, न उदास। वे गंभीर थे—चिंतन में मग्न, प्रश्नों से जूझते हुए, भीतर की उथल-पुथल में लीन।

''क्या हुआ, राम?''

''कुछ विशेष तो नहीं।''

''आप प्रसन्न नहीं है?''

''प्रसन्नता स्पष्टता से आती है। मैं अपने मन में स्पष्ट नहीं हूँ।''

''क्यों?''

''एक ओर विपरीत कर्तव्यों ने द्वंद्वों के ज्वार उठा दिए हैं, और दूसरी ओर मुझे यह युवराजाभिषेक अत्यंत असहज लग रहा है।''

''रघुकुल में ज्येष्ठ पुत्र का युवराजाभिषेक असहज होता है क्या?'' सीता बोलीं।

''नहीं।'' राम का स्वर मन की गुत्थियों से भारी था, ''किंतु गुरु का अकस्मात् आकर ऐसा महत्त्वपूर्ण निर्णय गोपनीयता से सुनाना और कल प्रातः अभिषेक हो जाना। इतना ही नहीं, आज राज-परिषद् का निर्णय करना और कल प्रातः अभिषेक हो जाना। इस भगदड़ का कारण? ऐसे समारोह महीनों की तैयारी के पश्चात् होते हैं। सारे राज्य में घोषणाएँ होती हैं। समस्त मित्र राजाओं, संबंधियों, ऋषियों, आचार्यों, सामंतों, श्रेष्ठियों आदि को निमंत्रित किया जाता है। पर कोसल के युवराज का अभिषेक गुप्त रीति से होगा—सबकी दृष्टि से बचाकर? रात-रात में, कल प्रातः तक कितने लोगों को निमंत्रण जा सकेगा? कितने लोग अयोध्या पहुँच सकेंगे? सोचो तो, अन्य संबंधी तो दूर—सम्राट् सीरध्वज तक को निमंत्रण नहीं भेजा गया। स्वयं भरत-शत्रुघ्न भी अयोध्या में उपस्थित नहीं।''

''आप ठीक कह रहे हैं।'' सीता भी गंभीर हो उठीं, ''आप सम्राट् से मिल लें। संभव है, वे कोई उपयुक्त उत्तर दे पाएँ।''

''माँ को सूचना दे दो। मैं पिताजी से मिलकर आता हूँ।''

रथ चला तो राम ने अपने हृदय को टटोला।

गुरु के आने के बाद से उनका मन विभिन्न प्रश्नों और गुत्थियों में उलझा हुआ था—पर बात उन गुत्थियों तक ही सीमित नहीं थी। वह तो आकस्मिक प्रतिक्रिया

मात्र थी—झटके में छलक आए, पानी के घूँट-सी। सोचने को तो और भी बहुत कुछ था।

उन्हें राज्य दिया जा रहा था। क्षत्रिय, शासन-दण्ड ग्रहण कर, प्रजा का पालन नहीं करेगा तो और कौन करेगा। यह उनका कर्तव्य था। राज्य का अधिकार भोग के लिए नहीं, कर्तव्य-पालन के लिए ही था। राज्यभार छोड़ना कर्तव्य से मुँह मोड़ना था। आज यह दायित्व उनके कंधों पर डाला जा रहा है, तो राम उनका तिरस्कार नहीं कर सकते।

किंतु राम जानते हैं कि सम्राट् के विवाहों का अपना इतिहास है। कैकेयी के विवाह की शर्त थी कि उसका पुत्र ही कोशल का युवराज होगा। आरंभ में कैकेयी अपनी बात पर बहुत दृढ़ रही थी, किंतु शनैः-शनैः वह रघुकुल की मानव-वंशी परंपराओं के अनुकूल होती गई थी और अपना विरोध भूलती गई थी। राम के प्रति उसका विरोध समाप्त हो गया था; केकय-नरेश द्वारा सम्राट् से लिया गया वचन भी वह भूल गई थी। क्रमशः, राम के सामने कैकेयी का चरित्र उद्घाटित हुआ था। अद्भुत थी कैकेयी! उसके हृदय में विष तथा अमृत के सरोवर एक साथ विद्यमान थे। प्रश्न केवल यह था कि किस संदर्भ में, उसके हृदय का कौन-सा सरोवर उद्वेलित होता है। सदय होती तो वह पूर्ण अमृत होती। तब कल्पना भी नहीं की जा सकती थी कि रुष्ट होने पर कैकेयी तनिक-सी कठोर भी हो सकेगी। किंतु जब उसके मन का विष-सरोवर उद्वेलित होता तो वह इतनी क्रूर हो जाती थी कि उसमें कोमलता का एक कण ढूँढ़ना भी असंभव हो जाता।

केकय-नरेश ने सम्राट् से वचन लिया था कि उसका नाती कोसल का युवराज होगा। कैकेयी का पुत्र भरत था, राम नहीं। यह अन्य बात थी कि कैकेयी ने सायास उस वचन को भुला दिया था। आरंभिक कटुता के बीत जाने पर, कैकेयी ने एक बार जो राम को पुत्र का स्नेह दिया तो वह भरत और राम में भेद करना भूल गई। उसने कई बार अपने मुख से राम को अयोध्या का भावी युवराज कहकर पुकारा था।

किंतु सम्राट् द्वारा बरती जा रही यह गोपनीयता राम के मन में संदेह उत्पन्न कर रही थी। भरत अयोध्या में नहीं है। उसकी अनुपस्थिति में, इस त्वरित ढंग से राम का युवराजाभिषेक क्या अर्थ रखता है...? सम्राट् ने फिर अपनी घबराहट में बिना समझे-बूझे कोई विकट कृत्य तो नहीं कर डाला?...

राम ने राज-सभा में, सम्राट् के निजी कक्ष में जाकर पिता के चरणों में प्रणाम किया।

सम्राट् ने गद्‌गद स्वर में आशीर्वाद दिया, "शत्रुओं पर विजय पाओ, पुत्र!"

सम्राट् अत्यंत चिंतित दीख पड़ते थे—अस्त-व्यस्त और परेशान; कदाचित् थोड़े-से भयभीत भी। सम्राट् के निजी सेवकों को छोड़, अन्य कोई भी व्यक्ति वहाँ उपस्थित

नहीं था। सभा विसर्जित हो चुकी थी। सारे मंत्री और सामंत जा चुके थे। अकेले सम्राट् चिंता में डूबे, खोए-खोए-से बैठे थे। राम को सम्राट् की आकृति पर उस चिंतित प्रहरी के-से भाव दिखे, तो अपने संरक्षण में रखी गई किसी वस्तु की सुरक्षा के लिए बहुत चिंतित हो और चाहता हो कि कुछ अन्यथा हो जाने से पहले, किसी प्रकार वह उस वस्तु की उचित व्यवस्था कर दे...

"सम्राट् चिंतित हैं।" राम ने बहुत कोमल स्वर में बात आरंभ की।

"सम्राट् नहीं, एक पिता चिंतित है, पुत्र!" दशरथ बोले, "आज मैंने राजपरिषद् में तुम्हारे युवराजाभिषेक का प्रस्ताव रखा था। सभा ने एकमत से उसका समर्थन किया है। मैं चाहता हूँ कि यह अभिषेक कल प्रातः ही हो जाए। कार्य जितना शीघ्र हो जाए, उतना ही अच्छा।"

राम ने अपनी दृष्टि पिता की आँखों पर टाँग दी, "पिताजी! इस अपूर्व शीघ्रता का कारण? जिस ढंग से मेरा अभिषेक हो रहा है, उसमें कुछ अनुचित होने की गंध है, जैसे धक्के में न हुआ तो फिर यह रह ही जाएगा।'

"मैं जानता था, इसीलिए तुम्हें बुलवाया था।" दशरथ का स्वर कातर था, "प्रश्न मत करो, राम! इस समय कुछ मत सोचो, कुछ मत पूछो। जो कह रहा हूँ, करो। पुत्र! मनुष्य की बुद्धि बहुत चंचल होती है, और परिस्थितियाँ बलवान। इससे पहले कि मेरी चित्त-वृत्ति बदल जाए, अथवा मैं परिस्थितियों के सम्मुख विवश हो जाऊँ; और यह अवसर हाथ से निकल जाए, तुम अपना युवराजाभिषेक करवा लो।"

"पिताजी!"

"शंका मत करो, राम! मैं इस समय उत्तेजना और चिंता से विक्षिप्त हो रहा हूँ। दिन-रात दुःस्वप्नों से घिरा हुआ हूँ। अवकाश नहीं है। गुरु जैसे कहें, सीता-सहित वैसा ही व्रत-पालन करो। जाओ।"

सम्राट् की इस मनःस्थिति में उनके सम्मुख रुकना या उनसे प्रश्न करना संभव नहीं था।

राम लौट पड़े।

पिता को आशंका थी कि राम का युवराजाभिषेक कदाचित् न हो पाए, उन्हें विघ्न दिखाई पड़ रहे थे। क्यों आशंका थी पिता को? उन्हें कौन-सी बाधाएँ दिखाई पड़ रही थीं? दुःस्वप्न! पिता ने कुछ दुःस्वप्नों की चर्चा की थी—कौन से दुःस्वप्न उन्हें सता रहे थे? निश्चित रूप से पिछले तीन सप्ताहों में सम्राट् ने जो कुछ किया था, वह उन दुःस्वप्नों का ही परिणाम था।

पिता के दुःस्वप्न और राम के द्वंद्व। पिता के सम्मुख प्रश्न यह था कि राम का युवराजाभिषेक हो पाएगा या नहीं...कहीं अभिषेक का यह अवसर छिन न जाए। किंतु राम के सम्मुख प्रश्न था—वे अभिषेक स्वीकार करें या नहीं? विश्वामित्र की मूर्ति प्रश्नचिह्न बनकर बार-बार उनके सम्मुख आ खड़ी होती : "नहीं आओगे, राम?

तुम रघुवंशी होकर अपना वचन भंग करोगे? क्या है, राम तुम्हारे जीवन का लक्ष्य? सोचो! तुम्हारा जीवन सुख-भोग के लिए नहीं है। उसके लिए अन्य लोग हैं। तुम भिन्न हो। तुम सार्थक हो, राम!...राम! तुम शासन-भार नहीं लोगे, तो भरत उसे स्वीकार कर लेगा, लक्ष्मण कर लेगा।...पर तुम वन नहीं गए, तो कोई नहीं जाएगा—न भरत, न लक्ष्मण, न शत्रुघ्न।''

पिता एक बात कहते हैं, विश्वामित्र दूसरी। इसी ऊहापोह के मध्य किसी समय स्वयं राम के अपने मन का भय बोलने लगा—सिंहासन स्वीकार कर लिया, एक बार सम्राट् बनकर बैठ गया तो मेरी मानवीय दुर्बलताएँ नहीं जाग उठेंगी क्या? सुविधापूर्ण विलासी जीवन में लिप्त हो, बहानों की आड़ में स्वयं को प्रवंचित नहीं करूँगा? मोह-त्याग बड़ा कठिन होता है। जब तक मोह का रोग न जगे, तभी तक ठीक ...यदि मोह-त्याग में मैं सफल हो गया तो राज्य के विभिन्न उत्तरदायित्वों से मुक्त कर, कौन मुझे उस गहन वनों में जाने देगा!...न्याय और समता को, मानवता और उच्च चिंतन को, ज्ञान और विद्या को एक रक्षक की प्रतीक्षा है, और उस रक्षक का दायित्व सँभालने का वचन राम ने विश्वामित्र को दिया था। सम्राट बन, अयोध्या में बैठकर, सेना की सहायता से यह कार्य नहीं हो सकता। वेतनभोगी सेनाओं की सहायता से मानव-जाति का भाग्य नहीं बदला जा सकता। वह तो जन-उद्बोधन से ही संभव होगा।...अभिषेक हो जाने से वन जाने का अवसर कभी नहीं आएगा।

यह कैसे संभव होगा?

पिता की इच्छा और ऋषि को दिया गया राम का वचन...

अयोध्या के सिंहासन का दायित्व और वन के रक्षक का कर्तव्य...

दो कर्तव्य और दो दिशाएँ...

राम की दुविधा का कोई अंत नहीं।

राम को देखते ही, सीता उठकर उनकी ओर आईं।

''मिल आए?''

''हाँ, प्रिये!''

''किसलिए बुलाया था?''

''यह आदेश देने के लिए कि कल अभिषेक करवा लूँ।'' राम का स्वर उत्साहशून्य था।

''आपने उनके सामने प्रश्न रखे?''

''वे कुछ भी सुनने की मनःस्थिति में नहीं थे।''

राम की दृष्टि सीता के चेहरे पर टिक गई। सीता की वाणी और आकृति से शंकाओं का सारा कुहरा उड़ गया था। उनका चेहरा आवृत वाष्प को पोंछ दिए जाने के पश्चात् अधिक निखर आने वाले दर्पण के समान चमक रहा था। इस उल्लास

के सामने क्या कोई संदेह टिक सकता था! क्या राम उनके सामने अपने मन का द्वंद्व रख सकते थे! अपने दुःस्वप्नों में डूबे सम्राट् प्रश्न सुनने की मनःस्थिति में नहीं थे, तो क्या पति के युवराजाभिषेक के उल्लास में मग्न सीता राम के द्वंद्व या विश्वामित्र के आह्वान को सुनने की मनःस्थिति में थीं? ऐसी बात सुनते ही उनका उल्लास बिखर नहीं जाएगा? राम इतने क्रूर कैसे हो...

सीता से नहीं कह सकते, तो राम अपने मन का द्वंद्व किससे कहें?

सीता का ध्यान न राम की भाव-शून्य आकृति की ओर था, न उनके मस्तिष्क में विपरीत दिशाओं में बहने वाले परस्पर टकराते हएु झंझावातों की ओर। वे अपने उल्लास की लहर में बहती हुई बोलीं, "मैंने माँ को समाचार दिया। प्रसन्नता के मारे उनकी जो स्थिति हुई, उसके विषय में आपको क्या बताऊँ। पहले तो खड़ी-खड़ी देखती रहीं। फिर बढ़कर मुझे वक्ष से लगा लिया। भींच-भींचकर प्यार करती रहीं; और अंत में मेरे कंधे पर सिर रखकर रो पड़ीं। बोलीं, 'सारा जीवन मैंने इसी अवसर की प्रतीक्षा की है, बहू! जानती थी, सम्राट् की ज्येष्ठ पत्नी होने के नाते मैं साम्राज्ञी हूँ, मेरा पुत्र सम्राट् का ज्येष्ठ पुत्र है। राम योग्य, वीर, कर्तव्य-परायण तथा लोकप्रिय है। फिर भी आज तक स्वयं मुझे कभी यह विश्वास नहीं हुआ कि किसी दिन मेरा राम सचमुच युवराज बनेगा। यदि मैं बताऊँ कि इस राज-प्रासाद में किस-किस प्रकार मेरा अपमान और उपेक्षा हुई है, तो कोई मेरा विश्वास नहीं करेगा।...किंतु आज मैं कितनी प्रसन्न हूँ। मेरा राम युवराज होगा। मेरे सारे दुःख दूर हो जाएँगे। मेरी बहू इस कुल में वैसी उपेक्षित नहीं रहेगी, जैसी मैं रही। मेरे पोते वैसे निरादृत नहीं होंगे, जैसा अपने शैशव में मेरा राम हुआ...।' मैं कैसे बताऊँ, राम! कि कितनी प्रसन्न थी माँ। उन्होंने तुरंत माता सुमित्रा और देवर को समाचार भिजवाया। वे सब लोग अत्यंत प्रसन्न थे। माँ भगवान से निरंतर प्रार्थना कर रही हैं कि वे उनके पुत्र का युवराजाभिषेक निर्विघ्न करवा दें, ताकि इस राज-प्रासाद में युद्धाजित का आतंक समाप्त हो। माँ रात-भर निराहार साधना करेंगी। उन्होंने मुझसे भी प्रातः तक उपवास करने को कहा है। उनके मन में अब भी अनेक आशंकाएँ हैं।"

सीता अपनी बात कह चुकीं। राम तब भी कुछ नहीं बोले।

"क्या बात है, आप अतिरिक्त रूप से मौन हैं?"

"मुझे लगता है, सीते!" राम मंद स्वर में बोले, "इस कुटुंब में अनेक संदेह, शंकाएँ, आशंकाएँ, विरोध, द्वंद्व, ईर्ष्याएँ, स्वार्थ, द्वेष और जाने क्या-क्या विषैले जीव-जंतुओं के समान मौन सो रहे थे। आज मेरे युवराजाभिषेक की चर्चा से वे सारे जीव-जंतु जाग उठे हैं। वे परस्पर लड़ेंगे। इस राज-प्रासाद में बहुत कुछ विषैला हो जाएगा। इधर माँ के मन में आशंकाएँ हैं, उधर पिताजी के मन में। और मैं कैसे कह दूँ, सीते! कि मेरे मन में कोई आशंका नहीं है।"

"आप..."

"हाँ, प्रिये! आशंकाएँ ही नहीं, द्वंद्व भी..."

द्वार पर परिचारिका प्रकट हुई, "पूज्य सुमंत्र राजकुमार के दर्शनार्थ उपस्थित हैं।"

राम चौंके। सुमंत्र! सुमंत्र के आने का अर्थ है—सम्राट् का असाधारण बुलावा। पर राम अभी तो सम्राट् से मिलकर आए हैं।

सीता का चेहरा भी कांतिहीन हो उठा। सुमंत्र क्यों आए? क्या कहलवाया है सम्राट् ने...?

"तात सुमंत्र!"

"हाँ, राम!" सुमंत्र ने अभिवादन किया, "सम्राट् ने मुझे आदेश दिया है कि मैं आपको यथाशीघ्र उनके समीप ले चलूँ। मैं रथ लेकर आया हूँ।"

राम ने एक अर्थपूर्ण दृष्टि सीता पर डाली।

सीता स्तंभित खड़ी थीं।

सम्राट् ने राम को अपने महल में बुलाया था।

सुमंत्र द्वार पर ही रुक गए, और राम ने भीतर जाकर पिता को प्रणाम किया। इस बार दशरथ उन्हें उतने हारे हुए नहीं लगे। थोड़ी देर पूर्व, सभा-भवन में देखे गए, और अब उनके सम्मुख बैठे सम्राट् में पर्याप्त अंतर था किंतु पूरी तरह स्वस्थ वे अब भी नहीं लग रहे थे।

दशरथ ने राम को अपने समीप रखे हुए मंच पर बैठने का संकेत किया।

"तुम्हें आश्चर्य होगा, राम! कि मैंने तुम्हें इतनी जल्दी क्यों पुनः बुला लिया। आश्चर्य की बात तो है, किंतु इस समय मैं आपे में नहीं हूँ। मैं कितना भी प्रयत्न करूँ, अपने मन की उथल-पुथल तुम्हें नहीं दिखा सकता। अपने जीवन में, दुर्बलताओं के हाथों बँधकर, मैंने अनेक अन्यायपूर्ण कार्य किए हैं। पर अब मैं नहीं चाहता कि किसी भी दबाव में, तुम्हारे स्थान पर किसी और को युवराज पद दूँ। कल तुम्हारा युवराजाभिषेक होना आवश्यक है। मैंने थोड़ी देर पूर्व तुम्हें प्रश्न पूछने से मना किया था। प्रश्न अब भी मत पूछना, पुत्र! पर मेरी बात मानो। गुरु वशिष्ठ तथा अपनी माता के कहे अनुसार, आज रात धार्मिक आचरण तो करो ही; किंतु राम! साथ ही आज रात अपनी रक्षा के प्रति असावधान मत रहना। मैं चाहता हूँ तुम्हारे सुहृद, तुम्हारे शुभाकांक्षी, तुम्हारे प्रिय लोग, आज रात जागकर तुम्हारी रक्षा करें, या तुम्हें घेरकर सोएँ।'"

राम ने विस्मय से पिता को देखा।

"आप इतने कातर क्यों हैं, पिताजी!" वे स्थिर वाणी में बोले, "यदि आप किसी निश्चित संकट के विषय में जानते हैं, तो स्पष्ट बताएँ। काल्पनिक आशंकाओं से पीड़ित न हों। इसे आत्मश्लाघा न मानें, आपका राम किसी भी भयंकर से भयंकर शत्रु के विरुद्ध अपनी रक्षा करने में समर्थ है।"

''तुम्हारी क्षमता में मुझे तनिक भी संदेह नहीं। किंतु, पिता का मन असावधान नहीं रहना चाहता, राम! तुम्हारी रक्षा का पूर्ण प्रबंध होना चाहिए। यदि तुम्हें आपत्ति न हो तो मैं अपने अंग-रक्षकों की एक टुकड़ी भेज दूँ। मेरी अपनी सुरक्षा के लिए, तुम्हारा सुरक्षित रहना बहुत आवश्यक है। सारी अयोध्या में, सिवाय तुम्हारे मुझे कोई ऐसा व्यक्ति दिखाई नहीं पड़ता, जो मेरी कुशल चाहता हो।...''

''पिताजी, मुझे क्षमा करें।'' राम रुक नहीं सके, ''आपकी ये आशंकाएँ मेरी समझ में नहीं आ रहीं और यह त्वरा भी मेरे लिए कौतुक की वस्तु है। आपका ध्यान कदाचित् इस ओर नहीं गया कि भरत और शत्रुघ्न भी नगर में नहीं हैं। क्या इस अवसर पर उनका अयोध्या में होना आवश्यक नहीं है?''

''नहीं।'' दशरथ खीझकर बोले, ''भरत के अयोध्या में आने से पूर्व ही तुम्हारा युवराजाभिषेक हो जाना चाहिए।''

''किंतु क्यों, पिताजी?''

''शुभ कामों में अनेक विघ्न उपस्थित हो जाया करते हैं, पुत्र! उनका शीघ्र हो जाना अच्छा है। विलंब उनके लिए घातक होता है।''

राम के मन का संदेह बलवान हो उठा—निश्चय ही सम्राट् को भरत अथवा कैकेयी की ओर से ही आशंका है, किंतु वे खुलकर कुछ कहना नहीं चाहते। संभव है कि पिता की आशंकाओं का कोई ठोस आधार हो, अथवा यह भी संभव है कि ये वृद्ध पिता के भीत मन की दुष्कल्पनाएँ मात्र हों।

पिता किस आवेग से यह बात कह रहे हैं! निश्चय ही उन्होंने कैकेयी से इस विषय में विचार-विमर्श नहीं किया होगा। संभव है कि चर्चा तक न की हो, और उन्हें पूर्ण अंधकार में ही रखा हो। रनिवास में किसी को भी यह समाचार ज्ञात नहीं था। स्वयं माता कौसल्या को सीता ने जाकर बताया था; और उन्होंने आगे माता सुमित्रा और लक्ष्मण को सूचना भिजवाई थी। जब यह समाचार उन लोगों तक से गुप्त रखा गया है, तो कैकेयी को अवश्य ही इस संदर्भ में कोई खबर न होगी...

दशरथ की उत्कट इच्छा को राम अपने अनुमान से समझने का प्रयत्न कर रहे थे। आरंभिक जीवन में माता कौसल्या स्वयं तथा राम के प्रति की गई उपेक्षा तथा अनादर की शायद प्रतिक्रिया जागी थी सम्राट् में। पहले जिस विकटता से वे उनके विरुद्ध बहे थे, अब उसी विकटता से उनके अनुकूल हो रहे थे...ऐसी मनः-स्थिति में पिता से राम कुछ नहीं कह सकते थे।

किंतु क्या बात इतनी-सी ही थी? क्या पिता स्वयं अपने प्राणों के लिए भयभीत नहीं हैं? क्या उन्होंने यह नहीं कहा कि सिवाय राम के, सारी अयोध्या में कोई उनकी कुशल नहीं चाहता? वे राम को सत्ता सौंपना चाहते हैं, राम की सुरक्षा चाहते है—इसलिए कि राम उनकी रक्षा कर सकें। क्या पिता इस सीमा तक डरे हुए हैं कि वे भरत

तथा कैकेयी की ओर से अपने प्राणों के लिए भी आशंकित हैं...क्या हैं यह?—सम्राट् की दुश्चिंताएँ? स्वार्थ? न्याय की भावना? अथवा राम के प्रति स्नेह?...

और भरत के नाना को दिया गया सम्राट् का वचन? क्या पिता उस वचन को भी भूल गए हैं, या वे सायास उसकी उपेक्षा कर रहे हैं?"

रघुकुल में जन्म लेकर, दशरथ अपना वचन तोड़ना चाहते हैं?

क्यों?

राम को राज्य का अधिकार देने के लिए?

तो राम कह दें कि वे पिता से सहमत नहीं। जिस अभिषेक के लिए पिता इतने आतुर हैं कि न उन्हें धर्म सूझता है, न न्याय—न औचित्य, न मर्यादा। वह अभिषेक राम को तनिक भी उत्सुक नहीं कर पाता। वे अभिषेक को अभी टालना चाहते हैं। वे थोड़े समय के लिए—किसी अन्य कर्तव्य की पूर्ति तक के लिए—इस कर्तव्य को टालना चाहते हैं...

पिता स्वीकार नहीं करेंगे।

राम क्या करें?...

"जाओ, पुत्र! अब विलंब मत करो।" दशरथ ने आदेश दिया, "मेरी बात मानने में तनिक भी प्रमाद मत करना। धार्मिक अनुष्ठानों के बीच अपनी सुरक्षा का ध्यान रखना। इस विषय में मैं लक्ष्मण को भी सावधान करना चाहता था, किंतु भय है कि कहीं वह अतिरिक्त रूप से उग्र तथा मुखर न हो उठे। उससे सारी गोपनीयता भंग हो जाएगी!"

अपने द्वंद्वों में उलझे, किंकर्तव्यविमूढ़-से राम, अपने महल में लौट आए। वे स्वयं ही अपने-आपको पहचान नहीं रहे थे। यह राम का रूप नहीं था। राम के सम्मुख उनका मार्ग स्पष्ट हुआ करता है, लक्ष्य निश्चित होता है—दो टूक। पर आज राम के सम्मुख कुछ भी स्पष्ट नहीं था—कोई उनके मन की अवस्था नहीं समझ रहा था, कोई नहीं।

महल में उत्सव का-सा दृश्य था। सारी गोपनीयता के रहते हुए भी महल के प्रत्येक कर्मचारी को ज्ञात हो चुका था कि प्रातः राम का युवराजाभिषेक होगा। सीता के उल्लास ने गोपनीयता की चिंता नहीं की थी। वैसे भी जब प्रबंध आरंभ होता है तो गोपनीयता कहाँ रह पाती है!

महल की सीमाओं के भीतर, न केवल प्रत्येक व्यक्ति के वस्त्र बदल गए थे, वरन् सबकी आकृतियाँ भी, समारोह के उल्लास से दमक उठी थीं। और उन सब के मध्य सीता मन-ही-मन अलौकिक आनंद की बूँद-बूँद पीती हुई, तृप्ति से दीप्त, आयोजन करती घूम रही थीं। पुरोहित लोग आकर बैठे हुए थे और राजगुरु की प्रतीक्षा थी।

अनमने-से राम अपने कक्ष में अकेले जा बैठे। क्या करें वे इन परिस्थितियों में?—पिता ने बल देकर कहा था कि परिस्थितियाँ अत्यंत बलवान होती हैं। क्या राम भी स्वीकार कर लें कि मनुष्य परिस्थितियों के सम्मुख विवश हो जाता है, किंतु, तब राम और दशरथ में अंतर क्या होगा? वृद्ध दशरथ का हारा हुआ मन और युवक राम का असाधारण आत्मविश्वास...

क्या करें राम?

पिता की आकांक्षा इतनी उत्कट है, जैसे उनके प्राण उसी में अटके हों। माँ का वह मुखर हर्षनाद। उन्होंने वर्षों तक—वरन् आजीवन, इसी अवसर की प्रतीक्षा की है। सीता का आत्मसीमित, मर्यादित उल्लास। और माता सुमित्रा, लक्ष्मण, गुरु वशिष्ठ, तात सुमंत्र—सब लोग कितने प्रसन्न हैं। सुयज्ञ, चित्ररथ तथा त्रिजट को भी कदाचित् अब तक ज्ञात हो गया हो। नहीं हुआ, तो कल हो जाएगा। कल प्रजाजन को भी पता चलेगा—कैसा उत्सव मनाएँगे वे सब! सम्राट् के शासन में अब लोगों की आस्था नहीं है। फिर राम कैसे अपने दायित्व को छोड़ कर भाग जाएँ। पलायन राम की प्रकृति नहीं है...

किंतु विश्वामित्र? उनको दिया गया वचन? वन में उनकी प्रतीक्षा करते हुए ऋषिगण, वानर-ऋक्ष, गरुड़-गिद्ध, कोल-भील, शबर-किरात, नाग और निशाद...। उनके प्रति भी तो दायित्व है राम का। उनका दायित्व केवल अयोध्या तक सीमित नहीं हो सकता। राजनीतिक सीमाएँ मानवीय भावों, संवेदनाओं, दायित्वों और अधिकारों को संकीर्ण चौखटों में बंद नहीं कर सकतीं। राम अयोध्या के हैं—अयोध्या का उन पर भरपूर अधिकार है; किंतु अधिकार उनका भी है, जो अयोध्या में नहीं हैं।

अनिर्णय राम की प्रकृति नहीं है किंतु आज? राम की संघर्ष-शक्ति मात्र इतनी ही है क्या?

नहीं! राम को निर्णय लेना होगा। राम के जीवन में निर्णय परिस्थितियाँ नहीं लेतीं। राम लेते हैं। उन्हें कोई-न-कोई मार्ग निकालना ही होगा...

"सौमित्र आए थे।" सीता ने बताया।

"हूँ।"

"वे बहुत प्रसन्न थे। इतने कि कदाचित् कोई अपने अभिषेक से भी न हो।" सीता ने कटाक्ष से राम को देखा, "कल प्रातः फिर आने को कह गए हैं।

"लक्ष्मण अवश्य ही बहुत प्रसन्न होंगे...।" राम ने जैसे अपने आपसे कहा।

बड़े तटस्थ भाव से राम ने धार्मिक अनुष्ठान पूरे किए; और काफी रात गए सोने के लिए बिस्तर पर आए। प्रातः जल्दी उठना है—वे जानते थे—उन्हें जल्दी सो जाना चाहिए था; पर यह मानसिक तनाव...

राम अपने पलंग पर लेटे छत की ओर देख रहे थे। साथ के पलंग पर लेटी हुई सीता, अभी थोड़ी देर पहले तक, उनसे बातें कर रही थी; किंतु दिन-भर की

थकान के कारण, बातों के बीच में ही, अचानक सो गई थीं। कितनी प्रसन्न थीं सीता–निश्‍चिंत भी। निश्‍चिंत होने के कारण ही वे सो पाई थीं। सोंयी भी कैसे, जैसे थका हुआ बच्चा भोजन करते-करते बीच में ढुलक जाए–आधा कौर हाथ में और आधा मुख में। सीता भी ऐसे ही सो गईं–आधी बात मुख में और आधी मन में लिये-लिये।...पर राम को अब भी नींद नहीं आ रही थी। दिन-भर के कामों से न केवल शरीर बुरी तरह थका हुआ था, चिंताओं से मस्तिष्क भी फटा जा रहा था। आँखों के पपोटे भारी थे और थकान के मारे जल रहे थे–पर नींद नहीं आ रही थी।

क्या करें राम?

युवराज पद ठुकरा दें!

कर्तव्य की उपेक्षा कैसे करें?

वन न जाएँ!

पर वह भी कर्तव्य है। उसकी उपेक्षा कैसे करें?

तो क्या करें?

क्या?

दोनों कर्तव्यों में से एक को चुनना होगा।...दोनों में से अधिक महत्त्वपूर्ण क्या है?...निश्‍चित रूप से वन जाना! तो उसे ही चुनना होगा। अयोध्या का शासन यदि सम्राट् नहीं सँभाल सकते तो राज-परिषद् की देख-रेख में भरत सँभाल सकते हैं। भरत से सम्राट् को खतरा हो तो लक्ष्मण सँभाल सकते हैं...वन केवल राम ही जा सकते हैं।

भरत! भरत से पिता आशंकित हैं और माता भी। क्या राम भी? नहीं! राम निश्‍चित रूप से कुछ नहीं कह सकते।

तो वन जाना ही तय रहा?

हाँ! राम की ओर से तय है। किंतु पिता, माता, सीता तथा अन्य लोगों की इच्छा? उनकी प्रसन्नता? राम के अभिषेक न कराने से उनका दुःख? उनकी हताशा?...

राम के मन में बैठे विश्‍वामित्र जोर से ठहाका मार हँस पड़े, "इस-उस की इच्छा और प्रसन्नता की चिंता करते रहे, तो निभा चुके तुम दायित्व! प्रत्येक उदात्त कार्य से, निकट के प्रियजन, सगे-संबंधी सदा ही हताश हुए हैं। तुम्हारा क्या विचार है, जब दधीचि ने अपनी अस्थियाँ दान की थीं तो उसके माता-पिता, पत्नी-बच्चे प्रसन्न हुए होंगे...! बहाने मत ढूँढ़ो, राम! स्वयं को प्रवंचित मत करो..."

और सहसा जैसे राम जल उठे। एक ताप उन्हें तपाता रहा, जैसे आग कच्चे घड़े को तपाती है। क्रमशः ताप क्षीण हुआ, तो राम ने पाया कि वे तप चुके हैं, पक्के हो चुके हैं...वे निर्णय कर चुके हैं।"

साथ ही एक स्वर मन में गूँज रहा था—"कोई नहीं मानेगा, राम! न पिता, न माता, न सीता, न लक्ष्मण—कोई नहीं।"

किंतु इस स्वर की उपेक्षा तो करनी ही थी।

बड़ी कठिनाई से रात के अंतिम प्रहर में राम को नींद आई। पर सोते हुए भी दायित्व के तनाव का बोझ मन पर रहा। वे अधिक देर सो नहीं पाए। प्रभात के चिह्न प्रकट होते ही उनकी नींद उचट गई। नींद न भी उचटती, तो उन्हें चारणों द्वारा जगा दिया जाता। आज युवराजाभिषेक का दिन था, और प्रातः से ही समस्त कार्यक्रम निश्चित थे। उन्हें शीर्घ ही पिता के निकट उपस्थित होना था।

स्नान कर, राम जाने के लिए प्रस्तुत हुए ही थे कि उन्हें सुमंत्र के आने का समाचार दिया गया। राम चकित हुए—क्या हो गया है पिताजी को! क्यों बार-बार सुमंत्र को भेज देते हैं! राम को अभी तनिक भी विलंब नहीं हुआ था। वे निश्चित समय से पूर्व ही पिता के पास जाने के लिए प्रस्तुत थे, ताकि उनसे अपनी बात कह सकें। फिर भी सुमंत्र आ गए। कोई साधारण परिचारक या सारथी आया होता तो बात और थी।...सम्राट् के निजी सारथी, अनेक विशेषाधिकारों से संपन्न। सारथी के साथ-साथ उनके मंत्री, सखा तथा निजी सेवक! समस्त राजनिलयों में कहीं भी बिना रोक-टोक के आने-जाने की सुविधा से संपन्न। उन्हीं सुमंत्र को पिता ने फिर भेजा है...कोई महत्त्वपूर्ण बात है, या सामान्य बुलावा ही। संभव है, नियत कार्यक्रम में कोई नई कड़ी जुड़ी हो...पिता बिना उनकी बात सुने ही काम आगे बढ़ाते जा रहे हैं। प्रबंध जितना आगे बढ़ जाएगा, राम की कठिनाई भी उतनी ही बढ़ जाएगी...किंतु सम्राट् की व्यग्रता!

"तात्! मैं आ ही रहा था।"

राम ने देखा, आज के सुमंत्र पिछली संध्या आने वाले सुमंत्र से बहुत भिन्न थे। उनकी आकृति पर उत्सव और समारोह का उल्लास नहीं था। उत्साहशून्य चेहरा अतिरिक्त रूप से गंभीर लग रहा था। उस पर चिंता की रेखाएँ भी सहज स्पष्ट थीं। उनकी आँखों में आज ममता और प्रेम नहीं था; उनमें सहज निर्मलता भी नहीं थी। वे आँखें शुष्क, नीरस मरुभूमि के समान उजाड़ थीं; जीवनहीन—जैसे उनका जीवन-स्रोत ही सूख गया हो।...रात की सुख-निद्रा के पश्चात् उन्हें ऊर्जा और स्फूर्ति से भरे-पूरे लगना चाहिए था, किंतु वे प्रातः के निर्वाणोन्मुख दीपक के समान थके-थके लग रहे थे।

"समारोह के दायित्व से दबे आप रात-भर सो नहीं सके?" राम का स्वर कोमल तथा मधुर था।

सुमंत्र ने कोई उत्तर नहीं दिया, अपनी अन्यमनस्कता में जैसे उन्होंने कुछ सुना ही नहीं। वे अपनी फटी-फटी आँखों से प्रत्येक वस्तु के आर-पार देखते रहे। उनकी आकृति भावशून्य यांत्रिकता लिये हुए थी।

एक अटपटे मौन के पश्चात, सुमंत्र बोले, "राम! आपका कल्याण हो। शीघ्र सम्राट् के पास चलिए। सम्राट् कैकेयी के महल में उनके पास हैं।" उनका कंठ अवरुद्ध होने की सीमा तक भर्राया हुआ था।

राम का आश्चर्य बढ़ गया—इतनी सुबह सम्राट् माता कैकेयी के महल में कैसे पहुँच गए! पिछली शाम तक सम्राट् इस विषय में अत्यंत गोपनीयता बरत रहे थे। सम्राट् की आशंकाओं का इंगित कैकेयी की ओर ही था। यह संभव नहीं है कि सम्राट् वहाँ मंत्रणा के लिए गए होंगे।...यदि सम्राट् ने गोपनीयता का व्यवहार न किया होता, तो बात और थी। वैसी स्थिति में कैकेयी, इस अभिषेक में, माता कौसल्या से भी अधिक सक्रिय होती।

...पर सुमंत्र इतने पीड़ित क्यों हैं?

"बात क्या है, तात सुमंत्र?"

"कुमार स्वयं चलकर देख लें।" सुमंत्र ने अपने होंठ चाँप लिये थे।

राम का मन सहसा एक अन्य दिशा में सोचने लगा।

सम्राट् ने समाचार गुप्त रखा था, किंतु वह गुप्त नहीं रहा होगा। किसी प्रकार कैकेयी को सूचना मिल गई होगी। कैकेयी सम्राट् के व्यवहार से क्षुब्ध हो गई होगी। सम्राट् क्षमा माँगने रानी के पास पहुँचे होंगे; और अब कैकेयी के चरणों पर सिर रखे पड़े होंगे।...यह नई बात नहीं थी...कैकेयी पर सम्राट् मुग्ध चाहे कितने ही क्यों न रहें हों, किंतु उस पर विश्वास उन्होंने कभी नहीं किया। अविश्वास के कारण न कैकेयी के प्रति सहज हो सके, न कैकेयी के अप्रतिम तेज के सामने अपना अविश्वास प्रकट कर सके। क्रमशः उनके मन में कैकेयी का भय बैठ गया था, और उसके सम्मुख उनका आत्मविश्वास अत्यंत क्षीण हो गया था। कैकेयी की अप्रसन्नता के भय से, उससे पूछे बिना काम कर डालना और फिर कैकेयी के हाथों अपमानित होने के भय से उस काम को छिपाते फिरना सम्राट् की प्रकृति हो गई थी। उसके पश्चात् दीन-कातर सम्राट् और बिफरी हुई सिंहनी-सी कैकेयी का नाटक लंबे समय तक चलता था।... ऐसे नाटक राम ने इस घर में अनेक बार देखे थे।...कहीं ऐसा तो नहीं कि कैकेयी ने इस युवराजाभिषेक का विरोध किया हो; और अब सम्राट् स्वयं को अक्षम पाकर सब-कुछ कैकेयी के मुख से ही कहलवाना चाहते हों?... किंतु कैकेयी का राम के प्रति स्नेह...कैकेयी उनके युवराजाभिषेक का विरोध कैसे करेगी?...

कक्ष में प्रवेश करते ही राम ने जो कुछ देखा, वह अनेक संभावनाओं पर विचार कर, उनका साक्षात्कार करने के लिए तैयार होकर आए हुए राम के लिए भी सर्वथा

अप्रत्याशित था। आज तक उन्होंने माता तथा पिता को राजसी वेश में अत्यंत गरिमापूर्ण ढंग से राजसिंहासन, मंच अथवा पर्यंक पर बैठे हुए देखा था। पर आज वृद्ध सम्राट् अत्यंत अव्यवस्थित अवस्था में आस्तरणहीन फर्श पर पड़े थे। उनकी मुद्रा पीड़ित तथा करुण थी। सारे शरीर में कोई स्पंदन नहीं था। श्वास चलने का भी कोई प्रमाण नहीं था...नहीं, वे संज्ञाशून्य नहीं थे; किंतु चैतन्य भी उन्हें नहीं कहा जा सकता। वे स्थिर, शव के समान पड़े थे।

माता कैकेयी कुछ हटकर खड़ी थीं—सीधी दण्डवत्। चेहरे पर उग्रता, कठोरता एवं हिंसा के भाव थे, जिनके कारण वे संतुलित नहीं लग रही थीं। वेशभूषा भी सामान्य नहीं थी। प्रसाधन से सर्वथा शून्य। रात को सोने के लिए पहने गए कुचले हुए वस्त्रों में ही वे उपस्थित थीं। यह शोभा-प्रिय कैकेयी की प्रवृत्ति के अनुकूल नहीं था। शरीर पर एक भी आभूषण नहीं था। सारे आभूषण फर्श पर जहाँ-तहाँ बिखरे पड़े थे, जैसे भयंकर आवेश में उन्हें उतार-उतारकर पटका गया हो। केश बुरी तरह बिखरे हुए थे, जैसे किसी ने रात-भर उन्हें नोचा-खींचा हो।

दोनों की ही स्थिति राम को स्तंभित कर देने वाली थी।

राम ने स्वयं को सँभाला। उन्होंने दोनों को प्रणाम किया; किंतु आशीर्वचन किसी के मुख से नहीं निकला।

क्या हुआ? राम सोच रहे थे, कोई भी बोलता नहीं। वैसे पिछले दिनों जो कुछ घटा था, वह सारा कुछ इतना आकस्मिक और नाटकीय था कि अब कोई भी घटना विचित्र नहीं लगती थी।

"पिताजी! मैं उपस्थित हूँ। आदेश दें।"

दशरथ ने क्षण-भर के लिए आँखें खोलीं, राम को भरपूर दृष्टि से देखा। फिर जैसे राम को देख नहीं पाए। आँखें चुरा लीं। करवट बदली और आँखें मूँद लीं।

क्षण-भर खुली उन आँखों में राम ने अथाह वेदना को मूर्तिमान देखा था। उनमें क्रोध, आवेश, क्षोभ कुछ भी तो नहीं था। उनमें राम के लिए उपेक्षा, प्रताड़ना या उपालंभ—कोई भाव नहीं था। उनमें तो पीड़ा का समुद्र हाहाकार कर रहा था—जैसे कोई भीतर-ही-भीतर निरंतर कचोट रहा हो। उनमें ग्लानि थी, हताशा थी। उग्रता तो थी ही नहीं।

राम ने कैकेयी की ओर देखा—कैकेयी अतिरिक्त रूप से सख्त नजर आ रही थी। उसके चेहरे पर दशरथ की आँखों की पीड़ा का एक कण भी नहीं था। सायास उद्दण्डता अवश्य थी। कृत्रिम और सायास लाया गया तनाव था।

"माता!"

कैकेयी के लिए मौन बने रहना अधिक सरल था। बोलने के लिए उसे भी प्रयास करना पड़ा। शब्द अनाहूत नहीं आए। वह कठोर स्वर में बोली, "राम! तुम्हारे पिता तुमसे बहुत प्रेम करने लगे हैं।"

"प्रेम तो मुझसे आप भी करती हैं।" राम बोले, "किंतु यह स्थिति..."

कैकेयी का तनाव कुछ कम हुआ। बोली तो उसका स्वर पहले की अपेक्षा कुछ कोमल और सहज था, "सम्राट् ने एक वचन मेरे पिता को दिया था, उसकी चर्चा मैं नहीं कर रही। किंतु मेरे उपकार के बदले, शंबर-युद्ध के पश्चात, उन्होंने दो वर मुझे दिए थे। आज मैं वे वरदान माँग रही हूँ और ये सूर्यवंशी सहर्ष वरदान देने के स्थान पर, रात-भर इसी प्रकार भूमि पर पड़े दीर्घ निःश्वास छोड़ते रहे हैं। इन्होंने अपने इस रूप से मुझ पर दबाव डालने का प्रयत्न किया है, और अब भी कर रहे हैं कि मैं अपने माँगे हुए वरदान फिरा लूँ।"

कैकेयी के शब्दों ने सम्राट् के हृदय पर कशा का-सा आघात किया। वे तड़पे, "कैकेयी..."

"क्यों?" कैकेयी के आक्रोश में ज्वार आ गया। उसे बोलने के लिए प्रयास नहीं करना पड़ा। आवेश की अग्नि में बाँध जल गया और अवरुद्ध धारा बह निकली, "राम! मैं जानती हूँ कि मैं बहुत कठोर हो रही हूँ। सब लोग मुझे बुरा कहेंगे; पर मेरे मन में तनिक भी पाप-बोध नहीं है। मेरे मन में तनिक भी मैल और दुराव नहीं है। अपने पिता की ओर देख तुम्हें लग रहा होगा कि मैं बड़ी दुष्टा हूँ, जो अपने पति को इतना कष्ट दे रही हूँ। पर सच यह नहीं है, पुत्र! तुम्हें मैंने पीड़ा भी दी है और अपने मन की ममता भी। बोलो, तुम मेरा निष्पक्ष न्याय करोगे?"

राम मुस्कराए, "पुत्र न्यायकर्ता की स्थिति में न भी हो तो माँ के मन की व्यथा तो सुन ही सकता है।"

"मैं आज वह सब कहूँगी, राम! जो चाहकर भी आज तक कह नहीं सकी।" कैकेयी बोली, "मैं देवी होने का स्वाँग नहीं कर रही। तुम्हारे प्रति विशेष प्रेम और पक्षपात भी नहीं जता रही..."

"कहो, माँ!"

"मैं वह धरती हूँ, राम! जिसकी छाती करुणा से फटती है तो शीतल जल उमड़ता है; घृणा से फटती है तो लावा उगलती है। दोनों मिल जाते हैं तो भूचाल आ जाता है! आज मेरी स्थिति भूडोल की है, राम!" आवेश से कैकेयी का चेहरा लाल हो गया, "मैं इस घर में अपने अनुराग का अनुसरण करती हुई नहीं आई थी। मैं पराजित राजा की ओर से विजयी सम्राट् को संधि के लिए दी गई एक भेंट थी। सम्राट् और मेरे वय का भेद आज भी स्पष्ट है। मैं इस पुरुष को पति मान पत्नी की मर्यादा निभाती आई हूँ, पर मेरे हृदय से इनके लिए स्नेह का उत्स कभी नहीं फूटा। ये मेरी माँग का सिंदूर तो हुए, अनुराग का सिंदूर कभी नहीं हो पाए। ...मैं इस घर में प्रतिहिंसा की आग में जलती, सम्राट् से संबंधित प्रत्येक वस्तु से घृणा करती हुई आई थी। तुम जैसे निर्दोष, निष्कलुष और प्यारे बच्चे को अपने महल में घुस आने के अपराध में मैंने अपनी दासी से पिटवाया था..."

"मुझे याद है, माँ!"

"वह मैंने तुम्हें नहीं पिटवाया था, मेरी प्रतिहिंसा ने सम्राट् के पुत्र को पिटवाकर, सम्राट् को पीड़ित कर, प्रतिशोध लेना चाहा था। तब मैं तुमसे घृणा करती थी, तुम्हारी माँ से घृणा करती थी, बहन सुमित्रा से घृणा करती थी। मैं रघुवंशियों से, मानव-वंश की परंपराओं से...प्रत्येक वस्तु से घृणा करती थी। जहाँ तक संभव हुआ, मैंने बड़ा उद्दण्ड, उच्छृंखल और अमर्यादित व्यवहार किया...केवल इसलिए कि इन सबके माध्यम से मैं सम्राट् को पीड़ा पहुँचा सकूँ। पर क्रमशः मैंने पहचाना कि मैं तुम्हें या बहन कौसल्या को पीड़ा पहुँचाकर, सम्राट् को पीड़ा नहीं पहुँचा रही हूँ—उससे तो मैं सम्राट् को सुख दे रही हूँ। तुम लोगों से उनका संबंध भावात्मक नहीं, अभावात्मक था। तुम लोग तो स्वयं मेरे समान पीड़ित थे, अपमानित थे। और फिर तुम्हारे और बहन कौसल्या के गुण मेरे सामने प्रकट हुए। मुझे तुम लोगों से सहानुभूति हुई, जो क्रमशः प्रेम में बदल गई। क्या मैं झूठ कह रही हूँ, राम?"

"नहीं, माँ!" राम ने स्वीकार किया, "तुमने मुझे भरत का-सा प्यार दिया है।"

"मैंने क्रमशः मानव-वंशी परंपराओं का विरोध भी छोड़ दिया। मैने पहचाना कि अपनी प्रतिहिंसा में मैंने न्याय-अन्याय का विचार छोड़ दिया है। मैं स्वयं राक्षसी बन रही हूँ। मैं किसी अन्य को नहीं, स्वयं अपनी आत्मा को पीड़ा दे रही हूँ। शनैः-शनैः मैंने स्वयं को सहज किया। अपना विरोध छोड़ने के प्रयत्न में, पिता द्वारा लिया गया वचन भुला दिया, शंबर-युद्ध के पश्चात् मिले अपने वरदानों का उपयोग नहीं किया; और अयोध्या की प्रजा के समान चाहा कि राम ही युवराज हों। तुम ही इस योग्य थे, पुत्र! तुम ही इस योग्य हो। किंतु मुझे अपनी सद्भावना का पुरस्कार क्या मिला?"

राम मौन रहे। वे भरी आँखों से कैकेयी को देखते रहे।

"इस राज-प्रासाद में मुझ पर कभी विश्वास नहीं किया गया। मुझे सदा चुड़ैल समझा गया। मेरे भाई को आतंक माना गया। मेरे मायके की परंपराओं को हीन और घृणित कहा गया। मैं सदा यहाँ अपरिचित होकर रही...एक बाह्य वस्तु जिसका यहाँ के हवा-पानी से कोई मेल नहीं था। मैं बहन कौसल्या या सुमित्रा या अन्य किसी को उसके लिए दोष नहीं देती। उनसे मेरा संबंध ही ऐसा था...वे मुझ पर विश्वास नहीं कर सकती थीं। मुझे और किसी से शिकायत नहीं। शिकायत है अपने इस पति से, जो बलपूर्वक मुझसे विवाह कर मुझे यहाँ लाया। जिसने अयोग्य होते हुए भी मुझसे सद्भावना चाही और प्राप्त की; किंतु स्वयं मेरे प्रति घोर दुर्बलता का अनुभव करते हुए भी मुझ पर कभी विश्वास नहीं किया। मैं उसके लिए आकर्षण किंतु भय की वस्तु रही। उसने मुझे अपने सिंहासन पर तो स्थान दिया, किंतु हृदय में नहीं।...मैं उस सारे समय के लिए क्या कहूँ, राम! जब-जब सुना कि मेरे पति ने कोई कर्म किया है, कोई निर्णय किया है; किंतु भयभीत होकर मुझसे छिपाया है। झूठ बोला है। उस झूठ को छिपाने के लिए फिर-फिर झूठ बोला है। अपने ऐसे

व्यवहार से उसने अपना आत्मविश्वास खोया है, स्वयं अपने आपको और मुझे बार-बार अपमानित किया है। राम! तुम पुत्र हो मेरे। तुम्हें कैसे बताऊँ कि हमारी रातें प्यार-मनुहार में कटने के स्थान पर झगड़ों और लानत-मलामत में बीत जाती थीं। बार-बार संकल्प करने के बाद भी झगड़े होते रहे। कलह-क्लेश शांत ही नहीं हुए। पति-पत्नी के इन झगड़ों के दुष्प्रभाव से बचाने के लिए, उसे एक शांत और स्नेहिल वातावरण देने के लिए, मैं भरत को बार-बार उसके ननिहाल भेजती रही...''

कैकेयी का स्वर रुँध गया। उसकी आँखों में जल और अग्नि एक साथ प्रकट हुईं, ''और अंत में मैंने क्या पाया, राम!...कल रात ढले कुब्जा तुम्हारे युवराजाभिषेक का समाचार लाई। मैंने बहुमूल्य मोतियों की माला कुब्जा को पुरस्कार में दे डाली। किंतु उस मूर्खा, कुटिला दासी ने वह मेरे मुँह पर दे मारी। किस आधार पर किया उसने यह दुस्साहस?''

कैकेयी क्षण-भर रुकी और पुनः बह निकली, ''तुम्हारे पिता के मेरे प्रति अविश्वास के आधार पर। उसने मुझे बताया कि यह गोपनीय निर्णय था। सम्राट् को आशंका थी कि कुछ लोग अभिषेक में विघ्न डालेंगे, राम को नष्ट करने के लिए रातोंरात उस पर आक्रमण करेंगे। किससे था भय? मुझसे! मेरे पुत्र से! मेरे भाई से! इसीलिए मुझे बताया नहीं। भरत को ननिहाल भेज दिया। भरत की अधीनस्थ टुकड़ियों को उत्तरी सीमांत की ओर स्थानांतरित कर दिया। पुष्कल का अपहरण करवा उसे बंदी कर लिया। केकय के राजदूत की निजी सेना का निःशस्त्रीकरण हुआ...'' कैकेयी का स्वर और ऊँचा हो गया और आँखें आक्रोश से जल उठीं, ''थुड़ी है मेरी सद्‌भावना पर! मेरे चरित्र के उदात्त-स्वरूप पर! यहाँ कोई मुझे देवी के रूप में नहीं देखना चाहता। सब मुझे चुड़ैल समझते हैं...मेरे क्रूर रूप को ही सत्य मानते हैं। तो वही हो, राम! वही हो...''

कैकेयी जैसे अपने से ही अवश होकर फफक-फफककर रो पड़ी।

राम ने आगे बढ़कर कैकेयी के कंधे पर हाथ रखा, ''मत रोओ, माँ! मुझे तुम्हारी एक-एक बात का विश्वास है। मैं तुम्हारे दोनों रूपों को जानता हूँ। कोई और तुम्हें जितना भी गलत समझे, मैं गलत नहीं समझूँगा। किसलिए बुलाया था—मुझे निःसंकोच आदेश दो।''

सम्राट् ने एक बार आँखें खोलकर राम को देखा। कितनी आशंकाएँ थीं उन आँखों में जैसे राम को चेतावनी दे रही हों : ''सावधान, राम! इस मायाविनी के जाल में मत फँस जाना।'' पर आँखें खुली नहीं रह सकीं, तुरंत मुँद गईं।

''मंथरा साधारण, संकुचित, अनुदार, मूर्ख तथा नीच चरित्र की दासी है।'' कैकेयी पुनः बोली, ''उसकी बात किसी विवेकशील व्यक्ति को नहीं माननी चाहिए। किंतु फिर भी मैं उसकी बात मानूँगी। उसकी सलाह पर चलूँगी। उसे अपनी हिताकांक्षिणी मानूँगी। जब सम्राट् के मन में है तो मैं क्यों न मंथरा की यह बात

स्वीकार कर लूँ कि राम को भरत से भय है, और शासन प्राप्त कर वह अपने भय के कारण को समाप्त करना चाहेगा। मैं क्यों न यह मान लूँ कि अपनी आरंभिक प्रतिहिंसा में मैंने जो बार-बार बहन कौसल्या का अपमान किया है, पुत्र के अधिकार प्राप्त कर लेने पर वे अवश्य ही प्रतिशोध लेना चाहेंगी। नहीं तो उनका उद्‍गार, 'आज मैं कैकेयी के भय से मुक्त हुई' न होता। यदि वे सचमुच मुझे सुनाना न चाहतीं तो उनकी दासियाँ यह वाक्य मंथरा तक न पहुँचातीं।...सम्राट् के अविश्वास ने मेरे चरित्र के दुष्ट तत्त्वों को उकसा दिया है, मेरी प्रतिहिंसा और घृणा को जगा दिया है। मैं सम्राट् को इसका दण्ड दूँगी—ऐसी आग लगाऊँगी कि आग बुझ भी जाए तो उसकी लहर समाप्त न हो। सम्राट् को जलाऊँगी—चाहे उस अग्नि में स्वयं जल जाना पड़े। चाहे तुम अपने शरीर और मन पर टीसते हुए फफोले वहन करो। पर मेरी प्रतिहिंसा शांत नहीं होगी। मैं उसे शांत होने नहीं दूँगी।"

कैकेयी मौन हो गई।

राम को लगा, वह अपनी आत्मा से लड़ते-लड़ते थक-टूट गई है। पर उसका संघर्ष जारी है। वह सम्राट् के विरुद्ध ही नहीं, अपने विरुद्ध भी लड़ रही है...

पर यह सब क्या है?

क्या चाहती है कैकेयी?

कैसी आग लगाना चाहती है?

बात पूरी तरह स्पष्ट नहीं थी, किंतु कैकेयी के वचनों के पीछे निहित प्रक्रिया का कुछ-कुछ आभास राम को मिल रहा था। पति-पत्नी के इन विग्रहपूर्ण क्षणों में राम को क्यों बुलाया गया था? पिता राम से आँखें क्यों चुरा रहे थे? कैकेयी राम को ही क्यों उपालंभ दे रही थी? क्या उन वरदानों का संबंध राम से है?

"मुझे क्या आदेश है?" राम ने पूछा।

"पिता के वरदान पूरे करो।" कैकेयी का स्वर फिर कठोर हो गया था।

"मेरी क्षमता में हुआ तो अवश्य पूरा करूँगा।"

कैकेयी का स्वर फिर से कोमल और करुण हो उठा, "मैं जानती थी कि तुम विरोध नहीं करोगे। इसे मेरी कुटिलता मत समझना, पुत्र! किंतु मुझे कहने दो, मैंने किसी को पहचाना हो या न पहचाना हो, तुम्हें पहचानने में मैंने तनिक भी भूल नहीं की है।"

राम के अधरों पर मुस्कान ही उभरी।

"राम! मैंने दो वर माँगे हैं।" क्षण भर कैकेयी अपने भीतर की पीड़ा से जूझती रही, और फिर कठोरता का कवच ओढ़कर बोली, "पहला, तुम्हारे युवराजाभिषेक के लिए प्रस्तुत की गई सामग्री से ही भरत का युवराजाभिषेक हो; और दूसरा, तपस्वी वेश में तुम आज ही चौदह वर्षों के लिए वनवास के लिए प्रस्थान करो।"

राम को अपने भीतर एक झटका-सा लगा। क्या यह दुःख था? नहीं! शायद

यह पूरी तरह दुःख नहीं था—था भी, नहीं भी। यह आकस्मिकता का धक्का था। पर यह आकस्मिकता कितनी अनुकूल थी...

राम को समझते देर नहीं लगी कि पिता वरदानों का तिरस्कार भी नहीं कर सकते और उन्हें स्वीकार भी नहीं कर सकते। यह उनका सत्य-प्रेम था, पुत्र-प्रेम था या मात्र कैकेयी का भय? सत्य-प्रेम तथा पुत्र-प्रेम में द्वंद्व था या मात्र अपनी सुरक्षा का अंतिम हताश प्रयत्न? वे दुविधा में अस्त-व्यस्त, असंतुलित, विक्षुब्ध-सी अवस्था में पड़े हुए कष्ट भोग रहे थे, और कैकेयी अपने स्थान पर पर्वत-सरीखी दृढ़ खड़ी थी।

सम्राट् ने अपनी आत्मा के संपूर्ण बल को संचित कर, अपनी आँखें खोलीं। कुछ बोलने के प्रयत्न में वे थोड़ी देर बुदबुदाते रहे; और फिर कातर वाणी में बोले, "मुझे मृत्यु के मुख में मत धकेल, कैकेयी! राम चला गया तो मैं जीवित नहीं बचूँगा।...मैं हित करने की उत्कट इच्छा में, असंतुलित होकर अनहित कर बैठा। तू भी अपना संतुलन खो बैठी है। भरत का इष्ट करते-करते तू उसका अनिष्ट करेगी..."

सम्राट् की वाणी में न तो आत्मबल था, न सत्य का तेज। वे कैकेयी से याचना कर रहे थे; उसे अपराधिनी ठहराने का साहस उनमें नहीं था। वे कैकेयी से आँखें नहीं मिला रहे थे; कैकेयी के कृत्य को 'अत्याचार' नहीं कह पा रहे थे। उनकी अपनी अपराध-भावना, कैकेयी के क्रूर सत्य से पराजित हो चुकी थी। कैकेयी द्वारा लगाए गए आक्षेपों को वे मौन मान्यता दे रहे थे...उन्होंने अपने प्रमाद में कैकेयी के वय, उसके महत्त्वाकांक्षी, ऊर्जस्वल, जिजीविषापूर्ण जीवन के साथ अन्याय किया था... अपने कर्म का कलुष उनके तेज को पूर्णतः मलिन कर गया था...

राम के सामने स्थिति पूर्णतः साफ थी। सोचने-विचारने का न अधिक अवसर था, न आवश्यकता।

प्रत्यक्ष जगत् विलीन हो गया था। उनके आस-पास कुछ भी रह गया था—शून्य, केवल शून्य...और सामने बहुत दूर एक प्रकाश था, कदाचित् कोई अग्नि जल रही थी। उस अग्नि में प्रकाश था, आँच थी, जलन थी, पीड़ा थी...उसके अनेक मुख थे। वे मुख निरंतर बदल रहे थे—एक मुख विश्वामित्र का था, एक अगस्त्य का था, अत्रि का था, वाल्मीकि का था, भरद्वाज का था, शरभंग का था, सुतीक्ष्ण का था ...और सारे मुखों से निरंतर एक ही ध्वनि प्रस्फुटित हो रही थी—"'आओ! आओ! राम, आओ!"

राम उन चेहरों की आँखों में जैसे बँध गए, उनकी भुजाओं में घिर गए, उस वाणी से सम्मोहित हो गए। राम का हृदय, प्रत्येक आह्वान का उत्तर दे रहा था—"मैं आ रहा हूँ...आ रहा हूँ...।"

राम प्रत्यक्ष जगत् में लौटे। उनके भीतर अनेक प्रश्न उठ खड़े हुए थे। यह वरदान है या शाप? अब तक राम की चिंता थी कि अभिषेक को टालकर वन कैसे जाएँ? कैकेयी ने उनके लिए अवसर उपस्थित कर दिया था।

पर यह संभव कैसे हुआ? कैकेयी राक्षसी है या देवी?...क्या समझें राम? क्या सचमुच कैकेयी की वर्षों से संचित पीड़ा आज घृणा और प्रतिहिंसा बनकर फूट पड़ी है? वह अपनी प्रतिहिंसा के हाथों अवश पिशाची हो गई है? या यह केवल नाटक है—केवल एक आड़। और सच यह है कि कैकेयी का बर्बर केकय रक्त अपने अवांछित, अनाकांक्षित पति, अपनी सपत्नी, अपने सौतेले पुत्र—सबके प्रति शत्रुता का निर्वाह कर रहा है? क्या कैकेयी, मात्र भरत को राज्य दिलवाने के लिए रघुकुल की परंपराओं को खण्डित कर, उसकी मर्यादाओं को नष्ट कर, अपने पति को असहनीय यातना, अकल्पनीय पीड़ा दे रही है?...क्या सम्राट् की आशंकाएँ सत्य हुईं?...

क्या यह कैकेयी की योजना है कि राम वन चले जाएँ तथा उनकी अनुपस्थिति में असुरक्षित-असहाय दशरथ निराशा और हताशा में प्राण त्याग दें? क्या कैकेयी तैयार है कि स्वार्थ अथवा प्रतिहिंसा के हाथों अपने सौभाग्य को अग्निसात हो जाने दे? या वह मात्र विवेकहीन विक्षिप्त कर्म कर रही है—भविष्य की बात सोचने के लिए उसके पास बुद्धि ही शेष नहीं है ?...

राम निर्णय नहीं कर पाए—कैकेयी का कौन-सा रूप वास्तविक है!...पर इस समय तो कैकेयी वही चाह रही है, जो राम के मन का अभीष्ट है। उनका मन अज्ञात ही उसके प्रति आभार से आप्लावित हो उठा।...उनकी दुश्चिंता मिट गई। वे तैयार थे कि मुक्त मन से पिता से आग्रह करें कि पिता अपने वचन का पालन करें। राम चौदह वर्षों तक तपस्वी वेश में वनवास करेंगे...

पर चौदह वर्षों का वनवास क्यों? वर्ष-दो वर्षों का क्यों नहीं? क्या कैकेयी समझती है कि चौदह वर्षों का समय इतना लंबा है कि इस बीच सम्राट् का देहावसान हो जाएगा और भरत अयोध्या में अच्छी तरह अपने पैर जमा लेगा तथा अयोध्या के लोग राम को भूल जाएँगे...हाँ, इतना समय पर्याप्त था...

कैकेयी की मुद्रा कुछ और कोमल हुई, "पुत्र! तुम्हारे प्रेम के कारण सम्राट् कभी अपने मुख से तुम्हें वन जाने के लिए नहीं कहेंगे। दूसरी ओर अपने सत्य के मुखौटे के कारण वे वरदानों का तिरस्कार भी नहीं करेंगे। अब निर्णय तुम्हारे ऊपर है।"

राम क्या कहते! महत्त्वपूर्ण यह नहीं था कि वे पिता के वचन की पूर्ति के लिए वन जा रहे हैं, या कैकेयी की इच्छापूर्ति के लिए। बात केवल इतनी थी कि उनके पास यही एक अवसर था...यदि वे चूक गए तो फिर यह अवसर कभी नहीं आएगा। पिता में यदि रंचमात्र भी आत्मबल जाग उठा और उन्होंने कह दिया कि वे कैकेयी को वरदान नहीं देंगे, राम वन नहीं जाएँ—तो फिर राम की चिंता पुनर्जीवित होकर पिशाची-सी उनके मार्ग में आ खड़ी होगी।

राम निष्कंप स्वर में बोले, "माँ! मैं आज ही वन की ओर प्रस्थान करूँगा।"

कैकेयी के चेहरे पर हर्ष और आँखों में पीड़ा उभरी, "दण्डक वन!"

राम पुनः चौंके। विश्वामित्र भी यही चाहते थे। वहीं से राम अपना अभियान आरंभ कर सकते हैं। कैकेयी अपने स्वार्थ के लिए उन्हें वन भेज रही है या ऋषि-कार्य के लिए? दण्डकारण्य भयंकर राक्षसी सेनाओं, हिंस्र पशुओं तथा अनेक अत्याचारियों से भरा पड़ा है। वहीं ऋषि-आश्रमों को सर्वाधिक कठिनाइयों का सामना करना पड़ रहा है। क्या कैकेयी इसीलिए उन्हें वहाँ भेज रही है कि वे जाकर ऋषियों की रक्षा करें; या इसलिए भेज रही है कि राम राक्षसों तथा हिंस्र पशुओं द्वारा मारे जाएँ, वे कभी लौटकर न आएँ और अयोध्या में भरत का राज्य चिरस्थायी हो?...दण्डक क्षेत्र में ही शंबर से युद्ध करते हुए दशरथ की रक्षा कैकेयी ने की थी। वह राम को वहीं भेज रही है—शंबर के वंशजों के हाथों राम की हत्या करवाने अथवा राम के हाथों शंबर के वंशजों का नाश करवाने?

किंतु इन प्रश्नों का उत्तर कैकेयी ही दे सकती थी; और कैकेयी से ये बातें पूछी नहीं जा सकती थीं...राम को उत्तर पाए बिना ही जाना होगा।...

अंततः राम बोले, ''माता! वल्कलों का प्रबंध कर दें। मैं बंधु-बाँधवों से विदा लेकर आता हूँ।''

राम चले गए।

कैकेयी के मुख पर विजयिनी मुस्कान उभरी, किंतु उसकी आँखों में गहरी व्यथा के चिह्न थे।

''सर्वनाश।''

दशरथ संज्ञा-शून्य हो गए।

3

कैकेयी के महल से निकलते हुए राम के मन में एक सहज उल्लास था।

उन्हें रथ पर चढ़ते हुए सुमंत्र ने देखा। राम तनिक भी दुखी नहीं लग रहे थे। सुमंत्र अवाक् रह गए।

''इतनी-सी बात से आप इतने चिंतित थे, सुमंत्र काका!''

''तुम इसे इतनी-सी बात कहते हो, राम!...'' सुमंत्र आगे कुछ कह न सके। चुपचाप घोड़ों को हाँक दिया।

और राम को लगा, वे भी उल्लसित नहीं रह गए हैं। उल्लास के साथ ही मन में कुछ आशंकाएँ घर करती जा रही हैं; कुछ चिंताएँ जन्म ले रही हैं और अनेक प्रश्न, वर्षा के पश्चात् धरती फोड़कर उग आए कुकुरमुत्तों के समान सिर उठाए खड़े हैं।

...पिता ने उसके अभिषेक का निश्चय किया था, तो साथ-साथ उनके मन में आशंकाओं ने भी जन्म लिया था—कहीं राम के अभिषेक का अवसर हाथ से

न निकल जाए। आज वही स्थिति राम के मन में थी—कैकेयी ने उन्हें कर्म का अवसर दिया, किंतु कहीं यह हाथ से निकल न जाए। सबको उनके वन-गमन की सूचना मिलेगी। प्रत्येक व्यक्ति की अपनी प्रतिक्रिया होगी—सब अपने-अपने ढंग से काम करेंगे।...क्या सीता उन्हें वन जाने देंगी? शायद उन्हें न रोकें, किंतु साथ जाने का हठ अवश्य करेंगी। लक्ष्मण राम के निर्वासन की बात सुनकर क्या करने को तैयार नहीं हो जाएँगे; और फिर राम के बिना तो अयोध्या में वे भी नहीं रहेंगे। माँ सिर पटक-पटककर प्राण देने को तैयार हो जाएँगी। पिता कदाचित् पलंग से ही नहीं हिलेंगे। माता सुमित्रा तर्क करेंगी और बिना सहमत हुए या सहमत किए उन्हें नहीं छोड़ेंगी। सुयज्ञ, चित्ररथ, त्रिजट, अन्य मित्र, बंधु-बाँधव...

उन सबका स्नेह राम के लिए भय का रूप धारण करता जा रहा था। राम क्षण-भर के लिए भी ढीले पड़े तो वे बलात् अयोध्या के सिंहासन से बाँध दिए जाएँगे। फिर वन जाने का अवसर शायद कभी न आए। इस धक्के में ही राम अयोध्या से निकल जाएँ,...कोई नहीं मानेगा कि पिता की सत्य-प्रतिज्ञा की रक्षा के लिए, कैकेयी के आदेश पर उनका वन जाना उचित है।...राम अपनी बात किसी को समझा नहीं पाएँगे, किसी को मना नहीं पाएँगे।

तो?

बहुत होगा तो सीता साथ जाना चाहेंगी। यदि वे बहुत दृढ़ हुईं तो ले जाने में राम को आपत्ति भी नहीं होनी चाहिए। आखिर इतने दिनों से अनेक ताने-उपालंभ, बोलियाँ-ठोलियाँ—वे किस दिन के लिए सुन रही हैं। यदि साथ न गईं तो कर्म का अवसर उन्हें फिर कब मिलेगा? यदि जाना ही चाहें तो चलें, किंतु राम अपनी ओर से प्रोत्साहित नहीं करेंगे।

लक्ष्मण भी साथ जाना चाहेंगे...या शायद वन-गमन के समर्थक होते हुए भी, इस प्रकार निर्वासित होकर जाना उन्हें अच्छा न लगे। शायद वे कैकेयी का विरोध करना चाहें, आवश्यकता होने पर सम्राट् के विरुद्ध विद्रोह करना चाहें। न उनमें व्यक्तिगत शौर्य की कमी है, न सैनिक-असैनिक संगठनों की सहायता की...आवश्यकता होने पर उन्हें साम्राज्य की सेना का भी समर्थन मिल जाएगा...किंतु लक्ष्मण को समझाना होगा, इस प्रकार के किसी भी कृत्य से वन जाने का अवसर छिन जाएगा...।

माता सुमित्रा तर्क करना चाहेंगी—राज्य के अधिकार के विषय में, क्षत्रिय के कर्तव्य के विषय में, वरदानों की वास्तविकता के विषय में, कैकेयी के अधिकार के विषय में, वन-गमन के औचित्य के विषय में...उन्हें कैसे समझाया जाएगा कि इस समय राज्य-प्राप्ति के लिए संघर्ष से बड़ा धर्म अयोध्या-त्याग है।...

और माता कौसल्या! उन्हें तो किसी भी प्रकार नहीं समझाया जा सकता। वात्सल्य भी कभी यह मानेगा कि संतान-त्याग धर्म है—प्रतीक्षा क्या कभी सहमत

होगी कि लक्ष्य पास आ जाए तो आँखें मूँद, दूसरी ओर मुड़ जाना चाहिए? उनकी पीड़ा राम नहीं देख पाएँगे...

...राम किसी को इतना समय नहीं देंगे कि कोई अपने ढंग से सोचकर कर्म करे और उन्हें रोक ले...अयोध्या की स्तब्धावस्था में राम निकल गए तो निकल गए; विलंब हुआ तो नगर-द्वार बंद हो जाएँगे...

कौसल्या के महल के सम्मुख राम ने सुमंत्र को रोक दिया। रथ से उतरकर बोले, ‘‘आप लौट जाएँ, आगे मैं स्वयं चला जाऊँगा।’’

‘‘मैं प्रतीक्षा करूँगा, राम!’’

‘‘नहीं, काका!’’ राम मुकसराए, ‘‘मेरी चिंता न करें। सम्राट् को आपकी आवश्यकता मुझसे कहीं अधिक है।’’

राम ने कक्ष में प्रवेश किया।

माता कौसल्या के सम्मुख वेदी में अग्नि प्रज्वलित थी। उनके आस-पास अनेक आवश्यक वस्तुएँ बिखरी पड़ी थीं—दही, अक्षत, घी, मोदक, हविष्य, धान का लावा, सफेद पुष्पों की माला, खीर, खिचड़ी, समिधा तथा जल से भरे हुए कलश। उन्होंने श्वेत रेशमी साड़ी पहनी हुई थी। वे व्रत के अनुष्ठान में दत्तचित्त इष्टदेव का तर्पण कर रही थीं।

राम के मन में कसक उठी—कितने उत्साह से माँ उनके अभिषेक की तैयारियाँ कर रही थीं। राम उन्हें कैसे सूचना देंगे? कह दें—माँ! तुम्हारा यह संपूर्ण उल्लास अयथार्थ है। तुम्हारे पुत्र का न केवल अभिषेक ही नहीं होगा, अब वह चौदह वर्षों तक तुम्हारे निकट भी नहीं रह पाएगा।...क्या अवस्था होगी माँ के मन की? वे यह धक्का झेल पाएँगी?...राम का मन उदास हो गया।

तत्काल उन्होंने स्वयं को सँभाला। यदि इतनी-सी बात से विचलित हो गए, तो वे कभी भी अपना कर्तव्य पूरा नहीं कर पाएँगे। कोमल मन अथवा कोमल हाथ कर्तव्य-पूर्ति में कभी सहायक नहीं होते। उन्हें दृढ़ रहना होगा। तनिक-सी दुर्बलता से अवसर हाथ से निकल जाएगा। अभी तो सीता को भी सूचना देनी है। लक्ष्मण भी जानेंगे। सारे बंधु-बाँधव, मित्र-गण, नगर-निवासी सुनेंगे...राम को समझाएँगे, रोकेंगे, बाधा देंगे, साथ जाने का हठ करेंगे; पर राम को उन सबके निषेधों, उदास चेहरों तथा अश्रुओं के सागर में से तैरकर पार जाना होगा। मोह तथा कर्तव्य का निर्वाह साथ-साथ नहीं हो सकता। मोह को तोड़ना होगा—कठोर हुए बिना कभी कोई कर्तव्य पर पूरा नहीं उतरा।

कौसल्या अपने इष्टदेव से संबोधित थीं। उन्होंने राम का आना लक्ष्य नहीं किया। सहायता के लिए, पास बैठी सुमित्रा ने चेताया, ‘‘बहन! राम आए हैं।’’

प्रकट ललक के साथ कौसल्या राम की ओर उन्मुख हुईं। उनकी आकृति पर उल्लास की असाधारण दीप्ति थी; आँखों में कामनापूर्ति की तृप्ति थी। किंतु राम के मुख पर उल्लास का कोई चिह्न नहीं था। वे अत्यंत गंभीर, स्थिर तथा आत्मनियंत्रित लग रहे थे।

"क्या बात है? राम?"

राम स्थिर दृष्टि से शून्य में देखते रहे, "माँ! पिता प्रदत्त दो पूर्वतन वरदानों के आधार पर माता कैकेयी ने भरत को अयोध्या का राज्य और मुझे चौदह वर्षों के लिए दण्डकारण्य का वास दिया है।"

कौसल्या ने अचकचा, पलकें झपक-झपककर, राम को देखा। नहीं, यह परिहास नहीं हो सकता। राम ऐसा परिहास नहीं कर सकता। वह सत्य कह रहा है...

कौसल्या स्तंभित खड़ी रह गईं। उनकी साँस जहाँ की तहाँ थम गई। प्राण-शक्ति जैसे किसी ने खींच ली। वर्ण सफेद हो गया; और माथे पर स्वेद कण उभर आए। अपनी जीभ से होंठों को गीला करने में भी उन्हें एक युग लग गया।

"राम!"

"मैं जा रहा हूँ, माँ! विदा दो।"

राम ने झुककर कौसल्या के चरण छुए।

"तुम वन जाने का निश्चय त्याग नहीं सकते, पुत्र?" कौसल्या कातर हो उठीं।

"असंभव!" राम का स्वर दृढ़ था।

कौसल्या ने भौंचक दृष्टि से राम को देखा। उनके चेहरों की दृढ़ता से, कौसल्या के मन की आशा का आधार जैसे अर्राकर गिर पड़ा; और साथ ही उनका शरीर भी झटके से भूमि पर चला आया।

सुमित्रा और राम ने लपककर, कौसल्या को सँभाला और पंलग पर लिटा दिया।

कौसल्या ने धीरे से आँखें खोलकर राम को देखा और अपनी दृष्टि सुमित्रा पर टिका दी, "इसे रोक, सुमित्रा! कैकेयी तो बहाना है। यह स्वयं ही वन जाने को तुला बैठा है।"

कौसल्या की शक्ति जैसे समाप्त हो गई; वे निढाल हो चुप हो गईं।

सुमित्रा चुप न रह पाई। बोली, "इस प्रकार के आदेशों को स्वीकार करना क्या धर्म है, राम? तुम अपना अधिकार ही नहीं छोड़ रहे, कैकेयी के अत्याचार का समर्थन भी कर रहे हो। अपने बल को पहचानो, पुत्र! तुम्हारे एक संकेत पर कोसल की प्रजा कामुक सम्राट् को मार्ग से हटा, तुम्हारा अभिषेक कर देगी।...और प्रजा को भी रहने दो। अकेला लक्ष्मण इन दुष्टों को दण्ड देने में पूरी तरह समर्थ है।"

राम मुस्कराए, "माँ! धर्म क्या है, कहना बड़ा कठिन है। वह कब संघर्ष में है और कब त्याग में—इसकी परख आवश्यक है। पूर्ण सत्य हमारे सम्मुख प्रत्यक्ष नहीं होता। उस अज्ञात सत्य, उन अनदेखी परिस्थितियों के प्रति हमारा क्या दायित्व

है—यह भी हम नहीं जानते। भाई-बाँधवों की हत्याएँ कर, रक्त के सरोवर में तैर, एक पिशाच के समान राजसिंहासन तक पहुँचना, मेरे जीवन का लक्ष्य नहीं है। इस समय वन जाना ही मेरा कर्तव्य है। माँ! मैं न सम्राट् के बल से भयभीत हूँ, न भरत के, अपने और लक्ष्मण के बल से भी अनभिज्ञ नहीं हूँ। किंतु, अभी बल-प्रदर्शन का समय नहीं आया। माँ! अभी मुझे जाने दो...''

''ठहरो, राम!'' सुमित्रा का स्वर कुछ त्वरित था, ''इतनी जल्दी न भागो। बताओ, सम्राट् ने एक बार भी अपने मुख से तुम्हें वन जाने को कहा है?''

''नहीं।''

''फिर यह सम्राट् का आदेश कैसे है?''

''ओदश की बात मैं नहीं कहता।'' राम मुस्कराए, ''अपने कर्तव्य की बात कहता हूँ। उसी के पालन के लिए जा रहा हूँ।''

''पिता ने नहीं कहा, तो भी?''

''डूबता हुआ आदमी न कहे, तो भी उसे बचाना कर्तव्य है।''

सुमित्रा कुछ ढीली पड़ीं। इस बार उनकी वाणी में पहले-जैसा आग्रह नहीं था, ''तुम्हारे अभिषेक का निर्णय राज-परिषद् ने एकमत से किया था। यदि सम्राट् ने परिषद् के निर्णय की इस प्रकार अवहेलना की तो परिषद् उनका विरोध करेगी। राज्य में विप्लव हो जाएगा। संभव है, सम्राट् और कैकेयी की हत्या कर दी जाए। तुम वन जाकर सम्राट् का अहित ही करोगे।''

राम मुस्कराए, ''सम्राट् मुझे वन भेजें तो राज्य में विप्लव और रक्तपात होगा; न भेजें तो कैकेयी हठ और दुराग्रह कर अपने प्राण दे देगी। सम्राट् का अपवाद फैलेगा, वे लांछित होंगे। उनका यश, कीर्ति—सब-कुछ भस्मीभूत हो जाएगा। रुष्ट प्रजा और कीर्ति-मलिन सम्राट् एक साथ नहीं रह पाएँगे।...समाधान एक ही है, माँ! कि राम स्वयं वन चला जाएँ।''

''पर राम!...''

''अब तर्क न करो, माँ।'' राम अपनी मोहिनी मुस्कान अधरों पर ले आए, ''नहीं तो तुम्हारा राम हार जाएगा।''

राम ने झुककर सुमित्रा और कौसल्या के चरण छुए; और सहज, मंद गति से बाहर चले गए।

कौसल्या की दृष्टि चपुचाप राम का अनुसरण करती रही।

सुमित्रा ने अपनी भीगी आँखें पोंछ लीं, ''तुम्हारी दुष्टता का भी अंत नहीं, राम!''

सीता प्रतीक्षा कर रही थीं...प्रातः ही राम को बुलाने सुमंत्र आ गए थे। उन्होंने कहा था कि पिता से मिलकर वे शीघ्र लौट आएँगे। अब तक आए नहीं राम!...सुमंत्र

काफी चिंतित लग रहे थे। जाने चिंता किस बात की थी। संभव है, सुमंत्र की अपनी कोई निजी चिंता हो। संभव है, बहुत अधिक कार्य से वे परेशान हो उठे हों। संभव है, राम के विषय में ही चिंतित हों।...

राम के विषय में चिंता? रघुकुल के शक्तिशाली सम्राट् के ज्येष्ठ पुत्र के विषय में चिंता? प्रजा उनसे प्रेम करती है, मंत्री उनके शील पर मुग्ध हैं, राज-परिषद् ने एकमत से उनके अभिषेक का निर्णय किया है। उस राम के विषय में किसी को चिंता हो सकती है? और राम के व्यक्तिगत शौर्य से सीता भली प्रकार परिचित हैं...

सीता मन-ही-मन पुलकित हो उठीं। राम के विषय में क्या चिंता?

पर वे अभी तक लौटे क्यों नहीं? वे कहीं और तो नहीं चले गए?...

संभव है, किसी काम से या वैसे ही मिलने के लिए माता कौसल्या के पास गए हों। कौसल्या-जैसी पति-प्रताड़िता स्त्री को राम-जैसा पुत्र ही जिला ले गया। एक पक्ष यदि पूर्णतः स्नेह-शून्य था तो दूसरे पक्ष ने उसकी भरपूर क्षतिपूर्ति की।...पुत्र और माता का यह प्रेम, सीता के मन को सदा ही तरल कर देता था।

राम आए। उनकी मुद्रा गंभीर थी। सीता चकित हुईं—क्यों इतने गंभीर हैं? कदाचित् राज्य-कार्य संबंधी कोई चिंता हो।...सहसा सीता के मन में आनंद की धारा फूट निकली। उन्होंने वक्र होंठों से मुस्कराते हुए, नयनों की कोरों से राम को देखा—कहीं परिहास के लिए अभिनय तो नहीं कर रहे? स्वभाव से अत्यंत गंभीर होते हुए भी, कभी-कभी हल्के क्षणों में राम अपने ऐसे ही कौतुक-भरे अभिनय से सीता को परेशान कर देते हैं; और जब सीता बहुत चिंतित हो उठती हैं, तो खिलखिलाकर हँस पड़ते हैं।...आज फिर वैसी ही मुद्रा बनाए हैं।...

"यह किस नाटक की भूमिका है, आर्यपुत्र! नटी का क्या रूप होगा?"

पहली बार राम की गंभीरता उदासी में परिवर्तित हुई। प्रातः पिता के सम्मुख जाने के समय से अब तक में पहली बार उन्होंने स्वयं को ढीला छोड़ा। पिता की बात और थी—वे चिंतित थे, वृद्ध थे और कैकेयी के मोह में बँधे थे। माता कौसल्या, सुमित्रा और कैकेयी की बात भिन्न थी; उन सबके अपने मोह और अपनी सीमाएँ थीं...पर सीता के सम्मुख वे अपनी चिंताएँ, द्वंद्व और आशंकाएँ प्रकट कर सकते हैं। अपनी पत्नी के सम्मुख मन नहीं खोल सके, तो फिर कहीं भी नहीं खोल सकेंगे...

"अभिषेक नहीं होगा। चौदह वर्षों के दण्डक-वास का आदेश हुआ है।" राम बोले, "नहीं जानता, प्रसन्न होने की बात है अथवा उदास होने की। जाना तो था ही पर निर्वासन..."

सीता ने राम को निहारा। नहीं...यह परिहास नहीं है। उनकी मुद्रा, उनकी

वाणी, उनके हाव-भाव बता रहे हैं, यह नाटक नहीं है—अभिनय नहीं है। यह यथार्थ है। तभी तो प्रातः सुमंत्र इतने उदास थे...

सीता की मुद्रा के साथ-साथ उनकी वाणी भी गंभीर हो गई, "आप इस आदेश का पालन करेंगे?"

"और कोई विकल्प नहीं।"

सीता ने अपना संपूर्ण अस्तित्व, अपनी आँखों में भरकर, राम को पूरी तन्मयता के साथ देखा। एक गहन चिंतन, उस चिंतन से उबरकर निर्णय तक पहुँचने की स्थितियाँ उन्होंने चामत्कारिक शीघ्रता से पार कीं और बोलीं, "विकल्प नहीं है तो आदेश को हँसकर सिर-माथे पर लेना होगा। क्या-क्या तैयारी कर लूँ?"

राम मुग्ध हो उठे। मुग्धावस्था में परेशानी खो गई। सीता वास्तविक संगिनी थीं—शब्द के सही अर्थों में। उन्होंने यह नहीं पूछा कि वनवास का आदेश किसने दिया, क्यों दिया, उस आज्ञा को स्वीकार करने की बाध्यता क्या है...सीता ने इस निर्णय से उन्हें टालना नहीं चाहा, समझाने का प्रयत्न नहीं, हठ नहीं...। एक क्षण के लिए भी शंका नहीं, द्वंद्व नहीं, संकोच नहीं...जिसकी संगिनी ऐसी हो, उसे किसी और का सहारा क्या करना है?...

"तुम तैयारी क्यों करोगी, सीते? मैं वन जा रहा हूँ, तुम्हें किसी ने राजप्रासाद छोड़ने को नहीं कहा।"

सीता मुस्कराई, "मुझे अलग से कहने की आवश्यकता नही है। आदेशों से पति-पत्नी के संबंध बदल नहीं जाते।" सहसा उनका स्वर विस्मय से भर उठा, "कहीं आप अकेले जाने की बात तो नहीं सोच रहे?"

राम का विषाद धुल गया। सीता के निष्कंप व्यवहार ने उनका आत्मविश्वास पूरी तरह लौटा दिया था। माँ के रोने ने उन्हें विह्वल कर दिया था, सीता के व्यवहार से वे फिर स्थिर हो गए थे। लीलापूर्वक हँसकर बोले, "नहीं। सारा कुटुंब साथ चलेगा। ...आदेश मुझे मिला है तो मैं ही जाऊँगा।"

राम ने प्रातः से अंत तक की घटनाएँ विस्तार से सीता को सुनाईं।

सीता ध्यान से सुनती रहीं; किंतु सुन लेने के पश्चात् भी उनका निर्णय नहीं बदला, "मैं कैसे मान लूँ कि पति-पत्नी में भी आदेश केवल एक व्यक्ति को दिया जा सकता है। किसी कारण से कभी मुझे भी ऐसा ही कोई ओदश मिले तो क्या आप मुझे अकेली को वन भेजकर स्वयं राजप्रासाद में रह जाएँगे?"

"तुम्हारी बात भिन्न है। तुम स्त्री हो।..."

सीता ने राम की बात बीच में काट दी, "हमारा समाज यह भेद करता है, पर आप स्त्री-पुरुष के अधिकारों की समानता के समर्थक हैं, राम! आप कैसे कह सकते हैं कि आपका मेरे प्रति जो कर्तव्य है, वही मेरा आपके प्रति नहीं है?"

"ठीक है। तुम्हारी इच्छा के विरुद्ध तुम्हें अयोध्या में छोड़कर नहीं जाऊँगा;

पर कुछ बातें विचारणीय हैं। माँ को बड़ी दुःखी मनः स्थिति में छोड़कर जा रहा हूँ। पति-पत्नी एकरूप हैं। इसलिए एक ही समय में दो कार्य करने के लिए विभक्त हो जाते हैं। मेरी अनुपस्थिति में, मेरे स्थान पर, मेरी माँ की देख-भाल करो।''

''बहुत बढ़िया।'' सीता के अधरों पर एक तीखी मुस्कान थी, ''विवाह के पश्चात् के इन चारों वर्षों में, कुल-वृद्धाओं और सारी प्रजा द्वारा लगाए गए बँध्या होने के आरोप को इसलिए झेलती रही हूँ कि आप कर्तव्य की पुकार पर वन जाएँ तो मैं सोलहों शृंगार किए, मणि-माणिक्य के आभूषण पहने, सेवक-सेविकाओं तथा परिजनों से घिरी, माता कौसल्या की सेवा का नाटक करने के लिए, पीछे रह जाऊँ। आप दिन-दिन-भर बाहर जनता के कार्यों में व्यस्त रहें और पीछे मैं अकेली यह सोच-सोचकर तृप्त होती रही कि मेरे पति आत्मकेंद्रित, स्वार्थी मनुष्य नहीं हैं। उनमें पर-दुःख-कातरता है। मैं अपने भीतर दमित ऊर्जा को सड़ते देखती रही और आपसे कहती रही कि मुझे अधिक कार्य मिले, जिससे मेरा अस्तित्व भी सार्थक हो सके। आपने सदा यही कहा कि अभी अवसर नहीं आया।...और आज, जब अवसर आया है कि मैं आपके साथ दण्डक वन जाऊँ; पीड़ित तथा त्रस्त जन-सामान्य के सीधे संपर्क में आऊँ; उनके लिए कुछ कर अपने अस्तित्व को उपयोगी बनाऊँ, तो आपकी मातृभक्ति, सास की सेवा के झूठ बहाने की आड़ में मुझे सड़ने-गलने के लिए यहाँ छोड़ जाना चाहती है। इससे तो कहीं अच्छा होता, मैं माता कौसल्या की बात मान, उनकी गोद में पौत्र डाल, उनके मन को संतोष देती।''

''सीते!'' राम ने अनुराग भरी दृष्टि से सीता को निहारा, ''मुझे गलत मत समझो। अयोध्या में नागरिक सुविधाओं और सुरक्षा के वातावरण के मध्य रहकर जन-कल्याण का कार्य करना और बात है; राक्षसों, दस्युओं, हिंस्र पशुओं से भरे उस बीहड़ वन में समय बिताना और बात। क्या तुम्हारे लिए वनवास सुविधाजनक होगा?''

सीता के चेहरे का तेज उभरा। सुहाग भरी वाणी में तमककर बोलीं, ''सुविधाओं और सुरक्षाओं की बात मुझसे मत कीजिए। सुविधा की बात सोचनेवाला व्यक्ति कभी स्वार्थ से उबर सका है? आज तक यही समझा है आपने मुझे? राजप्रासाद का लालच मुझे न दें। जहाँ आप जाएँगे, मैं भी जाऊँगी।''

''मेरी बात नहीं मानोगी?''

''यह बात नहीं मानूँगी।''

''लोग क्या कहेंगे।''

''उन्हें बुद्धि होगी तो कहेंगे कि सीता पति से प्रेम करती है।''

''नहीं, प्रिये!'' राम फिर गंभीर हो गए, ''मैं तुम्हारी क्षमताओं को जानता हूँ, इसीलिए चाहता हूँ कि तुम यहीं रहो। तुम यहाँ रहोगी तो मुझे वन में माँ की चिंता नहीं सताएगी और...'' राम ने रुककर सीता को देखा, ''प्रेम अथवा आदर्शों की भावुकता में यथार्थ को अनेदखा मत करो। वन में राजप्रासाद नहीं होते, सेना नहीं

होती, प्रहरी नहीं होते। पेट की अंतड़ियाँ भूख से बिलबिला टूट रही हों तो खाने को अन्न नहीं मिलता; सर्दी-गर्मी में उपयुक्त कपड़े नहीं मिलते।''

सीता का स्वर अत्यंत विक्षोभपूर्ण हो उठा, ''तो आप यही समझते हैं कि सुख-सुविधापूर्ण जीवन के लिए मैं आपके साथ हूँ। क्या आपने यही मानकर मुझसे विवाह किया था कि मैं भौतिक सुविधाओं के लिए ही बनी हुँ। राम! मैं आपकी संगिनी हूँ। मैं आपके संग चलूँगी।''

राम ने शांत भाव से तर्क रखा, ''चलना चाहो तो अवश्य चलो। पर सोचो, लोग क्या कहेंगे—मैंने तुमसे विवाह कर, वन में ले जाकर तुम्हें पीड़ित किया। सम्राट् सीरध्वज की पुत्री को चौदह वर्षों तक वन में भटकाया। क्या मैंने पति का कर्तव्य निभाया?''

अपना क्षोभ छोड़ सीता मुस्करा पड़ीं, ''इतने सवार्थी न बनो, राम! तनिक मेरी ओर से भी सोचो—मैं पीछे राजमहल में रह गई तो लोग मुझे क्या कहेंगे—वन की असुविधाओं के भय से मैंने पति का साथ छोड़ दिया—राम जैसे पति का। क्या मैंने पत्नी का कर्तव्य निभाया?''

सहसा सीता का मुख कातर हो उठा, वाणी रुँध गई, ''आपसे कुछ भी छिपा नहीं है। सम्राट् सीरध्वज ने मेरा पालन-पोषण अपनी आत्मजा के समान किया; किंतु संसार जानता है कि मैं अज्ञातकुलशीला, पृथ्वीपुत्री, सामान्य, अति साधारण स्त्री हूँ। ...यदि आज मैं आपके साथ नहीं जाती तो संसार एक स्वर से कहेगा—पृथ्वीपुत्री, साधारण नारी सीता राजसी सुविधाओं के लोभ में अपना धर्म भूल गई। भूखी थी, सुविधाएँ देख लोलुप हो उठी।...मुझे कलंकिनी न बनाएँ, राम!''

राम ने देखा, सीता इस समय केवल नारी थी, जो अपने पुरुष से उचित व्यवहार माँग रही थीं।

''सीते! मैं तुम्हें कलंकित करना नहीं चाहता। मैं तुम्हें अपने योग्य, समर्थ एवं सक्षम पत्नी के रूप में देखता हूँ। अपनी चिंताएँ कम करने के लिए ही चाहता हूँ कि तुम पीछे सुरक्षित रहो, ताकि मैं निश्‍चिंत होकर अपना काम कर सकूँ। तुम साथ हुईं और मैं तुम्हारी देख-भाल में लगा रहा तो अरक्षितों की रक्षा कैसे करूँगा; और अपने कर्तव्य में लगा रहा तो तुम्हारी रक्षा कौन करेगा?''

सीता खिलखिलाकर हँस पड़ीं। खिलखिलाहट के झटके से आँखों में टँगे आँसू गिर पड़े। हँसी से आधे पुँछे, अपने गीले नेत्र राम की आँखों में डाल, लीलापूर्वक बोलीं, ''व्यर्थ वीरता का नाटक न करो, राम। जो अपनी पत्नी की रक्षा नहीं कर सकता, वह ऋषियों की रक्षा का लक्ष्य लेकर वन क्या करने जा रहा है।''

राम गंभीर हो गए।

तर्क ठीक था। उन्हें सोचना होगा, चुनौती को पहचानना होगा और उसका सामना करना होगा। कहीं वे अपनी क्षमता से बड़ा दायित्व उठाने का दंभ तो नहीं

कर रहे?...फिर सीता पर्याप्त दृढ़ थीं। वे सचमुच साथ जाने पर तुली हुई थीं। इससे बड़ा सौभाग्य और क्या होगा कि पति-पत्नी का लक्ष्य एक हो; और वे लोग अपनी सम्मिलित शक्ति से जीवन को लक्ष्य की ओर ले चलें। व्यक्तिगत प्रतिबद्धता से पारिवारिक प्रतिबद्धता और अधिक सक्षम होती है।...

''तो ठीक है, सीते! तुम भी चलो। माताओं से अनुमति ले लो। अपना धन-धान्य, आभूषण-संपत्ति—सब सुपात्रों को दान कर दो। धन-संपत्ति वन साथ नहीं जाएगी।''

परिचारिकाओं की सूचना से पूर्व ही, लक्ष्मण झंझावात के रूप में कक्ष में घुस आए।

राम ने देखा—लक्ष्मण के शरीर की एक-एक शिरा टूटने की सीमा तक तनी हुई थी। उनकी आँखों में भयंकर लपटें जल रही थीं, मानो वे नेत्र न हों, उल्काएँ हों। नथुने क्षण-क्षणभर में फड़क रहे थे। चेहरे का गौर वर्ण क्रोध से झुलसकर ताम्र वर्ण हो गया था।

''आ गए, उग्रदेव?'' सीता बहुत धीरे से मुस्कराईं।

''लक्ष्मण ने अपनी धुन में सीता की बात नहीं सुनी। वे राम से कुछ दूरी पर उनकी ओर देखते चुप खड़े हो गए, जैसे क्रोध के मारे समझ न पा रहे हों कि क्या कहें।

''समाचार मिल गया?'' राम शांत भाव से बोले।

लक्ष्मण कुछ और तप उठे, ''समाचार मिल गया। और अपनी ओर से भी आपको एक समाचार ही देने आया हूँ—लक्ष्मण के कंधों पर टँगे धनुष-वाण और कमर में बँधा खड्ग न तो बच्चो के खिलौने हैं, न शोभा की वस्तुएँ। मैं अपने शस्त्रास्त्र लेकर जा रहा हूँ। दुष्टा कैकेयी के मंत्र में बँधे नाग सरीखे, बूढ़े विषयी सम्राट् को बंदी कर, पिटारे में बंद कर ले आऊँगा, और यदि उन्होंने विरोध किया, तो नाग का फन कुचलना भी मुझे आता है। विष के मद में लहराना भूल जाएँगे। ...भरत के पक्ष में जो भी लड़ने आएगा, उसका वध कर दूँगा।''

लक्ष्मण के क्रोध से पूर्णतः अप्रभावित राम शांत खड़े रहे। पति-पत्नी में समझौते की एक मुस्कान का आदान-प्रदान हुआ।

''आवेश का शमन करो, लक्ष्मण। अभी उसकी आवश्यकता नहीं। जैसा तुमने अभी कहा है, वैसा तुम कुछ भी नहीं करोगे—यह मेरा आदेश है।''

''भैया!'' लक्ष्मण तड़प उठे, ''ऐसा आदेश न दें। अन्याय का प्रतिरोध न करना अधर्म है।''

''भैया! मुझे बालक समझकर, मेरी बात को हँसी में न टालें।'' लक्ष्मण अनुरोध के स्वर में बोले, ''आप यह न समझें कि यदि आप पिता की आज्ञा का पालन नहीं करेंगे, तो मर्यादा-भंग के कारण आपकी लोकप्रियता कम हो जाएगी।...मेरी माँ कहती

हैं कि राम का पक्ष न्याय का पक्ष है। सारी प्रजा यही मानती है। अन्यायपूर्ण आज्ञा की अवज्ञा को धर्म माना जाता है। मर्यादा कभी रूढ़ नहीं होती। देश-काल के अनुसार उसका रूप बदल जाता है आप मेरी बात मानें, भैया!...इस आज्ञा का उल्लंघन करें।''

''तुम ठीक कहते हो, देवर!'' सीता बोलीं, ''मैं भी तब से इन्हें यहीं समझा रही हूँ; किंतु पत्नी के कहे में चलने की परंपरा वाले इस रघुवंश में जन्म लेकर भी तुम्हारे भैया मेरी बात नहीं मान रहे हैं।''

''देवि! यह वंश केवल पत्नी के कहे में चलने की परंपरा वाला ही नहीं, एकाधिक विवाह कर, ज्येष्ठ पत्नी का तिरस्कार करने वाला भी है। मैंने उस परंपरा का भी पालन नहीं किया है।'' राम मुस्कराकर मुड़े, ''लक्ष्मण! तुम अपने आवेश में अनेक बातें भूल रहे हो। मैंने ऋषि विश्वामित्र को एक वचन दिया था। तुम चाहते हो कि आज जब मुझे अपना वचन पूरा करने का अवसर मिल रहा है, मैं अन्य सामान्य राजकुमारों के समान सिंहासन के लिए झगड़ा करूँ; अपने बंधु-बाँधवों, परिजनों की हत्याएँ करूँ।...लक्ष्मण! यह वनवास नहीं, मेरे जीवन का अभ्युदय है; संकीर्ण राजनीति से उबर, व्यापक मानवीय कर्तव्य निभाने का अद्वितीय अवसर है।...''

लक्ष्मण का क्षोभ विलीन हो गया था। संकुचित-से होकर बोले, ''मैं भूल गया था, भैया!...हमें वन जाना चाहिए...''

राम का ध्यान लक्ष्मण की बात से हटकर, उनकी भंगिमा पर आकर टिक गया। वे 'आपको वन जाना चाहिए' न कहकर, 'हमें वन जाना चाहिए' कह रहे थे।

''हो गए न तुम भी तैयार!'' सीता कौतुकपूर्वक बोलीं, ''यह भी छूत की बीमारी है।''

''ठहरो, भाभी!'' लक्ष्मण पुनर्विचार करते हुए बोले, ''भैया! यह भी तो हो सकता है कि आप अयोध्या का शासन अपने हाथ में लें—कम-से-कम दुष्टा कैकेयी के हाथ में तो उसे न ही छोड़ें। फिर अपनी सेना सहित दण्डक के राक्षसों और उनके संरक्षक रावण से जा टकराएँ।''

''एक मार्ग यह भी है।'' राम ने स्वीकार किया, ''किंतु यदि यह मार्ग व्यावहारिक होता तो कदाचित दण्डक वन को इतनी लंबी प्रतीक्षा न करनी पड़ती। कोई भी सम्राट् यह कार्य कर चुका होता। लक्ष्मण! सैनिक अभियानों से जन-सामान्य की असुविधाएँ दूर नहीं होतीं। सेना विजय दिला सकती है, क्रांति नहीं ला सकती। प्रत्येक समस्या का समाधान सेना नहीं है। जन-क्रांति जन-जागृति से होती है और उसकी आकांक्षा जनता के भीतर से उत्पन्न होती है। ऊपर से थोपी हुई सैनिक क्रांतियाँ सदा निष्फल होती हैं।...ऋषि विश्वामित्र ने बताया था सेनाओं के जाने की सुविधाएँ भी उन वनों में नहीं हैं। हम उन वनों से परिचित भी नहीं हैं सेना को ले जाने के लिए जो प्रबंध वहाँ होना चाहिए, वह भी कदाचित् हमारे लिए व्यावहारिक नहीं

है। इतनी बड़ी सेना, उसके वाहनों और शस्त्रास्त्रों को ले जाना, भोजन-पानी का प्रबंध करना, उसके ठहराए जाने की व्यवस्था करना—इतने में तो वन-के-वन उजड़ जाएँगे; और जिनकी रक्षा के लिए सेना जाएगी, वे ही लोग सेना के विरुद्ध हो जाएँगे। वैसे भी अपने राज्य से इतनी दूर इतने बड़े सैनिक अभियान में विजय प्राप्त करना असंभव-सा है। गुरु विश्वामित्र ने कहा था, मुझे अकेले जाना होगा। राजसी वेश में जाऊँगा, तो जन-साधारण दूर से प्रणाम कर लौट जाएँगे। जन-साधारण अपनी असुविधाओं को वाणी नहीं देता—विशेषकर शासक वर्ग के सामने। वह डरता है कि उसके असुविधा-वर्णन को शासन अपनी निंदा, विरोध अथवा त्रुटि-दर्शन न मान ले। यह कार्य केवल निःस्वार्थ, साहसी बुद्धिजीवी कर सकते हैंः वे द्रष्टा,. ऋषि-मुनि, जो राज्याश्रय को तुच्छ मान, वनों में अपने आश्रम बनाकर वास कर रहे हैं। वे लोग राज्याश्रय को महत्त्व नहीं देते, अतः वे राज्य से अपनी रक्षा की याचना करने भी नहीं आएँगे। गुरु ने स्पष्ट कहा था, मुझे तापस वेश में उन ऋषियों के निकट जाकर, उनसे समान धरातल पर मिलना होगा और उनकी याचना के बिना ही उनकी रक्षा करनी होगी। यदि किसी समय मेरा व्यक्तिगत बल तथा दिव्यास्त्रों का ज्ञान उनकी रक्षा में असमर्थ हुआ तो सेना की आवश्यकता पड़ेगी। किंतु लक्ष्मण! वह सेना अयोध्या की वेतन-भोगी सेना नहीं होगी।''

''कौन-सी सेना होगी?'' लक्ष्मण हैरान थे।

''कोई बाहरी सेना आकर किसी के लिए कोई युद्ध जीत दे तो निश्चित रूप से वह कार्य नहीं हो सकता, जो जन-सामान्य में जागृति लाकर; उन्हीं को प्रबुद्ध बनाकर, उसी पीड़ित, जाग्रत जनता के बीच में से तैयार की गई सेना से हो सकता है। लक्ष्मण! मैं नहीं जानता कि मुझे सेना की आवश्यकता कहाँ पड़ेगी, कब पड़ेगी, कौन-सी सेना मेरी सहायता के लिए प्रस्तुत होगी। किंतु जिस कार्य के लिए राम दण्डक जा रहा है, वह यही है कि प्रत्येक जन-साधारण अपनी रक्षा के लिए प्रबुद्ध हो, सचेत हो, स्वाश्रित हो। उसमें प्राण फूँकना मेरा कार्य है—उन्हें मार्ग दिखाना, उनका नेतृत्व करना। जब जनता जाग उठती है तो बड़े-से-बड़ा अत्याचारी भी उसके सम्मुख टिक नहीं सकता। इसलिए मैं तापस वेश में एकाकी ही वन जाऊँगा।''

''यह सब ठीक है, भैया!'' लक्ष्मण के मन में अब भी अड़चनें थीं, ''फिर भी अयोध्या का राज्य कैकेयी के हाथों में छोड़ इस प्रकार निष्कासित होकर जाना तो शोभा नहीं देता। सत्ता पर अधिकार कर, उसे किसी उचित व्यक्ति को सौंपकर भी तो वन जाया जा सकता है।''

''राज्य जन-कल्याण के लिए होना चाहिए,'' राम बोले, ''प्रजा के दमन और हत्या के लिए नहीं। अतः राज-सिंहासन से अनावश्यक चिपकना मेरे लिए आसक्ति से अधिक कुछ नहीं; और आसक्ति सदा अन्याय की जननी होती है।...और लक्ष्मण!'' राम मुस्कराएँ, ''एक बार स्पष्ट हो गया कि बाध्य होकर नहीं, मैं स्वेच्छा से वन

जा रहा हूँ तो मेरे प्रियजन मुझे कभी वन जाने नहीं देंगे। माता कौसल्या सिर पटककर प्राण दे देंगी, किंतु मुझे जाने नहीं देंगी। भ्रम बना रहने दो...''

लक्ष्मण के विरोध और प्रश्न मिट गए; विघ्न और जिज्ञासाएँ पिघल गईं। मन में एक उत्साह और उल्लास छा गया। आँखों में चमक आ गई, ''कितना आनंद रहेगा, भैया! सिद्धाश्रम-यात्रा की स्मृति आज तक मेरे मन में कभी-कभी टीस उठती है।...''

लक्ष्मण अपने भीतर स्मृतियों में खो गए।

राम लक्ष्मण के मन की बात समझते रहे और मुस्कराते रहे। फिर बाधा देते हुए बोले, ''किंतु लक्ष्मण! वनवास का आदेश केवल मुझे हुआ है।''

''ठीक है।'' लक्ष्मण ने कौतुक भरी आँखों से भाई को देखा, ''युवराजाभिषेक करवाते हुए 'केवल मुझे' वाली भाषा बोलते तो कोई बात भी थी। वनवास के लिए 'केवल मैं' कुछ शोभा नहीं देता। गुरु विश्वामित्र ने भी केवल आपको ही माँगा था, सम्राट् ने भी केवल आपको ही भेजा था—किंतु यह अकिंचन फिर भी साथ गया था।''

राम हँस पड़े, ''तो तुम साथ जाओगे ही?''

''कोई विकल्प नहीं।'' लक्ष्मण भी हँस पड़े, ''मेरी माँ कहती हैं, भैया राम का साथ कभी मत छोड़ो।''

''राम गंभीर हो गए, ''तुम्हें साथ ले जाने में मुझे कोई आपत्ति नहीं है, सौमित्र! साथ रहोगे तो सुविधा भी रहेगी और संगति भी। किंतु...''

''क्या भैया?''

''जिन परिस्थितियों में मैं अयोध्या छोड़ रहा हूँ, वे असाधारण हैं। यहाँ द्वेष और प्रतिहिंसा का विष फैला हुआ है। यदि तुम भी मेरे साथ चले जाओगे, तो पीछे माता कौसल्या और माता सुमित्रा के भरण-पोषण और उनकी सुरक्षा का दायित्व किस पर होगा? यदि पीछे अयोध्या में रहकर तुम उनकी देख-भाल करो तो मैं निश्चिंत होकर दण्डक जा सकूँगा।''

''नहीं, भैया!'' लक्ष्मण ने निषेध की मुद्रा में सिर हिला दिया, ''इसकी आवश्यकता नहीं पड़ेगी। एक तो सम्राट् अभी विद्यमान हैं, फिर यदि पीछे भरत हैं तो शत्रुघ्न भी हैं। माताओं का अनिष्ट नहीं हो पाएगा। अपने भरण-पोषण के लिए उनके पास पर्याप्त धन है। आप चाहें तो जाने से पहले कुछ और व्यवस्था भी की जा सकती है। रक्षा के लिए उनके पास विश्वसनीय सैनिक और सेवक हैं। और फिर चाहे माता कौसल्या न हों, पर माता सुमित्रा दोनों की रक्षा में पूर्णतः समर्थ हैं। मेरी माँ कहती हैं, वह क्षत्राणी ही क्या, जो अपनी रक्षा न कर सके।''

राम अपनी गंभीरता छोड़ नहीं पाए, ''दूसरा चिंतनीय विषय यह है, लक्ष्मण! कि चौदह वर्षों पश्चात् जब तुम वन से लौटोगे, तब तक तुम्हारा विवाह-योग्य वय व्यतीत हो चुका होगा...''

लक्ष्मण ठहाका मारकर हँस पड़े, "जिस वय में पूज्य पिताजी ने कैकेयी से विवाह किया था, क्या मेरा वय उससे भी अधिक हो जाएगा?"

राम भी स्वयं को रोक नहीं पाए। खिलखिलाकर हँस पड़े।

"तो फिर सेना की चिंता क्यों करते हो, देवर!" सीता ने हँसी में सम्मिलित होते हुए कहा, "तुम और तुम्हारी पत्नियों की सेना क्या नहीं कर पाएगी?"

लक्ष्मण विदा लेने चले गए और सीता विभिन्न व्यवस्थाओं में लग गईं। राम पुनः अनमने हो गए। एक प्रश्न तेज आरी के समान उनके मस्तिष्क के तंतुओं को आहत कर रहा था।

...आखिर राज्य-प्राप्ति का प्रयत्न कोई क्यों करता है? शासनाधिकार किसलिए होता है? राजनीतिक शक्ति की आवश्यकता ही क्यों पड़ती है? राम को राज्य का मोह नहीं है। उन्हें धन-धान्य, संपत्ति-विलास, ऐश्वर्य—किसी वस्तु का मोह नहीं है। वे तो स्वयं ही अवसर की प्रतीक्षा में थे कि किसी प्रकार इस जंजाल से निकलकर वनों में जा सकें, जहाँ मानवता का वास्तविक संघर्ष चल रहा है। यदि उन्हें राजसी जीवन के किसी एक पक्ष से भी मोह होता तो वनों में जाकर वे ऋषियों की रक्षा का संकल्प क्यों करते?

पर कैकेयी ने भरत के लिए राज्य क्यों चाहा है?

कैकेयी ने शायद यह सोचा है कि राज्य राम को मिल गया तो भरत के पास धन नहीं रहेगा। उसे भोग-विलास की सामग्री उपलब्ध नहीं हो पाएगी...सेवक-सेविकाएँ नहीं रहेंगी, सुख के साधन नहीं रहेंगे।...पर राम को यह सब नहीं चाहिए, इसलिए भरत के राजा बनने पर राम का कुछ नहीं छिनेगा। राम तो स्वेच्छा से धन की माया को छोड़ रहे हैं...

किंतु शासनाधिकार धन-प्राप्ति के लिए होता है। धनार्जन की एक व्यवस्था बना दी जाती है, और शासन उस व्यवस्था की रक्षा करता है। तो शासनाधिकार, मूलतः किसी विशिष्ट आर्थिक ढाँचे की सुरक्षा के लिए होता है। एक विशेष प्रकार की आर्थिक व्यवस्था, एक विशिष्ट शासन-तंत्र की अपेक्षा करती है। राजनीतिक व्यवस्था के बदलते ही आर्थिक व्यवस्था और उस आर्थिक व्यवस्था पर आधृत सामाजिक व्यवस्था भी बदल जाती है...

कैकेयी ने राज्याधिकार कदाचित् भरत के भोग के लिए चाहा है। यदि यही यथार्थ है तो भरत भोगी राजा होकर रहेगा। कर्तव्यपारायण शासक वह कदापि नहीं बनेगा। और यदि वह अपना दायित्व नहीं समझेगा तो वह जनता का रक्षक न होकर उसका शोषक होगा।

राम वन क्यों जा रहे हैं? विश्वामित्र अथा अन्य ऋषि, पूँजी तथा हिंसा पर आश्रित, राज-शक्तियों का नाश क्यों चाहते हैं?—राम के मन में बहुत सारे प्रश्न उभर रहे थे—बहुत सारे विचार—ऊहापोह...

विश्वामित्र क्या चाहते थे? यही तो कि वे अपने आश्रम को ज्ञान के आदान-प्रदान का केंद्र बना सकें। सिद्धाश्रम के अड़ोस-पड़ोस में बसने वाले लोगों—आर्य, नाग, शबर, किरात, भील—यहाँ तक कि संभव हो तो राक्षसों को भी सुसंस्कृत कर सकें। सबको मानव-समता के आधार पर सम्मानपूर्वक आजीविका अर्जित करने और अपने व्यक्तित्व के पूर्ण विकास का अवसर दे सकें। पर वे सफल क्यों नहीं हो सके? कौन रोक रहा था उन्हें? यदि बहुलाश्व के स्थान पर, वहाँ कोई न्यायी शासन-प्रतिनिधि होता, तो विश्वामित्र क्या इतने अशक्त होते? क्या गहन की वैसी अमानुषिक हत्या होती? क्या गहन के परिवार की स्त्रियों के साथ ऐसा अत्याचार हो पाता?...यह सब-कुछ केवल इसलिए हुआ क्योंकि विश्वामित्र के पास राजनीतिक शक्ति नहीं थी।

अगस्त्य, सुतीक्ष्ण, शरभंग, भरद्वाज, वाल्मीकि—सभी ऋषि अपनी संपूर्ण तपस्या, बुद्धि, ज्ञान, शक्ति एवं आस्था के साथ मानवता के विकास में दत्तचित्त हैं—किंतु जन-जातियों के जागरण से, उनके सक्षम और स्वावलंबी हो जाने से, राक्षसों द्वारा उनके शोषण की संभावना समाप्त हो जाएगी। ऐसी स्थिति में राक्षसों की राजनीतिक शक्ति ऋषि-कार्यों का समर्थन कैसे कर सकती है? राक्षस अपने संपूर्ण शासन-तंत्र को इन ऋषियों के विरोध में लगाए हुए हैं।...

सहस्रार्जुन आर्य सम्राट् था—महान भार्गव ऋषियों का शिष्य। किंतु अपनी शक्ति के मद में वह राक्षस हो गया था—रावण का मित्र। स्वयं भार्गव परशुराम, महिष्मती में उपस्थित होते हुए भी, तब तक कुछ नहीं कर सके, जब तक राजनीतिक शक्ति हैहयराज के हाथ में थी। अंततः उन्हें उस अन्यायी राजनीतिक शक्ति को मिटाना ही पड़ा। एक कीर्तवीर्य सहस्रार्जुन ही क्यों, उन्होंने अनेक क्षत्रिय राजपरिवारों का समूल नाश किया। जब राज्य अन्याय तथा अत्याचार का प्रतीक बन जाए तो उसका मिटना अवश्यंभावी हो जाता है।

...कोई संदेह नहीं कि बड़े यत्न से विकसित की गई प्रगतिशील, न्यायपूर्ण, मानवीय संस्कृति तथा सामाजिक व्यवस्था को भी प्रतिकूल, प्रतिक्रियावादी, प्रतिगामी राजशक्ति अत्यंत थोड़े से ही समय में समाप्त कर सकती है। अतः मानव समता के सिद्धांत पर आश्रित, न्यायपूर्ण समाज के विकास के लिए पहली शर्त है राजनीतिक शक्ति को हस्तगत करना...

और राम क्या कर रहे हैं? हाथ में आई कोसल की राजशक्ति, भरत के हाथ में देकर, उसके मार्ग से हटकर, चौदह वर्षों के लिए बहुत दूर चले जा रहे हैं। वे रावण की राक्षसी सत्ता के नाश के लिए वन जा रहे हैं—और यदि उनकी अनुपस्थिति में कैकेयी तथा भरत ने मिलकर, कोसल में ही राक्षसी राज्य स्थापित कर दिया तो? कौन कह सकता है कि प्रतिहिंसा में उद्भ्रांत कैकेयी के हाथ में आकर शासन, न्याय की परंपरा से हट नहीं जाएगा? राम भरत को जानते हैं। भरत पर उन्हें पूरा विश्वास है—वह अन्यायी नहीं होगा। किंतु जानते तो वे कैकेयी को भी थे। आज से पूर्व

कौन कह सकता था कि कैकेयी इतनी क्रूर हो सकेगी। किसी अन्य घटना के कारण, भरत में भी अपनी माँ के समान प्रतिहिंसा और घृणा का विस्फोट नहीं होगा—कौन कह सकता है। बिना उचित परीक्षण के, भरत के विषय में कुछ कहना संभव नहीं है। यदि कैकेयी ने भरत के विलास और भोग के लिए राज्य चाहा है, और भरत ने उसका सचमुच वैसा ही उपयोग किया, तो अयोध्या और लंका में कोई भेद रह पाएगा क्या? लंका तो फिर आर्यावर्त्त से बाहर, दूर समुद्र के पास बसी हुई है—अयोध्या आर्यावर्त्त के मध्य में है। अयोध्या में कैकेयी अथवा भरत द्वारा स्थापित राक्षसी राज्य अधिक घातक हो सकता है।

सहसा राम चौंक उठे—कैकेयी की बात और है। उसमें तीव्र स्नेह और घृणा का विरल सम्मिश्रण है। उदात्त भावनाओं के जागने पर वह अत्यंत उदार; और क्रूर क्षणों में हिंस्र तथा अधम हो सकती है। पर क्या उन्हें भरत पर भी विश्वास नहीं है? क्या उनकी व्यक्ति की परख इतनी कच्ची है?

कुछ भी हो, भरत की पहचान आवश्यक थी। भरत पर उन्होंने कभी संदेह नहीं किया था। उनके चरित्र, उनकी निःस्वार्थता, उनकी कर्तव्य-परायणता, उनकी मानवीयता—किसी भी संदर्भ में राम को तनिक भी संदेह नहीं था। पर फिर भी कैकेयी के व्यवहार ने राम को चेता दिया था। अब उन्हें प्रत्येक पग पर सावधान रहना होगा। किसी को भी उसके बाहरी रूपाकार, व्यवहार तथा वार्तालाप के आधार पर स्वीकार नहीं करना होगा। सबका परीक्षण...और सावधानी...यदि भरत परीक्षण में खरे उतरे तो उनके राज्य में कोसल की जनता का अहित नहीं होगा। ऐसी व्यवस्था में राम निःशंक दण्डक जा सकेंगे...पर उस परीक्षा से पहले, उन्हें अयोध्या में अपनी अनुपस्थिति के समय तक के लिए, अनेक प्रबंध करने होंगे...माता कौसल्या तथा सुमित्रा की रक्षा का प्रबंध। अपने सेवकों, मित्रों, समर्थकों, शुभाकांक्षियों की रक्षा तथा भरण-पोषण का प्रबंध।...और राजनीति को सुमार्ग पर चलाए रखने का प्रबंध ...सूचनाएँ प्राप्त करने का प्रबंध...यह सारी व्यवस्था किए बिना राम अयोध्या नहीं छोड़ सकते...

थोड़ी देर में लक्ष्मण लौट आएँगे। तब वन-प्रस्थान की तैयारी आरंभ हो जाएगी। राम को उससे पूर्व ही व्यवस्था कर लेनी चाहिए...व्यवस्था...किस प्रकार की व्यवस्था? ...पिता वृद्ध हैं—अशक्त। गुरु वशिष्ठ वृद्ध भी हैं, अशक्त भी और मर्यादावादी राजभक्त भी।...लक्ष्मण उनके साथ ही वन जा रहे हैं। भरत के विषय में अभी कुछ कहा नहीं जा सकता। शत्रुघ्न भरत के प्रभाव में है।...तो फिर कौन? माता सुमित्रा? वे अकेली सक्षम नहीं होंगी। उनकी सहायता के लिए कौन?...राम की आँखों के सम्मुख अनेक संज्ञाएँ...अनेक आकृतियाँ उभरने लगीं...गुरुपुत्र सुयज्ञ...माता कौसल्या के शुभाकांक्षी यजुर्वेदीय तैत्तिरीय शाखा के आचार्य...सूत और सचिव चित्ररथ... कठशाखा और कलाप शाखा के दण्डधारी ब्रह्मचारी...माता कौसल्या के प्रिय मेखलाधारी

ब्रह्मचारी...गर्ग गोत्रीय ब्राह्मण त्रिजट...लक्ष्मण के विभिन्न युवासंगठन—समस्त कर्मचारी ...किसी एक को नहीं, इन सबको सामूहिक रूप से दायित्व सौंपकर, कदाचित् राम निश्चिंत होकर जा सकें...

''सीते!''

''जी।''

''किसी को माता सुमित्रा के महल में भेजो और लक्ष्मण को कहलवाओ कि लौटते हुए, गुरु वशिष्ठ के आश्रम में रखे हुए, महात्मा जनक द्वारा हमें दिए गए दिव्य धनुष, दिव्य कवच, तूणीर, सुवर्ण भूषित खंग, ऋषि विश्वामित्र द्वारा प्रदत्त दिव्यास्त्र तथा अन्य शस्त्रास्त्र अपने साथ लेते आएँ। साथ ही सुयज्ञ, चित्ररथ तथा त्रिजट को संदेश भिजवा दें कि मैं उनसे शीघ्रातिशीघ्र मिलना चाहता हूँ।'' राम रुके, ''और तुम भी माताओं से मिल आओ। मैं पुनः उनके सामने पड़ना नहीं चाहता।''

''जी, अच्छा!''

लक्ष्मण लौटे तो न केवल वे स्वयं साधारण अस्त्र-शस्त्रों तथा दिव्यास्त्रों से लदे हुए थे, वरन् उनके साथ आने वाले सुयज्ञ और समिधा, चित्ररथ तथा अन्य मित्र भी बहुत सारे अस्त्र-शस्त्र सँभाले हुए थे। लगता था, लक्ष्मण अपने साथ एक संपूर्ण शस्त्रागार ही उठा लाए हैं।

राम ने सहास अपने मित्रों का स्वागत किया और उन्हें आसन किया।

शस्त्रास्त्र एक ओर रखकर वे बैठ गए। आगंतुकों में से किसी के भी चेहरे पर न हास था, न उल्लास। सबके मन भरी थे।

''आपने सुना, भैया!'' लक्ष्मण बोले।

''क्या''?

''अभी-अभी कुछ राजाज्ञाओं की घोषणा की गई है।'' लक्ष्मण ने बताया, ''उनके अनुसार सम्राट् के अंग-रक्षक दल का अधिकार-क्षेत्र सम्राट् के राजप्रासाद तक ही सीमित रहेगा; नगर का दायित्व पुनः साम्राज्य की तीसरी स्थायी सेना का होगा। उन्हें वापस बुलाने के लिए चर दौड़ा दिए गए हैं। तब तक नगर-रक्षा का दायित्व कैकेयी के अंग-रक्षक करेंगे। निजी सेनाओं पर से नियंत्रण हटा लिये गए हैं तथा न्याय-समिति-सचिव पुष्कल को मुक्त कर पुनः अपने पद पर आसीन किया गया है।''

''अर्थात् सम्राट् के सभी आदेश उलट दिए गए हैं।'' राम मुस्कराए, ''इसमें आश्चर्य की क्या बात है, सौमित्र! यह तो देर-सबेर सुनना ही था।''

''किंतु हम क्या सुन रहे हैं, राम!'' सुयज्ञ बोले।

''तुमने ठीक सुना है, मित्र!'' राम मुस्कराए।

''पर, राम!...''

''सुनो, बंधु!'' राम ने सुयज्ञ की बात काट दी, ''मेरी अशिष्टता क्षमा करना, किंतु समय ही ऐसा है। यह निश्चित हो चुका है कि हम लोग वन जा रहे हैं। इस संदर्भ में मुझे समझाना, बाधा देना या साथ चलने का आग्रह व्यर्थ है। तुम लोग अयोध्या की ओर से निश्चिंत होकर जाने में मेरी सहायता करो। मैं जा रहा हूँ, किंतु माता कौसल्या, माता सुमित्रा, अयोध्या की प्रजा तथा अयोध्या का राज्य पीछे छोड़े जा रहा हूँ। इन सब का दायित्व तुम लोगों पर है। ऐसा न हो कि लौटूँ तो पाऊँ कि अयोध्या नगरी भी दण्डकारण्य बन चुकी है।...'

''स्पष्ट कहो, राम!'' सुयज्ञ बोले, ''हमसे क्या अपेक्षित है?''

''तुम्हें देखना है, मित्र! कोई अवश सम्राट्, दोनों माताओं तथा अयोध्या की प्रजा के साथ दुर्व्यवहार न करे। सबका भरण-पोषण न्यायोचित ढंग से हो। अयोध्या में मानवीय समता के आधार पर न्यायपूर्ण राज्य हो। यहाँ स्वर्ण, हिंसा तथा मदिरा का प्रभुत्व न हो। वर्ग-भेद, साम्प्रदायिकता तथा अन्य मानवीय विभाजनों को प्रोत्साहन न मिले, जिससे मानव द्वारा मानव का शोषण बढ़े। प्रजा तथा राज्य की उचित रक्षा हो। विलास का तांडव यहाँ न हो। ऐसा करने के लिए, मित्र सुयज्ञ! अपने सहायक, सहयोगी बुद्धिजीवी वर्ग के प्रभाव का सदुपयोग करोगे। मित्र चित्ररथ! तुम मंत्रियों, अमात्यों, राज्य-परिषद् के सदस्यों तथा राजपुरुषों पर दृष्टि रखोगे। आवश्यक होने पर उन्हें सतर्क करोगे और उन्हें उचित मार्ग का इंगित करोगे। और मित्रो!'' वे अन्य आगंतुकों की ओर मुड़े, ''सामान्य प्रजा का सुख-दुःख देखने, उससे संपर्क बनाए रखने, उसकी रक्षा करने और उसकी बात मुझ तक पहुँचाने का कार्य मैं आप युवा संगठनों के अध्यक्षों यजुर्वेदीय तैत्तिरीय शाखा के आचार्य, कठशाखा तथा कलाप शाखा के दण्डधारी ब्रह्मचारियों तथा माता कौसल्या के प्रिय मेखलाधारी ब्रह्मचारियों पर छोड़ रहा हूँ। आप लोग जन-सामान्य से मिलते-जुलते हैं, संपर्क बनाए रखते हैं—आप के लिए यह कठिन नहीं होगा।''

''राघव! हम सहर्ष इस दायित्व को स्वीकार करते हैं।'' चित्ररथ बोले, ''यह आपका ही नहीं, हमारा अपना काम है। आप चिंता न करें। आपकी सावधानी सर्वथा उचित है। पर यदि कोई अनिष्टकारी स्थिति आ जाए, और हमारे सँभाले न सँभले तो उसकी सूचना आपको कैसे दी जाए?''

राम मुस्कराए, ''आप सावधान रहेंगे तो ऐसी स्थिति नहीं आएगी। आ गई तो लक्ष्मण को अयोध्या लौटना होगा। वैसे...सरयू पार करते ही अयोध्या से बाहर त्रिजट का आश्रम है। उसे भी मैंने बुलाया है। वह किसी भी क्षण आ सकता है। आप उस तक सूचना पहुँचा दें। वह उस सूचना को अगले पड़ाव तक पहुँचा देगा। इस प्रकार एक-एक पड़ाव चलती हुई वह सूचना मुझ तक पहुँच जाएगी।''

सुयज्ञ और चित्ररथ ने सिर हिला दिए। उनका मन कुछ हल्का हो गया था। राम उनसे दूर अवश्य जा रहे थे, किंतु उनसे असंपृक्त हो जाने की आशंका नहीं थी।

राम पुनः बोले, ''सुयज्ञ! व्यवस्था का थोड़ा कार्य शेष है। अपने कर्मचारियों के व्यय के लिए मैंने पर्याप्त धन सौंप दिया है। फिर भी चाहता हूँ कि मेरी अनुपस्थिति में मेरे कर्मचारियों, मित्रों, संबंधियों, अयोध्या के आश्रमों तथा जन-कल्याण में लगी संस्थाओं को आर्थिक संकट न झेलना पड़े; इसलिए शेष धन तुम मेरी ओर से ग्रहण करो; उसकी रक्षा करो और अवसर देखकर उचित व्यय करो। और मित्र! जानकी अपनी सखी आर्या समिधा को उपहार-स्वरूप कुछ हार, सुवर्ण सूत्र, करधनी, अंगद तथा केयूर देना चाहती हैं। आर्या समिधा उन्हें स्वीकार करें। अपना हाथी, शत्रुंजय, मैं तुम्हें अपनी स्मृति-स्वरूप दिए जाता हूँ।''

राम ने थमकर एक दृष्टि सारे मित्रों पर डाली; और कुछ भारी स्वर में बोले, ''अच्छा मित्रो! विदा। यहाँ की व्यवस्था कर, अपने-अपने घर चले जाना। केवल चित्ररथ तथा सुयज्ञ हमारे शस्त्रास्त्रों के साथ त्रिजट के आश्रम में पहुँच जाएँ। त्रिजट अब तक आ नहीं सका। उससे अब उसके आश्रम में ही मिलूँगा।''

उन्होंने मुड़कर सीता और लक्ष्मण की ओर देखा, ''चलो! पिता से विदा लें।'' सम्राट् से विदा लेने के लिए जाते हुए राम, सीता तथा लक्ष्मण राजमार्गों से पैदल निकले। उनके मित्रों, सुहृदयसों तथा कर्मचारियों का झुंड उनके पीछे था।

समाचार फैल चुका था। मार्गों पर अपार भीड़ एकत्रित थी। प्रत्येक भवन के द्वार तथा गवाक्ष खुले थे। गरजते समुद्र के समान विराट् जन-समुदाय एकत्रित था। प्रत्येक गली से निकल-निकलकर भीड़ उस जन-समुदाय में मिलती जा रही थी। कुछ लोग मौन थे, कुछ धीरे-धीरे बातें कर रहे थे, कुछ चीख-चिल्ला रहे थे। सब ओर एक प्रकार का क्षोभ, एक आवेश, एक क्रोध और विरोध विद्यमान था। किंतु कोई नहीं जानता था कि उसे क्या करना चाहिए, वह क्या करना चाहता है...

राम ने सतर्क दृष्टि से लक्ष्मण को देखा, ''सौमित्र! इस जन-समुदाय को देख रहे हो। यह आवेश में है; स्वयं को अक्षम पाकर, असंतुष्ट और पीड़ित भी है। यह जन-समुदाय अति प्रज्वलनशील और विस्फोटक है। देखना, कहीं अपने व्यवहार अथवा वाणी से इसे उकसा मत देना, नहीं तो विप्लव हो जाएगा। सारी व्यवस्था समाप्त हो जाएगी। माता कैकेयी अपनी प्रतिहिंसा में भूल गईं कि शासक को बनाने और पदच्युत करने में, प्रजा की इच्छा बहुत महत्त्वपूर्ण तत्त्व है। प्रजा की इच्छा के विरुद्ध वे भरत को तो क्या, मुझे भी अयोध्या का सम्राट् नहीं बना सकतीं। यह घरेलू झगड़ा भी राजनीतिक आयाम मिलते ही विप्लव में बदल जाएगा।''

''इच्छा तो होती है कि धनुष लेकर इस समुदाय के आगे-आगे चलूँ और कैकेयी के महल पर पहुँचकर, बस एक बार ललकार दूँ।'' लक्ष्मण बोले, ''किंतु वन जाने के लिए शांत रहना ही उचित है।''

वे लोग बढ़ते रहे। उनके साथ-साथ भीड़ भी बढ़ती गई। कैकेयी के महल तक पहुँचते-पहुँचते, असंख्य लोग राम के पीछे चल रहे थे।

महल में प्रवेश करने से पूर्व, राम भीड़ की ओर मुड़े और ऊँची आवाज में बोले, "मित्रो! मैं आपके प्रेम और स्नेह का अभिनंदन करता हूँ। आप अशांत न हों। माता कैकेयी ने मुझे वन भेजना चाहा है, और पिता ऐसी आज्ञा देना नहीं चाहते। समाधान यही है कि वन जाने का दायित्व मैं अपने ऊपर ले लूँ। मैं वही कर रहा हूँ। सीता और लक्ष्मण मेरे साथ जा रहे हैं। अयोध्या का दायित्व मैं आप पर छोड़ रहा हूँ। राजा कोई भी हो, किंतु अयोध्या आपकी है। राज्य शासक का नहीं, जनता का होता है। आप सजग रहें, सचेत रहें। अपनी अयोध्या की रक्षा करें और देखें कि अयोध्या का कोई भी शासक अनीति के मार्ग पर चल, दंभ अथवा विलास में पड़, जन-विरोधी शासन न करे।"

राम ने हाथ जोड़, मस्तक झुका, प्रजा का अभिवादन किया; और महल के प्रवेशद्वार की ओर मुड़ गए। अपनी पीठ के पीछे, प्रजा के सहस्रों कंठों से वे अपनी जय-जयकार सुन रहे थे।

सुमंत्र के माध्यम से सूचना भिजवा जिस समय राम, और लक्ष्मण के साथ भीतर प्रविष्ट हुए, कैकेयी के कक्ष में प्रातःकाल जैसा एकांत नहीं था। वहाँ माता कौसल्या, माता सुमित्रा तथा सम्राट् की अन्य रानियाँ उपस्थित थीं। वशिष्ठ भी विराजमान थे। राज-परिषद् के मुख्य सदस्य मंत्री, अमात्य तथा सेनापति भी वर्तमान थे। सम्राट् पहले के समान पृथ्वी पर नहीं पड़े थे, उन्हें पलंग पर लेटा दिया गया था। ऐसा लगता था, जैसे राजपरिवार और राजदरबार के सभी मुख्य व्यक्ति सम्राट् को घेरकर किसी महत्त्वपूर्ण घटना की प्रतीक्षा कर रहे थे।

राम, सीता तथा लक्ष्मण ने आँखें मूँदे, निःस्पंद पड़े दशरथ को प्रणाम किया।

राम ने मंद स्वर में कहा, "पिताजी!"

दशरथ कुछ कहने का साहस बटोरें, उससे पूर्व ही अनेक नारी-कंठों से सस्वर रुदन और चीत्कार फूट पड़ा।

राम ने देखा—वे सब सम्राट् की सुंदरी, युवती पत्नियाँ थीं, जिनके साथ सम्राट् ने कभी आकर्षित होकर अपनी इच्छा से, कभी किसी के प्रस्ताव पर, अथवा किसी की भेंट स्वीकार करने के लिए, विवाह किए थे। राम ने सम्राट् के ऐसे अनेक विवाह अपने शैशव से देखे थे—जिनमें एक स्त्री के साथ विवाह कर, उसे दो-तीन दिन अपने महल में रख, राजसी अंतःपुर में धकेल दिया जाता था। अंतःपुर में जाकर न वे किसी की पुत्रियाँ थीं, न बहनें, न पत्नियाँ—वे अंतःपुर की स्त्रियाँ होती थीं। उनके भरण-पोषण का भार राजकोष पर होता था। और किसी का उनके प्रति कोई दायित्व नहीं था।

राम ने जैसे-जैसे होश सँभाला था, उनकी करुणा अपनी इन तथाकथित माताओं के प्रति बढ़ती चली गई थी। उन स्त्रियों की स्थिति अत्यंत विचित्र थी—न वे बंदिनी

थीं, न स्वतंत्र। वे सौभाग्यवती विवाहिताएँ थीं, किंतु पति-विहीना। वे रानियाँ थीं, किंतु राजपरिवार की सदस्या के रूप में उनमें से किसी को कोई अधिकार प्राप्त नहीं थे। अंतःपुर में कोई काम नहीं था, अंतःपुर से निकल भागना उनके वश का नहीं था। लंगड़ी बिल्ली के समान वे घर के भीतर ही शिकार करती रहती थीं। परस्पर एक-दूसरी की सहायक होने के स्थान पर, एक-दूसरे के विरुद्ध षड्यंत्र रचकर, परिवेश को विषैला करती रहती थीं...

ताड़का वन में से अनेक अपहृता बंदिनी युवतियों को मुक्त कराकर, राम इन रानियों के प्रति विशेष रूप से सदय हो गए थे। उन्होंने उनके विषय में कई बार सोचा था—एक पुरुष के लिए इतनी स्त्रियों को पत्नी का मान-सम्मान, प्यार और अधिकार देना सर्वथा असंभव तथा अप्राकृतिक था। जिस प्रकार अन्यायपूर्वक अपनी आवश्यकता से अधिक धन एकत्रित कर, साँप बन, उस पर बैठकर, अपना या दूसरों का केवल अहित किया जा सकता है, वैसे ही इतनी पत्नियों को एकत्रित कर न केवल सम्राट् ने मानवीय अन्याय किया था, वरन् अपना और उनका अहित भी किया था। यदि कहीं ये स्त्रियाँ अपहृत कर बलात् लाई गई होतीं, उन्हें बलपूर्वक अवरोध में रखा गया होता, तो राम उन्हें कब से मुक्त करा चुके होते। किंतु कठिनाई यह थी कि वे सम्राट् की विवाहिताएँ थीं। वे मुक्त होना नहीं चाहती थीं, पत्नी का अधिकार पाना चाहती थीं—जो असंभव था। उनका बंधन न तो अंतःपुर की दीवारों का था, न सम्राट् के पतित्व का। उन्हें उनके अपने संस्कारों ने बंदी कर रखा था। शैशव से उनके मन में बैठा दिया गया था कि नारी का सबसे बड़ा सौभाग्य उसका सुहाग है। पति उसका परमेश्वर है; चाहे पति के नाम पर उन्हें अयोग्य से अयोग्य अमानव के साथ बाँध दिया जाए। आज यदि सम्राट् इन स्त्रियों को मुक्त भी कर दें, उन्हें अपनी पत्नियाँ मानने से इनकार भी कर दें—तो ये स्त्रियाँ उसे अपना सौभाग्य नहीं मानेंगी, वे प्रसन्न नहीं होंगी। वे परित्यक्ता की पीड़ा झेलेंगी और परित्यक्ता की पीड़ा कभी-कभी विधवा की पीड़ा से भी घातक होती है।...राम इन स्त्रियों के संस्कार नहीं बदल सके; किंतु अगली पीढ़ी को वे इन गलत संस्कारों का विरोध करना अवश्य सिखाएँगे, उनके भीतर विद्रोह जगाएँगे।

राम ने सम्राट् की पत्नियों को करुणा-भरी दृष्टि से देखा और बोले, "देवियो! मुझे जाना ही होगा। अपना ध्यान रखना और न्याय के प्रति सजग रहना।"

सम्राट् ने हल्के-से अपनी आँखें खोलीं और डबडबा आईं उन आँखों से राम को देखा, "पुत्र राम! मुझमें शक्ति थी तो विवेक नहीं था। अब समझ आई है तो कर्म-शक्ति नहीं है। जिसने प्रेम करना चाहिए था, उन्हें सदा दुत्कारता रहा; और जो दुत्कारने योग्य थे, उन्हें गले से लगाता रहा।..." सहसा दशरथ ने फिर आँखें बंद कर लीं, जैसे राम की ओर देखना उनके लिए पीड़ादायक हो, "मंत्री सिद्धार्थ से कहो कि वे मेरा समस्त धन-कोष, अन्न-भंडार, अयोध्या के कुशल वास्तुकार तथा

मेरी चतुरंगिणी सेना लेकर राम के साथ जाएँ। राम को समस्त मनोवांछित भोगों से संपन्न कर, अयोध्या से भेजा जाए...''

''नहीं!'' कैकेयी के चीत्कार ने सम्राट् की वाणी को मूक कर दिया, ''परंपरागत उत्तराधिकार में मिले हुए राज्य को इस प्रकार लुटाने का अधिकार किसी को नहीं है—स्वयं सम्राट् को भी नहीं। वे अपना राज्य केवल अपने युवराज को ही दे सकते हैं। मैं स्वयं को इस प्रकार प्रवंचित होने नहीं दूँगी।''

''धिक्कार!'' सब कुछ चुपचाप सुनने वाले सुमंत्र सहसा अपना नियंत्रण खो बैठे। उनके मुख का वर्ण क्रोध से विकृत हो उठा। आँखों से जैसे चिनगारियाँ फूट रही थीं।

''सूत!'' कैकेयी का स्वर स्पष्ट तथा दृढ़ था, ''जितना चाहो, धिक्कारो। किंतु मनचाहा वर माँगने का अधिकार मुझे है। सम्राट् या तो मुझे वर दें, या न दें। वर देकर, अनदिया करने का अधिकार उन्हें मैं नहीं दूँगी। यदि वे मुझे वर देते हैं तो राम अभी यहीं वल्कल धारण कर वन जाएँगे।...''

कैकेयी ने अपने भंडारी को संकेत दिया, और वह अगले ही क्षण अनेक वल्कल वस्त्र लेकर उपस्थित हो गया।

राम ने किसी की ओर ध्यान नहीं दिया। वे स्थिर पगों से आगे बढ़े और उन्होंने भंडारी के हाथों से वल्कल ले, अपने नाप के वस्त्र छाँट, धारण कर लिये।

लक्ष्मण ने साथ-साथ वल्कल छाँटते हुए कहा, ''मुझे नहीं मालूम था कि इस महल में वल्कलों का लघु-उद्योग चल रहा है। इतने वल्कलों में तो सारी अयोध्या वन भेजी जा सकती है।''

कैकेयी उन्हें देखती भर रही, कुछ बोली नहीं।

लक्ष्मण के हटते ही सीता आगे बढ़ीं। उन्होंने पहला ही वस्त्र उठाया था कि अब तक के मौन साक्षी गुरु वशिष्ठ पहली बार बोले, ''ठहरो, बेटी! वनवास राम को मिला है। रघुकुल की पुत्रवधू को वल्कल धारण कर वन-वन भटकने की अनुमति मैं नहीं दूँगा।'' गुरु सम्राट् से संबोधित हुए, ''सम्राट्! राम वन जाएँ। उनकी उत्तराधिकारिणी स्वरूप, उनकी अनुपस्थिति में, सीता अयोध्या का शासन सँभाले।''

सीता ने तमककर अपना चेहरा ऊपर उठाया और जैसे अटपटाकर बोलीं, ''गुरुजनों के विरोध के लिए मुझे क्षमा किया जाए। उत्तराधिकार के नियमों का ज्ञान मुझे नहीं है। जहाँ राम रहेंगे, मैं भी वहीं रहूँगी। पत्नीत्व का अधिकार मुझे मिले, यही मेरी प्रार्थना है।''

सीता ने गुरु की ओर मुड़, दोनों हाथ जोड़े, उन पर अपना मस्तक टिका दिया।

राम ने अपनी दाहिनी हथेली ऊँची कर, मौन का संकेत किया और ऊँचे स्वर में बोले, ''विवाद और प्रस्तावों का अवकाश नहीं है। यह निश्चित है कि मैं वन

जा रहा हूँ। मेरे साथ सीता और लक्ष्मण भी जा रहे हैं। आप सब हमें अनुमति, आशीर्वाद और विदा दें।''

राम ने पुनः दशरथ को प्रणाम किया, ''पिताजी! मेरी माँ आपकी आश्रिता हैं।''

सबको विदा की मुद्रा में हाथ जोड़ राम द्वार की ओर चल पड़े। सीता तथा लक्ष्मण उनके साथ थे। उनके मित्र तथा कर्मचारी, उनके शस्त्रास्त्र लिये, उनके पीछे-पीछे चल रहे थे।

कौसल्या अपने स्थान पर निष्प्राण-सी बैठी, राम को जाते देखती रहीं। उनकी आँखें क्रमशः आँसुओं से धुँधला गई थीं।

सहसा सुमित्रा तेज-तेज चलती हुई आईं और राम के सम्मुख; द्वार की चौखट में खड़ी हो गईं, ''क्षण भर रुको, राम! पुत्र, तुम निश्चिंत होकर दण्डक जाओ और सकुशल लौटो। एक आश्वासन मुझसे लेते जाओ, वत्स! सुमित्रा के रहते बहन कौसल्या का बाल भी बाँका न होगा—यह इस क्षत्राणी का वचन है।''

राम, सीता और लक्ष्मण सुमित्रा के सम्मुख झुक गए।

सुमित्रा के मुख पर तेज, उत्साह तथा चुनौती के भाव थे।

4

कैकेयी के महल से निकलकर राम, सीता और लक्ष्मण राज-मार्गों से होते हुए नगरद्वार की ओर बढ़े। उनके पीछे उनके मित्र, बंधु-बाँधव, कर्मचारी, विभिन्न वर्गों के युवा नागरिक, अनेक संप्रदायों के युवा संन्यासी और ब्रह्मचारी चल रहे थे। जो भीड़, मार्गों पर छोड़, वे महल के भीतर गए थे—वह अब भी वहीं विद्यमान थी। भवनों के गवाक्ष अब भी खुले थे; और कुल-वधुएँ उनमें से झुकी पड़ रही थीं। उनके पहुँचने से पहले लोग स्तब्ध रहते थे; उनके निकट पहुँचने पर उनकी आँखों में करुणा उभर आती थी; और उनके आगे बढ़ जाने पर उनकी जय-ध्वनि होने लगती थी।

राम कहीं मुस्कराकर एकत्रित भीड़ को देख लेते, कहीं हाथ उठाकर उनकी शांति की कामना करते, कहीं वृद्ध जनों के दीख पड़ने पर हाथ जोड़कर अभिवादन कर देते।

''भैया! मुझे सिद्धाश्रम से विदाई याद आ रही है।'' लक्ष्मण ने मुस्कराने के प्रयत्न के बीच, भारी गले से कहा।

''हाँ। कुछ वैसा ही है।'' राम बोले, ''किंतु सौमित्र! वहाँ लोगों के मन में हमारे प्रति करुणा नहीं थी।''

''मुझे भी जनकपुर से अपनी विदाई याद आने लगी तो दोनों भाइयों को बुरा लगेगा।'' सीता ने बंकिम दृष्टि से बारी-बारी दोनों को देखा।

राम आश्वस्त हुए—वनवास के कारण सीता हताश नहीं थी।

''पता होता कि भाभी इतनी ईर्ष्यालु हैं, तो भैया को पहले जनकपुर जाने के लिए तैयार कर लेता। ये उपालंभ तो न सुनने पड़ते। सिद्धाश्रम का काम तो लौटते हुए भी हो सकता था। स्वयं भी साथ होतीं तो सिद्धाश्रम की स्मृति बुरी न लगती।'' लक्ष्मण मुस्कराए।

''इसी बुद्धि के कारण तो तुम्हें अभी तक पत्नी नहीं मिली, देवर!'' सीता ने चिढ़ाया, ''तुम्हारे भैया पहले सिद्धाश्रम गए तो ताड़का और सुबाहु को मारा, मारीच को भगाया, बहुलाश्व और उसके पुत्र को दण्ड दिया, वनजा का उद्धार किया, अहल्या को प्रतिष्ठा दी और तब जनकपुर पधारे। उनके आने से पहले उनका यश पहुँचा। सबने उन्हें सम्मान दिया। सीधे चले आए होते तो कोई पहचानता भी नहीं। अजगव के दर्शन भी न होते, वहीं पड़े रहते अमराई में मुनियों के साथ।''

''वह अवसर तो मैं चूक गया, भाभी। बच्चा था न। अब बताओ पत्नी प्राप्त करने के लिए क्या करूँ?''

''बच्चे तो तुम अब भी हो, देवर!'' सीता मुस्कराईं, ''पर, हाँ, वनवास की अवधि में ही तुम युवक हो जाओगे। इससे पूर्व ही, वीरता के दो-चार काम कर, अपनी प्रतिष्ठा बना लेना। कोई-न-कोई वानरी या राक्षसी मिल ही जाएगी। सुना है, उनमें से कुछ असाधारण सुंदरियाँ होती हैं।''

''मैं अकेला उत्तर की ओर चला जाऊँ, भाभी! कम-से-कम मानवी तो मिलेगी—सुंदर न भी हुई तो क्या।''

''न देवर! अकेले कहीं मत जाना। उत्तर की ओर तो एकदम नहीं। उस ओर माता कैकेयी के सजातीय बसते हैं।''

''भैया! आप सुन रहे हैं।'' लक्ष्मण ने न्याय की माँग की, ''भाभी ने मेरे लिए कोई विकल्प ही नहीं छोड़ा।''

राम ने अपनी चिंता झटक, एक क्षण के लिए मुस्कराकर, उन दोनों को देखा, ''मैं नहीं सुना रहा।...तुम दोनों मेरी बात सुनो। सामने सरयू के तट पर त्रिजट का आश्रम है। चित्ररथ तथा सुयज्ञ अपने रथों तथा कर्मचारियों के साथ वहाँ पहुँच चुके होंगे। वहीं हमें आगे की योजना बनानी है। तब सौमित्र यह निर्णय ले सकेंगे कि उन्हें किस दिशा में जाना है।''

''भैया सब-कुछ सुन रहे थे।'' लक्ष्मण की आँखें तिरछी हो गईं, उनमें शिकायत भी थी और प्यार भी।

सीता हँस पड़ी।

उनके स्वागत के लिए, त्रिजट अपने आश्रम के द्वार पर सुयज्ञ तथा चित्ररथ के साथ खड़ा था।

"स्वागत, राम!"

राम ने आश्रम में प्रवेश किया। कंधे से उतारकर अपना धनुष, आसन के साथ, भूमि पर रखा और बैठ गए। यह सबके लिए बैठ जाने का संकेत था।

"सुनो, त्रिजट!" राम ने बात आरंभ की, "हमारे पास अधिक समय नहीं है आज संध्या तक हमें तमसा तट तक पहुँचना है। अतः जल्दी चलना होगा। साथ आए इन सब बँधुओं के भोजन का प्रबंध शीघ्र कर दो, ताकि विलंब न हो।"

त्रिजट ने व्यवस्था कर रखी थी। संकेत पाते ही उसके शिष्य ब्रह्मचारियों ने भोजन परोसना आरंभ कर दिया।

उधर भोजन चलता रहा और इधर सुयज्ञ, चित्ररथ तथा त्रिजट आकर राम, सीता तथा लक्ष्मण के निकट बैठ गए।

"हम समस्त शस्त्रास्त्र, अपने रथों में रखकर, अपने साथ ले आए हैं।" सुयज्ञ ने कहा, "मेरा विचार है कि यहाँ से हम सब चलें। रात को तमसा के तट पर ठहरें। प्रातः सब मित्रों और ब्रह्मचारियों को विदा कर, हम आपके साथ चलें और आपको शृंगवेरपुर में निषादराज गुह तक पहुँचाकर ही लौटें, अन्यथा शस्त्रास्त्रों के साथ कठिनाई होगी।"

"आगे के लिए क्या प्रबंध होगा, राम?" त्रिजट ने पूछा।

"वहाँ से गुह के व्यक्ति हमें भरद्वाज आश्रम तक पहुँचा आएँगे।" राम ने कुछ सोचते हुए कहा, "आगे कठिनाई नहीं होगी। मेरा विचार है सुयज्ञ की योजना उत्तम है।"

"युवा-संगठनों के लिए क्या आदेश है?" चित्ररथ ने भोजन करते हुए युवकों की ओर संकेत किया।

"क्यों, लक्ष्मण!" राम बोले, "तुम्हारी युवा सेना अयोध्या में उधम तो नहीं मचाएगी?"

"यह तो भरत के व्यवहार पर निर्भर है।" लक्ष्मण ने उत्तर दिया, "न्यायसंगत शासन को ये सहयोग देंगे; और यदि भरत ने कैकेयी की प्रतिहिंसात्मक नीति अपनाई तो ये अयोध्या को जलाकर क्षार कर देंगे।"

"तो ठीक है, मंत्रीप्रवर!" राम ने कहा, "लौटकर अधिकांश ब्रह्मचारी त्रिजट के आश्रम पर ही रहेंगे। ये लोग अपनी विद्या, साधना तथा ज्ञान का अभ्यास करेंगे; पर त्रिजट! लौकिक शस्त्रास्त्रों का अभ्यास भी इन्हें अवश्य कराना। लक्ष्मण के सारे युवा-संगठनों के नागरिक सदस्य अयोध्या में निवास करेंगे। वे प्रतीक्षा करेंगे। यदि सब कुछ सुख-शांति से न्यायपूर्वक चलता रहा—यदि राजनीतिक शक्ति का उपयोग जनता के विरुद्ध नहीं किया गया तो ये आवश्यकतानुसार या तो तटस्थ रहेंगे, अथवा भरत का समर्थन करेंगे। किंतु यदि भरत की राजनीति ने स्वयं को जन-विरोधी सिद्ध किया, अथवा प्रतिहिंसा की नीति अपनाई, तो अयोध्या के भीतर उसके विरोध का

दायित्व इन्हीं संगठनों पर होगा। यदि भरत ने सैनिक अभियान किया तो त्रिजट-आश्रम के ब्रह्मचारियों को अप्रत्यक्ष, छिपा युद्ध करना होगा, ताकि अत्याचारी सेना की गति रोकी जा सके। किंतु सम्मुख युद्ध की आवश्यकता पड़ी तो वह शृंगवेरपुर की निषाद सेना करेगी। मैं सारी गतिविधि का निरीक्षण चित्रकूट से करूँगा और स्थिति पूरी तरह स्पष्ट हो जाने पर ही आगे बढ़ूँगा।''

''एक बात कहने की अनुमति मैं भी चाहूँगी।'' सीता बोलीं।

''बोलो, प्रिये!''

''आशंकाओं ने अयोध्या में पर्याप्त अनर्थ कर डाला है–आशंकाएँ, चाहे सम्राट् की रही हों अथवा माता कैकेयी की। कहीं ऐसा न हो कि भरत बेचारा भी, भरत-विरोधी आशंकाओं के कारण ही पीड़ित हो। राम-समर्थक सभी व्यक्तियों और संगठनों को भरत की ओर से प्रतिहिंसा की आशंका है। ऐसा न हो कि अपनी इन आशंकाओं के कारण भरत को गलत समझकर, उनका विरोध आरंभ कर दिया जाए। ...एक बात और भी है। आपके समर्थक संगठित और सशस्त्र हैं। कहीं अपनी शस्त्र-शक्ति के प्रमाद में ये लोग भरत के शासन की उपेक्षा कर, उसमें प्रतिहिंसा न जगा दें।''

''नहीं, भाभी!'' लक्ष्मण बोले, ''हमारे समस्त संगठन सहिष्णु और सहनशील है।''

''जैसे तुम हो, देवर!'' सीता मुस्कराईं।

''उग्रता में भैया-जैसे और सहिष्णुता में मुझ-जैसे।...''

लक्ष्मण की बात, भागते आते हुए एक ब्रह्मचारी ने काट दी। वह काफी तेजी से भागता हुआ आया था और हाँफ रहा था।

''आर्य कुलपति!'' उसने त्रिजट को संबोधित किया, ''अयोध्या की दिशा से एक राजसी रथ बड़ी तेजी से इस ओर बढ़ता हुआ देखा गया है। वह अत्यल्प समय में यहाँ आ पहुँचेगा।''

लक्ष्मण ने अपना धनुष पकड़ा और उठकर खड़े हो गए।

''ठहरो, धैर्यशील देवर!'' सीता ने हाथ से संकेत किया।

''थम जाओ, लक्ष्मण!'' राम हँसे, ''मुझे अनष्टि की तनिक भी आशंका नहीं है। अभी अयोध्या का शासन सम्राट् के हाथ में है। और फिर एकाकी रथ हमारा क्या कर सकता है। संभव है, कोई महत्त्वपूर्ण समाचार हो।''

उसी क्षण, दो अन्य ब्रह्मचारी, समाचार देने के लिए उपस्थित हुए, ''आर्य कुलपति! अयोध्या से आर्य सुमंत्र सम्राट् के संदेश के साथ आए हैं।''

''उन्हें सादर लिवा लाओ।'' त्रिजट ने कहा।

शेष लोग मौन रहे। क्या है सम्राट् का संदेश? ऐसी कौन-सी बात है, जो

सम्राट् अयोध्या में नहीं कह सके; और उसके लिए पीछे से सुमंत्र को भेजा गया है। क्या सम्राट् की ओर से कोई गुप्त संदेश है।...

सुमंत्र आए। राम ने उन्हें प्रणाम किया। चारों ओर स्तब्ध मौन देखकर वे समझ गए कि सब उनकी ही प्रतीक्षा में थे। वे उच्च स्वर में बोले, ''आर्य! आपके चले आने के पश्चात् राजमहल में वाद-विवाद तो अनेक हुए हैं, किंतु स्थिति में कोई परिवर्तन नहीं आया है।...सम्राट् के आदेश से मैं एक श्रेष्ठ रथ लेकर आपकी सेवा में आया हूँ। उनकी इच्छा है कि रथ में आप लोगों को घुमा-फिराकर, वन्य जीवन का परिचय करा दूँ। आप लोग यह देख लें कि जानकी किसी भी प्रकार वन्य-जीवन की कठिनाइयाँ नहीं सह पाएँगी। अतः आप अयोध्या लौट चलें।''

''तात सुमंत्र!'' राम के अधरों पर मोहक मुस्कान थी, ''रथ की हमें बड़ी आवश्यकता है। हमें रात से पूर्व तमसा-तट और कल अवश्य ही शृंगवेरपुर तक पहुँचना है। शृंगवेरपुर तक आप हमें पहुँचा दें। वन्य-जीवन दिखाकर लौटाने की बात आप न सोचें। लौटना असंभव है।''

''लौटना असंभव है।'' सुमंत्र का स्वर हतप्रभ था।

''पूर्णतः!''

''जानकी भी नहीं लौटेंगी?''

''नहीं!'' सीता राम से भी अधिक दृढ़ थीं।

सुमंत्र स्तंभित-से उनको देखते रहे, जैसे समझ न पा रहे हों कि क्या कहें। फिर कुछ सँभलकर बोले, ''सम्राट् की आशंका पूर्ण हुई। वे जानते थे कि तुम नहीं लौटोगे। पर पिता का मन...।'' उनकी मुद्रा बदली, जैसे युद्ध में कोई योद्धा पैंतरा बदलता हो, ''राम! सम्राट् ने अपनी पुत्र-वधू के लिए कुछ वस्त्राभूषण भिजवाए हैं। ये राजकोष से नहीं, सम्राट् के निजी कोष से भिजवाए गए हैं। इन पर कैकेयी का कोई अधिकार नहीं है। सम्राट् के साथ-साथ राजगुरु ने भी इन्हें ग्रहण करने का अनुरोध किया है।''

सीता ने आँखों में संकोचभरे, क्षण भर राम को देखा, जैसे सोच रही हों कि उत्तर राम देंगे या वे स्वयं दें। किंतु जब राम कुछ नहीं बोले तो वे स्वयं सुमंत्र से संबोधित हुईं, ''तात सुमंत्र! यह सम्राट् का अनुग्रह है। किंतु मैं अपने वस्त्राभूषण अयोध्या में त्याग आई हूँ। अब और आभूषण लेकर क्या करूँगी? तापसी द्वारा वस्त्राभूषण ग्रहण किए जाने में क्या औचित्य है?''

सुमंत्र का मुखमण्डल मुरझाकर एकदम दीन हो गया, जैसे हरी फसल पर ओले पड़ गए हों। उनकी आँखें डबडबा आईं। वाणी रुँध गई। काँपते कंठ से बोले, ''वैदेही! वृद्ध ससुर की भावनाओं पर निष्ठुर आघात मत करो। पुत्रि! अपनी संतान से एक अद्भुत मोह होता है; किंतु यह वृद्ध तुम्हें बताना चाहता है कि पुत्र-वधू के प्रति श्वसुर की भावना पिता की भावना से भी सूक्ष्म और कोमल होती है। जो कुछ वह

अपनी पत्नी और संतान के लिए नहीं कर सकता, समर्थ होने पर अपनी पुत्र-वधू तथा पौत्र-पौत्रियों के लिए करना चाहता है। सम्राट् की भावना का अनादर न करो, सीते!"

सुमंत्र की अवस्था देख सीता स्तब्ध रह गईं, जैसे वह सुमंत्र न हों, स्वयं दशरथ हों।

अपने विवाह के पश्चात् सीता ने सुमंत्र को बहुधा रामजहलों में देखा था, किंतु यह कभी नहीं सोचा था कि वे इस परिवार से भावात्मक धरातल पर भी इस सीमा तक जुड़े हुए हैं—विशेषकर सम्राट् से। तभी तो सम्राट् ने उन्हें अपने निजी सारथी से मंत्री तक के दायित्व सौंप रखे थे। सीता ने सम्राट् के इस रूप को कभी नहीं देखा था। सुमंत्र इतने पीड़ित थे तो स्वयं सम्राट् कितने पीड़ित होंगे...

"आर्य!" सीता ने मधुर स्वर में कहा, "आप स्वयं को मेरी स्थिति में रखकर सोचें। अपना धन-धान्य दान कर, यदि श्वसुर की भेंट स्वीकार करूँगी तो क्या यह त्याग का नाटक मात्र न होगा?"

"तात्!" राम बोले, "मेरी ओर से भी सोचिए। अयोध्या से स्वयं खाली हाथ निकल आऊँ और सीता के माध्यम से धन-संपत्ति साथ ले चलूँ, क्या यह तपस्वी जीवन जीना होगा?"

"मैं तर्क नहीं कर सकता।" सुमंत्र कातर स्वर में बोले, "मेरा तर्क तो मात्र भावना का है।"

"राम!" सुयज्ञ बोले, "विवाद अनावश्यक है। देवी इस भेंट को अंगीकार करें। सम्राट ने कुछ सोच-समझकर ही ये वस्त्राभूषण भेजे हैं। आप शस्त्रास्त्र ले रहे हैं, सीता को वस्त्राभूषण ले जाने दें। ये भी एक प्रकार के शस्त्रास्त्र ही हैं। समय आने पर आप सब की रक्षा करेंगे। धन भी अपने-आप में एक बल है—उनकी क्षमता बहुत बड़ी है।"

"ग्रहण करें, देवी वैदेही!" मंत्री चित्ररथ ने कहा।

"ग्रहण करें, भाभी!" लक्ष्मण ने भी उसी स्वर में कहा; और फिर स्वर दबाकर धीरे से बोले, "अपनी देवरानी को आप आभूषण तो पहनाएँगी ही...राक्षसी हुई तो क्या, वानरी हुई तो क्या और मानवी हुई तो क्या?"

सीता मुस्कराकर चुप रह गईं।

सुमंत्र के संकेत पर, ब्रह्मारियों ने वस्त्राभूषणों का पिटारा, सीता के सम्मुख रख दिया। सीता ने उसमें से दो-एक आभूषण धारण कर लिये...यह ग्रहण की स्वीकृति थी।

सुमंत्र प्रसन्न हो उठे, "मैं धन्य हुआ, देवी जानकी!"

भोजन समाप्त होते ही चलने की व्यवस्था की गई। राम, सीता, लक्ष्मण तथा कुछ ब्रह्मचारी, सुमंत्र के रथ में आरूढ़ हुए। सुयज्ञ अपने अनेक ब्रह्मचारी शिष्यों के साथ

अपने रथ में थे। चित्ररथ कुछ युवाओं के साथ अपने रथ में बैठे। शेष लोग त्रिजट-आश्रम के छकड़ों पर सवार हुए। सार्थ चल पड़ा।

सुमंत्र के घोड़े शक्तिशाली और वेगवान थे। चित्ररथ तथा सुयज्ञ के रथों के घोड़े भी अच्छे थे। किंतु आश्रम के छकड़ों के घोड़े उस गति से नहीं चल सकते थे। अतः सब लोगों को धीमी गति से चलना पड़ रहा था।

रथ और छकड़े बढ़ते चले गए। सूर्य ढलने लगा था। धूप मे भी वह प्रखरता नहीं रही थी। सब लोग सहसा ही चुप हो गए थे—कुछ अतीत की स्मृतियों में खोए थे, कुछ को भविष्य की चिंता थी; वर्तमान में तो केवल चलना ही था।

''क्या सोच रहे हो, सौमित्र?'' राम ने पूछा।

''सोच रहे हैं, कुछ जल्दी चल पड़े वन के लिए।'' उत्तर सीता ने दिया, ''कम-से-कम विवाह करके चलते तो सम्राट छोटी पुत्र-वधू के लिए भी एक पोटली आभूषण तो भेजते ही।''

''सुनो, लक्ष्मण!'' राम मुस्कराए, ''यदि कटाक्षों की गति यही रही तो चौदह वर्षों में तुम परेशान हो जाओगे।''

''भाभी अपनी उदासी छिपाने के लिए चुहल कर रही हैं। यह वाक्‌चातुर्य तो केवल आवरण है। उदासी दूर हो जाएगी तो मुझे परेशान करना भी छोड़ देंगी।'' लक्ष्मण ने असाधारण सहिष्णुता का परिचय दिया।

''चलो। उदास तुम होगें, देवर! जिसे अपने निपट बचपन में ही माँ से दूर जाना पड़ रहा है। मैं तो अपने पति के साथ वन-विहार के लिए जा रही हूँ।''

सीता मुस्कराईं, पर अपनी गंभीरता छिपा नहीं पाईं। पता नहीं, लक्ष्मण ने परिहास किया था, या सचमुच वे सीता के व्यवहार का विश्लेषण इसी प्रकार कर रहे थे। पर सीता सचमुच उदास हो गई थीं। किस बात की उदासी थी? राज्य से, राजमहलों से, सुख-ऐश्वर्य से—उन्हें मोह नहीं था। राम साथ ही थे। तो क्या केवल माता कौसल्या के लिए? कितनी निर्भर थीं माता उन पर! वैसी कातर स्त्री सीता ने और कोई नहीं देखी। ममता, वात्सल्य, प्यार। कौसल्या वास्तविक माँ हैं—वे स्त्री नहीं हैं, मात्र भावना हैं। उनकी याद जब-जब आएगी, सीता उदास हो जाएँगी...और माता सुमित्रा की याद भी सीता को आएगी। वे उनको याद करके भी उदास हो जाया करेंगी, पर उनके लिए नहीं, अपने लिए। माता सुमित्रा के पास जाते ही कोई भी व्यक्ति आत्मविश्वास से भर जाता है। वे कवच के समान किसी को भी घेर लेती हैं—निर्भय कर देती हैं। आते-आते भी उन्होंने कहा था, ''...एक आश्वासन मुझसे भी लेते जाओ, वत्स! सुमित्रा के रहते बहन कौसल्या का बाल भी बाँका न होगा—यह इस क्षत्राणी का वचन है।''...याद तो सीता को अपनी माता सुनयना की भी आती रहती है। पर ममता व्यक्ति के कर्तव्य में तो बाधक नहीं होनी चाहिए। कर्तव्य और प्रगति के लिए, व्यक्ति और समाज को कई बार निर्मोही होना पड़ता है।...

सुमंत्र ने रथ रोक दिया।

वे लोग तमसा के तट पर पहुँच गए थे।

पीछे आने वाले दोनों रथ भी रुक गए थे। धीरे-धीरे शेष छकड़े भी आ पहुँचे।

राम, सीता तथा लक्ष्मण रथ से उतर आए।

"तात सुमंत्र!" राम ने घोड़ों को थपकी देते हुए कहा, "इन्हें खोलकर दाना-पानी दे दें; और आप भी विश्राम करें।"

सुयज्ञ, चित्ररथ और त्रिजट भी वाहनों से उतर, उनके पास आ गए।

"मित्रो!" राम बोले, "सबके ठहरने की उचित व्यवस्था कर दो। वन में फल काफी संख्या और मात्रा में उपलब्ध है। उन्हीं का भोजन होगा।...और एक बात ...सबको कार्यक्रम स्पष्ट समझा दो। कल प्रातः हम बहुत जल्दी चल पड़ेंगे। हमारे साथ केवल आर्य सुमंत्र, सुयज्ञ तथा चित्ररथ जाएँगे। शेष लोग आगे जाने का हठ न करें, अन्यथा व्यवस्था भंग होगी।"

अनेक लोग विभिन्न प्रकार की व्यवस्थाओं में लग गए, किंतु सीता और राम का सारा कार्य स्वयं लक्ष्मण ने किया। उन्होंने एक ऊँची-सी जगह देखकर, पत्ते बिछा, राम और सीता के लिए दो शैय्याएँ तैयार कर दीं। तमसा से पानी लाकर उन शैय्याओं के निकट रख दिया।

फलाहार के पश्चात् जब राम और सीता अपने लिए बनाई गई शैय्याओं पर आ गए तो अपने धनुष की टेक लगा लक्ष्मण उनसे कुछ हटकर पहरे पर खड़े हो गए।

राम ने सब-कुछ चपुचाप देखा। अयोध्या से बाहर आज वह उनकी पहली रात थी। वनवास की सारी अवधि के रहन-सहन का प्रायः यही रूप होगा। बहुत होगा तो लक्ष्मण कोई कुटिया बना देंगे। वे लोग उस कुटिया में इसी प्रकार पत्र-शैय्याओं पर सोएँगे। वृक्षों से तोड़कर लाए गए फल, वन द्वारा दिए गए कंद-मूल, नदी का जल और अहेर द्वारा प्राप्त आहार—इन्हीं पर चौदह वर्ष कटेंगे।...वैसे लक्ष्मण द्वारा बनाई गई कुटिया काफी अच्छी और सुखद होती है। अयोध्या के बाहर के वनों में, अहेर के लिए जाने पर, अनेक बार लक्ष्मण द्वारा बनाई गई कुटियाओं में राम रहे हैं। सैनिक अभियानों में भी इस प्रकार की अस्थायी व्यवस्था लक्ष्मण ने की है। वे लक्ष्मण की इस कला के प्रशंसक रहे हैं।

...सिद्धाश्रम की यात्रा में भी गुरु ने कई बार उन्हें पेड़ों के नीचे ठहराया था, किंतु भेद केवल इतना है कि इस बार वे अयोध्या के निर्वासित राजकुमार हैं; और निर्वासन की अवधि बड़ी लंबी है।

...लक्ष्मण पहरे पर खड़े हैं। ये ऐसे ही सन्नद्ध रहेंगे। कदाचित् लक्ष्मण को यह वनवास कष्टप्रद न लगे। लगे भी तो वे ऐसा दिखाएँगे नहीं। जीवन के कष्ट

लक्ष्मण को दीन नहीं कर पाते—वे उन्हें चुनौती-से लगते हैं; और चुनौतियाँ लक्ष्मण की जिजीविषा में वृद्धि ही कर सकती हैं—उसका क्षय नहीं।...किंतु, सीता! सीता ने कहा था कि वे साधारण कन्या हैं, और सम्राट् सीरध्वज ने उन्हें साधारण जीवन के लिए भी प्रशिक्षित किया है।...पर क्या इतना लंबा वनवास सीता झेल पाएँगी? अभी तो वे यात्रा में हैं, इसलिए नवीनता के आकर्षण में कदाचित् वन्य कष्टों का अनुभव न करें। किंतु जब वे एक स्थान पर ठहर जाएँगे; जीवन नियमित और उबाऊ हो जाएगा—तब सुविधाओं का अभाव अधिक खलेगा। तब कोई व्यवस्था करनी होगी...

क्रमशः कोलाहल शांत हो गया। प्रत्येक व्यक्ति कहीं-न-कहीं स्थिर हो गया था। कुछ ही समय में प्रायः लोग सो गए थे।

लक्ष्मण को सोना नहीं था, न ही वे उनींदे थे। विभिन्न प्रकार के विचार उनके मस्तिष्क में उथल-पुथल मचा रहे थे। मन सिद्धाश्रम की यात्रा से इस यात्रा की तुलना कर रहा था। उस यात्रा का उद्देश्य क्या था, और इस यात्रा का उद्देश्य क्या है? यह वनवास सुखद है अथवा दुःखद? इसके लिए कौन उत्तरदायी है—दशरथ? कैकेयी? या स्वयं राम? इसके लिए किसी को दोष दिया जाए या न दिया जाए? यदि दिया जाए तो किसको कितना दोष दिया जाए? अयोध्या में पीछे क्या होगा? भरत की प्रवृत्ति क्या होगी? कैकेयी का प्रभाव किसकी कितनी क्षति करेगा?...

सुमंत्र आकर लक्ष्मण के पास बैठ गए, "मुझे नींद नहीं आ रही, सौमित्र!"

"आइए, तात!" लक्ष्मण बोले, "जब तक नींद न आए, मेरे पास बैठिए।"

"तुम सोओगे नहीं, लक्ष्मण?"

"मैं पहरे पर हूँ, आर्य।"

"किंतु वनवास तो चौदह वर्षों का है।" सुमंत्र ने कहा।

लक्ष्मण हँस पड़े, "शृंगवेरपुर अथवा ऋषि आश्रमों में पहरे की आवश्यकता नहीं होगी। फिर, वन में जहाँ कहीं भैया राम अपना आश्रम बनाएँगे, वहाँ सुरक्षा की समुचित व्यवस्था होगी। चौदह वर्षों तक कोई व्यक्ति दिन-रात नहीं जाग सकता, आर्य। और आखिर तो लक्ष्मण भी एक व्यक्ति मात्र ही है।"

"यही तो मैं भी सोच रहा था, राजकुमार!" सुमंत्र बोले, "ऐसी सेवा संभव नहीं है। पर अयोध्यावासी तो अब शायद सुख की नींद कभी नहीं सोएँगे।"

सुमंत्र सहसा उदास हो गए।

"क्यों, आर्य?"

"लक्ष्मण! व्यक्ति को अशुभ नहीं बोलना चाहिए। राजा के विषय में और भी नहीं। उस व्यक्ति के विषय में तो एकदम नहीं, जो तुम्हारा कुटुंबी हो।...पर फिर भी मैं अपनी चिंता तुम्हारे सामने प्रकट कर रहा हूँ।"

"क्या बात है, आर्य सुमंत्र?" लक्ष्मण के स्वर में हल्की-सी चिंता थी।

"तुम्हारे आने के पश्चात् अयोध्या में स्थिति अधिक नहीं बदली। सम्राट् उसी

प्रकार आँखें बंद किए आधे सोए, आधे जागे-से पड़े हैं। हाँ, इतना परिवर्तन अवश्य हुआ है कि वे कैकेयी के महल से हटकर साम्राज्ञी कौसल्या के महल में चले गए हैं। सम्राट् पश्चाताप और आत्मग्लानि से अत्यधिक पीड़ित हैं। वे भयभीत भी हैं। सोए-सोए चीत्कार करने लगते हैं। ऐसा लगता है, मानो अपने शत्रुओं को देख रहे हैं। और फिर अपनी रक्षा के लिए राम को पुकारने लगते हैं...मुझे लगता है, यह स्थिति उनके प्राण ले लेगी..."

लक्ष्मण ने उपेक्षा से अपना मुँह दूसरी ओर फिरा लिया।

"तुम उनसे बहुत रुष्ट हो।" सुमंत्र बोले, "किंतु मैं सम्राट् का बाल-सखा हूँ, पुत्र! मेरी ममता लंबे साहचर्य से जन्मी है। मैंने सम्राट् का वह रूप देखा है, जब उनकी दर्प-दीप्त आँखें आकाश से नीचे नहीं देखती थीं। चेहरे पर तेज दिपता था। उनकी ठोकरों से पहाड़ हिल जाते थे..."

"आपने उनका वह रूप नहीं देखा, आर्य सुमंत्र!" लक्ष्मण की वाणी वक्र हो उठी, "जब सुंदरी युवती देखते ही उनके मुँह में पानी भर आता था। विभिन्न सामान्य-जन की कन्याओं, सामंतों की पुत्रियों और राजाओं की राजकुमारियों को वे अपने सैनिक बल की धमकी अथवा वास्तविक बल से प्राप्त करते थे। अपनी साम्राज्ञी को उन्होंने जूते की नोक पर रखा और राम-जैसे पुत्र की विकट उपेक्षा की। आपने उनका वह रूप नहीं देखा, जब वे क्रमशः वृद्ध हो रहे थे, काया और बुद्धि क्षीण हो रही थी, आँखों की ज्योति मंद हो रही थी, पेशियाँ गलकर चर्बी बन रही थीं और तब भी सम्राट् वर-यात्राएँ कर रहे थे। दर्प से दमकती कैकेयी के पीछे अनाथ वृद्ध के समान डोलते फिरना क्या तनिक भी सम्मानजनक था..."

'मैंने यह सब भी देखा है, सौमित्र! किंतु भेद मात्र इतना है कि मैं सम्राट् को प्रेमी की दृष्टि से देखता हूँ। उनकी दुर्बलताओं को पहचानकर, उनके दोषों के प्रति करुणायुक्त हो उठा हूँ; और तुम उनके पुत्र होकर भी, उन्हे एक छिद्रान्वेषी आलोचक की दृष्टि से देखते हो, राजकुमार! जो सारे गुणों को एक अवगुण पर वार देता है। सम्राट् अपने दोष नहीं जानते, ऐसी बात नहीं है। अब जिस पश्चात्ताप से वे पीड़ित हैं, उसकी ओर तुम्हारा ध्यान नहीं गया। अनेक बार उन्होंने मुझसे कहा है कि समय रहते उन्होंने क्यों नहीं समझा कि उनकी पत्नियों में से केवल साम्राज्ञी कौसल्या उनसे प्रेम करती हैं। अन्य पत्नियाँ उनसे घृणा करती हैं, भय खाती हैं; अथवा उनसे कुछ प्राप्त करना चाहती हैं। रानी सुमित्रा को कल दिन-भर में उन्होंने कितना सराहा है। उन्होंने कहा, रानी सुमित्रा के मन में अथाह प्यार है, ममता है; पर वह ममता केवल पीड़ितों के लिए है। पीड़क लोगों के लिए उनके पास केवल घृणा है। और यह उनका ही प्यार और बल था, जो साम्रज्ञी को जिला ले गया—अन्यथा अयोध्या में ऐसा कौन था, जो युवती कौसल्या और बालक राम की रक्षा करता। ...सम्राट् ने स्वीकार किया है कि साम्राज्ञी के प्रति अपने पिता अज के मुखर स्नेह

के कारण, वे साम्राज्ञी से उदासीन हो गए थे। साम्राज्ञी के विरोधहीन आत्म-समर्पण ने, उनके त्याग और बलिदान ने सम्राट् की दृष्टि में उनका महत्त्व समाप्त कर दिया था। सम्राट् का व्यक्तित्व उस समय मुखर, वाक्चतुर, लीलामयी युवती की आकांक्षा करता था। वैसी युवती अंत में उन्हें कैकेयी के रूप में मिली, जिसने उन्हें इस स्थिति तक पहुँचा दिया।...''

लक्ष्मण के मन की वितृष्णा चेहरे पर प्रकट हो गई, ''आप जो भी कहें, आर्य सुमंत्र! मैं वैसा व्यक्ति नहीं हूँ, जो तनिक से पश्चात्ताप के कारण किसी के सारे पूर्व अपराध क्षमा कर दे। मुझे आपके सम्राट् से कोई सहानुभूति नहीं है। मुझे यह कहने में कोई संकोच नहीं है कि यदि भैया राम अनुमति दे देते, तो सम्राट् को या तो बंदी कर लेता या उनका वध कर देता। कैकेयी से मैं रुष्ट हूँ; इसलिए नहीं कि उसने सम्राट् को पीड़ित किया है, उसके लिए तो मैं कैकेयी के सम्मुख नतमस्तक हूँ। कैकेयी के प्रति मेरा क्रोध भैया राम के निर्वासन के कारण है...'' लक्ष्मण रुक गए, ''आप जाकर सोने का प्रयत्न करें, आर्य। कल प्रातः हमें जल्दी चलना है। मैं नहीं चाहता कि आप सम्राट् का पक्ष प्रस्तुत करें और उनके प्रति मेरे मन में छिपी घृणा प्रकट हो।''

सुमंत्र उठकर खड़े हो गए। उन्होंने कुछ कहा नहीं।

तीनों रथ बड़ी क्षिप्र गति से निरंतर बढ़ते जा रहे थे।

दोपहर ढल गई थी। संध्या होने को थी। रात से पहले उन्हें शृंगवेरपुर के साथ लगकर बहती गंगातट पर पहुँचना था।

पिछली रात सुमंत्र काफी देर से सोए थे, और लक्ष्मण सोए ही नहीं थे। पर फिर भी प्रातः सारी व्यवस्था समय से हो गई थी। पीछे छूटने वाले लोगों से विदा लेना सरल नहीं था। युवा संगठनों के सदस्यों और ब्रह्मचारियों का हठ बड़ा ही प्रबल था, किंतु वे सब अनुशासन में बँधे हुए थे। जितनी जल्दी संभव हुआ, सब से विदा लेकर राम, सीता और लक्ष्मण सुयज्ञ, चित्ररथ और सुमंत्र के साथ चल पड़े थे। तमसा तट पर छूटे हुए लोगों के त्रिजट-आश्रम अथवा अयोध्या तक लौटने की व्यवस्था त्रिजट के अधीन थी, अतः वे भी साथ नहीं आए थे।

दोपहर के भोजन के समय, थोड़ा-सा रुकने के समय को छोड़कर, वे लोग निरंतर चलते रहे थे। अयोध्या राज्य की सीमा पार कर, अयोध्या के सामंतों की भूमि को भी वे पीछे छोड़ आए थे। मार्ग में वेद-श्रुति, गोमती तथा स्यंदिका नदियाँ पड़ी थीं, किंतु सेतुओं की उचित व्यवस्था होने के कारण, उन्हें पार करने में असुविधा नहीं हुई थी।

दोपहर के भोजन के उपरांत चलने के समय से ही धूप कुछ कम हो गई थी। हवा ठण्डी थी और रथ वेग से चल रहा था। लक्ष्मण रात-भर के जगे थे, इस समय रथ में बैठे-बैठे ही ऊँघ गए।

मार्ग-भर सीता दूर तक फैले खेतों, उनमें काम करते कृषक स्त्री-पुरुषों को देखती आई थीं। कभी-कभी वे किसी जनपद के बीच, किसी ग्राम के पड़ोस से भी निकले थे। नगरों के निकट का मार्ग उन्होंने जान-बूझकर नहीं लिया था। सीता मार्ग में आए वन-प्रांतरों को भी देखती रही थीं। सोचती रही थीं—अब तक उन्होंने महलों का सुव्यवस्थित जीवन ही देखा था, जहाँ सब-कुछ उपलब्ध था और कोई असुविधा नहीं थी। वहाँ किसी को कोई भौतिक परेशानी नहीं थी। वहाँ भी दुःख थे, किंतु उनका स्वरूप और ही था...अब वे जहाँ से गुजर रही थीं, यह संसार कोई और ही था।...वे जनकपुर के राजमहल में पली हैं; रानी सुनयना और सम्राट् सीरध्वज उनके माता-पिता हैं, किंतु कौन कह सकता है, उनके जनक-जननी कौन हैं। उनके जनक जीवित हों तो किस वय के होंगे; जननी कैसे होंगी। वृद्ध हो चुके होंगे बेचारे। निर्धन भी अवश्य ही होंगे—नहीं तो अपनी पुत्री को इस प्रकार खुले खेत में क्यों फेंक जाते? कैसे अर्जित करते होंगे वे अपनी आजीविका? इस वृद्धावस्था में कहीं किसी खेत में कुदाल चला रहे होंगे। पसीना बह रहा होगा। हाँफ रहे होंगे। कभी-कभी हाथ काँप भी जाता होगा, माथा घूम जाता होगा...कहीं किसी राजा-सामंत के भूदास हुए तो माथा घूमने पर सैनिक कोड़े से मारते होंगे...

सीता आगे सोच नहीं पाईं। उनके शरीर में झुरझुरी-सी आ गई। क्यों खोजती हैं वे अपनी जननी को, जनक को। धरती पर अपना पसीना गिराने वाले, भट्ठियों में अपने शरीरों को तपाने वाले—सभी तो उनके जननी-जनक जैसे हैं। वे उन्हीं से प्यार करें। उनके लिए कुछ करें। क्यों नहीं राज्य की ओर से सबके उचित भरण-पोषण, सम्मानपूर्ण आजीविका का प्रबंध होता? क्यों राज्य केवल राजा का है? क्यों वह सारी प्रजा की संपत्ति नहीं है? इस विषय में मानव से प्यार करने वाले सभी लोगों को कुछ सोचना होगा...ये भेद मिटाने होंगे—धनी-निर्धन के, शोषक और शोषित के, आर्य तथा आर्येतर के...शृंगवेरपुर का राजा गुह भी तो आर्य नहीं है। वह निषाद है। राम उसे अपना परम मित्र मानते हैं। कितना विश्वास है उन्हें उस पर। राम ने सीता को बताया था—बहुत पहले कभी राम किसी राज्य-कार्य से इधर आए थे तो निषादराज गुह से उनका परिचय हुआ था। गुह उन्हें एक ईमानदार तथा सच्चा आदमी लगा था। इसीलिए जब आर्य सामंतों ने अपने राज्य-विस्तार के उपक्रम में शृंगवेरपुर को भस्मीभूत करना चाहा तो राम ने उनका दृढ़ विरोध किया था। राम के कारण ही इन सारे आर्य सामंतों के जनपदों के बीच यह निषाद राज्य बचा हुआ था। राम की इच्छा के अनुसार ही गुह ने अपनी सैनिक शक्ति कुछ बढ़ा ली थी किंतु, राम ने बड़े खेद से, सीता से कहा था कि अच्छे योद्धा होने पर भी, अच्छे शस्त्रों के अभाव में, निषाद किसी व्यवस्थित आर्य सेना से लड़ नहीं पाएँगे।...फिर राम सिद्धाश्रम गए थे। वहाँ उन्होंने निषादों पर अत्याचार करने और उसका समर्थन करने वाले पिता-पुत्र को दण्डित किया था।

तभी से गुह राम का अभिन्न मित्र हो गया था। वह उनके लिए प्राण भी दे सकता था...

क्रमशः रथों की गति धीमी होने लगी थीं सामने गंगा का गंभीर प्रवाह अपना वेग दिखा रहा था। आस-पास ही कहीं शृंगवेरपुर होगा...सीता ने सोचा—आज रात उन्हें यहीं विश्राम करना है।

तीनों रथ रुक गए। सब लोग रथों से उतर आए। राम ने क्षण-भर इधर-उधर दृष्टि दौड़ाई और अपने निरीक्षण का निर्णय सुना दिया, ''हम इस इंगुदी वृक्ष के आस-पास विश्राम करेंगे। तात सुमंत्र! रथों और घोड़ों की व्यवस्था आप सँभाल लें।''

राम ने अपना धनुष और तूणीर वृक्ष के तने से टिका दिए। वे खाली हाथ लौटकर रथों के पास आए, ''बंधुओ! अब अपना शस्त्रागार उतार लें। रथ आगे नहीं जाएँगे।''

''राजकुमार!...'' सुमंत्र कुछ कहने को हुए।

''आर्य!'' राम का स्वर दृढ़ था, ''इसमें विवाद, असहमति अथवा पुनर्विचार का कोई अवकाश नहीं है। यह निश्चित है कि अब न रथ आगे जाएँगे; न आप, सुयज्ञ अथवा चित्ररथ में से कोई आगे जाएगा। यहाँ से अगले पड़ाव तक सहायता का दायित्व गुह का होगा।''

सुमंत्र उदास हो गए। कितने हठी हैं राम! अपने कर्तव्य के सामने किसी की कोमल भावनाएँ उनके लिए कोई मूल्य नहीं रखतीं। और कर्तव्य भी कैसा? पिता ने अपने मुख से एक बार भी वनवास का आदेश नहीं दिया...किंतु सुमंत्र का मन कहीं आश्वस्त भी था—राम दृढ़निश्चयी हैं, राम आत्मविश्वासी हैं।

सुमंत्र घोड़ों को खोलकर उनकी देख-भाल में लग गए। राम, सीता, लक्ष्मण सुयज्ञ और चित्ररथ विभिन्न धनुष, विविध प्रकार के बाणों से भरे तूणीर, खड्ग तथा अनेक दिव्यास्त्र रथों में से उठा-उठाकर इंगुदी वृक्ष के तने के साथ टिकाने लगे।

सीता को कार्य करते देख, एक-आध बार सुयज्ञ तथा चित्ररथ ने कहा भी, ''आप ऐसा कठिन कार्य न करें, आर्या! हम लोग अभी किए देते है।''

किंतु राम ने उन्हें तत्काल टोक दिया, ''सीता को भी अपने ही समान स्वतंत्र तथा समर्थ व्यक्ति समझकर कार्य करने दो; और वैसे भी वनवास की अवधि में सहायता करने के लिए तुम लोग साथ नहीं रहोगे।''

इधर रथों से शस्त्रागार उतारा गया और उधर अपने कुछ सैनिकों के साथ आते हुए गुह दिखाई दिए।

राम अपना सहज गांभीर्य त्याग चंचलतापूर्वक भागे। दौड़कर उन्होंने गुह को गले से लगा लिया, ''कितने दिनों के पश्चात् मिले हो मित्र!''

गुह की आँखों में आँसू आ गए, ''यही तो मैं भी कहता हूँ, राम! इतने दिनों के पश्चात मिले हो और वह भी इस प्रकार। महल में न आकर, इंगुदी वृक्ष के नीचे टिक गए।''

उन्होंने बड़ी करुण दृष्टि से राम, सीता और लक्ष्मण को देखा।

किंतु, उनके आँसू और करुणा अधिक देर नहीं टिकी। अगले ही क्षण आँसू सूख गए। चेहरा तमतमा उठा। वाणी में ओज भर आया, ''राम! मेरे गुप्तचरों ने तुम लोगों के यहाँ पहुँचने और तुम्हारे वनवास की सूचनाएँ प्रायः साथ-ही-साथ दी हैं। यह उनकी शिथिलता का प्रमाण अवश्य है; पर उससे क्या। आते-आते मैं अपनी सेना को युद्ध के लिए प्रस्तुत होने का आदेश देकर आया हूँ। मेरी सेना अयोध्या की सेना के बराबर नहीं है—न संख्या में, न युद्ध-कौशल में, न शस्त्रास्त्रों में। पर उससे क्या? मेरे वीर साम्राज्य की उस वेतनभोगी सेना को पल-भर में नष्ट कर देने का हौंसला रखते हैं। तुम हमारे साथ हो, राम! तो हम किसी से भी टकरा जाएँगे ...आज रात विश्राम करो। कल प्रातः ही अभियान होगा...!''

''गुह भैया!'' लक्ष्मण हँसे, ''पहले मुझसे गले मिलोगे, या पहले अयोध्या पर सैनिक अभियान करोगे?''

गुह कुछ संकुचित हुए, ''सौमित्र! तुम्हें फिर कटाक्ष करने का अवसर मिल गया। अपने आवेश में मैं कभी-कभी अपना संतुलन खो बैठता हूँ।''

गुह और लक्ष्मण गले मिले। राम शांत भाव से उन्हें देखते रहे। उनके अलग होते ही बोले, ''पहले मेरे साथ एक ही लक्ष्मण थे, अब तो तुम दोनों हो। तनिक सीता का प्रणाम भी स्वीकार कर लो तो सैनिक अभियान की योजना बनाते हैं।''

सीता ने हाथ जोड़ दिए, ''जेठ के सम्मुख तो अनुज-वधू वैसे ही संकुचित हो जाती है; और फिर जब जेठ सैनिक अभियान करते हुए आएँ तो प्रणाम करने में विलंब हो जाना स्वाभाविक ही है। आशा है, जेठ जी क्षमा करेंगे।''

आशीर्वचन की मुद्रा में हाथ उठा गुह क्षण-भर भौंचक्के-से खड़े रह गए; और फिर जोर से खिलखिलाकर हँस पड़े, ''अच्छा तमाशा बनाया तुम लोगों ने मेरे आवेश का। इतने शांत जनों के बीच तो एक आविष्ट व्यक्ति, मूर्खता से आविष्ट लगने लगता है।''

गुह देर तक हँसते रहे। फिर सहज होकर अपने सैनिकों की ओर मुड़े, ''शस्त्र शिथिल कर, शांत होकर बैठ जाओ, वीरो! ये लोग युद्ध की मुद्रा में नहीं हैं।...'' वे घूमे, ''पर राम! निर्वासन से तुम रुष्ट नहीं हो क्या? अयोध्या के राज्य पर तुम्हारा पूर्ण अधिकार है; वरन् पिछले कई वर्षों से अयोध्या का शासन तुम्हीं चला रहे हो।...''

''आओ, पहले इन लोगों से तुम्हारी पहचान कराऊँ।'' राम बोले, ''ये सुयज्ञ हैं; गुरु वशिष्ठ के ज्येष्ट पुत्र और मेरे मित्र। ये हैं सम्राट् के मंत्री चित्ररथ, मेरे सुहृद।

ये लोग हमें पहुँचाने आए हैं। मेरी अनुपस्थिति में तुम्हें अयोध्या में इन्हीं से संपर्क बनाए रखना है।''

परस्पर अभिवादन के पश्चात्, गुह फिर पहले विषय पर लौट आए, ''तुम रुष्ट क्यों नहीं हो, राम? देख रहा हूँ, ऐसी भयंकर घटना के पश्चात् भी लक्ष्मण तक शांत हैं।''

राम का तेज, उल्का के समान प्रकट हुआ, ''यह न समझो, गुह! कि मैं इतना असमर्थ हूँ, या अयोध्या में मुझे इतना भी जन-समर्थन प्राप्त नहीं है कि कोई मुझसे मेरा अधिकार छीनकर, मेरी इच्छा के विरुद्ध मुझे निर्वासित कर देता। मैं अपनी इच्छा से न चला आया होता तो कोई इसे संभव नहीं कर पाता।...और अपनी इच्छा से अधिकार त्यागने में आक्रोश कैसा? आरंभ में लक्ष्मण भी तुम्हारे ही समान क्रुद्ध हुए थे, किंतु बात समझकर शांत हो गए और साथ चले आए।'' राम हँस पड़े, ''इसका अर्थ यह नहीं है कि तुम भी बात समझकर मेरे साथ चल पड़ो।''

गुह हतप्रभ रह गए। राम का वह तेज और यह हँसी। कितने आश्वस्त हैं राम! ...चिंतन की मुद्रा में गुह बोले, ''मैं तुम्हारे साथ चलने की बात नहीं सोच रहा। मैं तुम्हारा राजतिलक शृंगवेरपुर में करूँगा। तुम चौदह वर्षों तक यहीं राज्य करो, राम!''

''राज्य ही करना होता तो अयोध्या क्या बुरी थी।'' राम पुनः मुस्कराए, ''शृंगवेरपुर में तुम ही राज्य करोगे, किंतु एक काम मेरा भी करना होगा।''

''क्या?'' गुह तन्मय हो गए।

''संभावना बहुत कम है।'' राम मुस्कराए, ''दुहरा रहा हूँ, संभावना बहुत कम है; किंतु यदि हमारा अनिष्ट करने के लिए, भरत ने इस ओर सैनिक अभियान किया, तो तुम बाधा दोगे; और चित्रकूट में हमें इसकी सूचना भिजवाओगे।''

''अवश्य।''

राम का विश्वास और उनकी ओर से सौंपा गया उत्तरदायित्व पाकर, गुह महत्त्वपूर्ण हो उठे।

वार्तालाप में तनिक शिथिलता पाते ही सीता बोलीं, ''यदि अनुचित न हो तो पूँछूँ, जेठानी जी के दर्शन नहीं होंगे क्या?''

गुह एक बार फिर से संकुचित हो उठे, ''क्षमा करना, वैदेही! मैं सैनिकों को साथ लेकर चला आया था, पत्नी को भूल ही गया। अब सब लोग मेरे साथ चलो। मेरे महल पर पधारो...'' और राम को मुस्कराते देख, कुछ भाँपते हुए बोले, ''कदाचित् वनवास की अवधि में राम किसी भी नगर में नहीं जाएँगे, चाहे वह शृंगवेरपुर ही क्यों न हो; किंतु तुम और लक्ष्मण...''

''नहीं, जेठ जी!'' सीता मुस्कराईं, ''पति को वन में छोड़कर पत्नी का राजमहल में जाना उचित नहीं होगा। जेठानी जी आशीर्वाद देने यहाँ तक आ सकतीं तो हमारा सौभाग्य होता।''

राम बोले, "गुह! औपचारिकता छोड़ो...हम तुम्हारे महल में नहीं जा सकते। हमें स्वादिष्ट भोजन भी नहीं चाहिए। वैसे तुम्हारे राज्य में आए हैं, वन्यभोज से जैसा सत्कार कर सकते हो, यहीं कर दो। और यदि प्रातः विदा के समय भाभी के दर्शन हो सकें तो यथेष्ट होगा।"

"जैसी तुम्हारी इच्छा।"

गुह उठ गए। अपने सैनिकों के साथ वे प्रबंध के लिए चले गए। शेष लोग राम के निकट आ बैठे। अब तक सुमंत्र भी घोड़ों की व्यवस्था से मुक्त हो चुके थे।

इंगुरी वृक्ष के निकट लक्ष्मण द्वारा बनाई गई पत्र-शैय्याओं पर राम और सीता चले गए, तो सुयज्ञ और चित्ररथ भी अपनी-अपनी शैय्याओं पर लेट गए। किंतु पिछली रात प्रायः जागते रहने पर भी, लक्ष्मण सोने के लिए तैयार नहीं थे। वे अपना धनुष और तूणीर लेकर ,कुछ दूर सन्नद्ध प्रहरी के समान बैठ गए। सुमंत्र भी उन्हीं के पास जा बैठे।

"लक्ष्मण! तुम सो जाओ, भाई।" गुह बोले, "मैं अपने सैनिकों के साथ, स्वयं जागकर पहरा दूँगा। तनिक भी चिंता मत करो।"

लक्ष्मण हँस पड़े, "भैया गुह! मेरे सो जाने पर तुम भी सो गए तो? तुम भैया और भाभी के प्रहरी बन बैठे रहो, मैं तुम्हारा प्रहरी बन जागूँगा।"

"तुम्हें मुझ पर विश्वास नहीं?" गुह को आश्चर्य हुआ।

"तुम्हें मुझ पर हो तो तुम सो रहो।" लक्ष्मण हँसे, "विश्वास की बात छोड़ो। तुमसे कुछ बातें करने के मोह में रात-भर जागूँगा। आओ, बैठो।"

"तुम अपनी दुष्टता नहीं छोड़ोगे।" गुह के मन में ममता उमड़ आई, "तुम धन्य हो, लक्ष्मण। यदि तुम किसी प्रकार राम को इस बात के लिए तैयार कर लो कि वे मुझे अपने साथ ले चलें तो मैं अपना राज्य तुम्हें दे दूँगा।"

"भैया के साहचर्य के लिए तो कोई भी अपना राज्य मुझे दे देगा। यह भावना सम्राट् दशरथ की भी थी; किंतु लक्ष्मण अपना राज्य किसी को नहीं देना चाहता।"

"कौन-सा राज्य?" गुह ने पूछा।

"भैया राम का साहचर्य।"

"सौमित्र!" सुमंत्र बोले, "तुम अभी तक सम्राट् से रुष्ट हो। तुम उन्हें 'पिता' न कहकर, 'सम्राट्' कहते हो।"

"तात सुमंत्र! यह विषय न ही छेड़ें तो अच्छा है।" लक्ष्मण की आँखों में क्षण भर में ही ज्वाला धधक आई, "सम्राट् के विषय में मैंने आपको अपना निश्चित मत कल ही बता दिया था।"

रात के अंतिम प्रहर में जाकर निषादराज गुह प्रातः अपनी रानी के साथ लौटे। रानी ने राम और लक्ष्मण के अभिवादन का उत्तर देकर, सीता को आलिंगन में कस लिया।

सीता की निषाद रानी से यह पहली भेंट थी, किंतु स्नेह का आधार पहले से ही स्थापित हो चुका था। निषाद रानी ऊँचे कद तथा इकहरे बदन की, ऊर्जा से भरी हुई सुंदर युवती थीं। रंग साँवला था। गौर-वर्णी आर्य कन्याओं के सौंदर्य की अभ्यस्त आँखों को वह रंग क्षण-भर के लिए खटकता था, किंतु वर्ण के पूर्वागह को भेदने और नष्ट करने में उसका सौंदर्य अधिक समय नहीं लेता था। आर्य सौंदर्य-संस्कारों में पला सीता का मन दो क्षणों में ही निषाद रानी के आकर्षक सौंदर्य की प्रतिष्ठा को मान गया। और फिर, उस मुख-मण्डल पर झलकता हुआ स्नेह उसे ममतापूर्ण बना रहा था। यौवन तथा वात्सल्य के अद्भुत आकर्षण ने उसके रूप को अलौकिक आयाम दिया था।

"तुमने विकट जोखिम का काम किया है, सीते!" निषाद रानी ने अपना बाहुपाश ढीला कर, बाँहों की दूरी पर रख, सीता को प्रेम से निहारते हुए कहा।

सीता मुस्कराईं, "राम जैसे वीर पति की पत्नी ही यदि ऐसा जोखिम न उठाएगी, तो दूसरा कौन उठाएगा।"

"ठीक कहती हो, सखी!" निषाद रानी बोलीं, "युवराज के असाधारण शौर्य में किसी को भी संदेह नहीं। पर..."वे तनिक संभ्रम से बोलीं, "यह मत समझना, सीते! कि मैं अपना ज्ञान बघार रही हूँ। बात केवल इतनी-सी है कि हम इस प्रदेश में रहते हैं; और हमारी नौकाएँ और जल-पोत दूर-दूर तक यात्रा करते हैं, इसलिए इधर से वनों की जानकारी हमें है। ये वन ऐसे नहीं हैं, बहन! जहाँ कोई पुरुष भी सुरक्षित हो, फिर नारी की बात ही क्या।"

सीता ने मुग्ध दृष्टि से उस साँवले सौंदर्यपुंज के स्नेह को देखा और बोलीं, "ठीक कहती हो दीदी! पर जब राम उस जोखिम के बीच जा रहे हैं, तो मैं अपने प्राणों का क्या मोह करूँ। उन्हें रोक लो, न मैं जाऊँगी, न लक्ष्मण जाएँगे।"

निषाद रानी हँस पड़ीं, "चतुर हो, बहन। जानती हो, युवराज को रोकने की शक्ति किसी में नहीं है।...पर मैं एक असमंजस में हूँ। तुमसे क्या कहूँ कि वे पुरुष हैं। जोखिम का सामना कर सकते हैं। उन्हें जाने दो। साथ जाकर उनका जोखिम न बढ़ाओ। या कहूँ—कि पुरुष तथा नारी की समता सिद्ध करने के लिए, इस पितृसत्तात्मक समाज की नारी-विरोधिनी नीति का विरोध करने के लिए, अवश्य साथ जाओ।"

सीता भी गंभीर हो गईं, "इस समय तो केवल यही कहो कि नारी-पुरुष की स्पर्धा भूलकर, मैं अपने प्रिय के प्रेम में बँधी उनके संग जाऊँ।"

रानी की आँखें डबडबा आईं, "तुम धन्य हो, वैदेही! इतना प्रेम यदि सभी कहीं होता। सुखी और प्रेम करने वाले दंपत्ति को देखकर मुझे कितना सुख होता

है, तुम्हें क्या बताऊँ। तुम्हारे जेठ प्राणपण से प्रयत्न कर रहे हैं कि निषाद दंपति सम-धरातल पर, समानता की भावना से प्रेम के आधार पर जिएँ..."

"वैदेही!" राम ने पुकारा, "जाने का समय हो गया, प्रिये!"

वे लोग घाट पर आए। जल-पोत सरीखी एक बड़ी-सी नौका चलने के लिए तैयार खड़ी थी। उनके साथ आए, सारे शस्त्रास्त्र सुव्यवस्थित ढंग से नाव में लगा दिए गए थे। अनेक नाविक तथा सशस्त्र दण्डधर नौका से सन्नद्ध बैठे थे; और घाट पर निषाद सैनिकों की टुकड़ियाँ उन्हें विदा देने के लिए प्रस्तुत थीं।

"अच्छा! अब विदा दो, मित्र!"

राम ने आलिंगन के लिए गुह की ओर हाथ बढ़ा दिए।

"हम साथ चल रहे हैं, भाई!" गुह बोले, "आओ, प्रिये!"

निषाद रानी नाव में बैठने के लिए आगे बढ़ीं।

"भाभी! क्या कर रही हैं आप!" राम बोले; और वे गुह की ओर घूमे, "अपनी सत्ता का प्रयोग मुझ पर मत करो। तुम और भाभी हमारे साथ नहीं जाओगे। तुम्हारे नाविक भी हमें भरद्वाज आश्रम तक ही पहुँचाएँगे; और इन सशस्त्र दण्डधरों को नाव से उतर जाने का आदेश दो।"

"राम! यह सब मैं अपने प्रेम के कारण..."

गुह की बात राम ने बीच में ही काट दी, "तुम्हारी भावना मैं समझता हूँ। नहीं तो क्या समझते हो कि हमारी रक्षा कुछ दण्डधर करेंगे। दण्डधरों को नौका से उतरने का आदेश दो।"

"राम!"

"जो कह रहा हूँ, वही करो, भाई मेरे।" राम स्नेह-भरी वाणी में बोले, "तुम्हें जो काम सौंपा है, उसे स्मरण रखो। अपनी सीमाओं, दुर्ग और सेना का ध्यान रखो। प्रजा को शस्त्र-शिक्षा देकर सैनिक कर्म के लिए सन्नद्ध रखो।"

"जैसी तुम्हारी इच्छा, राम!"

गुह ने दण्डधर-नायक को नौका खाली करने की आज्ञा दे दी।

"सौमित्र!" राम बोले, "सबसे विदा लो और सीता को नाव में बैठाकर तुम भी नाव में बैठो।"

"अच्छा, भैया।"

राम देख रहे थे—लक्ष्मण, गुह, निषाद रानी, सुमंत्र, सुयज्ञ तथा चित्ररथ से विदा ले रहे थे। उनका कहा, दूरी के कारण, राम सुन नहीं पा रहे थे, किंतु उनके चेहरे के भावों से स्पष्ट था कि वे परिहास की मुद्रा में थे और सब पर ही कोई-न-कोई कटाक्ष कर रहे थे।

निषाद रानी से विदा लेती हुई सीता भावुक हो उठी थीं। उनका सहज विनोदी मन इस समय करुणा से भरा हुआ था। निषाद रानी का आलिंगन प्रगाढ़ तथा ममतापूर्ण

था। उनकी आँखों में अश्रु झलमला आए थे। सुमंत्र को सीता ने अपने श्वसुर के-से सम्मान के साथ प्रणाम किया था। सुमंत्र की आँखों में धाराप्रवाह अश्रु बह रहे थे। राम को लग रहा था—सुमंत्र अभी वृद्ध सम्राट् के ही समान संज्ञाशून्य होकर गिर पड़ेंगे। सीता ने बहुत अच्छा किया कि वे आगे बढ़ गईं। सुमंत्र को सँभलने का अवसर मिल गया। सुयज्ञ तथा चित्ररथ को सीता ने तटस्थ सम्मान के साथ प्रणाम किया। और गुह को प्रणाम करते हुए, वे फिर विनोदमयी हो गई थीं। उन्होंने गुह पर फिर कोई कटाक्ष किया था और भोले जेठ गुह, अनुज-वधू के परिहास और जेठ की मर्यादा में बँधे, कसमसाए-से मुस्कराकर रह गए।

लक्ष्मण के हाथ का अवलंबन लेकर सीता नाव में बैठ गईं।

''अच्छा मित्र! विदा।'' राम ने हाथ जोड़ दिए। निषाद रानी के पास आकर वे रुके, ''भाभी! अपना ध्यान रखना और निषादराज पर अंकुश। गुह बहुत जल्दी आवेश में आ जाते हैं।''

निषाद रानी के मुखमण्डल पर वक्र मुस्कान उठी, ''वे स्त्री का अंकुश मानेंगे क्या? देवर! तुम्हारे ही बड़े भाई हैं।''

''न वे स्त्री का अंकुश मानें, न आप पुरुष का बंधन मानें; किंतु बुद्धि, विवेक, संतुलन और प्रेम की मर्यादा तो सब ही मानेंगे। अपने इन्हीं गुणों का उपयोग करना। आपकी प्रजा भाग्यवान है कि उन्हें आप जैसी रानी मिलीं।''

निषाद रानी हँस पड़ीं, ''देखती हूँ, लक्ष्मण ने तुमसे केवल सीखा ही नहीं, तुम्हें कुछ सिखाया भी है। तुम भी चापलूसी करना सीख गए, देवर!''

राम हँसते हुए आगे बढ़ गए। सुमंत्र के सम्मुख जाकर वे गंभीर हो गए, ''सुमंत्र काका! मेरी माँ का ध्यान रखना।''

वे रुके नहीं। उन्हें भय था, सुमंत्र कहीं फिर से भावुक न हो उठें। सुयज्ञ तथा चित्ररथ को बारी-बारी गले लगाकर बोले, ''सजग और सावधान रहना।''

नौकारूढ़ होकर, हाथ के संकेत से राम ने नाविकों को चलने का आदेश दिया। बिना एक भी शब्द उच्चारित किए नाविक चल पड़े। हाथों के संकेत से ही विदा दी और स्वीकार की गई।

क्रमशः नाव किनारे से दूर, गहरे पानी की ओर बढ़ रही थी। तट पर खड़े हुए सुमंत्र, सुयज्ञ, चित्ररथ, गुह, निषाद रानी और सैनिक शनैः-शनैः दूर होते जा रहे थे। उनकी मुद्राओं से स्पष्ट था कि वे तब तक वहीं खड़े रहेंगे, जब तक उनकी नाव दिखाई देती रहेगी।

राम, सीता और लक्ष्मण की आँखें भी किनारे पर ही लगी रहीं। केवल नाविकों ने ही अपना ध्यान तत्काल किनारे से हटाकर जल-धारा पर केंद्रित कर लिया था।

किनारा आँखों से ओझल हो जाने पर, राम ने अपनी दृष्टि सीता और लक्ष्मण की

ओर फेरी। वे दोनों ही इस समय अंतर्मुखी हुए कुछ सोच रहे थे।...अब वे लोग न केवल अपने राज-प्रासादों, अयाध्या नगर तथा अपने राज्य की सीमा से बाहर निकल आए थे, वरन् अपने परिचित राज्यों से भी परे हो गए थे। निषादराज गुह के राज्य की सीमा वह अंतिम प्रदेश था, जिसमें वे स्वयं को सहज सुरक्षित समझ सकते थे। उस सीमा को भी वे तेजी से पीछे छोड़ते जा रहे थे। आज राम का पड़ाव गंगातट पर किसी अपरिचित प्रदेश में होगा। किसी भी आवश्यक वस्तु की समुचित व्यवस्था नहीं होगी। आज ही नहीं, आज से भविष्य के चौदह वर्षों तक यही स्थिति रहेगी। वे लोग न केवल असुरक्षित होंगे वरन् सब प्रकार से असुविधा, जोखिम, आशंकाओं तथा तनाव-भरा जीवन जिएँगे।...राम सोचते जा रहे थे...क्या उनके लिए उचित था कि वे अपने प्रेम में बँधे लक्ष्मण और सीता को ऐसा कठिन जीवन जीने के लिए अपने साथ ले आते? प्रेम अव्यावहारिक होता है, व्यावहारिक कठिनाइयों की ओर से उसकी आँखें बंद होती हैं। सीता और लक्ष्मण ने तो नहीं सोचा, पर राम को तो सोचना चाहिए था। राम उनसे बड़े हैं, अधिक अनुभवी हैं और उनका प्रेम, भावुक न होकर, विवेक से संतुलित होने के कारण, कर्तव्याकर्तव्य का निर्णय भी कर सकता है। सीता उनकी पत्नी हैं, लक्ष्मण छोटे भाई हैं उनके प्रति भी तो राम का कुछ कर्तव्य है। क्या वह कर्तव्य यही था कि वे उन्हें असुविधा और जोखिम के सर्वग्रासी मुख में धकेल दें?...पर कर्तव्य इन दोनों के ही प्रति नहीं है : कर्तव्य तो माता कौसल्या, सुमित्रा और पिता के प्रति भी है, जिन्हें वे अयोध्या में छोड़ आए हैं...

"राम!" सीता कह रही थीं, "ये नाविक हमें कहाँ तक पहुँचाएँगे?"

राम अपने चिंतन से उबरे। वे दूसरों के विषय में सोचते-सोचते स्वयं को भूल गए थे। शृंगवेरपुर के घाट पर विदा देने के लिए वे नाव में जिस स्थान पर खड़े हुए थे, वहीं खड़े रह गए थे।

वे आकर सीता के पास बैठ गए, "गंगा-यमुना के संगम पर स्थित भरद्वाज आश्रम तक।"

"कितना समय लगेगा?"

"यदि गुह का अनुमान ठीक हुआ तो कल दोपहर तक हम भरद्वाज मुनि के दर्शन कर पाएँगे।"

सीता मौन ही रहीं।

"भाभी को निषादराज का अनुमान जँचा नहीं।" लक्ष्मण वक्र मुस्कान के साथ बोले, "वे अभी गणना कर आपको बताएँगी, भैया! कि इतना समय नहीं लगना चाहिए। या कदाचित् वे कोई छोटा मार्ग ही खोज निकालें।"

सीता भी मुस्कराईं, "सौमित्र ठीक कह रहे हैं। अपनी गणना के अनुसार मुझे यह सब ठीक नहीं लग रहा है। ये नाविक रात्रि तक इसी प्रकार चप्पू चलाते रहे

और देवर लक्ष्मण दिन-भर बातें भी बनाएँ और रात-भर जागकर पहरा भी दें—यह संभव नहीं है।''

''ठीक कहती हो सीते!'' राम बोले, ''मुझे भी लक्ष्मण की वाक्-चातुरी कुछ ऊँघती-सी लग रही है। अच्छा हो कि लक्ष्मण, नाव के भीतरी भाग में जाकर, अपनी नींद पूरी कर ले।''

राम उठकर नाविकों के मुखिया के पास चले गए, ''सुनो मित्र! नाव काफी गति पकड़ चुकी है। हमें कोई ऐसी विशेष जल्दी नहीं है। यात्रा लंबी है। बारी-बारी कुछ नाविकों को विश्राम के लिए भेज दो। कदाचित् रात को भी हमें बारी-बारी जागना पड़ें।''

''जैसी आपकी इच्छा।''

नाविकों का मुखिया अपनी व्यवस्था में लग गया।

लक्ष्मण आराम करने चले गए। राम ने सीता की ओर देखा—वे अनमनी-सी क्षितिज को घूरती हुई, मौन बैठी थीं। उन्हें अकेली छोड़ दिया जाए तो यही उनकी सहज मुद्रा थी। सीता में गंभीरता और चपलता का विचित्र मिश्रण था। लक्ष्मण साथ होते तो उनके व्यंग्यों की स्पर्धा में सीता का वाग्वैदग्ध्य चिर-जागरूक रहता था। वे पास न होते तो पति-पत्नी में भी हास-परिहास हो जाता था; पर अकेली होते ही सीता अपनी उस चिर गंभीरता तथा मौन चिंतनधारा में डूब जातीं।

''क्यों सोच रही है, सीते?''

सीता चौंकीं, ''ऐसे ही, तनिक माता कौसल्या के विषय में सोच रही थी। क्या आपको ऐसा नहीं लगता कि हमने उन्हें अयोध्या में अकेली छोड़कर उचित नहीं किया?''

''क्यों? ऐसी क्या बात है?'' राम हल्के ढंग से मुस्कराए, ''वे अपने राजप्रासाद में, सुविधापूर्ण जीवन के बीच, अपने पति के संरक्षण में हैं।''

''हैं तो। किंतु मैंने सम्राट् को रानी कैकेयी के सम्मुख जितना अक्षम देखा है, उससे एकदम नहीं लगता कि कोई किसी के भी संरक्षण में है। मुझे अयोध्या का प्रत्येक व्यक्ति केवल रानी कैकेयी की दया पर पड़ा लगता है। मैं न अधिक भीरू हूँ, न आशंकित, किंतु फिर भी मैं माता कौसल्या की सुरक्षा की ओर से संतुष्ट नहीं हो पा रही।''

''कोई विशेष बात है, प्रिये?'' राम गंभीर हो गए।

''आने से पूर्व मैं उनसे विदा लेने गई थी।'' सीता बोलीं, ''मुझे देखते ही वे रो पड़ीं; और रोते-रोते उन्होंने कहा कि आप उनके पास से इस प्रकार भाग आए थे, जैसे डरते हों कि वे आपको पकड़कर बैठा लेंगी और आपका कोई काम अधूरा रह जाएगा...''

''स्थिति तो यही थी, सीते!''

''मैंने कहा, 'माँ! उन्हें कई प्रकार की व्यवस्था करने की जल्दी थी, इसलिए चले गए।' वे बोलीं, 'जल्दी किसे नहीं होती, बेटी! पर कोई देखे, मैंने कितनी लंबी प्रतीक्षा की है। मैंने अपना दुःख कभी अपने बेटे के सामने भी प्रकट नहीं किया, क्योंकि वही मेरे लिए सबसे बड़ा आश्वासन था। मेरा सारा जीवन पति की प्रताड़ना और सपत्नियों की उपेक्षा की कथा रहा है। मैं एक सामान्य सामंत की पुत्री—इस रघुकुल में कभी वह महत्त्व न पा सकी, जो एक साम्राज्ञी को मिलना चाहिए। मेरे जीवन में सुख का पहला क्षण तब आया था, जब मेरा राम मेरी गोद में आया। मैंने तिल-तिल कर उसे पाला कि बड़ा होकर, ज्येष्ठ पुत्र होने के नाते वह युवराज बनेगा, फिर सम्राट् बनेगा—मेरे दुःख के दिन कट जाएँगे। सुख की घड़िया आएँगी ...वर्षों के सँजोए मेरे स्वप्न को आकार मिलने को हुआ, जब मैंने कहा कि मैं कैकेयी के भय से मुक्त हो गई, तो इस कैकेयी ने फिर दंश मार दिया। वह रोज प्रहार करती थी, रोज शस्त्र चलाती; और मैं अपने महाप्रहार की प्रतीक्षा में चुपचाप दम साधे पड़ी थी। मैं नहीं जानती थी, बेटी! कि वह मेरे अंतिम प्रहार को निष्फल करने के लिए झूठे-सच्चे वरदानों की काल्पनिक कहानियाँ लिये, पहले से ही तैयार बैठी है!'...माता ने मुझे अपनी भुजाओं में बाँध लिया, 'बेटी! राम को समझाओ। वह एक बार कह दे कि वह पिता की प्रतिज्ञाओं के लिए उत्तरदायी नहीं है। उसका अभिषेक हो या न हो, किंतु वह अयोध्या से नहीं जाएगा। सीते! राम अयोध्या में नहीं रहा तो मेरी रक्षा कौन करेगा? मेरा पालन कौन करेगा!'...

राम विह्वल हो उठे। माँ ने अपनी ओर से पुत्र को कभी अपनी पीड़ा का तनिक भी आभास नहीं दिया था। पहली बार उन्होंने अपनी व्यथा खोलकर सम्मुख रखी थी।...सच कहती हैं माँ! इन प्रासादों में राम ने भरत के ननिहाल की चर्चा पचासों बार सुनी थी। कैकेयी के मायके, केकय-नरेश, युद्धाजित—सबके विषय में बातें होती थीं; पर राम ने अपनी अथवा लक्ष्मण के ननिहाल की चर्चा कभी नहीं सुनी। कभी माता कौसल्या अथवा माता सुमित्रा के मायके से यहाँ कोई नहीं आया—जैसे इन महलों में उनकी चर्चा, उनका प्रवेश—सब कुछ वर्जित हो!

पर किस अनुपयुक्त घड़ी में माँ ने अपनी पीड़ा को वाणी दी थी।...राम की अपनी पीड़ा गहराती जा रही थी—काश! माँ ने ये बातें पहले कही होंगी। काश! विश्वामित्र अयोध्या में न आए होते, और राम ने उनको वचन न दिया होता।... पर अब क्या हो सकता था। राम संसार में घटते अत्याचार की झलक पा चुके थे, उसके विरुद्ध लड़ने का वचन दे चुके थे। उन असंख्य लोगों की पीड़ा के सामने एक व्यक्ति की निजी पीड़ा क्या अर्थ रखती है। ठीक कहा था विश्वामित्र ने—एक वृहत् सामाजिक दायित्व का निर्वाह करने के लिए अपने संकीर्ण पारिवारिक स्वार्थों की बलि देनी ही होगी। एक व्यक्ति के सुख के लिए—चाहे वह व्यक्ति स्वयं माता

कौसल्या ही हों—समस्त ऋषियों, दलितों जनजातियों, ज्ञान-विकासरत लोगों तथा न्याय-प्रतीक्षित जनों की उपेक्षा नहीं की जा सकती। राम को अपने सामाजिक, मानवीय दायित्वों को पहले देखना होगा, उसे वरीयता देनी होगी।...सच कहा था ऋषि ने...अपना घर फूँके बिना कोई सामाजिक दायित्व पूरा नहीं हा सकता...माँ को सहना होगा, पत्नी होने के नाते सीता को सहना होगा, भाई होने के नाते लक्ष्मण को सहना होगा, अन्य बंधु-बाँधवों को भी सहना होगा।...माँ! तुम बहुत देर से बोलीं...और अच्छा ही है, माँ! कि तुम देर से बोलीं।

...पर दण्डक वन में, पीड़ित ऋषियों और दलित जातियों की रक्षा के लिए जाते हुए राम, क्या अपनी माँ को अन्य प्रकार के राक्षसों से पीड़ित होने के लिए असहाय छोड़ जाएँगे? यदि कहीं कैकेयी, भरत और युद्धाजित के विषय में पिता की आशंकाएँ सच हुईं? कैकेयी ने प्रतिहिंसा में जलते हुए, मंथरा का दूसरा तर्क भी स्वीकार किया, और राम को वन भेजकर माता कौसल्या के उन्मूलन की बात सोची तो, यदि कहीं सचमुच ही भरत के राज्य पाते ही, युद्धाजित अपना आतंक दिखाने के लिए अयोध्या आ पहुँचा तो अपनी बहन की सपत्नियों के प्रति उसका व्यवहार...?

"आप माता की रक्षा के प्रबंध से संतुष्ट हैं?" सीता पूछ रही थीं।

राम का स्वर उदास था, "...अपनी ओर से, मैंने आने से पूर्व उनकी सुरक्षा का पूरा प्रबंध किया है—तुम जानती ही हो। माता सुमित्रा का वचन भी मेरे लिए बहुत बड़ा संबल है। परंतु मैं स्वयं भी, तुम्हारे ही समान, किसी भी अवस्था में संतुष्ट नहीं हो पा रहा हूँ। न मैं माँ को साथ ला सकता था, न मैं उनके पास अयोध्या में रह सकता था। एक ही स्थिति में संतुष्ट हो सकता हूँ, यदि सौमित्र अयोध्या लौट जाएँ..."

"पर सौमित्र लौटेंगे क्या?"

"किसी भी स्थिति में नहीं।"

"आप उनसे कहकर देखें..." सीता बोलीं, "उन्हें अयोध्या लौट जाने का आदेश दें।"

राम मुस्कराए, "यदि आज्ञा देकर ही बाध्य करना होता तो मैं अयोध्या में ही लक्ष्मण को—और तुम्हें भी—वहीं रुकने की आज्ञा देता।"

सीता आशंका भरी मुस्कान होंठों पर ले आईं, "मुझे अपने ही बंधन में मत बाँधो, प्रिये! मैं ऐसी आज्ञा स्वीकार करने में असमर्थ हूँ।"

"चिंतित मत होओ।" राम गंभीर थे, "मैं जानता हूँ, ऐसी आज्ञा मानने में सौमित्र भी असमर्थ हैं।"

भरद्वाज आश्रम तक वे लोग सहज ही चले आए। नौका-यात्रा सुविधाजनक और

क्षिप्र थी। गुह के नाविक न केवल नौका-परिचालन में दक्ष थे, वरन् मार्ग के भूगोल, नदी की प्रकृति तथा अन्य प्रकार की विभिन्न कठिनाइयों से भली-भाँति परिचित थे। गुह ने उन्हीं नाविकों को भेजा था, जो इस मार्ग पर अनेक बार आ-जा चुके थे; और अधिकांशतः सैनिक सेवाओं से संबद्ध रहे थे। कदाचित् उसके मन में हिंस्र जल-जंतुओं तथा शत्रुओं के आक्रमण का भय था।

घाट पर नौका को रोककर, उन नाविकों ने शस्त्रास्त्रों को आश्रम तक पहुँचाने में राम, सीता और लक्ष्मण की पूरी सहायता की। अंत में उनके नियंत्रक ने राम से कहा, ''यदि आर्य की इच्छा जल-मार्ग से आगे यात्रा करने की हो, कुछ काल के पश्चात् आर्य वापस लौटना चाहें अथवा आर्य के पास हमारी किसी भी प्रकार की उपयोगिता हो तो हम आर्य के निकट ठहरकर ही प्रतीक्षा करें—ऐसी निषादराज की आज्ञा है।''

लक्ष्मण धीरे से फुसफुसाए, ''भाभी! निषादराज ने इन्हें चौदह वर्ष प्रतीक्षा करने का आदेश क्यों नही दिया?''

''तुम्हारे भैया साथ हैं न, इसलिए।'' सीता बोलीं, ''तुम अकेले होते तो गुह भैया इन्हें चौदह वर्षों की प्रतीक्षा की ही आज्ञा देते।''

''नहीं, नियंत्रक!'' राम ने गंभीर स्वर में कहा, ''हम तुम्हारे और निषादराज गुह के आभारी हैं। तुम्हारी सहायता से हम यहाँ तक बड़े आराम से पहुँच गए हैं। तुम साथ रहोगे तो हमें और भी सुविधा होगी; किंतु हम सुविधामय जीवन को छोड़कर वनवास के लिए जा रहे हैं। और फिर तुम्हारे जैसे दक्ष सेना-नाविकों के लिए निषादराज के पास अनेक कार्य होंगे। ऋषि भरद्वाज के आश्रम का आतिथ्य ग्रहण कर, तुम यथाशीघ्र लौट जाओ।''

अतिथियों के लिए सब प्रकार की व्यवस्था का निर्देश देकर, भरद्वाज आकर उनके पास बैठ गए।

''राम! मैं ऐसे स्थान पर बैठा हूँ, जहाँ आर्यावर्त्त के विभिन्न भागों के सब प्रकार के लोगों का आवागमन लगा रहता है। मेरे पास अधिकांशतः ऋषि-मुनि तथा तापसगण ही आते हैं; राजपुरुषों तथा व्यापारियों के आतिथ्य का अवसर भी कभी-कभी मिलता है। किंतु तुम जैसे युवराज का अपनी पत्नी और भाई के साथ शुभागमन आज पहली बार ही हुआ है। क्या ऐसा संभव है, राम! कि तुम लोग यहीं मेरे आश्रम में, या मेरे आश्रम के निकट ही, अपने वनवास की अवधि व्यतीत कर सको?''

राम बहुत मीठे ढंग से मुस्कराए, ''यदि ऐसा संभव होता तो उसे हम अपना सौभाग्य समझते, ऋषिवर! किंतु यह स्थान, संगम के तट पर होने के कारण, अयोध्या से इतना निकट है कि वहाँ से यहाँ और यहाँ से वहाँ, व्यक्ति तथा समाचार इतनी शीघ्रता और सुविधा से पहुँच सकते हैं कि यह वनवास न होकर वनवास का नाटक

मात्र रह जाएगा। अयोध्या से निरंतर ऐसा संपर्क बनाए रखना न हमारे लिए श्रेयस्कर है, न अयोध्या के लिए।''

''ठीक कहते हो, राम!'' ऋषि चिंतन में अर्ध-लीन हो गए, ''तो फिर कहाँ आश्रम बनाने का निश्चय किया है?''

''माता कैकेयी की आज्ञा दण्डकारण्य में जाने की है। अंततः हमें वहाँ जाना है, किंतु मार्ग में रुक रुककर ऋषि-मुनियों तथा जन-साधारण के जीवन से परिचय प्राप्त करते हुए, उनकी कठिनाइयों को देखते हुए, उनके साथ समय व्यतीत करते तथा उनकी सहायता करते हुए हम आगे बढ़ना चाहेंगे। पहले पड़ाव के लिए आपके निर्देश की अपेक्षा है। वैसे मैं चाहता हूँ कि ऋषि वाल्मीकि के दर्शन कर, हम चित्रकूट के आस-पास मंदाकिनी-तट पर, तपस्वियों के साथ कुछ समय बिताएँ।''

''तुमने बहुत ठीक सोचा है, वत्स!'' ऋषि कुछ उदास भी थे और प्रसन्न भी, ''तुम्हारी दोनों ही बातें अच्छी है। चित्रकूट बहुत सुंदर स्थान है। वहाँ की प्राकृतिक शोभा अद्भुत है। मंदाकिनी का जल स्वच्छ, निर्मल तथा स्वास्थ्यकर है। आस-पास कोई नगर अथवा जनपद न होने के कारण बहुत जन-रव नहीं है; अनेक तपस्वियों के आश्रमों के कारण जन-शून्यता भी नहीं है। किंतु वत्स...'' ऋषि मौन हो गए।

''किंतु क्या, ऋषिवर!'' लक्ष्मण ने पहली बार अपना मौन तोड़ा।

सीता मुस्कराईं—लक्ष्मण की उत्सुकता जाग उठी थी।

''वह स्थान अब बहुत सुरक्षित नहीं समझा जाता।'' भरद्वाज बोले, ''राक्षसों की दृष्टि उस क्षेत्र पर बहुत दिनों से लगी हुई थी। अब क्रमशः उनका आतंक बढ़ता जा रहा है। यदा-कदा होने वाले उनके आक्रमण अब नियमित घटनाओं में परिवर्तित होते जा रहे हैं। उस क्षेत्र में बसने वाले आर्य तथा आर्येतर जातियों के टोले-पुरवे शनैः-शनैः उजड़ते जा रहे हैं। राक्षस नहीं चाहते कि समाान्य जन, परिश्रम कर, ईमानदारी से अपनी आजीविका कमाएँ तथा शांतिपूर्ण जीवन व्यतीत करें। वे नहीं चाहते कि तपस्वियों तथा बुद्धिजीवियों का ज्ञान और बल, साधारण जनता को मिले, ताकि उनका जीवन सरल हो सके। वे ज्ञान-विज्ञान को जन-साधारण से दूर रखना चाहते हैं। वे नहीं चाहते कि विभिन्न जातियाँ परस्पर एक-दूसरे के निकट आएँ और परस्पर अपने ज्ञान का लाभ बाँटें। चित्रकूट में अब अधिकांशतः भीरु तपस्वी बचे हैं, जो राक्षसों के किसी अत्याचार का विरोध नहीं करते; वहाँ निर्धन तथा उपायहीन वनवासी बचे हैं, जिनके पास अन्य स्थानों पर जीविका कमाने का कोई संबल नहीं है, या वे सुविधाजीवी लोलुप जन बचे हैं, जो राक्षसों के सहायक होकर स्वयं राक्षस हो गए हैं।''

''प्रायः यही स्थिति सिद्धाश्रम-प्रदेश की भी थी।'' लक्ष्मण धीरे से बोले।

''दुष्ट संचित धन, हिंस्र पशु-बल तथा भ्रष्ट राजनीतिक सत्ता की पुँजीभूत कृति,

इस राक्षसी प्रवृत्ति को यदि न रोका गया तो वह आश्रमों को क्या, समस्त आर्यावर्त्त और देवभूमि को भी ग्रस लेगी। पहले तो सुमाली के भाई-बाँधव ही राक्षस थे, अब अनेक यक्ष, गंधर्व, किरात तथा आर्य भी राक्षस होते जा रहे हैं। स्वर्ण को अपना सर्वस्व मानने वाला, मनुष्य के पशुत्व को उकसाने वाला रावण, प्रत्येक दुष्टता का प्रश्रय दे रहा है। वह समस्त मानवीय मूल्यों का ध्वंस कर रहा है।...तांत्रिक अधंविश्वासों तथा अभिचार कृत्यों से वह ज्ञान एवं सत्य का गला घोंट रहा है। मानवता के भविष्य के स्वरूप की अवज्ञा कर, वह किसी भी प्रकार अधिकाधिक भोग-विलास में लगा हुआ है...।''

''इसका प्रतिरोध कैसे होगा, ऋषिवर?'' सीता बोलीं, ''क्या इन दो धनुर्धारी वीरों के द्वारा?''

''नहीं, पुत्रि! ऋषि हँसे, ''प्रतिरोध करेगी जागरूक तथा चैतन्य, भ्रष्ट व्यवस्था के दोष समझने वाली, अपने श्रम से आजीविका अर्जित करने वाली जनता। ये दो धनुर्धर तो उसके संकल्प के प्रतीक मात्र हैं। यदि कोई यह समझता है कि दो व्यक्ति विश्व की प्रवृत्तियों को रोक सकते हैं तो यह भ्रम है। वे प्रभावित कर सकते हैं, जनमत तैयार कर सकते हैं, मार्ग दिखा सकते हैं, नेतृत्व कर सकते हैं। वैसे राक्षसत्व प्रकृति का अनघड़ और आदिम रूप है; प्रत्येक युग उसका अपने ढंग से विरोध करता है। ये धनुर्धर उसका विरोध करने वाले न तो पहले व्यक्ति हैं, न अंतिम होंगे। यह संघर्ष तो चिरंतन है; कभी तीव्र होता है, कभी मंद। कहीं केंद्रित होता है, कहीं विकेंद्रित। आज भी प्रयाग से अधिक यह चित्रकूट में है, चित्रकूट से अधिक जनस्थान में और जनस्थान से अधिक किष्किंधा में और उससे भी अधिक लंका में!...''

राम कुछ विस्मित हुए, ''ऋषिश्रेष्ठ! जनस्थान के विषय में मुझे गुरु विश्वामित्र ने बताया था; किंतु किष्किंधा और लंका के विषय में मुझे ज्ञात नहीं था। वहाँ कौन रावण का विरोध कर रहा है?''

''व्यक्ति रावण से अधिक महत्त्वपूर्ण प्रवृत्ति रावण है।'' ऋषि बोले, ''विरोध उस दुष्ट प्रवृत्ति और भ्रष्ट व्यवस्था का है, जिसका अधिनायकत्व रावण कर रहा है। जनस्थान में अगस्त्य और पुत्री लोपामुद्रा उससे जूझ रहे हैं, सशस्त्र जन-बल तैयार कर। किष्किंधा में वाली का छोटा भाई सुग्रीव, उसके सहयोगी हनुमान और जामवंत; यहाँ तक कि वाली का तरुण पुत्र अंगद भी, रावण के निरंतर वर्धमान प्रभाव से प्रतिदिन उलझ रहे हैं। किंतु उनकी समस्या और भी विकट है। उनका अधिपति वाली स्वयं राक्षस नहीं है। वह एक प्रकार का पूजापाठी और कर्मकांडी व्यक्ति है, जो उसे धार्मिकता का आवरण प्रदान करता है; किंतु उसमें कुछ दुर्बलताएँ हैं। वह स्त्री-लोलुप और कामी है। फिर रावण का मित्र होने के कारण न केवल वह अधिकाधिक सुविधाजीवी होता जा रहा है तथा प्रजा की उपेक्षा कर रहा है; वरन् रावण के बढ़ते हुए प्रभाव का विरोध भी नहीं कर रहा। सुग्रीव और उसके साथी, विकासमान दुष्टता

को देख रहे हैं, और भीतर-ही-भीतर ऐंठ रहे हैं। और अंत में, स्वयं रावण के अपने घर में विभीषण और उसके मुट्ठी भर साथी हैं। विभीषण रावण का भाई होते हुए भी, उसकी किसी नीति से सहमत नहीं है; किंतु रावण के सम्मुख वह पूर्णतः अशक्त है। राघव! आज राक्षसी शक्तियाँ संगठित हैं और मानवीय शक्तियाँ बिखरी हुई हैं। विजय संगठन की होती है। अतः राक्षसी तंत्र का ध्वंस करने का श्रेय भी उसी व्यक्ति को मिलेगा, जो राक्षस-विरोधी शक्तियों का संगठन करने में सफल होगा...''

सहसा भरद्वाज अत्यंत भावुक हो उठे, ''और मेरी विडंबना यह है, राम! कि मैं शरीर से यहाँ बैठा हूँ और आत्मा मेरी लोपामुद्रा और अगस्त्य में बसती है। उन्होंने राक्षस-विरोधी इस संघर्ष को, चिंतन के धरातल से, कर्म के धरातल पर उतार दिया है। संघर्ष केवल सिद्धांत के धरातल पर होता है तो प्रवृत्ति का विरोध कर हम व्यक्ति के साथ समझौता कर जी लेते हैं; किंतु संघर्ष के कर्म-धरातल पर उतरने के पश्चात् कोई समझौता नही होता, समन्वय नहीं होता, सह-अस्तित्व नही होता।''

भरद्वाज मौन ही नहीं हुए, किसी और लोक में लीन हो गए। कोई और व्यक्ति भी नही बोला। चारों ओर निस्तब्धता छा गई। सीता ने दृष्टि उठाकर राम को देखा—वे भरद्वाज से कम लीन नहीं थे। इतने लीन वे कभी-कभी ही होते थे; और तभी होते थे, जब उनके मन में कुछ बहुत महत्त्वपूर्ण घटित हो रहा होता था, और उनका निश्चय करने का क्षण होता था; जब कोई विचार कर्म में परिणत हो रहा होता था...और लक्ष्मण! लक्ष्मण के मन में जो कुछ था, वह सब उनके मुख-मण्डल पर प्रतिबिंबित था। वे उग्र से उग्रतर होते जा रहे थे...

''भैया! हम यहाँ से कब चलेगे?'' सहसा लक्ष्णम ने पूछा।

अपनी अंतर्मुखी दृष्टि से, क्षण-भर राम ने प्रश्नवाचक मुद्रा में लक्ष्मण को देखा और दूसरे ही क्षण वे खिलखिलाकर हँस पड़े, ''ऋषि-श्रेष्ठ! आपकी बातों ने लक्ष्मण के उग्रदेव को जगा दिया है। उन्हें न्याय-अन्याय, मानवता और राक्षसत्व की संघर्ष-भूमि में पहुँचने की जल्दी मच गई है। वे अब इस आश्रम में अधिक रुक नहीं पाएँगे।''

भरद्वाज मुस्कराए, ''मैं तो कब से कामना कर रहा हूँ कि जन-जन में यह उग्रदेव जागे। यदि मेरी बातों ने लक्ष्मण के उग्रदेव को जगाया है तो मैं धन्य हुआ, राम! पर, पुत्र सौमित्र! अब संध्या का समय है। इस समय यात्रा उचित नहीं। आज रात मेरे ही आश्रम में आतिथ्य ग्रहण करो। कल प्रातः प्रस्थान करना। मेरे शिष्य अगले पड़ाव तक तुम्हारे साथ जाएँगे—और तुम्हारे शस्त्रास्त्रों के परिवहन में तुम्हारी सहायता करेंगे।''

''यही उचित होगा।'' राम बोले, ''क्यों, वैदेही?''

''देवर की क्या इच्छा है?'' सीता ने लक्ष्मण की ओर देखा।

''जो ऋषिश्रेष्ठ का आदेश हो।'' लक्ष्मण अपने आक्रोश को दबा रहे थे।

भरद्वाज-शिष्यों के साथ यमुना पार कर कर चित्रकूट की ओर बढ़ते ही, राम के सम्मुख प्रकृति का भेद स्पष्ट हो गया। यह भूमि प्रयाग की भूमि के समान उपजाऊ नहीं थी। कहीं-कहीं बड़े पेड़ भी थे, किंतु अधिकांश धरती छोटी-छोटी झाड़ियों तथा लंबी-सूखी पीली घास से ढकी हुई थी। नंगी धरती में से सफेद पत्थर की शिलाएँ निकली हुई दिखाई देती थीं। निश्चित रूप से इनमें चूना बहुत अधिक मात्रा में विद्यमान था। कदाचित् इसी अनुपजाऊ, पथरीली भूमि के कारण न तो प्रयाग की ओर से आबादी इस ओर बढ़ी थी, न ही चित्रकूट के आश्रमों ने ही इस ओर बढ़ने की प्रवृत्ति दिखाई थी।

पथरीली भूमि के पार हो जाने पर धरती मनोहर हो गई थी; और मिट्टी की ऊँची-नीची पहाड़ियाँ मिलने लगी थीं। स्थान-स्थान पर ताल-तलैया और छोटी-छोटी जल-धाराएँ भी दिखाई पड़ रही थीं, जिनके किनारे-किनारे पर्याप्त हरियाली थी। किंतु यह मैदानी क्षेत्र नहीं था—अतः आवागमन की सुविधा नहीं थी। कदाचित् इसी कारण से जनसंख्या विरल ही थी।

पयस्विनी नदी पार करते ही वाल्मीकि आश्रम की सीमा आरंभ हो गई थी। आश्रम के चिह्न प्रकट होते ही, राम ने अपने पग रोक लिये। उनके पीछे आते हुए लक्ष्मण, सीता तथा भरद्वाज-शिष्य भी रुक गए। राम ने अपने हाथों के खड्ग, कंधों के धनुष तथा पीठ पर दोनों ओर बँधे हुए भारी-भरकम तूणीर उतारकर पृथ्वी पर रख दिए। यह संकेत था कि यहाँ अधिक देर रुकना पड़ सकता है। सबने अपने कंधों, बाहुओं तथा अपने हाथों के शस्त्र भूमि पर रख दिए।

आश्रम की मर्यादा के अनुसार सशस्त्र वे भीतर जा नहीं सकते थे; और शस्त्रों को इस एकांत वन में असुरक्षित छोड़कर, स्वयं आश्रम के भीतर चले जाना उचित नहीं था।

राम ने लक्ष्मण की ओर देखा।

"मैं ऋषि के दर्शन कर अनुमति ले आऊँ?"

"यही करना होगा।" राम मुस्कराए।

लक्ष्मण शस्त्रहीन हो आश्रम के मुख्यद्वार की ओर बढ़ने ही वाले थे कि चार अपरिचित ब्रह्मचारियों ने उनके सम्मुख आ, हाथ जोड़, सम्मानपूर्वक प्रणाम किया।

राम ने देखा—वेश सबका एक ही था; किंतु वर्ण और आकृति का भेद स्पष्ट कह रहा था कि वे ब्रह्मचारी विभिन्न जातियों से संबद्ध थे। दो गौण वर्ण के थे। दो पीताभ-वर्णी थे। उनके शरीर पर भूरे रंग के पतले लंबे लोम थे। निश्चित रूप से इस प्रदेश से कुछ अन्य आर्येतर जातियों की आबादी भी आरंभ हो गई थी। वाल्मीकि आश्रम में जाति-मिश्रण है तो अन्य आश्रमों में भी यही स्थिति होगी।

"आर्य! कुलपति ऋषि वाल्मीकि की ओर से हम आपका स्वागत करते हैं। वे आपकी प्रतीक्षा कर रहे हैं।"

सीता चकित रह गईं, "ऋषि को हमारे आगमन की सूचना कैसे मिली?"

"देवि! यह तो ऋषि ही बता सकेंगे।"

राम ने अपने तूणीर पीठ पर बाँधे, धनुष कंधों पर टाँगे, खड्ग हाथ में लिये...

ब्रह्मचारी सहायतार्थ आगे बढ़े, किंतु राम ने उन्हें रोक दिया, "मित्र! अभी तुम्हारी सहायता की आवश्यकता नहीं।" वे मुस्कराए, "आवश्यकता होने पर तुम्हें कष्ट करना होगा।"

ब्रह्मचारियों ने उनकी अगवानी की। उनके पीछे-पीछे सब लोग ऋषि की कुटिया के द्वार पर आए। राम एक बार फिर जैसे असमंजस में पड़ गए, इतने सारे शस्त्रों का वे क्या करें?

तभी कुटिया के भीतर से ऋषि का स्वर सुनाई पड़ा, "वत्स! भीतर आ जाओ। इन शस्त्रों को भी साथ ले आओ।"

राम ने कुटिया में प्रवेश किया। उनके पीछे सीता तथा लक्ष्मण आए और अंत में भरद्वाज-शिष्यों ने प्रवेश किया।

"अपना सामन उस कोने में रख दो, राम!"

सारे शस्त्र कुटिया के कोने में व्यवस्थापूर्वक रख दिए गए। ऋषि ने आँखें भरकर शस्त्रास्त्रों को देखा और मुड़कर पूछा, "कैसे हो, पुत्र?"

"आपकी कृपा है, ऋषिवर!"

राम ऋषि के सम्मुख पालथी मारकर बैठ गए। उनकी बाईं ओर सीता बैठीं, दाईं ओर लक्ष्मण। दूसरी पंक्ति में भरद्वाज-शिष्य बैठ गए।

आश्रम के ब्रह्मचारी बड़े आश्चर्य से उन शस्त्रास्त्रों को देख रहे थे; जैसे या तो पहले कभी उन्होंने इतने सारे शस्त्र न देखे हों, अथवा राम की इस सशस्त्र यात्रा का प्रयोजन उनकी समझ में न आया हो।

राम ने बात आरंभ की, "आपको हमारे आने की सूचना कैसे मिली, पूज्य? हम सब चकित हैं कि आप अपने परिवेश में घटित घटनाओं के प्रति कितने सजग हैं; और उनका पूर्ण ज्ञान आपको कैसे रहता है। मेरी धारणा थी कि शायद आप परिवेश से असंपृक्त, उदासीन, अपनी समाधि में लीन रहते होंगे।"

वाल्मीकि हँसे, "प्रसन्न हूँ राम, कि तुमने इसे मेरी आध्यात्मिक शक्ति का चमत्कार नहीं मान लिया; नहीं तो आज अनेक बाजीगर भगवान बने बैठे हैं।...पुत्र! हमारा परिवेश पूर्णतः सुरक्षित नहीं है। अतः हम निःशंक नहीं हो सकते! हमें अपने आस-पास घटित होने वाली घटनाओं की खोज-खबर रखनी पड़ती है। प्रायः भरद्वाज के आश्रम से हमारा संपर्क बना रहता है। हमें प्रभावित करने वाली प्रत्येक घटना की सूचना हमें मिलती रहती है। इसी प्रकार दूसरी दिशा में, चित्रकूट के आश्रमों से भी हमारा संपर्क रहता है।"

तभी उनकी दृष्टि अपने एक शिष्य पर पड़ी। वह आँखें फाड़े तथा प्रायः अपना मुख खोले, कुटिया के कोने में पड़े, शस्त्र-भंडार का देख रहा था।

ऋषि हँस पड़े, "क्यों, वत्स मुखर! चकित क्यों हो?"

मुखर को अपनी स्थिति का भान हुआ। झेंपकर बोला, "गुरुवर! चकित हूँ, कि आपने अपने आश्रम में शस्त्रों का निर्माण, शिक्षण, आत्म-रक्षा के साधनों की ओर एकदम ध्यान नहीं दिया; और राम अपने साथ पूर्ण शस्त्रागार लेकर यात्रा कर रहे हैं।"

राम हँसे, "हम क्षत्रिय हैं, मित्र! हमें आत्मरक्षा के लिए ही नहीं, न्याय और सत्य के पक्ष में, अन्य शोषितों के लिए भी शस्त्रों का प्रयोग करना पड़ता है। निःशस्त्र यात्रा हमारे लिए प्रयोजनहीन हो जाती है।"

लक्ष्मण अब मौन नहीं रह सके। बोले, "ऋषिवर! एक प्रश्न पूछना चाहता हूँ। अन्यथा न मानें तो अपनी जिज्ञासा प्रकट करूँ।"

"बोलो, वत्स!" ऋषि की मुद्रा उल्लसित शांत थी, "कोई भला आदमी किसी जिज्ञासा को अन्यथा नहीं मानता।"

"आपने अभी अपने परिवेश को असुरक्षित बताया है, फिर भी आपने अपनी रक्षा का कोई प्रबंध क्यों नहीं किया?"

वाल्मीकि के चेहरे का हास प्रायः लुप्त हो गया। वे गंभीर हो उठे।

"तुमने बहुत महत्त्वपूर्ण प्रश्न पूछा है, पुत्र! मैं स्वयं इस विषय में एक लंबे समय तक सोचता रहा हूँ। सौमित्र! हम तपस्वियों ने अन्याय-विरोध और न्याय-रक्षा का व्रत लिया है। हम दलित, दमित, पीड़ित प्रजा को जाग्रत करने, उसे उसके अधिकारों के प्रति सचेत कराने, उसे पशुता के धरातल से उठाकर मनुष्यता के धरातल पर लाने का कर्म करते है। उसके लिए हम तपस्या और साधना करते हैं; संयम और तप का अनुष्ठान करते हैं। इस लक्ष्य तक पहुँचने के लिए अनेक मार्ग हैं, पुत्र! एक मार्ग वह है, जो तुम लोगों ने चुना है—शस्त्रों से अन्यायी का दमन। और एक मार्ग वह है, जो मैंने चुना है—कला की साधना। काव्य और संगीत की साधना; ताकि शब्द की शक्ति से लोगों के मन में अन्याय का विरोध जगाया जा सके। न्याय का पक्ष समझाया जा सके। यदि प्रत्येक व्यक्ति तुम्हारे समान अन्याय का सशस्त्र विरोध करेगा और कोई भी व्यक्ति मेरे समान शब्द-शक्ति से न्याय और अन्याय का भेद, उचित और अनुचित का अंतर नहीं बताएगा, तो 'अन्याय का विरोध' धीरे-धीरे शस्त्र-शक्ति के कारण केवल 'विरोध' में बदल जाएगा। इसीलिए यह आवश्यक है, पुत्र! कि हम जन-सामान्य को उसके अधिकारों के प्रति सचेत बनाएँ, उसे उसके शत्रु, शोषक-वर्ग की पहचान कराएँ, उसे मानवता के उच्चादर्शों का ज्ञान दें, और साथ-ही-साथ उनमें अन्याय के विरोध की भावना जाग्रत करें, ताकि जब कभी वे विरोध करें, वह मात्र विरोध न होकर, अन्याय और शोषण का विरोध हो। वे यह

जानें कि कहाँ उन्हें शक्ति, शस्त्र और हिंसा का प्रयोग करना है, कहाँ उनका प्रयोग अनुचित है। हमें उन्हें समझाना पड़ेगा, पुत्र! कि दस्यु और सैनिक में क्या भेद है। निःस्वार्थ होकर जन-कल्याण के लिए शस्त्र का प्रयोग करने वाला वीर सैनिक है; अन्यथा वह दस्यु है।...इसीलिए मैंने कला के माध्यम का आश्रय लिया है।''

राम ने देखा—मुखर बड़ी तन्मयता से गुरु की बात सुन रहा था, किंतु उसकी भंगिमा कह रही थी कि वह उस बात से सहमत नहीं हैं। अपने संकोच को बड़ी चेष्टा से भंग कर वह बोला, ''गुरुवर! एक शंका मुझे भी है।''

''बोलो, वत्स!'' ऋषि मुस्कराए, ''एक साहसी प्रश्न, अनेक दमित, संकुचित जिज्ञासाओं को उठाकर, उनके पैरों पर खड़ा कर देता है। लक्ष्मण के प्रश्न ने तुम्हारे साथ यही किया है। मैं जानता हूँ, तुम्हारी इस विषय में पर्याप्त रुचि है; और जब कभी ऐसा विवाद उठ खड़ा होता है, तुम्हारे मन में भी उथल-पुथल मच जाती है। पूछो!''

मुखर ने अपनी तन्मयता को समेटा; अपनी शक्तियों में सामंजस्य स्थापित किया और बोला, ''गुरुवर! मुझे ऐसा लगता है कि हम कला की साधना तो करते हैं, उसके माध्यम से जन-सामान्य तक पहुँचते भी हैं, उनमें न्याय के पक्ष और अन्याय के विरोध का प्रचार भी करते हैं; किंतु जब कभी आत्मरक्षा की आवश्यकता पड़ती है, तब हम अपने शस्त्रधारी शत्रुओं का विरोध नहीं कर पाते और अपनी कला के साथ नष्ट हो जाते हैं। क्या यह उचित नहीं कि हम अपनी कला के साथ-साथ शस्त्र भी धारण करें?''

सीता को लगा, मुखर के चेहरे का आवेश असाधारण था। बोलीं, ''ऋषिवर! इस ब्रह्मचारी का प्रश्न मात्र सैद्धांतिक विवाद नहीं है। वह संवेदनात्क और भावनात्मक धरातल पर भी इन प्रश्नों में उलझा हुआ है। यह उसके मस्तिष्क का ही विवाद नहीं, उसके हृदय की उलझन भी है।''

ऋषि उल्लसित हो उठे, ''तुमने ठीक पहचाना, पुत्रि! मुखर के चिंतन की पृष्ठभूमि में उसके जीवन की घटनाएँ हैं। यह बालक सुदूर दक्षिण से मेरे पास आया है। इसके पिता बहुत अच्छे कवि तथा संगीतज्ञ थे। खर के राक्षस सैनिकों ने इनके कुटुंब को नष्ट कर डाला।''

''सुदूर दक्षिण से यहाँ तक के बीच अनेक आश्रम पड़ते होंगे, मुखर उन सबको छोड़कर इतनी दूर क्यों चला आया?'' लक्ष्मण ने ऋषि की बात के बीच में ही पूछा।

''संगीतकार पिता का प्रभाव। वह कला की साधना से शून्य किसी आश्रम में नहीं टिक सका। किंतु कुटुंबियों के वध को भी मुखर भुला नहीं पाता। यह प्रतिक्षण शस्त्र के आकर्षण का अनुभव करता है। तुम्हारे शस्त्रों से भी यह अभिभूत हो उठा है; और शस्त्र-विद्या तथा शस्त्र-प्रशिक्षण की बात सोच रहा है।''

''किंतु यह बालक कहीं बहुत गलत भी नहीं सोचता, गुरुवर।'' सीता बोलीं, ''क्या ऐसा नहीं हो सकता कि कला का साधक शस्त्र की साधना भी करे। आपके

इस आश्रम में काव्य और संगीत के साथ थोड़ा-सा समय शस्त्र-विद्या को क्यों नहीं दिया जा सकता।''

''मैं तुम्हारी बात का विरोध नहीं करता, पुत्रि!'' वाल्मीकि बोले, ''किंतु यदि ऐसा हो सकता, तो कदाचित् हम प्रत्येक कलाकार को पूर्ण मानव बना सकते। जो सच्चे कलाकार न्याय-अन्याय, कर्तव्य-अकर्तव्य तथा अपने सामाजिक दायित्व को समझ सकें और उन्हें कार्यान्वित कर सकें—ऐसे कलाकार दुर्लभ ही नहीं, अलभ्य भी हैं, वैदेही! कला की साधना बड़ी ईर्ष्यालु है। वह कलाकार को अन्य किसी भी दिशा में ताकने का अवकाश नहीं देती। कलाकार क्रमशः अपनी साधना में इतना डूबता चला जाता है कि वह अन्य प्रत्येक क्षेत्र की उपेक्षा कर देता है। संभवतः मेरे भीतर का कलाकार भी मेरे व्यक्तित्व को पूर्ण नहीं बनने देता, वह स्वयं अपने-आपको ही पूर्ण बनाना चाहता है। न मैं शस्त्र-विद्या का अभ्यास कर पाया, न अपने शिष्यों को करा पाया। परंतु मैं इसका विरोधी नहीं हूँ। संभव होने पर इस आश्रम में शस्त्राभ्यास भी कराया जाएगा।''

राम की दृष्टि मुखर के चेहरे पर जमी हुई थी। मुखर ने अपने कुलपति का स्पष्टीकरण सुना, किंतु उसके चेहरे पर अंकित विरोध अभी मिटा नहीं था।

राम बोले, तो उनका स्वर अत्यंत स्नेहिल था, ''मुझे लगता है, बंधु! कि तुम्हारे कुटुंब के साथ हुए अत्याचार ने तुम्हारे मन पर अमिट छाप छोड़ी है। वह छाप तुम्हारे मन में निरंतर घृणा उपजाती है; और वह घृणा तुम्हें शांत नहीं होने देती।''

मन की बात को प्रकट होते देख मुखर झेंपा, ''आपने ठीक समझा, आर्य! लज्जित हूँ, मेरे मन में घृणा का भाव आज भी जमा हुआ है। बहुत चाहने पर भी मैं अपने मन में सात्विक भावों को प्रतिष्ठित नहीं कर सका।''

सीता मुस्कराई, ''तुम ऐसा क्यों समझते हो, मुखर! कि यह घृणा सात्विक नहीं है।''

''देवि! हम घृणा को सात्विक कैसे कह सकते हैं?''

आश्रम की शांति की कुछ उपेक्षा करता-सा लक्ष्मण का किंचित् उच्च स्वर गूँजा, ''अन्याय के विरुद्ध मन में जो घृणा उपजे, वह काव्यशास्त्र में चाहे सात्विक भाव न हो, ब्रह्मचारी! किंतु ऐसी घृणा पूज्य है, पवित्र है, अलौकिक है। उसे तो कण-कण संचित करना चाहिए। यदि संसार में ऐसी घृणा न रहे तो अत्याचार से कौन लड़ेगा? इस घृणा के कारण तुम अपने-आपको विशिष्ट जन मान सकते हो। लज्जित होना मात्र अज्ञान है।''

''आर्य लक्ष्मण!'' मुखर अपने कोमल स्वर में बोला, ''आज हमारे परिवेश में रोज ही कोई-न-कोई अत्याचार होता है, प्रतिदिन मानवता की हत्या होती है। यह सारा ऋषि समुदाय, ब्रह्मचारी समाज, आचार्य और मुनि—सब देखते और सुनते हैं। वे लोग अत्याचार के समर्थक नहीं हैं; किंतु उनमें से किसी के भी मन में वैसी तीव्र

घृणा नहीं है, जैसी मेरे मन में है। यही मुझे सोचने को बाध्य करता है कि कहीं ऐसा तो नहीं कि मेरी प्रकृति ही अधम है; और शेष लोगों की सात्विक प्रकृति के कारण उनके मन में घृणा न उपजती हो।"

लक्ष्मण उत्तर में कुछ कहने को उत्सुक थे, किंतु राम ने बात का सूत्र पहले पकड़ा, "बंधुवर मुखर! अन्य ऋषि, मुनि, ब्रह्मचारी, आचार्य इत्यादि क्या सोचते हैं, मैं नहीं जानता। पर, मेरा विचार है कि परिवेश में होने वाले अत्याचारों को केवल सुनकर, उनकी सूचना प्राप्त कर, सामान्य व्यक्ति के मन में असहमति ही जन्म सकती है, उसके विरुद्ध तीव्र, ज्वलंत, उग्र विरोध उत्पन्न नहीं होता। हम सूचनात्मक धरातल पर ही उससे जुड़ते हैं, भावनात्मक धरातल पर उससे हमारा कोई संबंध नहीं होता। इसलिए तुम इस प्रकार सोचो कि दुर्भाग्य या सौभाग्य से वह अत्याचार तुम्हारे अपने सगे बंधु-बाँधवों के साथ हुआ। तुम निजी रूप से उस अत्याचार से पीड़ित हुए। इस प्रक्रिया ने तुम्हारे मन को इतना निर्मल तथा संवेदनशील बना दिया है कि तुम्हारे मन में भावनात्मक धरातल पर उस अत्याचार के विरुद्ध घृणा जन्म लेती है। शेष लोगों को ऐसा अवसर नहीं मिला। वस्तुतः कोई समुदाय निजी रूप से पीड़ित होकर अन्याय के विरुद्ध कम उठता है; व्यक्ति ही उसका अनुभव अधिक करता है। समुदाय व्यक्तियों का अनुसरण करता है। संभव है, इस व्यक्तिगत निजी लिप्ति के कारण ही तुम अत्याचार के विरुद्ध अपने आस-पास के समुदाय का नेतृत्व कर सको।"

"साधु, राम!" वाल्मीकि बोले, "तुम मुखर की आत्मग्लानि को दूर कर सकोगे। मैंने भी इसे तथाशक्ति समझाया था। पर, कदाचित् मैंने इस रूप में सोचा ही नहीं। यह भी प्रकृति का एक द्वंद्व ही है, पुत्र! अत्याचार से पीड़ित व्यक्ति सबसे अधिक दुःखी भी होता है, पर वही दुःख उसे अत्याचार के विरुद्ध लड़ने की शक्ति भी देता है। अतः अत्याचार का नाश करने के लिए, उसका ग्रास बनना भी आवश्यक है। जो जितना अधिक पीड़ित और शोषित होगा, उसके मन में अत्याचार और शोषण के विरुद्ध उतनी ही उग्र ज्वलंत अग्नि धधक उठेगी; और वह न्याय का भी उतना ही बड़ा समर्थक होगा। इसे प्रकृति का द्वंद्व न कहूँ तो क्या कहूँ—जो व्यक्ति जितना बड़ा अत्याचारी और शोषक है, वह जन-सामान्य में न्याय के लिए उतनी ही उद्दाम आग जला देता है।"

ऋषि मौन हो गए। कुटिया में स्तब्धता छा गई। सब अपने-अपने मन की किन्हीं तहों में खोए थे। बोल कोई भी नहीं रहा था।

संध्या के भोजन के लिए राम, सीता, लक्ष्मण तथा उनके साथी भरद्वाज-शिष्यों को, कुटिया से बाहर आना पड़ा। ऋतु अनुकूल होने के कारण भोजन की व्यवस्था खुले में की गई थी। सारे शिष्य पंक्तिबद्ध बैठे थे। विभिन्न जातियों के ब्रह्मचारियों, आचार्यों तथा कुलपति में कहीं कोई भेद नहीं था। भोजन सामग्री के रूप में ब्रह्मचारियों ने वन्य-फल तथा कंद-मूल परोस दिए थे।

"ऋषिवर!" राम ने कुलपति को संबोधित किया, "आपके शिष्य अधिकांशतः कला की एकांत साधना में लगे रहते हैं, वे जीविका-उपार्जन के लिए अन्य कोई कार्य करने का तो समय नहीं पाते होंगे?"

"तुम्हारा अनुमान ठीक है, राम!" वाल्मीकि बोले, "यह हमारी एक बड़ी कठिनाई है।"

"आप किसी राज्य से अनुदान की इच्छा नहीं रखते?"

"राज्य का अनुदान!" वाल्मीकि गहरी चिंता में पड़ गए, "अनेक बार सोचा है, राम! पर राज्याश्रय कलाकार की कला का काल है, पुत्र! राज्य के अनुदान का आरंभ में कदाचित् कोई विशेष लक्ष्य नहीं होता। वह कला को संरक्षण देता है, किंतु जब उसके संरक्षण में पलकर कला शक्ति अर्जित कर लेती है, तो संरक्षक राज्य उस शक्ति का उपयोग अपने पक्ष में करना चाहता है, जो कला के लिए काम्य नहीं है। राजाश्रय में पलकर, किसी राज्य का अनुदान लेकर, कलाकार को उस आश्रय तथा अनुदानदाता का ध्यान कला से भी अधिक रखना पड़ता है। ...पुत्र! अन्याय वहीं होता है, जहाँ सत्ता और धन होता है। कला का मूल धर्म अन्याय का विरोध है। कला जब सत्ता और धन के आश्रय में चली जाती है, तो अपने मूल धर्म से च्युत हो जाती है।"

"अर्थ यह है कि, "राम मुस्कराए, "जिसके आश्रम में कला पनप सकती है, वह उसी का विरोध करती है। राज्य कला को आश्रय देता है, तो वह उसके साथ ही अपने काल का भी आह्वान करता है।"

"हाँ, पुत्र!" वाल्मीकि बोले, "कलाकार विद्रोही होता है, और शासन विद्रोह नहीं चाहता। कलाकार और शासन सहमत हों तो कलाकार को ईमानदार न समझो। शासन द्वारा पूजे जाने वाले कलाकारों में वास्तविक कलाकार विरले ही होते हैं, अधिकांश भाँड मात्र होते हैं। इसीलिए मैंने अपने आश्रमवासियों तथा कला को किसी राज्य से जोड़ने, किसी शासन अथवा सत्ता से ग्रंथित करने का प्रयत्न नहीं किया। मैंने सदा चाहा है कि कला अपने बल पर विकसित हो, अपने पैरों पर खड़ी हो, यथासंभव आर्थिक रूप में भी स्वावलंबी हो। यदि ऐसा न हो सके, तो किसी राज्य से अनुदान लेने के स्थान पर वह जनता में अपनी जड़ें फैलाए। जन-सामान्य से अपने लिए प्राण-शक्ति अर्जित करे।"

"इसमें कोई कठिनाई नहीं है क्या?" सीता ने पूछा।

"पहले तो दिखाई नहीं पड़ी थी, किंतु अब उस ओर से क्रमशः चिंताएँ ही घेरती जा रही हैं।"

"कैसी चिंताएँ?" लक्ष्मण उत्सुक जिज्ञासा से उनकी ओर देख रहे थे।

वाल्मीकि थोड़ी देर मौन रहे, फिर बोले, "पुत्र! अभी उनका अग्रिम आभास पा रहा हूँ। जन-सामान्य में अपनी जड़ें फैलाने का परिणाम यह है कि हमें उनसे आर्थिक सहायता की आवश्यकता होती है। जब कलाकार, जनता की माँग के बिना,

उसके सम्मुख अपनी कला का प्रदर्शन करता है और उस प्रदर्शन का पारिश्रमिक चाहता है, तो धन-सामान्य उसे कलाकार न मानकर भिखारी मान बैठता है; और भीख के रूप में कला का मूल्य नहीं दिया जा सकता। धीरे-धीरे कलाकार निर्धन होता जाता है और उस निर्धनता और आर्थिक पराश्रितता के कारण, जनता उसकी कला का मूल्य और भी कम आँकती है। कलाकार का सामाजिक स्तर गिरता जाता है। जो समाज धन से व्यक्ति का मूल्य आँकता है, उसमें कलाकार निर्धन ही नहीं, अत्यंज, अस्पृश्य और शूद्र मान लिया जाता है। कला से आजीविका कमाने वाली, अनेक पूरी की पूरी जातियाँ इसी प्रकार हीन घोषित कर दी गई हैं।...यह चिंता मेरी आत्मा को घुन के समान खा रही है, राम! कि कहीं ऐसा तो नहीं कि मैं समाज के श्रेष्ठ युवकों को, कला का शस्त्र देकर, अपने से बलवान, अपने से अच्छा मनुष्य बनाने के स्थान पर, उन्हें सामाजिक दृष्टि से भिखारी अथवा अंत्यज बना रहा हूँ। ऐसा तो नहीं है कि मुझसे काव्य और संगीत की शिक्षा पाकर, मेरे ये शिष्य समाज के लिए अधिक उपयोगी नागरिक बनने के स्थान पर, गली-गली काव्य और संगीत का रस लुटाते हुए, हथेली फैलाकर गृहस्थों से भिक्षा माँगते फिरेंगे; और उनकी दृष्टि में कलाकार के स्थान पर घृणित जीव होकर रह जाएँगे। जब इनके लिए उस भविष्य की कल्पना करता हूँ, तो मुझे कला से, सामाजिक व्यवस्था से, और कहीं अपने-आपसे भी वितृष्णा होने लगती है।''

''क्या ऐसी कोई शासन-पद्धति नहीं, ऐसा कोई राज्य नहीं, कला जिसका समर्थन करे; और उस समर्थन के कारण राज्याश्रय उसके लिए भय का कारण न रहे?''

''कला सदा वामा होती है, राम!'' वाल्मीकि हँसे, ''गंतव्य प्राप्त होते ही गंतव्य नहीं रहता–वह आगे खिसक जाता है। कला अद्भुत महत्त्वाकांक्षिणी है। ऐसी कोई व्यवस्था नहीं, जिसमें कलाकार कोई त्रुटि न देख पाए।''

''तो इसका समाधान क्या हो, आर्य?'' लक्ष्मण अधीर हो उठे।

''समाधान ही तो अभी मैं खोज नहीं पाया, पुत्र! कला और राज्य के इस द्वंद्व में फँसा कलाकार कभी अपना धर्म नहीं निभा पाता, कभी अपने सम्मान की रक्षा नहीं कर पाता। मैं नहीं जानता कि अधिक घृण्य कौन है–वह कलाकार, जो राज्याश्रय पा, आर्थिक दृष्टि से अपने सम्मान की रक्षा कर, कला के साथ धोखा और बेईमानी करता है; अथवा कला के प्रति ईमानदारी का व्यवहार करने वाला, राज्याश्रय को ठुकराने वाला कलाकार, जो आर्थिक दृष्टि से पराश्रित होकर अपने परिवार को भूखा मारता है; और स्वयं अपनी तथा अपनी संतान की दृष्टि में घृणा और उपहास का पात्र बन जाता है।''

''इस द्वंद्व का अंत कब होगा, ऋषिवर?'' सीता ने पूछा।

''कला को आजीविका का साधन न बनाया जाए तो यह द्वंद्व है ही नहीं; और आजीविका का साधन बनी रही, तो कदाचित् यह द्वंद्व कभी समाप्त नहीं होगा।

कलाकार वही धन्य है, जो कला से कुछ माँगता नहीं—न धन, न यश; वरन् उसके लिए स्वयं को खपा देता है।''

ऋषि अत्यंत उदास थे।

5

प्रातः भरद्वाज-शिष्य अपने आश्रम लौट गए।

एक-एक धनुष, तूणीर तथा खड्ग साथ ले, शेष शस्त्रों की सुरक्षा का समुचित प्रबंध कर राम, लक्ष्मण और सीता अपने आश्रम के लिए स्थान चुनने निकले। स्वयं वाल्मीकि अपने कुछ शिष्यों को ले, उनके साथ-साथ मंदाकिनी के किनारे-किनारे घूमे। मंदाकिनी की गति अपने नाम के अनुरूप इतनी मंथर थी कि कहना कठिन था कि उसमें प्रवाह था भी या नहीं। पानी की गहराई भी अधिक नहीं थी। बिना घाट के भी, किसी भी स्थान पर जल भरने अथवा स्नान करने में कोई जोखिम नहीं था। मंदाकिनी के दोनों ओर ऊँचे कगार थे, किंतु पर्वत की चोटियों की ऊँचाई अधिक नहीं थी। पर्वत पथरीला भी नहीं था। ऊँचे-नीचे मिट्टी के ढूह जैसे अनेक टीले थे। आस-पास घने वन थे।

राम ने मंदाकिनी, पयस्विनी और गायित्री के संगम से थोड़ा इधर, कगार से हटकर, एक दीर्घ वृत्ताकार टीले को आश्रम के लिए पसंद किया। स्थान चुन लिये जाने पर कुटिया-निर्माण का वास्तविक कार्य आरंभ होना था, जिसका दायित्व लक्ष्मण पर था।

वाल्मीकि कुछ शिष्यों को पीछे छोड़, स्वयं लौट गए। उन्हीं शिष्यों के नेतृत्व में राम, लक्ष्मण और सीता वन के भीतर गए। और तब लक्ष्मण ने नियंत्रण सँभाल लिया। उन्होंने अपनी आवश्यकता बताई और लकड़ी के लिए स्वयं देख-भाल कर वृक्ष चुने।

कटाई आरंभ हुई।

सीता के हाथ में एक कुल्हाड़ी देकर, राम ने भी एक कुल्हाड़ी उठा ली। वाल्मीकि-शिष्यों के चेहरों पर हतप्रभता, विरोध और संकोच प्रकट हुए।

राम हँस पड़े, ''मित्रो! वनवासी का जीवन बिताना है तो वनवासी के ही समान काम भी करना पड़ेगा।''

''किंतु आर्य! देवी वैदही।''

''वे भी वनवासिनी हैं।...वैसे भी परिश्रम शरीर और मन को स्वस्थ और संतुलित रखता है।''

लक्ष्मण इस बीच कुछ नहीं बोले। वे जानते थे, राम एक नवीन जीवन पद्धति की ओर बढ़ रहे थे। उन्हें रोकना व्यर्थ था—रोकने की आवश्यकता भी क्या थी।

...वैसे भी लक्ष्मण के मन में अनेक प्रश्न तथा उनके समाधान के लिए अनेक योजनाएँ उथल-पुथल मचा रही थीं। आश्रम कैसा होगा?...एक कुटिया भैया और भाभी के लिए। एक कुटिया स्वयं लक्ष्मण के लिए। दोनों कुटीरों के बीच एक शस्त्रागार। शस्त्रागार के दो द्वार, जो दोनों कुटीरों में खुलते हों। एक कुटिया अग्निशाला के रूप में। एक कुटिया रसोई के लिए। एक कुटिया अकस्मात् आने वाले किसी अतिथि के लिए। बीच में एक खुला क्षेत्र; जहाँ वे इच्छुक वनवासियों को शस्त्राभ्यास करा सकें। थोड़ी-थोड़ी भूमि प्रत्येक कुटिया के पास शाक-भाजी तथा फूलों की क्यारियों के लिए...

आश्रम के चारों ओर बाड़ की भी आवश्यकता थी—जंगली पशुओं और शत्रुओं से सावधान रहने के लिए। फिर, उनके पास शस्त्र थे, जिनके कारण वे सुरक्षित थे; किंतु शस्त्रों के कारण ही उनके लिए जोखिम भी बढ़ गया था। शस्त्रों को छीनने अथवा उन्हें नष्ट करने के लिए भी उन पर आक्रमण हो सकता था।

इस सारी योजना को कार्यान्वित करने के लिए बहुत सारी लकड़ी चाहिए थी। उतनी लकड़ी एक ही दिन में नहीं काटी जा सकती थी, और फिर केवल लकड़ी ही नहीं काटनी थी। संध्या तक दो कुटीर अवश्य तैयार हो जाने चाहिए थे। शेष काम, वे धीरे-धीरे लकड़ी काटकर, करते रहेंगे।

पेड़ों पर ठकाठक कुल्हाड़ियाँ चल रही थीं।

सीता थककर, दम लेने के लिए, एक ओर बैठ पसीना सुखा रही थीं। ब्रह्मचारियों का विश्वास था कि योद्धा होने पर भी राम श्रमिक नहीं थे। अतः थोड़ी देर में वे भी थक जाएँगे। किंतु राम के चेहरे पर अथवा कुल्हाड़ी के आघात की प्रबलता में थकावट का कोई लक्षण नहीं था। शस्त्र-परिचालन के अभ्यास में किया गया श्रम, सहज ही उन्हें कुल्हाड़ी चलाने का बल भी दे रहा था। साधारणतः कोमल-सा लगने वाला राम का शरीर, श्रम की प्रगति के साथ-साथ फूलता जा रहा था। उनकी पेशियाँ दृढ़तापूर्वक अपना आकार प्रकट कर रही थीं तथा क्रमशः उनके प्रहार सधे हुए और सहज होते हा रहे थे।

लक्ष्मण का मन अपनी निर्माण योजनाओं में तथा आँखें, कटकर आई सामने पड़ी लकड़ी पर थीं। वे अपनी आवश्यकतानुसार उन्हें चीड़-फाड़ रहे थे, अलग-अलग नाप और गणना के अनुसार, उसका वर्गीकरण कर रहे थे।

सहसा लक्ष्मण का ध्यान अनजाने ही चरते हुए निकट आ गए हरिणों के झुंड की ओर चला गया। वे वन्य-मृग थे। किसी आश्रम के साथ उनका संबंध नहीं लगता था, नहीं तो इस घने वन में वे नहीं आते। उनके आगे-आगे एक आकर्षक काला हरिण था...लक्ष्मण को ध्यान आया, दोपहर के भोजन का प्रबंध भी अभी करना था। ...उनके अभ्यस्त हाथों ने धनुष पर बाण चढ़ाया और छोड़ दिया।

झुंड के भागने तथा काले हरिण के गिरने के कोलाहल से शेष लोगों का ध्यान उस ओर गया। लक्ष्मण को उस ओर बढ़ते देख ब्रह्मचारी भी हरिण के पास चले गए।

"साधु देवर!" सीता बोलीं, "तुम साथ आए हो, इनकी उपयोगिता तो आज मालूम हो रही है। आवास का प्रबंध करते-करते तुमने भोजन का प्रबंध भी कर दिया।"

"भाभी!" लक्ष्मण हँसे, "भोजन के संदर्भ में अपनी सीमा यहीं तक है। अब आगे का काम आप सँभाल लें। दो व्यक्ति सहायतार्थ साथ ले लें और जब तक हम लोग लकड़ियों का काम निबटाते हैं, तब तक आप इसे भूने लें।"

"अपने भैया का ध्यान रखना, "सीता मुस्कराईं, "कहीं मुझ पर यह आरोप न लगे कि मैं जान-बूझकर, लकड़ी काटने का कठिन काम छोड़, हरिण भूनने का सरल काम लेकर बैठ गई हूँ।"

"अरे, नहीं भाभी!" लक्ष्मण बोले, "और कौन इतना अच्छा भोजन पकाएगा। कृपया आप वही काम सँभालें। आज के अभियान का नायक मैं हूँ। कार्य-विभाजन मैं ही करूँगा।"

"नायक!" मुखर अपनी पंक्ति से आगे बढ़ आया, "देवी वैदेही की सहायता के लिए मैं स्वयं को प्रस्तुत करता हूँ। इस काम का कुछ अनुभव मुझे भी है।"

"ठीक है, मुखर!" लक्ष्मण बोले, 'अपने किसी मित्र को साथ ले लो।"

सीता के निर्देशानुसार मुखर, चेतन के साथ मिलकर हरिण को वहाँ से हटा, सुविधाजनक स्थान पर उठा ले गया। वहाँ उन्होंने उसका चर्म उतारा, उसके खंड किए, और लकड़ियों को व्यवस्थित कर, आग जलाई।

सीता बताती गईं और मुखर तथा चेतन उन मांस-खंडों के विभिन्न कोणों और पक्षों को आग पर रखते और उलटते-पलटते गए। आवश्यकतानुसार कभी-कभी सीता स्वयं भी उन खंडों का निरीक्षण कर, कोण परिवर्तित कर देतीं।

"देवी वैदही!" सहसा बीच में मुखर बोला, "सौमित्र ने जिस प्रकार इतनी दूर से एक ही बाण से इतने बड़े हरिण को मार गिराया, क्या वैसे ही वे राक्षसों को भी मार सकते हैं?"

सीता ने मुस्कराकर मुखर को देखा। वह लक्ष्मण की बाण-विद्या से बहुत चमत्कृत लग रहा था।

"सौमित्र इससे भी अधिक दूर से एक नहीं, अनेक उत्पाती राक्षसों को मार सकते हैं।" सीता बोलीं।

"कितना अच्छा होता, यदि मेरे पिता ने भी यह विद्या सीखी होती।" मुखर अपने अतीत में डूब गया, "तब मेरे सारे कुटुंब की राक्षसों के हाथों इस प्रकार निरीह हत्या न होती।" उसने रुककर क्षण-भर सीता को देखा, "देवी वैदेही..."

"तुम मुझे दीदी कहो, मुखर!" सीता के स्वर में ममता थी।

"दीदी!" मुखर की आँखें चमक उठीं, "मेरे पिता कहा करते थे कि उनकी लेखनी किसी शस्त्र से कम नहीं। गुरुदेव वाल्मीकि भी प्रायः यही कहते हैं। मुझे लगता है कि इसमें कहीं कोई भूल है। लेखनी किसी को प्रेरित कर शस्त्र उठवा सकती है, यह ठीक है। केंद्र में रह, लेखनी शस्त्रों द्वारा संरक्षित रह सकती है, यह भी ठीक है; किंतु लेखनी अपने-आप में शस्त्रों की स्थानापन्न नहीं हो सकती..."

अपनी बात का प्रभाव जानने के लिए, मुखर रुककर सीता की ओर देखने लगा।

"मुझे ऐसा लगता है, मुखर!" सीता बोलीं, "तुम अधिकांशतः लेखनी वालों के संसार में रहे हो, मैं शस्त्र वालों के संसार में। मैं अपने अनुभव से नहीं, केवल कल्पना के आधार पर, उनके परस्पर संबंध पर विचार कर सकती हूँ।"

"मैंने सुना है, दीदी..." चेतन कहते-कहते रुक गया। कदाचित् वह समझ नही पा रहा था कि इस संबोधन की अनुमति उसे भी है अथवा नहीं।

"हाँ! कहो-कहो।" सीता ने उसे प्रोत्साहित किया।

"मैंने सुना है, दीदी! राम, लक्ष्मण से भी बहुत अच्छे, अधिक शक्तिशाली तथा कुशल धनुर्धर हैं; और उन्होंने बहुत पहले अनेक राक्षसों का वध भी किया था।"

"तुमने ठीक सुना है, चेतन!" सीता मुस्कराईं, "राम के न्याय, शक्ति और कौशल को शब्दों में बाँधना कठिन है।"

"क्या राम अपनी यह विद्या दूसरों को भी सिखाएँगे?" चेतन का स्वर बहुत भीरु था।

"क्यों नहीं! यदि सुपात्र मिला तो अवश्य सिखाएँगे।"

चेतन आग में भुनते हुए मांस-खंड को परखने लगा। मुखर की आँखें क्षितिज पर टिक गईं। वह कुछ भी देख नहीं रहा था। वह सोच रहा था। उसके चिंतन के साथ-साथ, आँखों का शून्य भाव, क्षीण ज्योति में बदलता जा रहा था।

भोजन के पश्चात्, काटी गई लकड़ियों को लेकर, वे लोग नए आश्रम के लिए चुने गए स्थान पर आ गए। अब शक्ति और श्रम के स्थान पर कौशल की आवश्यकता थी। प्रत्येक व्यक्ति निरंतर काम करता दिखाई पड़ रहा था, किंतु लक्ष्मण सबसे अधिक व्यस्त थे। निर्माण-कार्य बड़ी शीघ्रता से हो रहा था। सूर्य से जैसे होड़ लगी हुई थी। अंततः लक्ष्मण सफल हुए। जिस समय तीन कुटीर बन तैयार हुए, सूर्यास्त में अभी समय था।

एक बार फिर से वाल्मीकि आश्रम की ओर यात्रा आरंभ हुई। अत्यंत सावधानी से सारा शस्त्रागार, नये आश्रम में स्थानांतरित किया गया; और राम, सीता तथा

लक्ष्मण ने अपने आश्रम में प्रवेश किया। बड़े कुटीर में राम तथा सीता का स्थान था, छोटा कुटीर लक्ष्मण के लिए था; और उन दोनों को मिलाने वाला मध्य कुटीर शस्त्रागार था। मध्य कुटीर में बाहर की ओर खुलने वाला न तो कोई द्वार था, न गवाक्ष। उसमें से एक-एक लघु द्वार राम-सीता तथा लक्ष्मण वाले कुटीरों में खुलता था।

व्यवस्था पूर्ण होने पर, वाल्मीकि-शिष्य अपने आश्रम की ओर लौट गए। उन्हें सूर्यास्त से पूर्व अपने आश्रम में पहुँचना था। उस दल के पीछे-पीछे, सबसे धीमी गति से चलने वाला व्यक्ति मुखर था।

रात को लक्ष्मण सोने के लिए अपनी कुटिया में चले गए तो राम ने सीता की ओर परीक्षक दृष्टि से देखा; क्या प्रतिक्रिया है सीता की, आज तक की घटनाओं के विषय में?

अयोध्या से बाहर, न यह पहला दिन था, न पहली रात। किंतु अब तक वे लोग चलते रहे थे। प्रत्येक दिन पिछले दिन से भिन्न था और प्रत्येक रात पिछली रात से। कोई असुविधा अधिक नहीं खटकती थी, क्योंकि अगला दिन उसी प्रकार कटने वाला नहीं था। आज से उनके जीवन में एक विराम आया था और एक सीमा तक स्थायित्व भी। वनवास की सारी अवधि उन्हें चित्रकूट में व्यतीत नहीं करनी थी; किंतु संभव है कि उन्हें यहाँ वर्ष-भर नहीं तो कुछ मास लग जाएँ। जाने कब अयोध्या के दूत भरत को बुलाने जाएँ। कैकेयी को भरत के युवराजाभिषेक की जल्दी है, इसलिए दूतों को भेजने में अधिक समय नहीं लगेगा। केकय राजधानी बहुत निकट नहीं है। दूतों को पहुँचने में कुछ समय लगेगा। फिर भरत के नाना उसे विदा करने में भी समय लगाएँगे ही। भरत लौटेंगे, उनका अभिषेक होगा, वे सत्ता हाथ में लेंगे, तब कहीं जाकर उनकी नीति स्पष्ट होगी। तब तक राम को चित्रकूट में रुकना होगा...

वनवास की अवधि में लक्ष्मण किसी प्रकार की असुविधा का अनुभव नहीं करेंगे—राम जानते थे—उन्हें केवल राम का संग मिल जाए तो वे मग्न हो जाते हैं; और यहाँ तो सामने एक लक्ष्य भी था। यह सारा चित्रकूट प्रदेश उनके सम्मुख था। यहाँ के लोगों से परिचय प्राप्त करना था। उनकी जीवन-पद्धति को समझना था, उनकी कठिनाइयों और समस्याओं को जानना था। विभिन्न आश्रमों की व्यवस्था और उनके शिक्षण-स्तर को परखना था। फिर प्रकृति एक चुनौती के समान उनके सामने खड़ी थी। पर्वत, नदी, वन, हिंस्र पशु; और जैसा कि भरद्वाज-आश्रम से ही सुनाई पड़ना आरंभ हो गया था कि इस क्षेत्र में राक्षसी अन्याय भी बढ़ता जा रहा था। लक्ष्मण इन सब में उलझे रहेंगे। उन्हें अयोध्या की याद नहीं आएगी, माता

की याद भी नहीं आएगी। जानने-सुनने को कुछ नया हो, करने को कुछ अपूर्व हो, सामने एक चुनौती हो, तो लक्ष्मण स्वयं को भी भूले रहते हैं...

पर सीता! चार वर्षों के दांपत्य जीवन में राम ने सीता को अच्छी प्रकार जाना-समझा था। किंतु, लोक-चिंतन कहता है कि स्त्री कोमल होती है, उसका मन कठिनाइयों से भागता है तथा वैभव और सुविधा की ओर झुकता है। सीता के आज तक के व्यवहार ने इस चिंतन का समर्थन नहीं किया था। वे सदा लोक-कल्याण की प्रवृत्ति की आरे झुकी थीं, किंतु आज से पहले तो राम उनके साथ इस प्रकार का कठिन वन्य-जीवन व्यतीत करने के लिए बाहर भी नहीं निकले थे। संभव है, इस कठिन जीवन में सीता को असुविधा हो...

''देवि सीते!'' राम का स्वर बहुत मृदु था।

सीता ने चौंककर पति की ओर देखा, ''क्या बात है, राम! आप मुझे 'प्रिये' नहीं कह रहे। इतने अतिरिक्त कोमल और शिष्ट क्यों हो रहे हैं? कहीं फिर से मुझे अयोध्या लौट जाने का प्रलोभनयुक्त उपदेश देने का विचार तो नहीं है?''

राम की आधी चिंता दूर हो गई। वे कुछ हल्के हुए और कुछ सहज भी।

''नहीं, प्रिये! अयोध्या लौटने को नहीं कहूँगा, किंतु यह पूछने की इच्छा अवश्य है कि इस वन्य-जीवन में कोई असुविधा तो नहीं? वन में आने का कोई पश्चात्ताप, कोई उत्तर-विचार, कोई पुनर्विचार...?''

''झगड़े की इच्छा तो नहीं?'' सीता सुहाग भरी मुस्कान अधरों पर ले आईं।

''नहीं!'' राम मुस्कराए, ''पर अपनी पत्नी की उचित देखभाल मेरा कर्तव्य है। इसलिए उसकी सुविधा-असुविधा को तो जानना होगा। जो राम सीता से विवाह कर उसे अपने घर लाया था, वह अयोध्या का संभावित युवराज था, वनवासी नहीं। मेरे मन में एक अपराध-भावना है, प्रिये! कि मैं तुम्हें और लक्ष्मण को तुम लोगों के प्रेम का दण्ड दे रहा हूँ।''

सीता पुनः मुस्कराईं, ''प्रेम तो अपने-आप में एक दण्ड है। प्रेम किया है, तो उसका दण्ड भी स्वीकार करना ही होग। वह कोई नई बात तो नहीं। किंतु एक असुविधा मुझे है।...''

''क्या?'' राम ने उत्सुकता से पूछा, ''वही तो मैं भी जानना चाह रहा हूँ।''

सीता गंभीर हो गईं, ''यदि चौदह वर्षों तक मेरे पति मुझसे इसी प्रकार औपचारिक व्यवहार करते रहे; और एक भले आतिथेय के समान पग-पग पर मेरी असुविधाओं के विषय में पूछते रहे, तो मुझे भय है कि मैं अपने-आपको भी पराई लगने लगूँगी...''

राम जोर से हँस पड़े।

''मैं आपके साथ इसलिए आई थी कि हमारे बीच राजप्रासाद और राज-परिवार की सारी औपचारिकताएँ समाप्त हो जाएँगी। मैं अपने पति के लिए सघन जनसंख्या

वाले प्रदेश की इकाई न होकर, उनके इतनी निकट होऊँगी कि वे अनेक कामों के लिए मुझ पर निर्भर होंगे। हम दोनों सहज रूप में दो साथियों के समान कार्य करेंगे। मैं उन्मुक्त प्रकृति के बीच अपने प्रिय के साथ, जीवन के नये आयाम देखूँगी, और आत्म-निर्भर इकाई के रूप में, समाज के लिए कुछ उपयोगी हो सकूँगी।..."

राम आगे बढ़ आए। उन्होंने सीता के कंधों पर हाथ रख दिए, "यही होगा, प्रिये! यही होगा। जाने क्यों मैं कभी-कभी विभिन्न संभावनाओं पर विचार करते-करते कोई ऐसी बात सोचने लगता हूँ, जिसमें स्वयं मुझे भी अपनी पत्नी की उदात्तता समझने में कठिनाई होने लगती है," उन्होंने सीता को अपनी बाँहों में भर लिया, "मुझे लगता है, सीते! व्यक्ति कितना ही दृढ़, निश्चित तथा आत्मविश्वासी क्यों हो, यदि वह मनुष्य है तो उसके जीवन में कभी-न-कभी तो दुर्बल क्षण आते ही हैं—जब वह आशंकित होता है, असंभव संभावनाओं की कल्पना करता है तथा स्वयं अपने संबंधों पर संदेह करता है।"

"प्रिये! ऐसे ही क्षणों में बल देने के लिए, सीता तुम्हारे साथ आई है।" सीता ने अपना सिर राम के वक्ष पर टिका दिया।

"तो ऐसा ही हो, प्रिये! कल से तुम्हारा नया जीवन आरंभ हो। कल प्रातः से तुम वनवासिनी वैदेही बन जाओ; एक स्वतंत्र, आत्मनिर्भर व्यक्ति; राम के साधारण जीवन की संगिनी और सहगामिनी।"

सीता ने मस्तक उठाकर, दुलार से राम की ओर देखा।

राम मुग्ध हो उठे।

सवेरे राम ने लक्ष्मण को लगाया, "उठो, सौमित्र! सावधान हो जाओ। मैं और सीता मंदाकिनी पर जा रहे हैं।"

वे दोनों कुटिया से निकल आए। बाहर निकल सीता ने उस चमत्कारपूर्ण उषा को मन भरकर देखा। उनकी गति चपल तथा उत्फुल्ल थी। वे कभी राम के साथ चल रही थीं और कभी राम से दो डग आगे। टीले की ढाल पर दौड़ने में वैसे भी कोई परिश्रम नहीं था।

"सुबह की सैर के लिए ऐसे तो हम अकेले पहले कभी नहीं निकले। सामान्य जन होना भी कितना सुविधाजनक है।" सीता बोलीं, "ऋतु कितनी मोहक है।"

"प्रसन्न हो?"

"बहुत!"

"तो मंदाकिनी से पूछ लो, ऋतु कितनी मोहक है।" राम बोले, "यहाँ घाट नहीं है। सँभलकर आना। कहीं-कहीं नदी अप्रत्याशित रूप से गहरी भी हो सकती है।"

सीता ने राम के पीछे-पीछे जल में प्रवेश किया।

"यहाँ और कोई नहीं आएगा?"

"आना निषिद्ध तो नहीं।" राम बोले, "यह अयोध्या का राजघाट नहीं है, जिस पर आज्ञा द्वारा प्रतिबंध लगाया जा सके। पर किसी के आने की संभावना कम ही है। आस-पास आबादी प्रायः नहीं है। जहाँ आश्रम अथवा ग्राम होंगे—मंदाकिनी उनके पास से ही बहती होगी। उनकी आवश्यकता वहीं पूरी होती होगी, वे यहाँ नहीं आएँगे।"

"अयोध्या में सरयू हमारी होते हुए भी हमारी नहीं थी। मंदाकिनी हमारी न होते हुए भी हमारी है। राजनीतिक अधिकार से प्राकृतिक अधिकार कितना अधिक सहज है।"

"अधिकार तो सारा धरती का है।" राम बोले, "स्वयं को धरती की संतान बना लेने पर सारे अधिकार प्राप्त हो जाते हैं।"

सीता की उत्फुल्लता क्रमशः विकसित होती गई। वे मुक्त रूप से जल में बढ़ती गईं। मंदाकिनी के सहज प्रवाह में तैरना कितना अच्छा लग रहा था—न कोई बंधन, न नियंत्रण, न प्रतिरोध। जी चाहता था, धारा के साथ तैरती-तैरती दूर तक निकल जाएँ।

वे तेजी से तैरती हुई, राम के पास से निकल गईं, "राम! मुझे पकड़ो!"

राम ने सीता को देखा—पिंजरे के छूटे पक्षी ने, खुला आकाश मिलते ही पंख खोल, उड़ानें भरनी आरंभ कर दी थीं। उसकी सारी आशंकाएँ सर्वथा निर्मूल थीं। सीता का ऐसा उल्लास तो उन्होंने पहले कभी नहीं देखा था।

उन्होंने अपनी गति बढ़ाई। अगले ही क्षण वे सीता के समीप थे, "पकड़ूँ?"

सीता ने ढेर सारा पानी उनकी ओर उछाल दिया और खिलखिलाकर आगे बढ़ गए, "अरे, युवराज की मर्यादा को क्या हो गया! साधारण जन के समान अपनी पत्नी के पीछे भाग रहे हैं!"

"अपनी पत्नी के पीछे भागने वाला साधारण जन होता है, और दूसरों की पत्नियों के पीछे भागने वाला विशिष्ट जन?" राम हँसे।

"परंपरा तो यही है।" सीता खिलखिलाईं, "वैसे भी समर्थ जन कब अपनी पत्नियों के पीछे भागे हैं?"

"पत्नी के पीछे भागना तो पुरुष-मात्र की नियति है, देवी! विशेषकर रघुवंश में। और तुम तो मेरी प्रिया भी हो।"

राम ने आगे बढ़कर मार्ग छेक लिया, "लौट चलें? सौमित्र प्रतीक्षा कर रहे होंगे।"

"चलो। पर संध्या समय फिर आएँगे। तैरना बहुत अच्छा लग रहा है।"

"अवश्य।"

किनारे पर आ उन्होंने सूखे वस्त्र पहने।

अपने आश्रम की दिशा के कगार की ओर मुड़ने से पहले सीता ने एक दृष्टि मंदाकिनी के जल पर डाली। दूसरे तट पर, पानी से लगकर खड़ा वह कुबड़ा अर्जुन वृक्ष कितना अच्छा लग रहा था। उसकी डालें प्रवाह के ऊपर तक झुक गई थीं, और पत्ते पानी को छू रहे थे। तैरते हुए सीता उसके पास से निकली थीं, तभी उन्हें इस वृक्ष ने आकर्षित किया था।...और उनकी अपनी ओर के तट पर टिटिहरियों का वह जोड़ा...किंतु कुछ दूर पर यह क्या था?...कोई मानव आकृति थी। हाँ, स्पष्ट हो गया। घड़ा भरती हुई कोई भील-कन्या थी।

"आप चलें! मैं अभी आती हूँ।"

राम अकेले अपने आश्रम की ओर बढ़े। सीता कदाचित् उस भील किशोरी से परिचय करना चाहती थीं। वे लोग आश्रम के इतने निकट थे कि सीता को अकेली छोड़ने में किसी संकट की संभावना नहीं थी।

सीता को अपनी ओर आते देख, भील किशोरी रुक गई। उनके निकट आने पर कुछ ठिठकी; फिर जैसे साहस कर हल्के से बोली, "देवि! आपको पहले तो कभी नहीं देखा।"

सीता मुस्कराईं, "मैं देवी नहीं, दीदी हूँ। समझीं? तुम्हारा क्या नाम है?"

"मैं सुमेधा हूँ।" किशोरी की प्रगल्भता कुछ सकुचा गई।

"सुंदर नाम है। किसने रखा है तुम्हारा नाम?"

"ऋषि वाल्मीकि ने।" सुमेधा बोली, "बाबा कहते हैं, पहले ऋषि का आश्रम हमारे गाँव के बहुत निकट था, तब हम उनके आश्रम में बहुत आया-जाया करते थे। वे मुझसे बहुत स्नेह करते थे।"

"ऋषि ने अपना आश्रम क्यों हटा लिया?" सीता ने पूछा।

"राक्षस लोग रोज झगड़ा करते थे। ऋषि की साधना में विघ्न पड़ता था। ऋषि उत्तर की ओर हट गए।"

सीता के लिए यह नई सूचना थी। चकित होकर बोलीं, "और तुम्हारा गाँव?"

"गाँव में गड़बड़ होती रहती है।" सहसा सुमेधा कुछ भयभीत और व्याकुल हो उठी, "दीदी! मुझे पानी ले जाना है। फिर बताऊँगी।"

वह चल पड़ी, किंतु कुछ ही क्षणों के बाद लौटी, "आप कहाँ रहती हैं?"

"वह ऊपर टीले वाला आश्रम हमारा है।" सीता ने इंगित किया, "कब आओगी?"

"दोपहर को।" सुमेधा घड़ा उठाए, भागती चली गई।

सीता उसके आकस्मिक भय और व्याकुलता को समझने का प्रयत्न करती हुई लौट आईं।

प्रातःकालीन कार्यों से निवृत्त हो लक्ष्मण ने कुल्हाड़ी सँभाली और पिछले दिन लाई गई लकड़ियों में व्यस्त हो गए।

"नायक! मेरा कर्तव्य भी बता दें।" सीता बोलीं।

"भाभी! आज आपका और भैया का इस निर्माण में कोई काम नहीं है। मेरी ओर से आप मुक्त हैं।"

"तो मैं क्या करूँ?" सीता ने जैसे अपने-आपसे प्रश्न किया।

"तुम्हारी शस्त्र-शिक्षा आरंभ होगी।" राम बोले, "जाओ, शस्त्रागार में से एक धनुष, एक तूणीर और दो खड्ग ले आओ।"

राम ने धनुष तथा खड्ग का चुनाव सीता पर छोड़ दिया था। सीता शस्त्रागार के भीतर गईं तो उनके मन में अनेक प्रश्न उठ खड़े हुए—क्या राम यह मानकर चल रहे हैं कि सीता को शस्त्रास्त्रों के प्रकारों तथा वर्गों का आरंभिक ज्ञान है? अथवा वे ऐसे आरंभिक ज्ञान को इस प्रशिक्षण के लिए आवश्यक नहीं समझते?

उन्होंने एक धनुष उठाया, किंतु उठाते ही लगा कि धनुष भारी था; चलाने के लिए बहुत देर तक उसे हाथों में उठाए रखना सीता के लिए संभव नहीं होगा। यदि वे उसे उठाए भी रहेंगी तो अधिकांश बल और ध्यान धनुष को उठाए रखने में ही लगा रहेगा; लक्ष्य-संधान के लिए न तो बल बचेगा, न बुद्धि। इस प्रकार के भारी धनुष से लक्ष्य-संधान सीखना तो एक विदेशी भाषा में ज्ञान प्राप्त करना है—सारी बुद्धि भाषा को सीखने में ही लग जाएगी, विषय तक पहुँचने का तो अवकाश ही नहीं होगा।

एक अपेक्षाकृत हल्का धनुष सीता ने अपने लिए पसंद किया और एक हल्का-सा खड्ग। राम के लिए उन्होंने एक भारी खड्ग उठाया; किंतु दूसरे ही क्षण उसे वापस रख दिया। प्रशिक्षण बराबर भार के शस्त्रों से हो, तो अच्छा है।

बाहर आकर, उन्होंने अपने मन में गूँजते प्रश्न राम के सम्मुख रख दिए।

राम मुस्कराए, "शस्त्रों का चुनाव प्रशिक्षण के लिए अत्यंत महत्त्वपूर्ण है, सीते! मैंने उनका चुनाव तुम पर छोड़कर देखना चाहा था कि कहीं तुम गलत शस्त्रों का चुनाव तो नहीं करतीं। शस्त्र अपने-आप में बहुत महत्त्वपूर्ण होता है, किंतु उससे भी महत्त्वपूर्ण शस्त्र का चुनाव होता है। शस्त्र का चुनाव दो दृष्टियों से होना चाहिए—प्रथम, शस्त्र-परिचालन की दक्षता तथा द्वितीय, शत्रु के शस्त्र का आकार-प्रकार। वैदेही! ऐसे शस्त्रों से युद्ध करने का कोई लाभ नहीं, जो अपने-आप में श्रेष्ठ तो हों, किंतु हम उनका परिचालन दक्षता एवं सुविधा से न कर सकें। इसका बहुत अच्छा उदाहरण जनकपुर में रखा हुआ शिव-धनुष था। अपने-आप में वह शस्त्र अत्यंत श्रेष्ठ तथा सक्षम था; किंतु यदि सम्राट् सीरध्वज उससे युद्ध करने जाते तो कोई लाभ न होता। उतना बड़ा धनुष होते हुए भी, वे निःशस्त्र सरीखे ही रहते। ठीक है?"

सीता ने सहमति में सिर हिला दिया।

"दूसरी बात शत्रु की प्रहारक शक्ति की है।" राम ने अपनी बात आगे बढ़ाई, "यदि शत्रु के पास धनुष है तो हमारा खड्ग बहुत काम नहीं आएगा। हमें अपने

शस्त्र के चुनाव में सावधान रहना चाहिए कि हम उसके प्रहार को रोक भी सकें और अपनी प्रहारक शक्ति उससे अधिक भी सिद्ध कर सकें।...अब तुम अभ्यास आरंभ करो।''

सीता बाण चलातीं और राम उसमें हुई त्रुटियाँ समझाकर, दूसरा बाण चलाने को कहते। कभी-कभी धनुष वे अपने हाथ में ले लेते और स्वयं बाण चलाकर बताते।

धनुष-बाण के पश्चात् खड्ग् की बारी आई। सीता ने खड्ग पकड़ना, उसे सँभालना, बाहु-संचालन तथा प्रहार की विभिन्न मुद्राओं का अभ्यास किया।

दोपहर को शस्त्र-शिक्षा का कार्य स्थगित हुआ तो लक्ष्मण ने भी अपना हाथ रोक लिया। उनकी अतिथिशाला का निर्माण पूरा हो चुका था।

भोजन के पश्चात् राम अपना आश्रम छोड़, टीले से नीचे उतर आए। वे मंदाकिनी के तट के साथ-साथ आगे बढ़ते गए। उनका लक्ष्य यहाँ के भूगोल को समझना तथा आस-पास के लोगों का परिचय प्राप्त करना था किंतु अपने आश्रम से बहुत दूर वे नहीं जाना चाहते थे। यद्यपि आश्रम में लक्ष्मण उपस्थित थे; और उनके रहते किसी प्रकार की आशंका नहीं थी—फिर भी परिवेश से भली प्रकार परिचित हुए बिना वे अधिक दूर नहीं जाना चाहते थे।

लगता था, मंदाकिनी के इस तट पर, दूर तक कोई ग्राम या आश्रम नहीं था। किंतु दूसरे तट पर कुछ हलचल थी, जैसे कुछ लोग उधर रहते हों उनकी वेशभूषा तपस्वियों जैसी थी। संभवतः उधर कोई आश्रम था।

राम ने अपने शस्त्र कसे; धनुष और तूणीर को अच्छी प्रकार पीठ पर बाँधा; और जल में उतर गए। पानी गहरा नहीं था और प्रवाह भी तेज नहीं था—यह उन्होंने प्रातः नहाते हुए ही देख लिया था। जिस स्थान से वे नदी पार कर रहे थे, वहाँ जल और भी उथला था। बहुत थोड़ा-सा तैरकर, और अधिकांश पैदल चलकर, उन्होंने नदी पार की। किंतु, दूसरे तट पर पहुँचकर वे कुछ ठगे-से खड़े रह गए। वहाँ मनुष्य के आवास का कोई चिह्न नहीं था। नदी के तट पर न कोई नाव थी, न घाट जैसा कोई आभास। तट से कुछ हटकर बहुत ऊँचा कगार था, जिस पर घने वृक्ष थे। ऊपर तक जाने के लिए कोई पगडंडी भी नहीं थी, जिससे कोई संकेत मिलता।

किंतु उन्हें धोखा नहीं हो सकता—राम ने सोचा—उन्होंने अपने तट से इस स्थान पर तपस्वियों जैसी कुछ आकृतियाँ हिलती-डुलती देखी थीं। वे कुछ देर तक खड़े सोचते रहे। और तब उन्होंने ऊपर कगार तक जाने का निश्चय किया।

पगडंडी के अभाव में कगार पर चढ़ना सरल नहीं था, किंतु पानी के द्वारा बनाए गए कटावों की सहायता से वे ऊपर चढ़ते गए। कगार पर पहुँचकर उन्होंने स्वयं को घने वन के सम्मुख पाया।

आश्रम के समीप के वृक्ष कुछ कटे-छँटे होते हैं, किंतु यहाँ लगता था, कभी किसी ने कोई टहनी भी नहीं छुई।...पर राम की दृष्टि को धोखा नहीं हुआ था। उन्होंने निश्चित रूप से इस ओर मानव-आकृतियाँ देखी थीं तो क्या वे लोग इतनी सावधानी से रहते है कि किसी बाहरी व्यक्ति को उनके यहाँ रहने का आभास भी न मिले? वन के प्राकृतिक स्वरूप की सायास रक्षा की जा रही थी?...

राम ने वृक्षों के बीच से होकर वन में प्रवेश किया।

घने वृक्षों की पंक्तियों के पीछे भूमि ढालू हो गई थी, और आश्रम के चिह्न प्रकट हो गए थे। निश्चित रूप से आश्रम के कुलपति अत्यंत सावधान व्यक्ति थे। उन्होंने अपने आश्रम के लिए वन में यह स्थान ढूँढा था, जहाँ प्रकृति छिपने में उनकी सहायता कर रही थी।

आश्रम में प्रवेश करने से पूर्व, राम के सम्मुख, फिर उनके शस्त्रों की समस्या आ खड़ी हुई। उन्हें बाहर ही खड़े रहकर प्रतीक्षा करनी होगी।...किंतु उन्हें प्रतीक्षा नहीं करनी पड़ी। कदाचित् उन्हें आश्रम की ओर आते देख लिया गया था। निश्चित रूप से आश्रमवासी अपनी सुरक्षा के विषय में काफी सावधान थे।

एक ब्रह्मचारी ने आशंकित मुख-मुद्रा से उनका स्वागत किया, ''पधारें, आर्य! आप इस प्रदेश में नये आए लगते हैं। आपको यहाँ पहले कभी नहीं देखा गया।''

राम ने उस आशंकित स्वागत को तनिक विस्मय से देखा और अपनी कठिनाई उसके सामने रखी, ''भद्र! मैं राम, शस्त्रधारी क्षत्रिय हूँ। अपरिचित प्रदेश के कारण अपने शस्त्र त्याग नहीं सकता। फिर भी कुलपति के दर्शन करना चाहता हूँ।''

''आपका स्वागत है, आर्य!'' ब्रह्मचारी ने मार्ग दिखाया, ''कुलपति आपकी प्रतीक्षा कर रहे हैं।''

राम को एक वृद्ध तपस्वी के सम्मुख उपस्थित किया गया।

''भद्र राम! कालकाचार्य के आश्रम में तुम्हारा स्वागत है!'' तपस्वी ने राम के अभिवादन का उत्तर देकर कहा, ''मेरी सूचनाओं के अनुसार तुम अयोध्या के निर्वासित राजकुमार हो और अपने वनवास का समय व्यतीत करने यहाँ आए हो। ये सूचनाएँ मुझे कल मिली थीं, जब तुम अपने आश्रम के लिए स्थान का चुनाव कर रहे थे। किंतु वत्स! यह स्थान तुम्हारे लिए निरापद नहीं है।''

कुलपति की सावधानी और सचेतता से राम प्रभावित हुए। बोले, ''आर्य कुलपति! निरापद नहीं है, इसीलिए शस्त्र साथ लेकर चलता हूँ। और शस्त्रधारी क्षत्रिय किसी भी स्थान को अपने लिए निरापद नहीं मानता।...वैसे आपकी इस धारणा का कारण जान सकता हूँ?''

''यह प्रदेश राक्षसों के आधिपत्य में है, ऐसा तो नहीं कहूँगा।'' कालकाचार्य बोले, ''किंतु राक्षस-प्रभावित अवश्य है। ऋषि-आश्रमों के अतिरिक्त भीलों के असंख्य

ग्राम भी हैं, किंतु इच्छा राक्षसों की ही चलती है। यहाँ दिन-प्रतिदिन राक्षस-तंत्र प्रबल होता जा रहा है। तुम्हारे शस्त्र देखकर राक्षस भड़केंगे, राम! क्योंकि वे प्रत्येक शस्त्रधारी को अपना शत्रु मानते हैं। तुमसे मिलने-जुलने वाले प्रत्येक व्यक्ति पर उनकी वक्र दृष्टि पड़ेगी, वत्स! तुम्हारी युवती पत्नी किसी भी प्रकार सुरक्षित नहीं है।''

राम अपनी आँखों से कालकाचार्य को तोलते रहे—एक भीरु बुद्धिजीवी उनके सामने बैठा था।

''आर्य शस्त्र को विपत्ति का कारण समझते हैं?''

''हाँ, पुत्र! शस्त्र तुम्हारी रक्षा कम करेगा, जोखिमों को आमंत्रित अधिक करेगा। इसीलिए मैं अपने आश्रम में शस्त्र-प्रशिक्षण की अनुमति नहीं देता।''

''एक व्यक्तिगत प्रश्न पूछना चाहता हूँ।'' राम ने कालकाचार्य की आँखों में देखा, ''अन्यथा तो न मानेंगे?''

कालकाचार्य की आँखों में क्षण-भर के लिए परेशानी झलकी; उन्होंने स्वयं को नियंत्रित किया, ''पूछो।''

''यह स्थान निरापद नहीं है तो आर्य कहीं अन्यत्र क्यों नहीं चले जाते? तपस्वी का जीवन छोड़ नागरिक क्यों नहीं बन जाते?''

कालकाचार्य की आँखें उदास हो गईं, ''पुत्र! अनेक कार्य ऐसे होते हैं, जिनका दो-टूक कारण नहीं बताया जा सकता। अब तुमसे क्या कहूँ—स्वभाव से तपस्वी हूँ, कुछ और हो ही नहीं सकता। तपस्वी नगरों में नहीं बसते; और राम! जन्मभूमि छोड़ अन्यत्र किसी अपरिचित स्थान में बसने का उद्यम भी जुटा नहीं पाता।'' वे सायास मुस्कराए, ''कायर नहीं हूँ, भीरु हूँ, और अतिरिक्त रूप से सावधान भी।''

राम के जाने के पश्चात् लक्ष्मण फिर से अपने निर्माण-कार्य में जुट गए। गृहस्थी का कोई छोटा-मोटा कार्य भी सीता के पास नहीं था। सोच ही रही थीं कि वे प्रातः प्राप्त की गई शस्त्र-विद्या का अभ्यास करें या लक्ष्मण के न चाहने पर भी उनके निर्माण-कार्य में सहायता करें।...

तभी सुमेधा आश्रम की ओर आती दिखाई पड़ी। सीता को सहज सुमेधा का अकस्मात् ही व्याकुल होकर भाग जाना याद आ गया...

''सवेरे तुम इतनी जल्दी भाग क्यों गईं, सुमेधे?'' पास आने पर सीता ने पूछा, ''मुझे लगा कि तुम कुछ भयभीत भी थीं।''

''ओह, दीदी!'' सुमेधा बोली, ''मुझे स्वामी के लिए जल ले जाना था न। देर हो जाती तो वह मार-मारकर मेरी हड्डियाँ तोड़ देता।''

''तुम्हारा पति?''

'नहीं, दीदी!'' सुमेधा कुछ संकुचित हुई, ''स्वामी! मेरा स्वामी, मेरे पिता का स्वामी, इस वन का स्वामी...''

सीता चकित थीं, "क्या कह रही हो, सुमेधे? एक मनुष्य दूसरे मनुष्य का स्वामी कैसे हो सकता है! कुछ स्थानों पर स्त्रियाँ अपने पति को 'गृह-स्वामी' के स्थान पर 'स्वामी' कहती हैं, किंतु वह संबोधन मात्र है। स्नेह और प्रेम जताने की विधि है। प्रत्येक मनुष्य स्वतंत्र व्यक्ति के रूप में जन्म लेता है और स्वतंत्र रूप से जीवन-यापन करता है। उसका कोई स्वामी कैसे हो सकता हैं! क्या तुम्हारे यहाँ अभी तक दास-प्रथा प्रचलित है?"

"हाँ!" सुमेधा अत्यंत सरल भाव से बोली, "ऐसी ही बातें ऋषि वाल्मीकि ने भी हमारे गाँव के कुछ लड़कों को सिखाई थीं। लड़कों ने इन बातों को सच मान लिया था और स्वामी से झगड़ पड़े थे। स्वामी ने उन सबको बाँधकर कोठरी में डाल दिया था; और यातना दे-देकर एक-एक को मार डाला। बाद में उसने ऋषि के आश्रम के कुछ लोगों के हाथ-पैर भी तोड़ दिए थे। अब हमारे ग्राम में इन बातों पर कोई विश्वास नहीं करता। भला सब लोग समान कैसे हो सकते हैं—राक्षस राक्षस हैं और भील भील।"

"तो तुम्हारा स्वामी राक्षस है?" सीता ने कुछ भाँपते हुए पूछा।

"हाँ, दीदी! पहले किरात था; पर जब से धनवान हुआ है, राक्षस हो गया है। और अब दिन-प्रतिदिन उसका धन भी बढ़ रहा है और बल भी।"

"पर वह इस वन का स्वामी कैसे हो गया? क्या वन उसने उगाया है, या यह धरती उसने बनाई है? धरती उस पर रहने वालों की सामूहिक संपत्ति है। वन, नदियाँ, पर्वत तथा खानें—संपूर्ण समाज की संपत्ति होती हैं। शासक जनता की ओर से उनका प्रबंध करता है।"

सुमेधा जोर से हँस पड़ी, "तुम्हारी बात कोई नहीं मानेगा, दीदी! कोई भी नहीं। किसको अपनी जान प्यारी नहीं है। किसे अपनी हड्डियाँ तुड़वानी हैं।"

"अच्छा! तुम लोग इसके दास क्यों हो?" सीता ने बातों की दिशा मोड़ी।

"मेरे पिता को किसी अपराध के लिए स्वामी ने आर्थिक दण्ड दिया था। पिता के पास धन नहीं था। स्वामी ने ही पिता को ऋण दिया। पिता वह ऋण चुका नहीं पाए हैं। इसलिए वे स्वामी के दास हुए, उनकी पत्नी होने के कारण मेरी माँ और पुत्री होने के कारण मैं उनकी दासी हुई। दासों की संतान भी तो दास ही होती है।"

सुमेधा अपना ज्ञान प्रदर्शित कर प्रसन्न थी।

"तुम और तुम्हारे माता-पिता—तीनों क्या काम करते हो?"

"जो स्वामी कहें।" सुमेधा ने बताया, "पानी लाना। जमीन खोदना। पेड़ काटना। खाना पकाना। बर्तन माँजना। स्वामी और उसके परिवार की सेवा करना। जो भी स्वामी कहें।"

"तुम्हारा विवाह होगा?"

सुमेधा फिर संकुचित हो गई, ''यह तो स्वामी की इच्छा पर है। वे चाहें मेरा विवाह कर दें। वे चाहें मुझे किसी को दे दें। वे चाहें मेरा भोग करें। वे चाहें मुझे खा जाएँ...''

सीता हतप्रभ-सी बैठी सुमेधा को देखती रहीं। यह लड़की कितनी सहजता से यह सब कह रही है। न केवल कह रही है, सब-कुछ स्वीकार भी कर रही है। और उसे कहीं यह बोध नहीं है कि यह गलत है, यह अन्याय है, इसका विरोध होना चाहिए...और यह लड़की यहाँ के जन-सामान्य की प्रतीक है।...सीता समझ नहीं पा रही थीं कि सुमेधा को कैसे समझाएँ। उससे तर्क करें, उसे बल दें, उपदेश दें, धिक्कारें...

''अच्छा! मैं चलूँ, दीदी!'' सुमेधा उठ खड़ी हुई।

''सुनो, सुमेधा!'' उसके उठ खड़े होने से सीता चौंक उठीं, ''मेरा एक काम करना, बहन। मेरे पास कोई घड़ा नहीं है। पत्तों के दोनों में पानी लाने में काफी असुविधा रहती है। मुझे एक घड़ा कहीं से ला दोगी? तुम्हारे ग्राम में कोई कुंभकार है क्या?''

''हाँ, दीदी! मैं कुंभकार को ही तुम्हारे पास भेज दूँगी। अपनी इच्छा के अनुसार घड़ा बनवा लेना।...अच्छा, दीदी!''

सुमेधा बिना उत्तर की प्रतीक्षा किए, चपलतापूर्वक भाग गई।

संध्या से पूर्व राम लौट आए। लक्ष्मण ने तब तक अतिथिशाला भी बनाकर पूरी कर दी थी।

''भारी परिश्रम किया है, सौमित्र, तुमने!'' राम बोले, ''तनिक भी विश्राम नहीं किया क्या?''

''काम करना अच्छा लग रहा है।'' लक्ष्मण बोले, ''विश्राम तो थकान के बाद होता है। थकान तो मुझे अभी हुई ही नहीं।''

''तुमने क्या किया, प्रिये?''

सीता क्षण-भर कुछ सोचती मौन बैठी रहीं, फिर धीरे से बोलीं, ''मैंने कुछ किया या नहीं, कह नहीं सकती; पर वह लड़की अनायास ही मेरा ज्ञान बढ़ा गई है...''

सुमेधा के साथ हुई बातचीत सीता ने पूरे विस्तार से दुहरा दी।

राम गंभीर हो गए। लक्ष्मण के चेहरे पर आक्रोश था।

''इस प्रदेश की स्थिति का कुछ-कुछ आभास मुझे था, ''राम चिंतनमय स्वर में बोले, ''किंतु स्थिति इतनी दुखद तथा अत्याचारपूर्ण है, ऐसा मैंने नहीं सोचा था। आज मैं भी कुछ आश्रमों के निवासियों से मिलकर आया हूँ। मार्ग में मिले अनेक पथिकों से भी बातचीत की है; अब सुमेधा की बात भी सुनी है।...यह प्रदेश सभ्यता

के आदिम युग में जी रहा है। समस्त प्रदेश वनों से भरा पड़ा है। व्यवस्थित राज्य की स्थापना नहीं हुई है; किंतु स्थान-स्थान पर क्षीण जनसंख्या वाले अनेक आश्रम, ग्राम, पुरबे, टोले बस गए हैं। जो कुछ मुझे ज्ञात हुआ है, उसके अनुसार प्रायः प्रत्येक जाति के लोग यहाँ बसे हुए हैं और बसते जा रहे हैं। आर्यों की अनेक उपजातियों के लोग, शबर, किरात, नाग, निषाद, कोल, भील, यक्ष, किन्नर, वानर तथा ऋक्ष जातियों के लोग हैं। किंतु इन्हीं सब के बीच एक नई जाति पनप रही है—वह जाति रक्त तथा आकार-प्रकार की भिन्नता के अनुसार नहीं है; वह एक चिंतन-प्रवृत्ति है। वह प्रवृत्ति-जाति राक्षसों की है। प्रत्येक जाति के अनेक लोग जैसे-जैसे अन्य लोगों की संपत्ति हड़पकर धनाढ्य बनते जाते हैं—राक्षस-प्रवृत्ति में दीक्षित होते जाते हैं। उन्हें राक्षस-सम्राट् रावण का अभय प्राप्त है। आवश्यकता होने पर उन्हें उससे धन, बल, सेना सहायक—सब कुछ मिल जाता हैं किंतु सामान्यतः रावण ने इधर सैनिक उत्पात नहीं किए हैं। इसी धरती में उनकी सहायता के लिए इतने राक्षस उपजते जा रहे हैं कि उसे लंका से राक्षस लाने की आवश्यकता नहीं है।

"ये राक्षस इस संपूर्ण वन-प्रदेश पर अपना आधिपत्य जमाना चाहते हैं। वे अन्य लोगों के यहाँ आकर बसने के विरोधी नहीं हैं; क्योंकि यदि ऐसा होता तो रावण की राक्षस-सेना इस समस्त प्रदेश को घेर लेती और अन्य लोगों का प्रवेश निषिद्ध कर देती। ऐसी स्थिति में ये वन-उपवन, नदियाँ-पर्वत उनके किसी काम न आते। उन्हें वनों को काटने, भूमि जोतने, खानों से धातुएँ निकालने, नदियों से मछलियाँ पकड़ने, नौकाएँ चलाने, अपने घरेलू कामों तथा व्यक्तिगत सेवाओं के लिए दास चाहिए। भोग के लिए स्त्रियाँ चाहिए, नर-मांस के लिए पुरुष चाहिए। इन्हीं सब कारणों से वे चाहते हैं कि इस प्रदेश में पहले से बसे हुए लोगों की जनसंख्या बढ़े तथा बाहर से आकर भी विभन्न जातियों के लोग बसें। किंतु वे नहीं चाहते कि यहाँ की प्रजा बुद्धिवादी, स्वतंत्र चिंतक, आत्मनिर्भर, अधिकारों के प्रति सजग-सचेत तथा आत्म-रक्षा में समर्थ एवं शक्तिशाली हो। वे चाहते हैं, यहाँ की प्रजा बाड़े में पला उनका पशुधन हो, जिसका कोई अधिकार न हो, जिसकी कोई अपेक्षा और चिंतन न हो। जिसे वे जिस काम में चाहें, जाते दें और जब चाहें उसे मारकर खा जाएँ। अपनी रक्षा में समर्थ शरीर तथा स्वतंत्र रूप से सोचने वाला मस्तिष्क, उन्हें अपने लिए खतरा लगता है, अतः उसे वे अपना शत्रु मानते हैं। बुद्धिवादी ऋषि उनके सबसे बड़े शत्रु हैं, क्योंकि वे लोग न केवल स्वयं शक्तिशाली हैं, वरन् चिंतनशीलता का रोग संक्रामक रूप से फैलाते हैं। उनके संपर्क में आने वाले अन्य लोग भी सोचने लगते हैं, जानने लगते हैं, संगठन में विश्वास करने लगते हैं; जाति, संप्रदाय तथा व्यवसाय के नाम पर, परस्पर लड़ने-मरने को स्वीकार न कर, समता के आधार पर मानवीय अधिकारों के लिए संघर्ष करने लगते हैं..."

"राम! क्या राक्षस सचमुच नर-मांस खाते हैं?" सीता किंकर्तव्यविमूढ़-सी लग रही थीं, "या यह प्रतीकात्मक अभिव्यक्ति मात्र है।"

"प्रतीकात्मक अभिव्यक्ति तो यह है ही।" राम बोले, "जिन परिस्थितियों में ये सामान्य-जन को जीने के लिए बाध्य करते हैं, उसे उनका रक्त पीना और हड्डियाँ चबाना ही कहा जा सकता है, किंतु यह मात्र प्रतीकात्मक अभिव्यक्ति ही नहीं है। हेतिकुल जिस आदिम अवस्था से उठा था, वह अंतिम रूप से अपने व्यक्तिगत सुख की ही चिंता करता है। सुख की अति सदा ही वीभत्सता की ओर बढ़ती है। ये नव-राक्षस भी क्रमशः उसी ओर बढ़ रहे हैं। इन्होंने नर-मांस खाने की परंपरा को आभिजात्य के धरातल पर प्रतिष्ठित किया है। मदिरा तथा काम-संबंधों की नग्नता को भी ये गौरवान्वित करते जा रहे हैं—ताकि क्रमशः मानवीय संबंध समाप्त हो जाएँ और मनुष्य पूर्ण पशु हो जाए...।"

सहसा राम ने देखा—लक्ष्मण का ध्यान उनकी बातों से हटकर आश्रम की ओर आने वाले मार्ग की चढ़ाई पर चढ़ती, एक मानव-आकृति पर लगा हुआ था। लक्ष्मण की बाईं हथेली धनुष पर कस गई थी और उनका दायाँ हाथ तूणीर को टटोल रहा था।

"धैर्य रखो, सौमित्र!" राम ने धीरे से कहा, "अभी इतना अंधकार नहीं हुआ कि हम प्रत्येक आगंतुक को आशंका की दृष्टि से देखें।"

उन तीनों की दृष्टि क्रमशः निकट आती हुई उस आकृति पर लगी हुई थी। पहचान की सीमा में आते ही, तीनों ने उसे प्रायः साथ-साथ पहचाना—वह वाल्मीकि आश्रम का मुखर था।

"मुखर! इस समय यहाँ!" सीता चकित थीं।

"कदाचित् ऋषि ने कोई संदेश भेजा है।" लक्ष्मण बोले।

मुखर के निकट आने पर, राम ने सहज भाव से हँसकर कहा, "स्वागत, मित्र मुखर! आओ बैठो। तुम अच्छे समय पर आए। भोजन तो हमारे साथ ही करोगे न? अब आश्रम लौटने का तो समय नहीं रहा।"

हाथ जोड़कर मुखर ने सबका अभिवादन किया और अत्यंत थकी हुई मुद्रा में उनके निकट बैठ गया।

उसने बारी-बारी तीनों के भावों को देखा और संकुचित, मद्धम स्वर में बोला, "आर्य! यदि आपको असुविधा न हो तो मैं आज रात आपके आश्रम में ही रुकना चाहूँगा। मेरी धृष्टता क्षमा करें—किंतु मुझे विस्तार से कुछ निवेदन करना है।"

"निःसंकोच रुको, मित्र!" लक्ष्मण उल्लास के साथ बोले, "आखिर मैंने जो दिन-भर के परिश्रम से अतिथिशाला बनाई है, उसका कुछ उपयोग तो हो।"

राम ने मुस्कराकर लक्ष्मण का अनुमोदन कर दिया।

सीता उठ खड़ी हुईं, "मैं भोजन की कुछ व्यवस्था करूँ। मुखर बहुत दूर से

चलकर आया है। थका हुआ है; भूखा भी अवश्य होगा।''

''आपका अनुमान एकदम सत्य है, दीदी।'' मुखर पहली बार मुस्कराया।

भोजन के पश्चात् वे चारों फिर एक जगह आ बैठे।

''भद्र राम!'' मुखर बोला, ''मैं नहीं जानता कि अपनी बात कहाँ से आरंभ करूँ, इसलिए सारी बात कहूँगा।''

''निश्चिंत होकर कहो।'' राम बोले, ''तनिक भी संकोच मत करो।''

''चित्रकूट प्रदेश में जनसंख्या विरल है।'' मुखर ने कहना आरंभ किया, ''किंतु इससे दक्षिण, जन-स्थान में, जहाँ एक ओर घने वन हैं, वहाँ अनेक स्थानों पर घनी जनसंख्या पाई जाती है। उससे और आगे बढ़ने पर किष्किंधा में वानरों का प्रसिद्ध राज्य है, जिसका सम्राट् महाबली वाली है। मैं उसी वानर-जाति का एक सदस्य हूँ। मैं ठीक-ठीक नहीं जानता कि हम अपने-आपको 'वानर' क्यों कहते हैं। कुछ तो हमारे शरीर का वर्ण अपेक्षाकृत पीला है और कुछ उस पर पतले लंबे रोम हैं। फिर हमारा जातीय प्रतीक भी 'वानर' ही है। हमारी अनेक पड़ोसी जातियाँ स्वयं को इसी प्रकार अन्य पशुओं के नामों से संबोधित करती हैं।

''तो उसी वानर जाति का मैं एक सदस्य हूँ। वाली महाबली है; किंतु न तो उसके राज्य की निश्चित सीमा है, न नियमित सेना है। वह अपने व्यक्तिगत शौर्य पर जीने वाला प्राचीन काल के यूथ पति जैसा राजा है। एक प्रकार से अपनी बात का धनी भी है। यदि उसने रावण को अपना मित्र कह दिया तो कह दिया—रावण उसका मित्र है; चाहे रावण के अनेक सहयोगी राक्षस वानरों को जहाँ-तहाँ पीड़ित करते रहें। उन साधारण राक्षसों से वाली नहीं लड़ेगा। असाधारण है रावण; किंतु वह उसका मित्र है—अतः युद्ध का प्रश्न ही नहीं है। परिणामस्वरूप अपने ही घर में वानर जहाँ-तहाँ पीड़ित होते रहते हैं और उनका मांस लंका के हाट-बाजार में खुलेआम बिकता है।''

''सुदूर दक्षिण-पश्चिम में, समुद्र-तट पर हमारा गाँव है। उस गाँव में हमारा घर था। घर में माता-पिता थे, बहन-भाई थे, भाभियाँ थीं, भतीजियाँ-भतीजे थे। पड़ोस के गाँव में बहन का विवाह हुआ था। बहनोई खाते-पीते व्यक्ति थे। भांजियाँ-भाँजे प्रसन्न थे। कितना सम्मान था मेरे पिता का। वे कवि और संगीतकार थे, पर साथ ही कृषक भी थे। उन्होंने कला को अपनी आजीविका का साधन नहीं बनाया था। खेती से इतना अन्न मिल जाता था कि सारे कुटुंब का पालन सुविधा से हो सके। कला की साधना के कारण सारा समय खेती-किसानी को नहीं दिया जा सकता था। ऐसा होता तो कदाचित् और अधिक अन्न उत्पन्न होता। उसे बेचकर, व्यापार के नाम पर, अन्नहीनों की बाध्यता का शोषण कर, अधिक लाभ कमाया जाता। धन संचित किया जाता और फिर संचित धन की दुःशक्ति से कुछ अन्य लोगों का श्रम

और श्रम के माध्यम से स्वयं उन लोगों को खरीदा जाता। किंतु मेरे पिता ने इस ओर कभी ध्यान ही नहीं दिया। अपनी आवश्यकता भर मिल जाने से वे संतुष्ट थे और शेष समय में अपनी कला की साधना करते थे। कला के माध्यम से अपने गाँव और आस-पास के ग्राम के लोगों का मनोरंजन करते थे; किंतु उनकी कला मनोरंजन के साथ लोगों को यह भी बताती थी कि उनके परिवेश में क्या ठीक है, क्या गलत; क्या न्याय है, क्या अन्याय; क्या अधिकार है, क्या अत्याचार। उनकी कला का यह पक्ष गाँव के धनकुबेर राक्षसों को अच्छा नहीं लगा। उन्होंने अपने अनेक संगठनों की सहयता से हमारे घर पर आक्रमण किया। मैं वहाँ नहीं था। कह नहीं सकता कि हमारे कुटुंबियों में से किसका मांस वहीं भूनकर खाया गया, किसका ग्राम में बिका और किसका लंका के हाट में। अब संसार में मेरा कोई नहीं है।

"मैं वहाँ से भागा तो संगीत और काव्य के आकर्षण में ऋषि वाल्मीकि के आश्रम में आया। किंतु, जैसा आपने उस दिन देखा, मुझे शस्त्रों का आकर्षण भी खींचता है। अब मैं अपने कुलपति की अनुमति से आपके पास आया हूँ। यदि आप मुझे शस्त्र-शिक्षा देना स्वीकार करें तो उतनी अवधि तक मैं आपके आश्रम में, आपके शिष्य के रूप में रहने का इच्छुक हूँ...।"

मुखर ने अपनी बात समाप्त कर, राम की ओर देखा।

राम गंभीर थे, "मित्र! ऋषि ने तुम्हारे जीवन की घटनाओं का संकेत भर दिया था। विस्तार से सुनकर, तुम्हारे प्रति मेरा स्नेह और भी बढ़ा है। मुझे लगता है कि तुम्हें शस्त्र-शिक्षा प्राप्त करने का पूर्ण अधिकार है। यदि तुम दो वचन मुझे दो तो मैं तुम्हें सहर्ष शस्त्र-शिक्षा दूँगा।"

"कैसे वचन, आर्य?"

"तुम्हारा शस्त्र-कौशल प्रत्येक दलित को सहज-सुलभ होगा और तुम्हारा शस्त्र केवल न्याय के पक्ष में उठेगा।"

"मैं वचन देता हूँ, राम!" मुखर ने अपने दोनों हाथ जोड़ दिये।

"तो मैं तुम्हें कनिष्ठ मित्र के रूप में स्वीकार करता हूँ।"

"आज अतिथिशाला में ही ठहर जाओ, मित्र! कल तुम्हारे लिए अलग कुटीर का निर्माण करेंगे।

लक्ष्मण की प्रसन्नता उनके चेहरे से फूटी पड़ रही थी।

सवेरे राम और सीता नहाकर मंदाकिनी से लौट रहे थे। मार्ग में सुमेधा मिली। वह रुकी नहीं। चलते-चलते ही कह गई, "दीदी! कुंभकार को कह दिया है, वह आज आएगा।"

राम ने कल सीता से सुमेधा के विषय में सुना था। उन्होंने ध्यान से उसे देखा—उसके मुखमण्डल पर कोई विषाद, दुःख, परिताप अथवा चिंता नहीं थी, जो

कि इस भयंकर दमन के कारण स्थायी रूप से होनी चाहिए थी। कदाचित् उस दमन को उसने अपनी जीवन-विधि के रूप में अंगीकार कर लिया था, उसे अपनी नियति मान लिया था।...नियति...राम को लगा, इस शब्द का साक्षात्कार होते ही, उनके मन में एक भयंकर झँझावात उठ खड़ा होता है।...किसने फैलाया है यह विष सारे समाज में? जिस व्यक्ति ने पहली बार इस अवधारणा की कल्पना की थी, उसने भी कभी इसकी घातकता की तीव्रता का ठीक-ठीक अनुमान न लगाया होगा। जिस व्यक्ति, जाति या समाज में यह विष एक बार घर कर लेता है, उसका संपूर्ण उद्यम समाप्त हो जाता है। उसका विद्रोह, उसका तेज, उसकी प्रतिक्रिया-शक्ति पूर्णतः नष्ट हो जाती है। यह मृत्यु है—जीवंतता का अंत।...शोषण का कितना बड़ा माध्यम है भाग्य की यह अवधारणा! इसके रहते किसी के मन में व्यवस्था के विरुद्ध असंतोष जन्म नहीं लेगा, उसके विरुद्ध आक्रोश नहीं उठेगा। व्यक्ति व्यवस्था के विरोध और उसके परिवर्तन तथा सुधार की बात सोच ही नहीं सकता...भौतिक विषय तो घातक होता ही है, किंतु मानसिक विष, चिंतन का विष, उससे कहीं अधिक घातक होता है...

लक्ष्मण और मुखर को वन से लौटने में अधिक देर लगी। लौटते हुए वे अपने साथ कुछ फल और लकड़ियाँ भी लाए थे। लक्ष्मण वन में जाते थे तो उनका ध्यान लकड़ियों की ओर अधिक रहता था। आज उन्हें मुखर के लिए कुटिया भी बनानी थी। उसके पश्चात् आश्रम के चारों ओर बाड़ा भी बनाना था। एक फाटक बनाना था। ईंधन के लिए भी लकड़ियाँ चाहिए थीं। लकड़ियों की आवश्यकात तो आने वाले अनेक दिनों तक बनी रहेगी।

लक्ष्मण कुटीर-निर्माण के कार्य में लग गए; तब राम ने सीता और मुखर को शस्त्राभ्यास कराना आरंभ किया। मुखर को शस्त्रों के विषय में कुछ भी ज्ञात नहीं था, अतः उसे आरंभिक ज्ञान भी दिया जाना था। सीता को बाण-संधान संबंधी कुछ बातें बताकर, उसका अभ्यास करने के लिए कह, राम ने मुखर को शस्त्रों के विषय में सूचनाएँ देनी आरंभ कीं—उसे सैद्धांतिक पक्ष बताकर ही व्यावहारिक ज्ञान कराया जा सकता था।

सौमित्र सहसा अपना काम छोड़कर एक अन्य स्थान पर चले गए, जहाँ से टीले की चढ़ाई अच्छी तरह दिखाई देती थी।

राम ने लक्ष्मण को देखा—निश्चित रूप से कोई व्यक्ति टीले की चढ़ाई चढ़कर उनके आश्रम की ओर आ रहा था। पर, अभी शस्त्राभ्यास रोकने का कोई कारण नहीं था। उन्होंने सीता और मुखर को उनके अभ्यास में लगाए रखा, ताकि न उनका ध्यान लक्ष्मण की ओर जाए और न वे लक्ष्मण के समान अपना काम छोड़कर, उस पगडंडी को ताकने लगें।

थोड़ी देर में एक व्यक्ति ऊपर आया। वह वय से नवयुवक था। उसकी कमर में मृगछाल नहीं थीं, उसने एक लंगोटी बाँध रखी थी। निश्चित रूप से वह वनवासी न होकर ग्रामवासी था। उसका सँवलाया-सा गेहुआँ रंग था। पहले तो वह लक्ष्मण से बातें करता रहा, फिर उसका ध्यान शस्त्राभ्यास करते हुए मुखर तथा सीता और निर्देश देते हुए राम की ओर चला गया। वह आश्चर्य-विस्फारित नयनों से उनको देखता क्षण-भर भौंचक खड़ा रहकर, लक्ष्मण के साथ उनकी ओर बढ़ा।

शस्त्राभ्यास थम गया।

"भाभी! यह कुंभकार है। इसे सुमेधा ने भेजा है।" लक्ष्मण ने उसका परिचय दिया।

राम ने देखा—कुंभकार की आँखों में जीवन की चमक थी। मुख की रेखाएँ उसके कुछ समझदार होने की ओर संकेत करती थीं। यह व्यक्ति सुमेधा के गाँव का था, किंतु सुमेधा के समान अपने जीवन से संतुष्ट नहीं था। उसके मुखमण्डल पर कुछ सम्मान, कुछ भय, कुछ जिज्ञासा के मिश्रित भाव थे।

"आप लोग कौन हैं?" वह पहला वाक्य बोला।

सुमेधा ने केवल अपनी बात कही थी—सीता सोच रही थीं—उन लोगों के विषय में उसने कुछ भी नहीं पूछा था। उसकी आँखें अपने परिवेश की ओर से बंद थीं, मस्तिष्क सोया हुआ था। यह व्यक्ति वैसा नहीं था। वह जागरूक था। उसने अपने विषय में कुछ बताने से पूर्व उनके विषय में जिज्ञासा की थी।

"मैं राम हूँ। ये मेरे छोटे भाई हैं—लक्ष्मण। ये मेरी पत्नी हैं—सीता। और यह है मेरा मित्र मुखर; हमारे आश्रम में शस्त्राभ्यास कर रहा है।"

"आप लोग यहाँ क्या कर रहे हैं?" कुंभकार कुछ हकलाता-सा बोला।

लक्ष्मण के चेहरे पर आवेश झलका; किंतु राम ने उन्हें संकेत से शांत करते हुए कहा, "हम लोग अपने पिता के आदेश से वन में आए हैं। यहाँ वैसे ही वास कर रहे हैं, जैसे साधारण वनवासी निवास करते हैं, जैसे तुम निवास कर रहे हो।"

इस बार कुंभकार के चेहरे पर भावावेश आया, "जैसे मैं निवास कर रहा हूँ। ...एक दिन कुंभ-निर्माण छोड़कर, एक मूर्ति का निर्माण करने लगा था, तो तुंभरण ने मार-मारकर मेरी खाल उधेड़ दी थी। उस दिन उसे कुछ बर्तनों की आवश्यकता नहीं होती, तो वह अवश्य ही मुझे मारकर खा जाता। और आप लोग तो शस्त्रों का अभ्यास कर रहे हैं—यहाँ तक कि यह महिला भी।"

"शस्त्राभ्यास में तुम्हें क्या आपत्ति है?" राम ने पूछा।

"मुझे कोई आपत्ति नहीं है। आपत्ति है तुंभरण को।" कुंभाकार जल्दी-जल्दी बोला, "उसका कहना है कि मेरा दादा कुंभकार था, बाप कुंभकार था, इसलिए मुझे भी कुंभकार ही बनना पड़ेगा। मैंने कुछ और बनने का तनिक भी प्रयत्न किया तो वह मुझे आँवे में पकाकर मार डालेगा। यहाँ तक कि वह मुझे बर्तन छोड़, मिट्टी

के खिलौने भी नंही बनाने देगा। और जहाँ तक शस्त्रों की बात है, उन्हें रखने का अधिकार केवल राक्षसों का है।''

''क्यों? राक्षसों को ऐसा विशिष्ट अधिकार क्यों है, जो अन्य लोगों को नहीं है।?'' लक्ष्मण ने पूछा।

''इसलिए कि उनका धर्म है शस्त्र रखना, शस्त्र-परिचालन सीखना, शस्त्रों का प्रयोग करना। मेरा धर्म है उनके घर के लिए बर्तनों का निर्माण करना। मुझे अपना धर्म नहीं छोड़ना चाहिए; और यदि मैंने छोड़ा, तो वह मुझे उसका दण्ड देगा।''

''इसका निर्णय कौन कर सकता है कि तुंभरण का धर्म दिन में छत्तीस बार जमीन पर नाक रगड़ना नहीं है?'' लक्ष्मण ने पूछा।

कुंभकार ने अपनी जीभ दाँतों के बीच दबा ली और भयभीत दृष्टि से चारों ओर देखा।

लक्ष्मण जोर से हँस पड़े, ''किससे डर रहे हो, मित्र?''

''तुंभरण से।'' कुंभकार अब भी सहमा हुआ था।

''किसी तुंभरण का साहस नहीं है कि वह राम के आश्रम की ओर आँख उठाकर देखे। तुम निर्भय रहो।''

कुंभकार का भय कुछ हल्का पड़ा, किंतु वह पूर्णतः दूर नहीं हुआ था, ''तुम्हारे पास दो-तीन धनुष हैं। तुंभरण के पास कई धनुष और खड्ग हैं। उसके परिवार के प्रत्येक पुरुष के पास शस्त्र हैं।''

राम मुस्कराए, ''केवल शस्त्र होने से कुछ नहीं होता, मेरे नवयुवक मित्र! उसके परिचालक के कौशल पर बहुत कुछ निर्भर करता है। युद्ध में अकेले सौमित्र सैकड़ों तुंभरणों पर भारी पड़ेंगे। पर, तुम्हें यदि शस्त्रों की संख्या से ही आश्वासन मिलता है तो...सौमित्र! इसे अपना शस्त्रागार दिखा दो।''

कुंभकार शस्त्रागार देखकर लौटा तो एकदम अभिभूत लग रहा था। उसकी चपलता विलीन हो चुकी थी। उसने अत्यंत गंभीर दृष्टि से राम को देखा।

''आर्य! आपने इतने शस्त्र क्यों जमा कर रखे हैं?''

''आत्म-रक्षा और न्याय-रक्षा के लिए।'' राम बोले, ''प्रत्येक व्यक्ति को आत्म-रक्षा का अधिकार है और न्याय की रक्षा उसका धर्म है।''

''मेरा भी?'' कुंभकार ने अविश्वासपूर्ण स्वर में पूछा।

''हाँ, तुम्हारा भी।''

''तो बर्तन बनाना मेरा धर्म नहीं है?''

''तुम्हारी इच्छा के विरुद्ध नहीं है।''

''मैं वह कार्य छोड़ दूँ?''

''छोड़ दो।''

"तुंभरण के बर्तन कौन बनाएगा?"

"जिसकी इच्छा होगी, वह बनाएगा। इसकी चिंता तुम्हारा काम नहीं है।"

"और यदि तुंभरण ने मेरी हत्या का प्रयत्न किया तो मेरी रक्षा कौन करेगा?" कुंभकार बोला।

"तुम स्वयं करोगे।" राम मुस्कराए।

"मुझे शस्त्र कौन देगा?"

"अपने लिए तुम स्वयं शस्त्र बनाओगे।"

"शस्त्र-परिचालन की शिक्षा कौन देगा?"

"मैं दूँगा।" राम के स्वर में दृढ़ संकल्प था।

"मुझे भी, मेरे साथियों को भी?"

"सबको।"

"सुमेधा के पिता झिंगुर को भी?"

"हाँ, सबको।"

सहसा कुंभकार चुप हो गया। उसके भीतर कुछ घटित हो रहा था। वह बदल रहा था। पहले से दृढ़ और गंभीर हो रहा था।

अंत में वह धीरे से बोला, "मैं प्रयत्न करूँगा, आर्य! कि मैं सुमेधा और झिंगुर को यहाँ ले आऊँ। न मैं वह रहना चाहता हूँ, जो मैं हूँ; न झिंगुर वह बना रहना चाहता है, जो वह है। वह झिंगुर साहस नहीं कर सकता, मैं कर सकता हूँ। मैं उन्हें यहाँ ले आऊँगा।" उसकी आँखों में अश्रु छलक आए, "आर्य! अपनी बात से पीछे मत हटना। मैं अपने प्राणों पर खेलने जा रहा हूँ।"

राम ने अपना हाथ अभय मुद्रा में उठा दिया, "निश्चिंत रहो, नवयुवक मित्र! यह राम का वचन है।"

कुंभकार ने हाथ जोड़ दिए। वह जाने के लिए मुड़ा।

"मेरा कुंभ, नवयुवक!" सीता ने उसे टोक दिया।

"आपके लिए मैं अपनी इच्छा से कुंभ बनाऊँगा, देवि! यहीं, इसी आश्रम में। निश्चिंत रहें।"

वह तेजी से ढलान की ओर चल पड़ा।

वे चारों उसे देखते रहे। वह पेड़ों की ओट में छिप गया तो राम मुड़े, "देखा! एक कालकाचार्य हैं कि शस्त्र देखकर सहम गए; और एक यह कुंभकार हैं कि अपने बंधन तोड़ने के लिए मचल उठा।"

"यह क्या मात्र वृत्ति का भेद है?" सीता ने पूछा।

"कुछ वय का, कुछ वृत्ति का।" राम बोले, "कुछ सहे गए अत्याचारों की तीव्रता, कुछ मुक्त होने की इच्छा—अनेक बातें हैं, सीते!"

"किंतु, सिद्धाश्रम में तो हमारे शस्त्र देखकर कोई भयभीत नहीं हुआ था," लक्ष्मण जैसे वाचिका चिंतन कर रहे थे, "वहाँ का तो बच्चा-बच्चा उठ खड़ा हुआ था। ग्रामीण तथा आश्रमवासी एक साथ संघर्ष करने लिए जुट आए थे।"

"वहाँ की स्थिति भिन्न थी।" राम बोले, "ऋषि विश्वामित्र के कारण वहाँ तेजस्विता का इतना दमन नहीं हुआ था। फिर ताड़का के वध ने जन-सामान्य का आत्मविश्वास जाग्रत कर दिया था।"

राम के आश्रम के, व्यावहारिक दृष्टि से दो दल बन गए। प्रातः राम और सीता मंदाकिनी में नहाने चले गए। उनके लौटने पर लक्ष्मण और मुखर गए। बाद के समय में लक्ष्मण आश्रम के निर्माण-कार्य में लगे रहे और राम, सीता तथा मुखर को शस्त्राभ्यास कराते रहे। दोपहर के पश्चात् सौमित्र और मुखर निर्माण तथा आश्रम की रक्षा के लिए पीछे रुक गए और राम तथा सीता पड़ोस के आश्रम-निवासियों से परिचित होने के लिए चले गए।

पिछले कुछ दिनों से राम को अपना कार्यक्षेत्र विस्तृत करने की आवश्यकता का अनुभव हो रहा था। उन्हें लग रहा था, आश्रम में बैठकर शस्त्र-शिक्षा देने से ही उनका दायित्व पूरा नहीं हो सकेगा। सिद्धाश्रम-क्षेत्र के ग्रामवासियों के ही समान, इस क्षेत्र के ग्रामवासी तो राक्षसों से आतंकित थे ही, साधारण आश्रमवासियों में भी तेज नहीं था। कालकाचार्य राम के शस्त्रागार के इस प्रदेश में आ जाने से भयभीत थे। उन्हें राक्षसों की अप्रसन्नता की आशंका थी। कुछ अन्य कुलपतियों की भी यही स्थिति थी। ऐसी स्थिति में राम की शस्त्र-शिक्षा क्या करती! कोई उनके पास आए ही नहीं तो वे क्या करेंगे। शस्त्र-शिक्षा तो भौतिक स्वतंत्रता की रक्षा के लिए है, किंतु उसके पूर्व लोगों के मन को मुक्त करना होगा। उसके लिए उनके आश्रमों में, ग्रामों में, यहाँ तक कि उनके घरों में भी जाना होगा। उन्हें बताना होगा कि उनका जीवन कैसा हो...जीवन में उनके क्या-क्या अधिकार हों...जन-साधारण को समझाने के लिए लक्ष्मण उपयुक्त पात्र नहीं हैं—उनमें तेज के साथ आक्रोश तथा अधैर्य है। वे तर्क कम करते हैं, व्यंग्य और प्रहार अधिक करते हैं।...नहीं। जन-साधारण तक तो राम को ही जाना होगा। उनके हृदय तथा मस्तिष्क को मुक्त करने के पश्चात् वे उन्हें लक्ष्मण को सौंप सकते हैं। लक्ष्मण उन्हें शस्त्र-शिक्षा देंगे, शस्त्र-निर्माण का कार्य सिखाएँगे, संगठन और युद्ध का व्यावहारिक ज्ञान देंगे...

वृद्ध कुलपति कालकाचार्य ने पहली भेंट में इंगित मात्र किया था, दूसरी भेंट में स्पष्ट कहा था, "राम! तुम कितने ही वीर क्यों न हो, तुम्हारे पास कितने ही शस्त्र क्यों न हों, तुम्हारा आचरण कितना ही शुद्ध और न्यायपूर्ण क्यों न हो, तुम एक भयंकर जोखिम में घिर गए हो, तुम अपनी युवती पत्नी के साथ एक ऐसे स्थान पर आ गए हो, जहाँ किसी के प्राण सुरक्षित नहीं हैं, किसी का सम्मान अक्षत नहीं

है। मेरी बात मानो, राम! तुम लौट आओ; और जब तक यहाँ रहो, अत्यंत सावधान रहो; प्राणपण से अपनी और अपनी पत्नी की रक्षा करो...''

कालकाचार्य ने जो ठीक समझा, कहा।...किंतु वनवास की बात अनेक ऋषियों से हुई थी—विश्वामित्र, भरद्वाज, वाल्मीकि...किसी ने भी तो उन्हें लौट जाने के लिए नहीं कहा। ये वृद्ध कुलपति ही क्यों ऐसा कह रहे हैं...? क्या उन समर्थ ऋषियों को इस जोखिम का ज्ञान नहीं था, या ये कुलपति उन्हें व्यर्थ ही डरा रहे हैं?...बात कदाचित् ऐसी नहीं थी। यह कदाचित् अपने-अपने सामर्थ्य और दृष्टि की बात थी। विश्वामित्र, भरद्वाज तथा वाल्मीकि समर्थ ऋषि हैं। वे जोखिम उठाने, शत्रु से भिड़ने और सत्य का मूल्य चुकाने का अर्थ जानते हैं; और यह वृद्ध कुलपति कालकाचार्य मध्यम कोटि के बुद्धिजीवी मात्र हैं। उनमें इतनी सामर्थ्य नहीं कि झूठ और अन्याय से टकराएँ...इस क्षेत्र में तेज को जगाना होगा, जन-सामान्य को समझाना होगा...यह काम राम को ही करना होगा। कालकाचार्य जैसे लोगों को बताना होगा कि घबराकर अथवा भयभीत होकर भाग जाने से काम नहीं चलेगा... आप अत्याचार के सम्मुख से पलायन कर अपनी जान नहीं बचा सकते। वह आपको ढूँढेगा, घेरेगा और अंत में कुचल डालेगा। अत्याचार से छिपा नहीं जा सकता, उसका तो सामना ही किया जा सकता है...

अंधकार होने से पहले, राम और सीता आश्रम में लौट आए। आश्रम में फल और अहेर पर्याप्त था। भोजन की व्यवस्था में कोई परेशानी नहीं थी। भोजन पकाने का काम कोई भी कर लेता था, अथवा सब मिलकर कुछ-न-कुछ कर देते थे; किंतु नियंत्रण तथा निर्देशन का सर्वाधिकार सीता का था।

बीच में आग जलाकर, वे लोग उसके चारों ओर भोजन के लिए बैठे। किंतु भोजन आरंभ करने की स्थिति ही नहीं आई। उससे पूर्व ही आश्रम के बाड़े के फाटक पर किसी के हाथों की थाप सुनाई दी। कोई ऊँचे स्वर में आश्रमवासियों को पुकारकर फाटक खोलने के लिए कह रहा था।

''कोई अतिथि होगा।'' सीता बोलीं।

''फिर भी सावधानी आवश्यक है।'' मुखर ने कहा।

''तुम दोनों की बात ठीक है।'' राम धीरे से बोले, ''अतिथि ही होगा, नहीं तो इस प्रकार पुकारकर फाटक खोलने के लिए नहीं कहता; पर देश-काल को देखते हुए सावधानी भी आवश्यक है। सौमित्र और मुखर, तुम लोग उल्काएँ ले आओ और देखो। मैं और सीता शस्त्रागार के पास हैं।

मुखर और सौमित्र ने वैसा ही किया। उल्काओं के साथ वे अपने शस्त्र ले जाना न भूले।

किंतु उन्हें लौटने में अधिक देर नहीं लगी। वे लौटे तो उनके साथ सुमेधा,

कुंभकार तथा एक और अपरिचित वृद्ध थे। राम और सीता ने उठकर उनका स्वागत किया। कुंभकार अपनी बात का पक्का निकला था।

"भद्र राम! मैं आ गया हूँ, अपनी जान पर खेलकर।" कुंभकार बोला, "अपने साथ सुमेधा तथा उसके पिता झिंगुर को भी ले आया हूँ। इन्हें साथ लाने के लिए पर्याप्त परिश्रम करना पड़ा है। ये दोनों ही ऐसा साहस करने के पक्ष में नही थे। इनका विचार था कि तुंभरण के अधीन रहकर फिर भी कुछ दिन जीवित रहने की संभावना थी, किंतु वहाँ से भागकर हमने अपने जीवन के समस्त द्वार बंद कर दिए हैं। ये अपने को मृतप्राय ही मान रहे हैं। अब आप चाहें तो हमारी रक्षा कर हमें जीवन-दान दें, अथवा हमें तुंभरण को लौटाकर मृत्यु के हाथों सौंप दें।"

राम ने लपलपाती अग्नि के प्रकाश में उनके चेहरों को देखा—कुंभकार ठीक कह रहा था। कुंभकार के मुख मण्डल पर जोखिम तथा दुस्साहस की उत्तेजना थी, किंतु झिंगुर और सुमेधा के चेहरे मृत्यु की ठण्डी राख के समान बुझे हुए थे।

राम ने झिंगुर के कंधे पर हाथ रखा, "तुम्हें मुझ पर विश्वास नहीं है, बाबा?"

झिंगुर ने उनकी ओर देखा, पर उसकी दृष्टि अधिक देर टिकी न रह सकी। उसने अपना मुख फेर लिया था। वह अंधकार में देख रहा था, "मैं आपके प्रति अविश्वास की बात कैसे कहूँ, पर मुझे तुंभरण की शक्ति और दुष्टता—दोनों पर पूरा विश्वास है। उसके हाथों से कोई भी नहीं बचा..."

"तो फिर तुम आ क्यों गए?"

"सुमेधा आ रही थी—मैं क्या करता। मुझे उससे अधिक प्रिय और कुछ नहीं है। तुंभरण के हाथों मेरी अन्य कोई संतान नहीं बची। एक यही शेष है, इसे नहीं छोड़ सकता।"

"और तुम क्यों चली आईं, सुमेधा?" राम ने पूछा।

सुमेधा कुंभकार की ओर देख रही थी, "मैं कुंभकार से प्रेम करती हूँ। यह आ रहा था, इसलिए मैं भी आ गई।"

"तुम्हारी माँ नहीं आई, सुमेधा?" सीता ने पूछा।

"वह किसी भी प्रकार तैयार नहीं हुई, इसलिए उसे छोड़कर आना पड़ा।"

"अच्छा सुनो, बंधुओ!" राम का स्वर कुछ ऊँचा हो गया, "निस्संदेह तुम लोगों ने जोखिम का काम किया है, किंतु इस आश्रम के भीतर प्रवेश करने के पश्चात् तुम्हारा जोखिम समाप्त हो चुका है। तुम्हारी रक्षा का दायित्व मुझ पर है, सौमित्र पर है—सक्षम होने पर सीता और मुखर पर भी होगा। रात-भर विश्राम करो। कल से तुम्हारी शस्त्र-शिक्षा आरंभ होगी, ताकि आश्रम के बाहर भी, हमारे निकट न रहने पर भी तुम अपनी तथा अपने साथियों की रक्षा कर सको।"

"तुम्हारा नाम क्या है, मित्र?" लक्ष्मण ने पूछा, "नाम न जानने के कारण, तुम्हें संबोधित करने में काफी परेशानी हो रही है।

"कुंभकार।"

"यह क्या नाम हुआ?"

"अन्य किसी शब्द से आज तक मुझे किसी ने संबोधित नहीं किया।"

"तो आज से तुम्हारा नाम 'उद्घोष' होगा, मित्र!" राम बोले, "तुमने इस संपूर्ण क्षेत्र में, आज से स्वतंत्रता का उद्घोष किया है।"

कुंभकार मुस्करा पड़ा।

"आओ, अब भोजन करें।" सीता ने सुमेधा का हाथ पकड़ अपने पास बैठाया, "तुम यहाँ बैठो, सखि।"

सुमेधा और उद्घोष बैठ गए, किंतु झिंगुर नहीं बैठा।

सब प्रनश्वाचक दृष्टि उसकी ओर उठ गई।

झिंगुर के चेहरे पर कुछ इतने मिश्रित भाव थे कि समझना कठिन था कि वह क्या सोच रहा था—वह प्रसन्न भी था और पीड़ित भी, उसके चेहरे पर श्रद्धा भी थी और अविश्वास भी, मार्ग उसके सामने था और उस पर पग भी नहीं उठ रहे थे।

"प्रभु!"

"मैं प्रभु नहीं हूँ।" राम मुस्कराए, "मैं एक साधारण आदमी हूँ। तुम मुझे राम कहो, बाबा।"

"भद्र राम!" झिंगुर और भी संकुचित हो गया, "इन बच्चों का अपराध क्षमा करना, ये लोग भोजन की इच्छा से आपके साथ बैठ गए हैं। कड़ी भूख ने इनकी बुद्धि असंतुलित कर दी है।"

कोई नहीं समझा कि झिंगुर क्या कहना चाह रहा है। क्षण-भर सब-कुछ अनबूझा ही रहा। पर, तब झिंगुर फिर बोला, "हम जाति के भील हैं, भ्रद! और स्थिति से तुंभरण के दास। हम आपके साथ बैठकर..."

राम खिलखिलाकर हँस पड़े, "भोजन परोसें, सीते!"

"वे झिंगुर से संबोधित हुए, "बाबा! इसे भूल जाओ कि तुम्हें क्या बताया गया है कि तुम क्या हो? याद केवल यह रखो कि तुम एक मनुष्य हो, वैसे ही जैसे अन्य मनुष्य हैं। बड़े-छोटे, ऊँच-नीच, दास-स्वामी, जाति-पाँति के संबंध मनुष्य-निर्मित हैं; और उनका निर्माण उन्होंने किया है, जिन्हें उनसे कोई लाभ है। मैं मनुष्यों में मानवीय संबंध के अतिरिक्त दूसरा कोई संबंध नहीं मानता।...और इस समय तो तुम राम के आश्रम के सदस्य हो। तुम्हारी जाति, वर्ण, गोत्र, स्थिति—सब कुछ वही है, जो राम की है। बैठो और शांत मन से भोजन करो।"

राम ने झिंगुर को हाथ से पकड़कर, अपने पास बैठा लिया।

झिंगुर बैठ गया, किंतु सबने ही लक्ष्य किया कि वह सहज भाव से खा नहीं पा रहा है। जो कुछ उसने खाया भी, वह उसकी भूख की दृष्टि से बहुत कम था।

भोजन के पश्चात् उद्घोष ने अपनी बात कही, "राम! कल सवेरे ही तुंभरण को मालूम हो जाएगा कि हम लोग गाँव से भाग गए हैं। उसे यह पता लगाते देर नहीं लगेगी कि हम यहाँ आए हैं। और यह पता लगते ही वह अपने बंधु-बाँधवों को लेकर सशस्त्र आक्रमण करेगा। हमें गाँव से भागने और आपको हमें आश्रय देने का दण्ड देना चाहेगा..."

"तुम आश्वस्त रहो, मित्र!" लक्ष्मण ने उसकी बात पूरी नहीं होने दी, "यह तो समय आने पर देखा जाएगा कि कौन किसको दण्ड देता है। जब तक तुम्हें तुंभरण के आक्रमण का भय हो, अथवा जब तक तुम द्वंद्व-युद्ध की दृष्टि से पूर्णतः समर्थ न हो जाओ, तब तक मेरी कुटिया में रहो; उसके पश्चात् ही तुम्हारे लिए अलग कुटीर बनाएँगे।"

"मैं भयभीत नहीं हूँ, सौमित्र्! किंतु अपनी असमर्थता को जानता अवश्य हूँ..."

"जब तक तुम असमर्थ हो, उद्घोष! तब तक हमारी सामर्थ्य पर भरोसा रखो।" राम मुस्कराए, "सौमित्र। सुमेधा और झिंगुर के लिए अतिथिशाला में प्रबंध कर दो। उद्घोष तुम्हारे अथवा मुखर के कुटीर में टिक जाएगा। कल इन सबके लिए कुटीर-निर्माण तथा शस्त्र-शिक्षा।"

प्रातः राम और सीता उठकर अपनी कुटिया से बाहर आए, तो उद्घोष उनके सामने खड़ा था। वह समाज नहीं था, उसका सँवलाया हुआ गेहुआँ रंग इस समय एकदम पीला पड़ गया था।

राम विस्मित हुए ,"तुम यहाँ कब से खड़े हो, उद्घोष? जल्दी उठ गए या तुम्हें रात को नींद ही नहीं आई?"

उद्घोष ने कोई उत्तर नहीं दिया। वह केवल फटी-फटी आँखों से उन्हें देखता रहा।

"क्या बात है?" राम मुस्कराए, "रात कहीं तुंभरण से भेंट तो नहीं हो गई?"

"नहीं, आर्य!" वह खोये-से स्वर में बोला, "तुंभरण से भेंट तो नहीं हुई; किंतु लगता है कि यहाँ रात को तुंभरण या उसके साथी आए अवश्य थे।...सुमेत्रा तथा झिंगुर अतिथिशाला में नहीं हैं।"

"क्या?" सीता के मुख से विस्मय-भरा चीत्कार निकला।

"उद्घोष! तुम सौमित्र को बुलाओ।"

राम, सीता को साथ लिये हुए, अतिथिशाला की ओर बढ़ गए।

लक्ष्मण, मुखर तथा उद्घोष के भी आने में अधिक देर नहीं लगी; किंतु तब तक राम कुटिया का अच्छी प्रकार निरीक्षण कर चुके थे। अतिथिशाला पर आक्रमण, उसे तोड़ने, उस पर किसी प्रकार के बल-प्रयोग का वहाँ चिह्न नहीं था।...राम में

किसी ने भी किसी प्रकार का कोलाहल नहीं सुना था। मुखर की कुटिया अतिथिशाला से बहुत दूर भी नहीं थी। वह यह मानने के लिए रत्ती भर भी तैयार नहीं था कि बाहर से कोई आया हो; सुमेधा और झिंगुर को बलात् ले गया हो; और मुखर ने एक भी शब्द न सुना हो।

"यह संभव ही नहीं है।" वह अत्यंत रोष से बोला, "मुखर के कान ऐसे नहीं हैं। रात को आश्रम का एक पत्ता भी खड़केगा तो मुखर के कान झनझना उठेंगे।"

"तो इसका एक ही अर्थ है कि सुमेधा और झिंगुर अपनी इच्छा से रात को आश्रम से निकल भागे हैं।" उद्घोष का स्वर पहले से भी अधिक दीन हो गया।

"पर क्यों?" सीता जैसे अपने-आप से पूछ रही थीं।

"क्योंकि सुमेधा मुझसे प्रेम नहीं करती। उसे अपनी माँ अधिक प्यारी है, वह कायर बाप झिंगुर प्यारा है। मैं उसे प्यारा नहीं..."

लक्ष्मण आगे बढ़कर उसे सँभाल न लेते, तो उद्घोष अवश्य ही चक्कर खाकर गिर पड़ता। वह लक्ष्मण का सहारा लेकर पेड़ की छाया में बैठ गया। शेष लोग भी उसके आस-पास बैठ गए।

राम सोच रहे थे—यदि सुमेधा और झिंगुर को बलात् ले जाया गया होता तो उसकी चिंता तुरंत की जानी चाहिए थी; किंतु परीक्षण से जिस निष्कर्ष पर वे लोग पहुँच रहे थे, कदाचित् वही ठीक था। वे पिता-पुत्री अपनी इच्छा से आश्रम छोड़कर, रात के अंधकार में अपने गाँव लौट गए थे। उनकी चिंता का कोई लाभ नहीं। इस समय तो उद्घोष की चिंता की जानी चाहिए थी। कदाचित् उसने अपने जीवन का दाव सुमेधा पर लगाया था, और सुमेधा उसे छोड़ गई थी। उसकी मानसिक स्थिति ठीक नहीं थी। यदि इस समय उसे सँभाला न गया तो कुछ अघटनीय भी घट सकता है।

राम ने स्नेहपूर्वक उद्घोष के कंधे पर हाथ रखा और अत्यंत कोमल वाणी में बोले, "तुम ऐसा क्यों मानते हो, मित्र! कि सुमेधा तुमसे प्रेम नहीं करती। उसका अपने माता-पिता से प्रेम तुम्हारे प्रेम के मार्ग में तो नहीं आता। संभव है कि वह पीछे छूट गई अपनी माता के प्रेम में लौट गई हो।"

उद्घोष का वह शरीर, जो क्षण-भर पहले एक सर्वथा प्राणहीन लग रहा था, भयंकर आक्रोश में तप उठा, "नहीं, यह बात नहीं है। अब तक मैं समझता नहीं था, पर आज इस सुमेधा को अच्छी तरह समझ गया हूँ।...मेरे प्रेम से उसे क्या मिलता? गाँव छोड़ना पड़ता। इस या उस आश्रम में रहना पड़ता। प्राणों का जोखिम बना रहता। संभव है, पीछे गाँव में राक्षस उसकी माँ की हत्या कर देते। मैं हूँ क्या? एक कुंभकार। मैं उसे क्या दे सकता था। एक निर्धन व्यक्ति का प्रेम दे ही क्या सकता है..."

"उद्घोष!" सीता ने टोका।

"कहने दो, सीते!" राम ने कहा।

उद्घोष बोलता गया, "सुमेधा ने ठीक किया, वह लौट गई। अब उसकी माँ और झिंगुर को कोई कुछ नहीं कहेगा। उसे भी कोई कुछ नहीं कहेगा। राक्षसों की सार्वजनिक भोग्या होकर रहेगी और उनकी जूठन खाएगी। मेरा पता बताकर मेरी हत्या करवाने में उनकी सहायता करेगी, तो संभव है, जब वे लोग मेरा वध कर, मुझे खाने लगें तो मेरे शरीर की एक-आध जूठी हड्डी उसकी तरफ भी फेंक दें..." वह थकावट से हाँफता हुआ, भाव-शून्य आँखों से बारी-बारी सबकी ओर देखता रहा, और फिर अपने भीतर डूब गया, "और मैं क्या-क्या स्वप्न देखता था। मैं सोचता था, मैं तुंभरण राक्षस का दास नहीं रहूँगा। मैं किसी सुंदर स्थान में एक छोटी-सी कुटिया बनाकर रहूँगा। सुमेधा मेरी पत्नी होगी। हमारे छोटे-छोटे सुंदर बच्चे होंगे। हम दोनों मिलकर परिश्रम करेंगे और अपनी गृहस्थी चलाएँगे। अवकाश के समय मैं अपने घर के लिए बर्तन बनाऊँगा, उस पर सुंदर-संदुर स्त्री-पुरुष, पशु-पक्षी अंकित करूँगा। उसके बच्चों के लिए छोटे-छोटे खिलौने बनाऊँगा। कुछ अन्य मूर्तियाँ बनाऊँगा। मैं मूर्तिकार बनूँगा..." उसने फिर बारी-बारी एक-एक व्यक्ति के चेहरे को देखा और अंत में उसकी आँखें राम के मुख मण्डल पर टिक गईं। वह बोला तो उसका स्वर अत्यंत हताश था, "मैंने जीवन से बहुत अधिक तो कुछ नहीं चाहा। क्या ईश्वर की इस सृष्टि में मेरा इतना छोटा-सा स्वप्न भी पूरा नहीं हो सकता, राम?"

राम ने उसे स्नेहभरी आँखों से देखा और फिर उनकी आँखों और अधरों से मोहक मुस्कान झरने लगी, "सुनो, उद्घोष! इस सृष्टि में मनुष्य का बड़े-से-बड़े स्वप्न पूरा होता; किंतु मनुष्य की बनाई हुई इस व्यवस्था में नदी के किनारे पड़ी हुई मछली के लिए एक बूँद पानी भी नहीं है। तुंभरण तथा उसके जैसे सत्ताशाली राक्षसों की बनाई हुई इस दुष्ट व्यवस्था में तुम एक दास कुंभकार पैदा हुए हो और दास कुंभकार ही मरोगे। इसमें सुमेधा ही नहीं, सुमेधा जैसी सारी किशोरियाँ धन और सत्ता संपन्न राक्षसों की भोग्याएँ ही बन सकेंगी।...पर स्वप्न देखना प्रत्येक मनुष्य का अधिकार है। स्वप्न देखने वाला मनुष्य ही जीवंत मनुष्य होता है। यदि तुम्हारे गाँव में स्वप्न देखने वाला उद्घोष जन्म न लेता तो प्रत्येक कलाकार कुंभकार का जीवन बिताने को बाध्य होता। किंतु अब ऐसा नहीं होगा। तुमने स्वप्न देखा है, तुम उसे पूर्ण करने के लिए संघर्ष करो और अपने साथ संपूर्ण ग्राम को मुक्त करो। प्रत्येक उद्घोष और सुमेधा को मुक्त करो, प्रत्येक झिंगुर और उसकी पत्नी को मुक्त करो..."

"पर झिंगुर तो मुक्त होना नहीं चाहता।" उद्घोष बोला।

"ऐसा मत कहो।" राम फिर बोले, "झिंगुर हो या सुमेधा, अथवा सुमेधा की माँ, मुक्त सब होना चाहते हैं; किंतु पहले उनको बताया तो जाए कि वे स्वतंत्र हो

सकते हैं। उनका तन ही नहीं, मन भी बंदी है। पहले उनके मन को मुक्त करो। उनको साहस दो, उनको आश्वासन दो। उनका मन मुक्त होगा तो वह स्वप्न देखेगा; मन स्वप्न देखेगा तो तन मुक्त होगा..."

"और सुमेधा के विषय में भी वह सब मत सोचो, जो तुमने अभी कहा है।" सहसा बीच में सीता बोलीं, "वह तुम्हीं से प्रेम करती है, तभी तो तुम्हारे साथ चली आई। यदि उसका पिता अभी साहस नहीं जुटा पा रहा, उसकी माँ का मन जोखिम नहीं उठा पा रहा और वह उन दोनों से प्रेम करती है तो उसके लिए उसे अपराधिनी नहीं ठहराया जा सकता।"

"आप सच कहती हैं, देवि!" उद्घोष के चेहरे का रंग लौट रहा था, "क्या सचमुच सुमेधा मुझसे प्रेम करती है? क्या आप शपथपूर्वक यह बात कह सकती हैं?"

"यद्यपि सुमेधा ने मुझसे इस बात की कभी चर्चा नहीं की," सीता बोलीं, "किंतु उसके हाव-भाव देखकर मैं शपथपूर्वक कह सकती हूँ कि वह तुमसे ही प्रेम करती है, उद्घोष! उसे प्राप्त करने का प्रयत्न करो।"

"उद्यम करो, उद्घोष!" लक्ष्मण बोले, "तुम्हारी प्रिया उस राक्षस के पास बंदिनी है। यह मत समझो कि वह अपनी इच्छा से लौट गई है। लौटाया है उसे तुंभरण के आतंक ने। तुम उस आतंक को नष्ट करके ही उसे पा सकोगे। पराक्रम करो। थक-हारकर मत बैठो। संसार उद्यमी और पराक्रमी मनुष्य का है।"

उद्घोष उठकर खड़ा हो गया, "कदाचित् आप लोग ही ठीक कहते हैं। मैं ही भ्रमित था। मैं सुमेधा को ही नहीं, संपूर्ण ग्राम को तुंभरण के आतंक से मुक्त करूँगा।"

"साधु, उद्घोष! साधु!" राम बोले, "आज से तुम्हारी भी शस्त्र-शिक्षा आरंभ होगी।

सीता और मुखर कुछ-कुछ शस्त्राभ्यास कर चुके थे। वे धनुष सँभाल लेते थे, बाण चला लेते थे; और बाण लक्ष्य से बहुत अधिक भटकता भी नहीं था। वे खड्ग को हाथ में सँभाल लेते थे, शत्रु पर प्रहार कर लेते थे और एक-आध वार झेल लेते थे। अब उद्घोष उनकी टोली में सम्मिलित हुआ था; वह शस्त्र-संसार से एकदम अपरिचित था। उसने धनुष-बाण और खड्ग को कभी हाथ में लेकर देखा तक नहीं था। पहले-पहल तो वह खड्ग को हाथ में लेकर उसकी धार तथा धनुष की लचक को ही देखता रहा। उसकी पकड़ में दबाव तथा भुजाओं में धनुष की प्रत्यंचा खींचने की वह शक्ति भी नहीं थी, जो सीता और मुखर ने अभ्यास से अर्जित कर ली थीं वैसे भी उद्घोष सामान्यतः अधिक कोमल और भावुक ही था; किंतु उसमें सीखने की उत्कट इच्छा थी और वह परिश्रम के लिए तैयार था।

एक सप्ताह तक उद्घोष निरंतर शस्त्राभ्यास में जुटा रहा। राम से निर्देश पाकर वह विधि सीखता और उसके पश्चात् अभ्यास में जुट जाता। कभी-कभी आवश्यकता होने पर वह सीता अथवा मुखर से भी सहायता लेता। आश्रम में लक्ष्मण के लिए कोई निर्माण-कार्य न होता; और वे कहीं बाहर न गए होते तो वह उनकी भी सहायता लेता। आश्रम के शेष लोग कोई भी अन्य कार्य कर रहे होते तो भी उद्घोष केवल शस्त्राभ्यास ही करता।

सप्ताह भर के अभ्यास से उसकी पेशियों में कुछ कठोरता आ गई। उसके बाण लक्ष्य तक पहुँचने लगे और उसे लक्ष्य-भेद की आशा बँधने लगी।

संध्या समय वाल्मीकि आश्रम से चेतन आया। वह बहुधा मुखर से मिलने आया करता था। सदा के समान, वह राम के समीप आ, अभिवादन कर खड़ा हो गया। किंतु उसके पश्चात् न उसने आश्रम का समाचार पूछा, न मुखर से मिलने की उत्सुकता दिखाई।

राम ने ध्यान से देखा—चेतन गंभीर ही नहीं, उदास भी था। उसका चेहरा बता रहा था कि वह अपना दुःख छिपाने का नहीं, उसे विज्ञापित करने का प्रयत्न कर रहा था।

''क्या बात है, चेतन?'' राम मुस्कराए, ''ठीक तो हो? यह चेहरा कैसे लटका रखा है?''

चेतन ने सिर उठाकर एक बार राम को देखा और फिर से सिर झुका लिया।

''क्या बात है, मित्र?'' लक्ष्मण का स्वर आशंकित उत्कंठा से पूर्ण था।

''ऋषि ने बार-बार मुखर से मिलने आने की अनुमति देने में कोई आपत्ति की है?'' सीता ने वातावरण को हल्का करना चाहा।

''नहीं, देवि!'' चेतन बुदबुदाते-से स्वर में बोला, ''ऋषि ने मुझे एक दुःखद सूचना देने के लिए भेजा है?''

''क्या हुआ?' राम का स्वर गंभीर किंतु स्थिर था, ''क्या किसी सैनिक अभियान की सूचना है?''

''नहीं, आर्य! ऋषि भरद्वाज के आश्रम से संदेश आया है कि अयोध्या में सम्राट् दशरथ का देहांत हो गया है...''

सबकी दृष्टि चेतन पर टिक गई। बोला कोई नहीं।

राम ने क्षण-भर के लिए आँखें मूँदीं, जैसे अपने मन में झाँका हो; और वैसे ही निष्कंप स्वर में पूछा, ''और?''

''गुरु वशिष्ठ ने द्रुतगामी दूत राजगृह भेजे हैं; ताकि वे भरत और शत्रुघ्न को शीघ्रातिशीघ्र अयोध्या लौटा लाएँ।''

एक संक्षिप्त-से मौन के पश्चात् राम बोले, ''चेतन! रात को यहीं विश्राम करो।

प्रातः अपने आश्रम लौटना।" और वे सीता की ओर मुड़े, "प्रिये! मैं आज भोजन नहीं करूँगा। कुटिया में जा रहा हूँ। बहुत आवश्यक काम होने पर मुझे बुलाया जा सकता है। ध्यान रखना, मेरे कारण अन्य लोग भूखे न रहें।..."

राम कुटिया के फर्श पर सुखासन में बैठ गए। थोड़ा-सा समय मन को स्थिर करने में लगा। फिर अपने शैशव से देखे पिता के अनेक रूप उनकी आँखों के सम्मुख तिर गए। पिता की उपेक्षा, पिता का प्यार; उनकी कामुकता, उनकी वीरता...और अंत में राम के युवराजाभिषेक के लिए उनकी आतुरता। उनका कहना कि उनकी अपनी सुरक्षा के लिए राम का अभिषेक बहुत आवश्यक था।...और अब पिता नहीं रहे...क्या सचमुच उनका भय उनके लिए प्राण-घातक सिद्ध हुआ? दशरथ ऐसे व्यक्ति नहीं थे, जो किसी के वियोग में प्राण दे दें...ऐसा प्रेम करने की क्षमता ही उनमें नहीं थी। उन्होंने कभी प्रेम किया तो मात्र अपने-आपसे—अपने सुख से, अपनी इच्छाओं से, अपनी सत्ता और सुविधा से। कभी-कभी उन्होंने अपने पुत्रों के लिए भी विह्वलता दिखाई है! राम सिद्धाश्रम गए थे तो पिता विचलित हुए थे; अपने लिए या राम के लिए? किंतु इस बार...क्या सचमुच पिता उनसे प्रेम करने लगे थे...?

हो सकता है कि प्रेम भी रहा हो। किंतु जीवन के आधार का ही खिसक जाना...उसके कारण और ही होंगे। सत्ता का हाथ में न होना। कैकेयी का क्रूर रूप...भरत का राज्य...?

अब राम को माता कौसल्या और माता सुमित्रा की सुरक्षा और कुशलता की चिंता करनी होगी।...उन्हें भरत की प्रत्येक गतिविधि की सूचना मिलती रहनी चाहिए। प्रातः चेतन के हाथ ऋषि वाल्मीकि के लिए संदेश भेजना होगा—वे त्रिजट तक संदेश भिजवा दें कि भरत की प्रत्येक महत्त्वपूर्ण गतिविधि की सूचना तत्काल भेजी जाए। ...एक दुर्घटना हो गई, किंतु दूसरी दुर्घटना नहीं होनी चाहिए...

उद्घोष बहुत प्रसन्न था। सीता और मुखर के साथ शस्त्राभ्यास करने के पश्चात् उसने अलग से अतिरिक्त अभ्यास नहीं किया। वह मिट्टी खोदने में लग गया। थोड़े ही समय में उसने ढेर सारी मिट्टी खोद डाली। फिर मिट्टी में पानी डाल, उसे पैरों से रौंदा, हाथों से गूँथा।...वह कुंभ का निर्माण कर रहा था। आज वह फिर से कुंभकार बन गया था।

संध्या तक उसने अनेक प्रकार के चित्रों से चित्रित कई घड़े तैयार कर दिए थे।...किंतु घड़े बनाकर संध्या समय जब अपने काम से उठा तो सृजन का सुख उसकी आकृति पर नहीं था। वह आज फिर बहुत उदास था, हताश—पहले ही दिन के समान।

अपने सामर्थ्य को जानकर उसमें आत्मविश्वास जागा था, किंतु साथ ही सारे अभाव भी एक साथ ही मुखरित हो उठे थे। आज वह स्वतंत्र था—कितने दिनों के

पश्चात् पहली बार आज उसने अपनी इच्छा से कुंभ बनाए थे, वह भी अपने सौंदर्यबोध के अनुकूल। उसने इच्छा भर उन पर चित्र अंकित किए थे। आश्रम में उसके पास एक स्वतंत्र कुटिया थी जो उसकी अपनी थी; जिसके भीतर उसका अपना राज था। कोई नहीं पूछता था कि उसने अपनी कुटिया में क्या रखा था, क्यों रखा था और कहाँ रखा था? कुटिया के बाहर, आश्रम में उसकी इच्छा का भी उतना ही महत्त्व था, जितना किसी और की इच्छा का। आश्रम के कुलपति, स्वयं राम के सम्मुख भी, वह अपने मन की बात खुलकर कह सकता था। उसकी बात सुनी जाती थी, उस पर पूरी तरह से विचार-विमर्श किया जाता था। वह सबके साथ काम करता था, शस्त्राभ्यास करता था और सबके साथ भोजन करता था। कहीं भेद-भाव नहीं था, कहीं ऊँच-नीच नहीं थी, कहीं भय और आतंक नहीं था...

किंतु ऐसे जीवन में भी सुमेधा उसके पास नहीं थी। वह आज भी वहीं गाँव में, अपने माता-पिता के साथ तुंभरण की इच्छा की बंदिनी थी। वह आज भी दासता की पीड़ा और यातना भुगत रही थी। किसी भी दिन वह किसी राक्षस की आँखों में चढ़ गई तो उसके हत्थे चढ़ने से नहीं बचेगी। किसी भी दिन वह उससे छिन सकती है, किसी भी दिन...

क्या ऐसा नहीं हो सकता कि राम उसके गाँव पर आक्रमण करें? आश्रम में वे केवल पाँच व्यक्ति थे, सीता समेत। क्या वे तुंभरण तथा उसके राक्षस साथियों को जीत सकते हैं? संख्या को देखते हुए तो ऐसा नहीं लगता; किंतु राम और लक्ष्मण का अजेय आत्मविश्वास इसका प्रमाण है। यदि ऐसा न होता तो तुंभरण कब का आश्रम पर आक्रमण कर, सबके टुकड़े-टुकड़े कर चुका होता। जो तुंभरण उसका कुंभ को चित्रित करना सहन नहीं कर सकता था, वह उसका ग्राम छोड़, आश्रम में स्वतंत्र रूप से रहना कैसे सहन कर रहा है? क्या उसे अभी तक कुंभकार का गाँव से चले जाना मालूम ही नहीं हुआ? कैसे मालूम नहीं हुआ होगा? क्या इतने दिनों तक किसी भी राक्षस को बर्तन बनवाने की आवश्यकता ही नहीं पड़ी? नहीं, ऐसा संभव नहीं है। तुंभरण को उसके विषय में अवश्य ही ज्ञात होगा, किंतु या तो वह आक्रमण के लिए अवसर की प्रतीक्षा कर रहा है, या फिर वह राम और लक्ष्मण से डरकर चुप बैठ गया है।

...क्या उसे सुमेधा तथा झिंगुर के गाँव से जाने और फिर लौट आने के विषय में भी कुछ ज्ञात नहीं हुआ? कदाचित् नहीं ही हुआ होगा, नहीं तो गाँव में रहते हुए भी उनका वध न होता, यह असंभव था। जब से सुमेधा और झिंगुर आश्रम से भागकर गए थे, उनसे भेंट नहीं हुई थी; किंतु राम और सीता ने मंदाकिनी आते-जाते दो-एक बार सुमेधा को देखा था। वह उसी समय जल लेने आती है। किंतु अब वह पहले से बहुत अधिक सावधान हो गई है। बात करने के लिए रुकती नहीं है—आते-जाते कोई बात हो जाए तो हो जाए। तब से कभी आश्रम में भी नहीं

आई। उद्घोष से तो नहीं ही मिली—अच्छा ही है। वह भी इस स्थिति में उससे मिलना नहीं चाहता। भेंट होने पर पता नहीं वह क्या कर बैठे...

संध्या ढलने पर मुखर ने समाचार दिया कि उसने आश्रम के चारों ओर कई राक्षस घूमते तथा परस्पर कुछ संकेत इत्यादि करते देखते हैं। वे राक्षस ही थे, वनवासी नहीं। ग्रामवासी भी वे नहीं हो सकते थे, क्योंकि इधर किसी साधारण ग्रामवासी के पास न तो वैसे भड़कीले राजसी वस्त्र थे; न कोई ग्रामवासी सोने के गहने पहनता था और न किसी के पास शस्त्र ही थे। उतना मोटा और उतना भड़कीला, निश्चित रूप से राक्षस ही हो सकता था।...

सूचना सबके सामने थी। इस बात में अधिक मतभेद नहीं था कि वे लोग आश्रम पर आक्रणम की तैयारी कर रहे हैं। किंतु किस समय? यदि खुला आक्रमण करना होता तो दिन के समय करते, किंतु उनके हाव-भाव बता रहे थे कि वे आक्रमण रात में ही करेंगे।

"आधी विजय हमारी हो चुकी।" राम प्रसन्न मुद्रा में बोले, "हम संख्या में केवल पाँच हैं। उनकी संख्या बहुत अधिक है, फिर भी वे छिपकर आक्रमण करना चाहते हैं, इसका अर्थ स्पष्ट है कि वे हमसे भयभीत हैं। भयभीत व्यक्ति आधा तो पहले ही हार चुका होता है।"

"फिर भी, भद्र राम! हमें सावधान रहना चाहिए।" उद्घोष बोला, "आप तुंभरण को नहीं जानते। वह बहुत नीच और दुष्ट है।"

लक्ष्मण विशेष रूप से प्रसन्न मुद्रा में थे, "जितना भी नीच और दुष्ट है, उसे आने दो। मुझसे तो उद्घोष का कष्ट देखा नहीं जाता। आज तुंभरण आ जाए तो तुम्हारा विरह तो समाप्त होगा। क्यों बंधु! यदि तुंभरण का वध हो जाए तो सुमेधा से तुम्हारा विवाह होने में कोई बाधा तो नहीं रह जाएगी न?"

सीता हँस पड़ी, "लक्ष्मण तो समझते हैं कि तुंभरण का वध सुमेधा के स्वंयवर की शर्त है। ऐसा नहीं है, देवर! और यदि ऐसा हो तो तुम्हें और अधिक सावधान रहना चाहिए। कहीं तुमने तुंभरण का वध कर दिया तो सुमेधा का विवाह उद्घोष के साथ कैसे होगा?"

उद्घोष लजाकर मौन हो गया। सुमेधा की बात बीच में आ जाने से, युद्ध की बात कहीं पीछे रह गई थी।

किंतु राम संभावित आक्रमण के विषय में गंभीरता से सोच रहे थे। उन्होंने सिर उठाकर सबको देखा, "वैसे तुंभरण का आक्रमण बहुत गंभीर आक्रमण नहीं होगा। उसके पक्ष के किसी योद्धा के युद्ध-कौशल की ख्याति इस सारे क्षेत्र में मैंने नहीं सुनी। होगा वह खिलवाड़ ही। फिर भी थोड़ी-सी सावधानी आवश्यक है। अपनी इतनी कम संख्या के कारण, आश्रम की पूरी सीमा पर पहरे की व्यवस्था हम नहीं

कर सकते, इसलिए दो-दो की टोली में, इस ऊँचे वृक्ष पर चढ़कर रात-भर प्रहरी का काम करना होगा। आशंका होते ही शेष लोगों को जगा देना होगा।...और आज प्रत्येक व्यक्ति बाणों का पूरा तूणीर निकट रखकर सोए। कवच भी धारण कर लेने चाहिए। गोह के चमड़े के दस्ताने भी पास ही रखें।...उल्काओं की व्यवस्था तो है न, लक्ष्मण?''

''ढेर है पूरा।''

''तो ठीक है।

रात के भोजन के पश्चात् पहरा आरंभ हुआ। पहली टोली लक्ष्मण और उद्घोष की थी। वे दोनों वृक्ष पर काफी ऊँचा सुविधाजनक स्थान देखकर टिक गए। राम के निर्देशानुसार उन्होंने उल्काएँ तथा तूणीर अपने पास रख लिये। कवच उन्होंने पहले से ही धारण कर रखे थे।

लक्ष्मण का विचार था कि यदि राक्षसों ने रात में आक्रमण करने की योजना बनाई है तो वह आक्रमण दूसरे प्रहर में होना चाहिए, जब आश्रमवासियों के सो जाने की संभावना है। उस समय पहरे पर स्वयं राम और सीता होंगे।...किंतु उन्हें वृक्ष पर टिके आधा पहर भी नहीं बीता था कि आश्रम की सीमाओं पर कुछ हलचल दिखाई देने लगी। लक्ष्मण सचेत हो गए। उद्घोष भी पूर्णतः सजग हो उठा।...लक्ष्मण अच्छी तरह जानते थे कि अभी न तो राम और सीता सोए होंगे; न ही मुखर ने सोने की तैयारी की होगी। इस समय का आक्रमण प्रायः दिन के आक्रमण के ही समान था। भेद केवल इतना था कि राक्षस रात्रि के अंधकार में छिपकर आगे बढ़ रहे थे और वन की विस्तृत जानकारी का लाभ उठा रहे थे। उनकी संख्या का भी लक्ष्मण को कोई आभास नहीं मिल रहा था।...कदाचित् राक्षस इस युद्ध के लिए रात-भर जागने का कष्ट उठाने को भी तैयार नहीं थे। ये लोग रात्रि के पहले प्रहर में विजय प्राप्त कर, घर जाकर आराम से सो जाना चाहते थे...लक्ष्मण मुस्करा पड़े—कितने सुविधाजीवी हैं। युद्ध के लिए भी कष्ट नहीं उठाना चाहते।

राक्षसों की हलचल निरंतर बढ़ती जा रही थी।

लक्ष्मण ने उद्घोष को इंगित किया। उद्घोष ने मुखर के कुटीर में निश्चित लक्ष्य पर बिना फल का एक बाण मारा। यह राक्षसों के आने का संकेत था।

ऊपर वृक्ष पर बैठे हुए ही लक्ष्मण और उद्घोष ने देखा कि मुखर की कुटिया का द्वार खुला और उसने राम की कुटिया के द्वार पर थाप दी। मुखर अपनी कुटिया में लौट गया और धनुष-बाण लेकर अपनी कुटिया के गवाक्ष पर सन्नद्ध बैठ गया। दूसरी ओर ठीक उसी प्रकार सीता धनुष-बाण लेकर अपनी कुटिया के गवाक्ष पर बैठ गईं। वे दोनों इस ओर से होने वाले आक्रमण से अपनी तथा शस्त्रागार की रक्षा के लिए तैयार बैठे थे। राम अपना भारी धनुष उठाए हुए, कुटीरों तथा शस्त्रागार की दूसरी ओर से रक्षा के लिए कुटीरों के पीछे चले गए।

लक्ष्मण पेड़ से उतरे और अपने धनुष तथा तूणीर के साथ फाटक के निकट के एक वृक्ष पर चढ़ गए। उद्घोष पहले वृक्ष पर ही टिका रहा।

वे लोग व्यूह-बद्ध हो चुके थे और किसी भी प्रकार के आक्रमण का उत्तर देने के लिए प्रस्तुत थे।

सहसा राक्षसों ने अनेक उल्काएँ जला लीं। उन्हीं उल्काओं के प्रकाश में लक्ष्मण ने देखा कि राक्षसों की संख्या बहुत अधिक नहीं थी। अधिक-से-अधिक वे एक सौ रहे होंगे। चेहरों से वे बहुत निश्चिंत लग रहे थे, जैसे युद्ध करने न आए हों, वन-भोज के लिए पधारे हों। उन्होंन निश्चित रूप से आश्रमवासियों की शक्ति को बहुत कम आँका था।

एक उल्काधारी राक्षस ने आगे बढ़कर जब आश्रम के फाटक को आग लगा दी, तब लक्ष्मण के सम्मुख उनकी योजना स्पष्ट हुई। वे लोग युद्ध से अधिक अग्निकांड करने आए थे।

फाटक को आग लगाकर वे भीतर चले आए और बड़ी निश्चिंतता से आश्रम के मध्य में बने कुटीरों की ओर बढ़ने लगे। जिस समय वे लक्ष्मण के वृक्ष के नीचे से होकर जा रहे थे, लक्ष्मण ने उसके शस्त्रों को अच्छी प्रकार देखा। उनमें से अधिकांश के पास खड्ग थे। चार-पाँच के पास शूल थे; धनुर्धारी तीन-चार ही थे। लक्ष्मण मन-ही-मन उनकी युद्ध-बुद्धि पर मुस्कराए।

जब अंतिम राक्षस भी लक्ष्मण के वृक्ष से होकर आगे बढ़ गया तो पीछे से लक्ष्मण ने साधकर बाण मारा...बाण अंतिम राक्षस की पीठ में लगा—वह चीखकर भूमि पर गिरा।

चीख सुनकर सारे राक्षस पलटे। उन्होंने उल्काएँ उठा-उठाकर प्रहार करने वाले को खोजना आरंभ किया। वे समझ गए थे कि आश्रम में कोई जाग रहा था और उन लोगों का आना अब गुप्त नहीं था। उन्होंने भी स्वयं को छिपाने का प्रयत्न छोड़ दिया था। उनका चीत्कार सुनकर आश्रम के वृक्षों पर सोए पक्षी तक उड़ गए थे।

राक्षस धुनर्धारी आगे आए। उन्होंने धनुष को उठाकर शत्रु को देखना आरंभ किया; किंतु उसी क्षण बहुत कम अंतराल में उद्घोष , मुखर तथा सीता के धनुषों ने बाण छोड़ दिए।

लक्ष्मण की ओर पलट जाने के कारण, इस बार फिर बाण राक्षसों की पीठों पर पड़े थे। वे दोनों ओर की मार से एकदम अव्यवस्थित हो उठे और क्षण-भर में ही अपने शस्त्र उठाए चीखते हुए आश्रम के फाटक की ओर भाग गए।

बहुत थोड़े-से समय में ही वे लोग आश्रम की सीमा से बाहर हो गए; उनके पीछे एक राक्षस चिल्ला-चिल्लाकर उन्हें पुकारता खड़ा रहा। शायद उसका विचार था कि वे लोग उसके पुकारने से लौट आएँगे; किंतु जब उसके साथी पूरी तरह आश्रम

की सीमा के बाहर हो गए और उनके लौटने की कोई संभावना शेष नहीं रह गई तो वह भी चौकन्ना होकर आगे बढ़ा।

तभी सौमित्र वृक्ष से उतरकर धनुष साधे हुए उसके सम्मुख आ खड़े हुए।

''शस्त्र फेंको।'' उन्होंने आदेश दिया।

राक्षस का चेहरा भय से पीला पड़ गया। खड्ग उसके हाथ से छूटकर भूमि पर गिर पड़ा, ''मेरी तुमसे कोई शत्रुता नहीं है...।'' वह घिघिया रहा था।

''रात के अंधकार में तुम इतने सशस्त्र साथियों के साथ आश्रम में आग लगाने और मार-काट करने आए। अभी तुम्हारी मुझसे शत्रुता ही नहीं है।'' लक्ष्मण कड़ककर बोले, ''लौटो।''

राक्षस प्राणहीन ढंग से मुड़ा।

उद्घोष भी अपने वृक्ष से नीचे उतर आया और सौमित्र के साथ-साथ चलने लगा; किंतु राक्षस उसे पहचानने की स्थिति में नहीं था। भय के कारण उसकी आँखों के सम्मुख पूरी तरह अंधकार छा चुका था। वह किसी को भी नहीं देख रहा था...

''यही तुंभरण है।'' उद्घोष ने धीरे से लक्ष्मण को बताया।

लक्ष्मण ने देखा—उद्घोष की मुट्ठियाँ भिंची हुई थीं। उसके चेहरे पर घृणा और प्रतिहिंसा थी।

''ओह!'' लक्ष्मण मुस्कराए, ''बस इतना ही था इसका साहस और बल। उद्घोष! अपने को संयत करो, भाई। हम युद्ध-बंदी पर प्रहार नहीं कर सकते।''

तुंभरण राम के कुटीर के सम्मुख पहुँचा। सीता और मुखर अपने कुटीरों से निकल आए। राम भी दूसरी ओर से आ गए। उन्होंने देखा, उनके सम्मुख भड़कीले वस्त्र पहने, बहुत सारे मूल्यवान आभूषण धारण किए, असाधारण रूप से स्थूलकाय, गौर वर्ण का एक व्यक्ति मुँह लटकाए खड़ा था। वह भय से काँप रहा था।

तुंभरण ने एक बार भी दृष्टि उठाकर नहीं देखा कि उसके सम्मुख कितने व्यक्ति थे और उनमें कौन-कौन था।

राम ने लक्ष्मण से उसका परिचय पाकर उसे नाम से ही संबोधित किया, ''तुंभरण! रात के इस समय इतने सशस्त्र साथियों के साथ हमारे आश्रम का फाटक जलाकर भीतर घुसने का क्या अर्थ है?''

''मेरी तुमसे कोई शत्रुता नहीं है...'' तुंभरण फिर पहले के ही समान घिघियाया, ''मैं तो...मैं तो...मुझे क्षमा कर दो।''

''तुम यहाँ क्या करने आए थे?'' राम का स्वर कठोर हो गया।

''मैं तुम लोगों को...तुमसे मेरी...'' तुंभरण बुरी तरह हकला रहा था, ''मैं तो अपने दास कुंभकार को खोजने आया था। वह मेरे घर से भाग आया हैं''

राम ने उद्घोष को संकेत किया। उद्घोष जाकर तुंभरण के सम्मुख खड़ा हो गया।

"इसे पहचानते हो?"

तुंभरण ने अपनी डरी हुई आँखें उद्‌घोष पर टिकाईं। अस्वीकार में सिर हिलाते हुए, सहसा उनकी आँखों में पहचान उतर आई, "यही है।"

"यह मेरे आश्रम का विद्यार्थी है, उद्‌घोष!" राम बोले, "यह तुम्हारा दास कैसे है?"

तुंभरण ने विकल आँखों से राम को देखा, "इसके पिता को मैंने अपने बल से जीता था, इसलिए वह मेरा दास हुआ। यह उसका पुत्र है, इसलिए मेरा दास है।"

"तुम्हें आज इसने युद्ध में जीता है।" राम बोले, "आज से तुम उद्‌घोष के दास हो जाओगे?"

"नहीं!" तुंभरण भय से चीखा, "नहीं! नहीं!"

"तुंभरण!" राम का स्वर दृढ़ था, "दास-प्रथा अमानवीय है—चाहे वह व्यक्ति की हो, समाज की हो या राष्ट्र की। हम उसे स्वीकार नहीं करते। तुम बलात् किसी को अपने अधीन नहीं रख सकते। उद्‌घोष स्वतंत्र मनुष्य है।...वैसे तुम्हें अपने बल का गुमान हो तो तुम उद्‌घोष से द्वंद्व-युद्ध कर सकते हो। हो तैयार?"

उद्‌घोष अपना खड्ग सँभाले आगे बढ़ा। उसके जीवन में इतने उत्साह और उल्लास का क्षण पहले कभी नहीं आया था। किंतु तुंभरण का चेहरा और भी रक्तहीन हो उठा, "नहीं।"

राम हँस पड़े, "तुम तभी तक शूर हो, जब तक दूसरा पक्ष तुमसे दुर्बल है। दूसरे पक्ष के समर्थ होते ही तुम कायर के समान भाग जाओगे।...बंदी के प्राण लेना हमारी नैतिकता के विरुद्ध है। इसलिए मैं तुम्हें एक छोटा-सा दण्ड देकर मुक्त करता हूँ। किंतु फिर कभी तुम आश्रम के आस-पास देखे गए तो तुम्हें मृत्यु दण्ड दिया जाएगा।"

राम लक्ष्मण की ओर मुड़े, "इसके हाथ ठीक-पीछे बाँध दो। इसकी पीठ और छाती पर लिखकर लगा दो कि यह कायर अधांकर में अचेत, दुर्बल लोगों की हत्याएँ करता है और समर्थ प्रतिपक्षी को देखकर भय से काँप उठता है। यह भी लिख दो कि इसे उद्‌घोष की द्वंद्व-युद्ध की चुनौती स्वीकार करने का साहस नहीं हुआ है। ...और उद्‌घोष! तुम इसे पशु के समान हाँककर आश्रम की सीमा से बाहर खदेड़ आओ।"

तुंभरण को खदेड़कर, उद्‌घोष वापस लौटा तो अकेला नहीं था। उसके साथ वाल्मीकि आश्रम के चार ब्रह्मचारी थे, जिसका नेता चेतन था।

"चेतन, तुम!" मुखर सबसे पहले बोला, "आधी रात को!"

"आवश्यक समाचार है।" चेतन बोला, "किंतु यहाँ क्या हो रहा है? आप लोग जाग ही नहीं रहे, पर्याप्त सक्रिय और स्फूर्त लग रहे हैं। फाटक भी जला पड़ा है।"

''यहाँ एक मजेदार घटना घटी है।'' राम बोले, ''वह कहानी तुम्हें सवेरे सुनाएँगे। तुम समाचार कहो। ऐसा क्या है कि ऋषि ने तुम्हें आधी रात को भेज दिया?''

''भद्र! अयोध्या का समाचार है।''

''क्या?''

''भरत लौट आए हैं। उन्होंने अपने अभिषेक का विरोध किया है और आपको मनाकर वापस अयोध्या ले जाने के संकल्प की घोषणा की है। किंतु...

''किंतु क्या?'' लक्ष्मण बोले।

''उन्होंने सेना को प्रस्तुत होने का आदेश दिया है। वे चतुरंगिणी सेना के साथ आपको मनाने आएँगे!'' चेतन के मुख पर एक वक्र मुस्कान थी।

''धोखा!'' लक्ष्मण बोले, ''मनाने के नाम पर सैनिक अभियान।''

''अभी चलकर सब लोग सो रहो।'' राम बोले, ''शेष बातें कल होंगी।''

राम अपनी कुटिया में चले आए, पीछे-पीछे सीता आईं।

''क्या सोच रहे हैं आप?'' सीता उत्कंठित हो राम की ओर देख रही थीं।

''निश्चित रूप से कुछ नहीं कह सकता।'' राम स्थिर वाणी में बोले, ''सौमित्र की आशंका भी ठीक हो सकती है; और भरत की घोषणा भी सत्य हो सकती है!'' सहसा वे मुस्कराए, ''तुम परेशान मत हो, सीते! आशंका की कोई बात नहीं है। जो आशंका सौमित्र के मन में है, वह सुयज्ञ, चित्ररथ, त्रिजट तथा गुह के मन में भी होगी। भरत की सेना आएगी तो मेरे मित्र भी अपने सैनिक-असैनिक योद्धा साथ लेकर आएँगे। फिर यदि भरत यह समझता है कि वह चित्रकूट में युद्ध करेगा तो मानना पड़ेगा कि वह सैनिक अभियानों में कच्चा है। यहाँ का भूगोल सैनिक अभियानों के उपयुक्त नहीं है। वह हार जाएगा...वैसे ऐसी आशंका होने पर हमें उसके पहुँचने से पूर्व ही उसकी मनःस्थिति की सूचना मिल जाएगी।''

''आप पूर्णतः आश्वस्त हैं?''

''पूर्णतः।''

प्रातः एक असामान्य-से कोलाहल से राम की नींद टूटी। उषा की सुनहली आभा अभी नहीं फूटी थी। अभी तो आकाश पर अंधकार की घनी परत में कोई दरक भी नहीं पड़ी थी; पक्षियों का संगीतमय कोलाहल भी आरंभ नहीं हुआ था।

पर राम की नींद टूट गई थी। दूर कहीं हल्का-सा कोलाहल सुनाई पड़ रहा था, जो क्रमशः आश्रम की ओर बढ़ रहा था।

राम उठकर बैठ गए। सीता को जगाया और कुटिया से बाहर निकल आए।

अगले ही क्षण वे पाँचों कवच धारण कर, कमर में खड्ग बाँधे, हाथों में धनुष-बाण लिये, अपने शस्त्रागार और कुटीरों को घेरे सन्नद्ध खड़े थे। चेतन तथा उसके साथी अतिथिशाला के भीतर ही रहे।

आश्रम के जले हुए फाटक में से पहले कोलाहल भीतर आया और उसके बाद एक भीड़।

राम ने अपना धनुष वाला हाथ झुका दिया। यह संकेत सबके लिए था—युद्ध नहीं होगा। सबके हाथ शिथिल पड़ गए। आने वाली भीड़ थी, सेना नहीं। वे लोग व्यूहबद्ध नहीं थे। उस सारी भीड़ में शस्त्र भी दो-चार लोगों के पास ही थे; धनुष-बाण तो किसी एक के पास भी नहीं था। यह भीड़ लड़ने नहीं आ रही थी। उसमें आक्रमण की उग्रता नहीं थी। उनकी भंगिमा पर्याप्त भिन्न थी।

भीड़ के निकट आने पर सबने आश्चर्य से देखा—भीड़ की अग्रिम पंक्ति में, मार्ग-निर्देशन करते-से झिंगुर और सुमेधा थे।

"सुमेधा!" उद्घोष जैसे अपने-आपसे बोला।

भीड़ थम गई। कोलाहल रुक गया।

सुमेधा आकर उद्घोष के साथ खड़ी हो गई। वह उसके कवच पर हाथ फिराकर स्पर्श से जान लेना चाहती थी कि वह क्या है...

"झिंगुर! तुम कैसे आए?" राम मुस्कराए, "तुम तो रात के अंधकार में छिपकर भाग गए थे।"

"इसलिए तो रात के अंधकार में छिपकर वापस भी लौटे हैं।" लक्ष्मण बोले, "सुबह तो हो लेने देते, आर्य झिंगुर! या अपने नाम का प्रभाव छोड़ नहीं पाओगे?"

झिंगुर हँसा। आज वह सारे संकोचों-ग्रंथियों से मुक्त लग रहा था। आज वह सिमटा हुआ न होकर उन्मुक्त था, "भद्र राम! मुझे क्षमा करें। तब मैं तुंभरण का आतंक अपने मन से निकाल नहीं पाया था। तब मैं आपका सामर्थ्य भी नहीं जानता था, अतः आप पर विश्वास नहीं कर सका। किंतु..."

"किंतु क्या बाबा?" सीता ने पूछा।

"किंतु कल प्रातः से ही राक्षस आपके आश्रम पर आक्रमण करने की तैयारी कर रहे थे—ग्राम का प्रत्येक निवासी इस बात को जानता था। प्रत्येक दास-ग्रामवासी की सहानुभूति आपके साथ थी; किंतु हममें से कोई आप तक सूचना पहुँचाने का साहस नहीं कर सका।" झिंगुर क्षण-भर के लिए रुका, "रात को जब आश्रम पर आक्रमण हुआ तो कुछ ग्रामवासी छिपकर राक्षसों के पीछे-पीछे आए। उन्होंने यहाँ हुई राक्षसों की दुर्गति देखी। उन्होंने देखा कि जो राक्षस ग्रामवासियों के सम्मुख सर्वशक्तिमान थे, जिनके सम्मुख कोई सिर नहीं उठा सकता था; वे मात्र पाँच शस्त्रधारियों के सम्मुख नहीं टिके। बिना युद्ध किए भाग गए। और फिर तुंभरण को भी उन्होंने देखा, जो हममें से ही एक, इस कोमल युवक कुंभकार से द्वंद्व-युद्ध का साहस नहीं कर सका।...गाँव में ये सारी सूचनाएँ पहुँचीं और हममें से अनेक के मन में संचित तुंभरण और राक्षसों का आतंक नष्ट हो गया और..."

"और तुम लोगों को प्रातः भ्रमण की सूझी!" लक्ष्मण मुस्कराए।

"वह तो सूझी ही।" झिंगुर हँस रहा था। उसने अपने साथ खड़े युवक को, उसकी भुजा से पकड़कर आगे किया, "यह है धातुकर्मी। इसने अपनी लोहे की एक छड़ से तुंभरण पर प्रहार किया। उसकी खड्ग को अपनी छड़ पर सहा और तुंभरण को यम के घर पहुँचा दिया। फिर क्या था, सारे गाँव में विप्लव हो गया।"

"साधु, मित्र!" राम बोले, "क्यों सौमित्र! यह तो तेजस्वी पुरुष है।"

"अवश्य!" लक्ष्मण की आँखों में प्रशंसा का भाव था, "इसे अब धातुकर्मी से शस्त्रकार बन जाना चाहिए।"

"तुम ठीक कह रहे हो।"

"किंतु अन्य राक्षस कहाँ गए?" सीता ने पूछा।

"वे लोग भी तो कुत्ते के समान दुम दबाए हुए गाँव में आए थे।" धतुकर्मी बोला, "गाँव का विप्लव देखकर, उसी प्रकार दुम दबाए हुए वन की ओर भाग गए।"

"वे लोग अपने मित्र राक्षसों के पास सहायता के लिए गए होंगे," उद्घोष बोला, "वे अवश्य लौटकर गाँव में आएँगे और फिर पहले से भी अधिक अत्याचार करेंगे।"

"इसीलिए तो हम सब आपके पास आए हैं।" झिंगुर उत्साह के साथ बोला, "अब हमारे मन में से राक्षसों का भय समाप्त हो गया है। वे लौटेंगे तो हम प्रतिरोध करेंगे। उसके लिए आवश्यक है कि आप हमें शस्त्र और शस्त्र-शिक्षा दें। हम उनसे युद्ध कर उन्हें भगा देंगे अथवा मार डालेंगे।"

"आपका प्रस्ताव श्लाघ्य है, आर्य झिंगुर!" राम बोले, "और यही राक्षस-समस्या का समाधान भी है। आप लोगों को सशस्त्र होना भी चाहिए। इस नई-नई स्वतंत्रता की रक्षा के लिए, आप लोगों को सैनिक शिक्षा अवश्य प्राप्त करनी चाहिए। इन सारे कामों के लिए हम पूरी तरह से आपकी सहायता करेंगे। किंतु उसके साथ एक अन्य मोर्चे पर भी आप लोगों को लड़ना होगा। आपको अपने गाँव में मानव-समता पर आधृत, समान अधिकारों वाला समाज बनाना होगा, जिसमें उत्पादन के साधनों पर सबका समान अधिकार हो। नए समाज की नई नैतिकता स्थापित करनी होगी, अन्यथा आपके अपने ग्रामवासियों में से ही गलत व्यवस्था के कारण अनेक राक्षस जन्म लेंगे; जो आज आपके मित्र हैं वे कल आपके स्वामी बन जाएँगे। अतः आपका प्रशिक्षण लंबा है..."

"तो?" भीड़ के चेहरों पर अनेक आशंकाएँ थीं।

"तो आप सबका इस आश्रम में रहना व्यावहारिक नहीं है। अब जब आप अपने गाँव के स्वामी स्वयं हैं, इस आश्रम में नया ग्राम बनाने की आवश्यकता नहीं है। हमारे पास जितने शस्त्र हैं, वे आप सबके लिए पर्याप्त भी नहीं हैं। अतः आपको अपने शस्त्रों का निर्माण भी स्वयं ही करना होगा।...आप लोग अपने गाँव लौट जाएँ। उद्घोष आपके साथ जाएँगे और शस्त्र-निर्माण की व्यवस्था करेंगे। लक्ष्मण के कहे

अनुसार आपके मित्र धातुकर्मी अब शस्त्रकार बनें। वे तथा उनके सहयोगी आपकी धातुओं को शस्त्रों में ढाल देंगे। प्रशिक्षण, सहायता, निरीक्षण तथा निर्देशन के लिए सौमित्र प्रतिदिन आपके गाँव जाएँगे। स्त्रियों के प्रशिक्षण के लिए आवश्यकतानुसार सीता भी जाएँगी। मुखर भी आवश्यकता पड़ने पर जाएँगे; इसके पश्चात् भी आवश्यकता हो तो यह आश्रम आपका है—मैं आपकी सहायता के लिए प्रस्तुत हूँ।''

राम मौन हो गए। कुछ क्षणों के लिए भीड़ पर, चमगादड़ के समान अनिश्चय आ टँगा; किंतु धीरे-धीरे वायुमण्डल की धूल के समान वह भूमि पर बैठ गया।

''ठीक है।'' उद्घोष ने कहा, ''मैं जाऊँगा।''

''कोई असुविधा तो नहीं, बंधुओ?'' राम ने पूछा।

''नहीं। आप ठीक कह रहे हैं।'' झिंगुर बोला, ''हमारा अपने घरों में अपने परिवारों के साथ रहना अधिक सुविधाजनक है। अब देखिए न, सुमेधा की माँ इस बार फिर मेरे साथ नहीं आई।''

''चलो, मित्रो!'' धातुकर्मी बोला, ''चलो गाँव की ओर।''

उन लोगों ने हाथ जोड़कर नमस्कार किया और लौट चले।

''जा रही हो, सुमेधा?'' सीता बोलीं।

''हाँ, दीदी!'' सुमेधा मुस्कराई, ''अब तो उद्घोष भी गाँव लौट रहा है। तुम कब आओगी हमारे गाँव, दीदी?''

''तेरे विवाह पर।''

''धत्!'' सुमेधा ठिठककर खड़ी हो गई, पर फिर गतिमान हो उठी, ''अब तो मैं प्रतिदिन आऊँगी, दीदी! प्रतिदिन!''

वह भीड़ के पीछे भाग गई।

संध्या समय भोजन करने बैठे तो सबने ध्यान दिया कि मुखर अतिरिक्त रूप से चुप था वह जैसे अपने भीतर किसी उधेड़ बुन में लगा हुआ था।

''क्या बात है, मुखर?'' सीता ने उसे टोका, ''आज भोजन में ध्यान नहीं है। सुमेधा और उद्घोष के विवाह से तुम्हें अपनी कोई सुमेधा तो याद नहीं आ गई?''

''नहीं, दीदी!'' छलनी में छने प्रकाश के समान, गंभीरता में से मुखर की मुस्कान उभरी, ''मेरी कोई सुमेधा नहीं है। हाँ, मुझे अपना कुटुंब याद आ गया।''

राम मुखर के चेहरे की रेखाओं को पढ़ने का प्रयत्न कर रहे थे, ''कुटुंब याद आ जाए तो कोई बुरा नहीं, मुखर! किंतु तुम्हारी याद पीड़ायुक्त है। इसलिए उसके कारण की चिंता हमें भी होती है।''

मुखर तनिक खुलकर मुस्कराया, ''चिंता की कोई बात नहीं है, आर्य! तुंभरण की मृत्यु और उद्घोष के ग्राम-वधुओं की मुक्ति से मुझमें कुछ अतिरिक्त उत्साह

जागा है। मुझे लगता है कि मैं भी अपने गाँव लौटकर उसे मुक्त कराऊँ और अपने कुटुंब का प्रतिशोध लूँ।''

लक्ष्मण खुलकर हँसे, ''बहुत अच्छे, मुखर! उद्‌घोष का ग्राम ही मुक्त नहीं हुआ, तुम्हारा मन भी मुक्त हो गया।''

राम गंभीर ही रहे, ''यह तो प्रसन्नता का विषय है, मुखर! किंतु तुम्हें जाने की अनुमति देने से पूर्व, हमें अनेक बातों पर सोच-विचार कर लेना चाहिए।''

''किन बातों पर, राम!''

''धातुकर्मी के प्रहार से तुंभरण की मृत्यु हो गई तो ग्रामवासी उत्साहित हो उठे और राक्षस भयभीत होकर भाग गए। किंतु यदि उस प्रहार से तुंभरण बच जाता और उसके खड्‌ग के प्रहार से धातुकर्मी मारा जाता तो क्या स्थिति होती?''

''राक्षस और अधिक क्रूर हो उठते।'' मुखर सिहर उठा, ''ग्रामवासियों का तेज पूर्णतः नष्ट हो जाता। इस क्षेत्र में फिर कोई राक्षसों के विरोध का साहस न करता।''

''इन परिणामों की कभी उपेक्षा मत करना, मुखर!'' राम सहज हो गए, ''तुम एकाकी जाकर खर और दूषण के सैनिकों से टकरा जाओगे तो तुम्हारी निश्चित मृत्यु है; और उसका प्रभाव राक्षसों के आत्मबल को बढ़ाने में सहायक होगा। ऐसा कोई काम मत करना, मेरे मित्र! ऐसा बलिदान पाप है, जिससे अत्याचारियों का आत्मबल बढ़े। उससे तो कहीं अच्छा है कि तुम ऋषियों के समान, राक्षसों के प्रतिरोध में, जन-सामान्य में आक्रोश जगाने के लिए सार्वजनिक ढंग से आत्मदाह कर लो।''

''नहीं, राम! मैं केवल बलिदान नहीं चाहता; मैं तो प्रतिशोध चाहता हूँ।'' मुखर बोला, ''मेरे मरने का क्या लाभ, यदि राक्षसों की तनिक-सी हानि भी न हो।''

''तो मित्र! अपने-आपको तैयार करो। सारे पीड़ितों को तैयार करो।'' राम ने सहास कहा, ''अकेला बलिदान कुछ नहीं करेगा। शुभ कर्मों के लिए जागरण, संगठन और बलिदान—तीनों की आवश्यकता होती है। नहीं तो, मैं भी कब से जा रावण से टकराया होता और छोटे-मोटे तुंभरणों की स्वतः समाप्ति हो जाती। किंतु अभी संगठन नहीं है, अतः रावण से टकराना मूर्खता होगी।...यह मत समझना कि मैं इक्के-दुक्के बलिदानों का महत्त्व नहीं मानता। उनका महत्त्व अपने स्थान पर है। उद्‌घोष के ग्रम की घटना के समान विस्फोट का भी अपना महत्त्व है। ऐसे विस्फोट असफल भी हो जाएँ तो खाद का काम तो करते ही हैं। किंतु उन विस्फोटों के पीछे पूर्व-योजना नहीं होती—वह तो प्राकृतिक प्रक्रिया है। तुम्हारा प्रयास उससे भिन्न होगा।''

मुखर की आकृति पर सहमति का भाव था, ''ठीक कहते हैं, आर्य!''

भोजन के पश्चात् सब लोग अपने-अपने कार्यों में लग गए। किंतु राम के मन में मुखर से हुई बातचीत अनेक नए प्रश्न जगा गई थी।

पहले भी उनके मन ने सिद्धाश्रम और कालकाचार्य के आश्रम की तुलना की थी। आज फिर कालकाचार्य का बिंब बार-बार उनके मन में उभर रहा था। वे मुखर और उद्घोष से अजाने ही उनकी तुलना कर रहे थे। राम को अपने आश्रम में आया देखकर, हर बार कालकाचार्य द्वंद्व में ग्रस्त हो जाते थे। उनमें उत्साह कम और संकोच अधिक होता था। जैसे वे राम को उस आग के समान मानते थे, जो दूर रहकर प्रकाश तो देती है, किंतु निकट जाने पर ताप भी देती है। उनकी सावधानी ध्यान देने योग्य थी। खुलकर न तो कभी उन्होंने राम का स्वागत किया था, न उन्हें अपने आश्रम पर निमंत्रित किया था। राम को सदा लगा कि वे ऐसे भीरु सज्जन हैं, जो यह तो जानते हैं कि शोषक कौन है, वे यह चाहते भी है कि कोई उस शोषक का अंत कर दे; किंतु यह नहीं चाहते कि उनका अपना नाम कहीं बीच में आए। वे उस वर्ग के प्रतिनिधि थे, जो अपनी समस्त सद्भावनाओं और न्याय-बुद्धि के बावजूद दुष्ट का ताड़न करने के लिए साहस नहीं जुटा पाता है; जो संघर्ष में से सवंय को बचाए रखना चाहता है; जो अपना दामन बचाकर क्रांति की आकांक्षा करता है।...पर वह शत्रु नहीं है। उस वर्ग से भी निरंतर संपर्क बनाए रखना होगा; उसके आत्मबल को जगाने का प्रयत्न करते रहना होगा। शायद उनका आत्मबल जागे, न भी जागे...

और फिर मुखर के समान राम को भी अपने कुटुंब का ध्यान हो आया। ...अभी तक अयोध्या से भरत के प्रस्थान का समाचार नहीं मिला था। वहाँ क्या घटित हो रहा था—या कुछ भी घटित नहीं हो रहा था? संभवतः वहाँ ऐसा कुछ भी नहीं हुआ था, जिसकी सूचना उस दिन तक तुरंत पहुँचाई जाती, नहीं तो कोई-न-कोई उन तक अवश्य पहुँचता।...किंतु जब तक निश्चित समाचार मिल नहीं जाता, तब तक राम आगे नहीं बढ़ सकते। उन्हें यहीं रुकना होगा।...

रात गए, बड़ी देर तक, राम भविष्य के विषय में सोचते रहे।

6

कुटिया के द्वार पर एक पेड़ की छाया में, सीता छोटा-मोटा घरेलू काम लिये बैठी थीं। उनके पास ही बैठी सुमेधा तकली पर सूत कात रही थी। बीच-बीच में बातें भी हो जाती थीं और फिर दोनों का ध्यान अपने-अपने काम की ओर चला जाता था।

दोपहर तक का अपना काम समाप्त कर, सुमेधा हाथों को उलझाए रखने का कोई काम लेकर प्रायः सीता के पास आ बैठती और वन-ग्राम के अनेक समाचार दे जाती। उद्घोष बहुत व्यस्त था—कभी शस्त्र-निर्माण, कभी प्रशिक्षण, कभी अभ्यास,

कभी खेतों में काम, कभी गाँव के कार्यालय में, कभी मूर्ति-निर्माण, कभी कुंभ...सुमेधा भी अपने ढंग से व्यस्त थी; किंतु अपनी सारी व्यस्तता में भी सीता के पास जाने का समय वह निकाल ही लेती, सिवाय उन दिनों के, जिन दिनों सीता को उनके ग्राम जाना होता था।

इधर लक्ष्मण भी काफी व्यस्त हो उठे थे। वन में ईंधन, कंद-मूल, फल अथवा अहेर का लाना तो नित्य-कर्म था ही; कुटीरों को दृढ़ करने, बाड़े की मरम्मत तथा अन्य कामों के लिए लकड़ी की अतिरिक्त आवश्यकता भी रहती थी।...अनेक कार्यों से वन के विभिन्न आश्रमों तथा अनेक ग्रामों में भी जाना पड़ता था। समवयस्क युवकों से उनका संपर्क स्थापित हो गया था। उनके प्रभाव-क्षेत्र में आश्रमों के ब्रह्मचारी भी थे और ग्रामवासी युवक भी। लक्ष्मण उनके नेता बन उन्हें शस्त्रों का अभ्यास कराया करते थे। दोपहर के भोजन के पश्चात् प्रायः लक्ष्मण इसी शिक्षण के लिए चले जाया करते थे।

राम ने सीता को शस्त्राभ्यास करा दिया था—मुखर को सक्षम बना दिया था; और अब सुमेधा भी दोपहर को सीता के पास आ जाती थी। उसने उद्घोष से थोड़ा-बहुत शस्त्र-परिचालन भी सीख लिया था। राम भी अपने परिवेश पर दृष्टिपात करने के लिए चले जाया करते थे।

किंतु अपने आश्रम से अधिक दूर वे नहीं जाते थे। सीता एक सीमा तक ही अपनी सहायता कर सकती थीं, आवश्यकता होने पर सहायता के लिए मुखर भी वहाँ था; किंतु शस्त्रागार अपनी रक्षा में स्वयं सक्षम नहीं था। राम अथवा लक्ष्मण में से एक का आश्रम के समीप ही कहीं बने रहना आवश्यक था।

...आज भी सुमेधा को, सीता के पास आया देख, वे थोड़ी देर के लिए, कालकाचार्य से मिलने चले गए थे।

...सहसा सीता ने आश्रम के बाड़े के फाटक के खुलने का शब्द सुना। उन्होंने विस्मय से गर्दन घुमाकर उस ओर देखा—इतनी जल्दी तो न राम के आने की आशा थी, न लक्ष्मण की।

आगंतुक कोई अन्य ही था—सीता के लिए पूर्णतः अपरिचित! आरंभिक दिनों में, इस प्रकार किसी अपरिचित को समीप आते देखकर, सीता बुरी तरह चौंक उठती थीं। किंतु अब कुछ-कुछ अभ्यास हो गया था। इस वन में भी खोज-खोजकर, दूर और पास के लोग, राम को मिलने के लिए आते थे। राम थे ही ऐसे—किसी भी व्यक्ति के लिए सहज-सुलभ, खुले और ईमानदार। कोई भी व्यक्ति आकर, उनसे अपनी समस्याएँ कह, परामर्श और यदि आवश्यक हो तो सहायता प्राप्त कर सकता था।

कदाचित् आगंतुक भी कोई ऐसा ही व्यक्ति रहा होगा।

आगुंतक स्थिर पगों से अब सीता और सुमेधा की ओर बढ़ रहा था। सीता ने देखा—वह कोई स्थानीय व्यक्ति नहीं लगता था। वह ऊँचा, लंबा और स्वस्थ युवक

था। वय चालीस-बयालीस के आस-पास होगा। रंग उसका गोरा था, सिर पर लंबे-लंबे पीत केश थे। आँखें कुछ नीली थीं और उसने राजसी वेशभूषा धारण कर रखी थी। सीता के ज्ञान के अनुसार, इस पुरुष को उत्तर कुरु के उस पार का वासी होना चाहिए। इतनी दूर से यह राजपुरुष यहाँ क्या करने आया है?

वह सीता तथा सुमेधा से उचित दूरी बनाए, शिष्ट भाव से खड़ा हो गया, "क्या आर्य राम का आश्रम यही है?"

उसका स्वर सुनकर सीता चौंक उठीं। कैसा कर्कश स्वर था इस पुरुष का—एकदम वनैले कौवे का-सा। और आँखें भी तो वैसे ही थीं—छोटी-छोटी, तीखी और गोल। कौआ, एकदम कौआ। सीता ने सोचा—मनुष्य के शरीर में कौवे की आत्मा। उसके शब्द पर्याप्त शिष्ट थे, किंतु उसके चेहरे का भाव वैसा नहीं था...

सुमेधा उसे देखकर अपने-आप में सिमट गई।

सीता ने अपने आत्मबल का आह्वान कर, निर्भीक स्वर में कहा, "आर्य ठीक स्थान पर आए हैं; किंतु राम इस समय आश्रम में उपस्थित नहीं हैं।"

"आर्य लक्ष्मण?"

"वे भी कहीं गए हुए हैं।" सीता बोलीं, "आप अतिथिशाला में ठहरें, वे लोग शीघ्र ही आ जाएँगे।"

आगंतुक के चेहरे की रही-सही शिष्टता भी धुल गई। उसके मन के भाव निरावृत्त होकर उसके चेहरे पर प्रकट हुए।

"राम से मुझे कोई काम नहीं है। मैं तो तुम्हारे लिए ही आया हूँ, सुंदरी!"

सुमेधा आशंका से पीली पड़ गई।

सीता ने साहस नहीं छोड़ा, "कौन है तू, अभद्र? तू नहीं जानता, राम और सौमित्र को तनिक-सी सूचना भी मिल गई तो मेरा मुंड, रुंड से पृथक् हो, धरती पर लोट जाएगा।"

पर आगंतुक जैसे कुछ भी नहीं सुन रहा था।

"सुमेधा!" सीता धीरे से बोलीं, "खड्ग ला। मैं इस दुष्ट को देखती हूँ।"

सुमेधा शस्त्रागार के भीतर घुस गई।

आगंतुक ने उसे देखा। कुछ सोचकर मुस्कराया, "तुम्हारी सखी समझदार है, सीते! वह जानती है, वह कब और कहाँ अवांछित है।"

वह सधे पगों से आगे बढ़ रहा था।

"तुम्हारी बुद्धि की बलिहारी। किंतु तुम रुक जाओ।" सीता ने आदेश दिया, "नहीं तो तुम्हारी समझ में अच्छी तरह आ जाएगा कि तुम कब और कहाँ अवांछित हो।"

"शुभ लक्षणे!" आगंतुक के चेहरे पर वीभत्स मुस्कान उभरी, "अपने विषय में मैं अच्छी तरह जानता हूँ; तुम्हें ही अपना मूल्य ज्ञात नहीं। तुमहें क्या मालूम,

मैंने संसार में कहा-कहाँ तुम्हारे रूप की चर्चा सुनी है और मैं कितनी दूर से तुम्हें पाने के लिए आया हूँ।...''

''मौन हो, दुष्ट!'' सीता के भरपूर हाथ का चाँटा आगंतुक के मुख पर पड़ा।

क्षण-भर के लिए आगंतुक हतप्रभ रह गया, वह इस प्रकार के प्रहार के लिए तैयार नहीं था। किंतु दूसरे ही क्षण वह सीता पर झपट पड़ा। उसने सीता को अपनी भुजाओं में बाँध लिया था। उसकी जकड़ में निरुपाय सीता, छूटने के लिए तड़प रही थीं...

तभी सुमेधा ने पीछे से आगंतुक की पीठ में खड्ग अड़ा दिया।

सीता उसकी पकड़ में से निकल गईं। वह पीछे की ओर पलटा।

तब तक सीता सुमेधा से दूसरा खड्ग ले चुकी थीं; और वे प्रहार के लिए सन्नद्ध थीं।

आगंतुक ने भी अपना लंबा खड्ग कोष से निकाल लिया।

''सीता! समर्पण कर दो, अन्यथा प्राणों से जाओगी।'' वह अत्यंत क्रूर दिखाई पड़ रहा था।

''दुष्ट! तू भी देख, किसके प्राण पृथ्वी को भारी हो रहे हैं।'' सीता बोलीं, ''सुमेधा! मुखर को बुला ला।''

तभी लौटकर राम बाड़े के फाटक पर पहुँचे। वे कालकाचार्य से हुई बातचीत पर विचार करते हुए आत्मलीन-से चले आ रहे थे। अभ्यस्त हाथ बाड़े का फाटक खोलने के लिए आगे बढ़े तो ध्यान आया कि फाटक तो खुला है। दृष्टि उठाकर देखा तो चौंक उठे—सुमेधा भागी हुई, कदाचित् मुखर की कुटिया की ओर जा रही थी। सीता खड्ग लिये हुए द्वंद्व-युद्ध के लिए तत्पर थीं और एक राजसी पुरुष लंबा खड्ग लिये, सीता पर प्रहार करने जा रहा था।

राम की शिराओं का रक्त एकदम उफन पड़ा—कौन है यह दुस्साहसी राजपुरुष! वह उनकी पत्नी पर प्रहार करने जा रहा था। सीता कितनी ही साहसी और सक्षम क्यों न हों, कदाचित् एक दक्ष और अभ्यस्त योद्धा का सामना अभी नहीं कर सकतीं। राम को तनिक भी विलंब हो गया होता तो यहाँ कोई दुर्घटना घट गई होती...तुंभरण के वध के बाद से राम जैसे आशंका-रहित हो गए थे, किंतु यह स्थान उतना सुरक्षित नहीं था।

राम अपना खड्ग नग्न कर झपटे और कूदकर सीता और उस पुरुष के मध्य आ खड़े हुए। सीता और आगुंतक दोनों ही चौंक पड़े।

सीता का सारा भय और समस्त आशकाएँ क्षणांश में विलुप्त हो गईं। उनके राम आ गए थे और राम संसार के किसी भी योद्धा को द्वंद्व की चुनौती दे सकते थे।

वे सहज और शांत हो गईं।

सीता ने देखा, राम का क्षोभ भी समाप्त हो चुका था। आत्मविश्वासी राम निश्‍चिंत मुद्रा में खड्ग लिये खड़े थे, जैसे उनके सामने खड्गधारी योद्धा न हो, कोई

चूहा खड़ा हो...चूहा नहीं, कौआ! साधारण कौआ, जिसे हुश्काकर, डराकर भगा दिया जाए।

आगुंतक राम को देखकर भी संकुचित नहीं हुआ था। अपने दुष्कृत्य के लिए वह रंचमात्र भी लज्जित नहीं था। उसने अपनी ओर से राम पर जोरदार आक्रमण किया। पर राम उससे जैसे खड्ग-युद्ध नहीं कर रहे थे, खेल कर रहे थे उन्होंने खड्ग को लाठी के समान जोर से चलाया। आगुंतक का खड्ग, उसके हाथ से निकल, हवा में उड़ता हुआ दूर जा गिरा।

''यह तो एकदम ही कौआ निकला। किसी को असावधान पाकर झपट पड़ने में ही उसका बल था।'' सीता मुस्करा पड़ीं।

आगुंतक राम का सामर्थ्य पहचान भय से पीला पड़ गया। वह उलटकर भागा...

राम ने खड्ग से प्रहार नहीं किया। लपककर उसके मार्ग में टाँग अड़ा दी। आगुंतक धड़ाम से पृथ्वी पर आ गिरा।

राम ने आगे बढ़कर उसके कंठ पर अपना पैर जमा दिया।

''सीते! आओ, इसकी वीरता देखो।'' उन्होंने पुकारा।

तब तक मुखर भी हाथ में धनुष-बाण लिये सुमेधा के साथ भागता हुआ आ पहुँचा। राम को आगुंतक के कंठ पर पग धरे देख, वे दोनों ही सहज हो गए और तेजी से चलते हुए पास आकर ठहर गए।

सीता राम के पास पहुँच गई थीं।

राम अपना पग क्रमशः दबा रहे थे।

आगंतुक के चेहरे पर भय के स्थान पर अब क्षोभ था। उसकी आँखें पीड़ा और अपमान से लाल हो रही थीं, ''तुम जानते नहीं हो, राम! तभी यह दुस्साहस कर रहे हो। मैं तुम्हें दण्ड दिलवाऊँगा।''

''अच्छा! इस क्षेत्र में चोर भी दण्ड दिलवाने की धमकी देते हैं।'' राम मुस्कराए, ''तुम्हें लज्जा तो तनिक भी नहीं आई, दुष्ट! कोई विशेष चीज़ लगते हो। किससे दण्ड दिलवाओगे?''

''ब्रह्मा से।'' आगुंतक के चेहरे पर दुश्चरित्र समृद्धि खुल खेली थी।

राम मुस्कराए, ''ब्रह्मा का भय दिखा रहे है, भद्र पुरुष! क्या ब्रह्मा तुम जैसे दुष्टों की रक्षा करते फिरते हैं? फिर तो मुझे लगता है कि किसी दिन मुझे स्वयं ब्रह्मा से भी निबटना पड़ेगा।''

उन्होंने अपना पैर कुछ और दबाया।

''जानते हो।'' आगुंतक पीड़ा और क्रोध के मिश्रित स्वर में बोला, ''तुम जो मेरा अपमान कर रहे हो, उसके लिए तुम्हें कभी क्षमा नहीं किया जाएगा। तुम्हें कदाचित् मालूम नहीं कि मैं इंद्र का पुत्र जयंत हूँ।''

"इंद्र का पुत्र!" राम की स्मृति के सारे तंतु एक साथ ही झनझना उठे, "तुम बाप-बेटा एक ही काम करते फिरते हो, दुष्टो! मेरे मन से अहल्या पर हुए अत्याचार की छाया अभी मिटी नहीं, और तुम आ गए। दुष्ट सत्ताधारी के संपन्न विलासी पुत्र! मैंने इंद्र को सम्मुख पाकर उसकी हत्या का प्रण किया था—वह तो मेरे सामने नहीं आया। आज तुम आए हो। बोलो, तुम्हें क्या दण्ड दिया जाए?"

राम का खड्ग जयंत के वक्ष पर जा लगा।

जयंत को पसीना आ गया। उसका स्वर काँप गया, पर वह अपना संपूर्ण साहस बटोरकर, निर्भयता का अभिनय करता हुआ बोला, "तुम ब्रह्मा से नहीं डरते? तुम इंद्र से नहीं डरते?"

"मैं किसी दुष्ट अथवा दुष्टता के संरक्षक से नहीं डरता।" राम बोले, "मैं ऐसे लोगों से घृणा करता हूँ। बड़े-बड़े नाम लेकर मुझे मत डराओ। सत्ताधारियों और उनके पुत्रों के अत्याचारों की कथा सुनकर मेरे मन में घृणा की आग धधकने लगती है। मैं दुष्टता का समूल नाश करने को वचनबद्ध हूँ—चाहे वे दुष्ट कितने ही सबल, सत्ता-संपन्न अथवा धनवान हों।"

राम के पाँव का दबाव बढ़ता जा रहा था और खड्ग की नोक जयंत को बुरी तरह चुभने लगी थी। उसका निर्भयता का अभिनय चल नहीं पाया। उसके चेहरे का साहस राम की अडिगता का ताप पाकर हिम के समान गल गया।

उसके चेहरे पर दीनता आ गई। स्वर घिघियाने लगा, "मुझे क्षमा करो, राम! मैं तुम्हारे चरण छूकर, तुमसे जीवन की भीख माँगता हूँ।"

उसने दोनों हाथों से राम का पाँव पकड़ लिया। आँखों से अश्रु बहने लगे और होंठ रोने के लिए फैल गए।

राम ने अपना पग उसके कंठ से हटा लिया, "इतने ही वीर थे तुम, इंद्र-पुत्र जयंत! सीता पर प्रहार करते हुए कदाचित् तुम्हें अपना कोमल कंठ याद नहीं रहा...।"

"मुझे क्षमा करो, राम!" जयंत ने भूमि से उठकर राम के चरणों पर अपना मस्तक रख दिया, "मैं तुम्हारी शरण में आया हूँ। मुझे प्राणों की भीख दो। मुझे अभयदान दो।"

"थोड़ी देर पहले तो तू देवी सीता की शरण में आया था, दुष्ट!"

सुमेधा ने घृणा से पृथ्वी पर थूक दिया।

राम मुस्कराए, "मुझे मेरे आदर्शों में बाँधने की कुटिलता मत करो, पापी पिता के पापी पुत्र! क्षत्रिय शरण में आए व्यक्ति की रक्षा अवश्य करता है, किंतु मैं तुम-जैसे नीच की शरण-याचना को एक षड्यंत्र मानता हूँ। अभय नहीं दूँगा, चाहे प्राणदान न दूँ। दण्ड तुम्हें अवश्य मिलेगा। मैं तुम्हारे प्राण नहीं लूँगा, पर अंग-भंग अवश्य करूँगा।"

"अंग-भग!" जयंत की घिग्घी बँध गई।

"हाँ! अंग-भंग!" राम बोले, "सीता पर दृष्टि डालने के कारण तुम्हारी एक आँख फोड़ दूँ अथवा प्रहार करने के कारण एक हाथ काट डालूँ?"

"मुझे क्षमा करो, राम!" जयंत रोता हुआ राम के चरणों से लिपट गया, "मैं पिताजी से कहकर तुम जो चाहोगे, दिलवा दूँगा—राज, धन..."

"विलंब मत करो।" राम बोले, "मेरी बात का उत्तर दो। विलंब तुम्हारे लिए हितकर नहीं होगा। लक्ष्मण आ गए तो मेरे निषेध पर भी वे तुम्हारी हत्या कर डालेंगे।..."

"लक्ष्मण!" जयंत क्षण-भर के लिए जड़ हो गया, पर फिर जैसे जागकर रोता हुआ बोला, "मेरा हाथ मत काटो। मेरा हाथ मत..."

"तो ले।" राम ने अपने तूणीर में से तीखे फलक का एक बाण निकाला।

जयंत ने मुख ऊपर उठाकर राम की ओर देखा ही था कि चीख मारकर पृथ्वी पर उलट गया। वह जान ही नहीं पाया कि राम ने किस कौशल से बाण के फलक से उसकी बाईं आँख बींध दी थी।

"चले जाओ!" राम ने आदेश दिया।

जयंत सरपट भागता हुआ आश्रम की सीमा से निकल गया।

राम ने मुड़कर सीता को देखा। सीता के कंधे से बहता हुआ रक्त, उनके वक्ष पर आ गया था।

"सीते! यह क्या है, प्रिये?"

सीता ने लापरवाही से कंधा झटक दिया, "कौआ चोंच मार गया।"

राम के मन में जयंत का कर्कश स्वर एक छोटी, गोल, तीखी आँखें कौंध गईं। वे हँस पड़े, "ठीक कहती हो, प्रिये!" वे मुड़े, "सुमेधा! सीता के घाव का उपचार कर दो, देवि! और मुखर! तुम जाओ, मित्र! अब कोई आशंका नहीं।"

फाटक को बंद करने की ध्वनि सुनकर राम मुड़े। लक्ष्मण कंधे पर धनुष टाँगे, मस्त से कुछ गुनगुनाते चले आ रहे थे। उनके साथ चेतन तथा वाल्मीकि-आश्रम के दो ब्रह्मचारी और थे।

"यहाँ कुछ हुआ है, भैया?" उन्होंने सब लोगों पर जिज्ञासापूर्ण दृष्टि डाली।

"कुछ विशेष नहीं। एक धृष्ट कौआ आया था, हुश्काकर भगा दिया।" राम मुस्कराए, "और तुम सुनाओ, चेतन! क्या समाचार लाए?"

चेतन मुरझाया, "आर्य! यह न मान लें कि मैं केवल समाचार ही लाता हूँ, कभी-कभी वैसे भी आपसे मिलने की इच्छा होती है।"

"किंतु आज मैं समाचार लेकर ही आया हूँ।" लक्ष्मण बोले।

"जी!"

"क्या समाचार है?" राम ने पूछा।

"भरत अयोध्या से चल चुके हैं। संदेशवाहक के चलने तक वे शृंगवेरपुर तक पहुँच चुके थे और निषादराज गुह के अतिथि थे। उनके साथ अयोध्या की सेना

के साथ-साथ, मंत्रि-मण्डल, राजगुरु तथा अपनी तीनों माताएँ भी आ रही हैं। अगले दिन उनके साथ गुह भी अपनी सेना प्रस्थान करने वाले थे।''

''समाचार तो बुरा नहीं।'' राम बोले, ''यदि माताएँ, मंत्रि-मण्डल, राजगुरु तथा गुह भी साथ हैं, तो भरत का प्रयोजन सैनिक अभियान नहीं हो सकता।''

''पर भैया, यह न भूलें कि भरत कैकेयी का पुत्र है।'' लक्ष्मण का स्वर तीखा था।

राम मुस्कराए, ''यह बात भी मेरे ध्यान में है।''

''किंतु राम!'' चेतन बोला, ''ऋषि भरद्वाज और कुलपति वाल्मीकि दूसरी आशंका से पीड़ित हैं।''

''वह क्या?'' सीता ने पूदा।

''यदि भरत सचमुच मनाने आ रहे हों और राम भाई की बात मानकर लौट गए...''

राम हँस पड़े, ''ऋषि से कह देना, आशंका-मुक्त हो जाएँ।''

सीता अपनी कुटिया से निकलकर, टीले ढाल की ओर आईं।

पूरी ढाल हरी-भरी हो गई थी। पिछले कई महीनों के कठिन परिश्रम से यह भूमि खेतों में बदली जा सकी थी। खेत भी कैसे, जैसे समतल भूमि को उठाकर खड़ा कर दिया गया हो। सीता ने अपने हाथों से इस ढाल को खोदा-गोड़ा था, मंदाकिनी से पानी ला-लाकर उसे सींचा था। पहले तो पानी कहीं ठहरता ही नहीं था, मंदाकिनी की धारा में पुनः मिलने के लिए, किसी विरही के समान भागता चला जाता था। सीता ने बडे धैर्य और परिश्रम से क्यारियाँ बनाई थीं और पानी को रोकने का प्रबंध किया था। समय मिलने पर राम और लक्ष्मण भी उनकी सहायता कर दिया करते थे। मुखर तथा सुमेधा भी यथासंभव सहयोग दिया करते थे, किंतु मूल रूप से यह सीता का ही दायित्व था।

सीता ने अपने परिश्रम के फले फल को बड़ी तृप्ति से देखा; किंतु एक आश्चर्य भी था उनके मन में। जाने चित्रकूट की मिट्टी में कोई ऐसी बात थी या मंदाकिनी के जल में ही कोई ऐसी विशेषता थी—फलने को तो सब कुछ फलता था किंतु जिस वैभव के साथ बैंगन फलता था, न कोई अन्य सब्जी फलती थी, न फल, न फूल।

''क्या बात है, सीते?'' राम आकर उनके साथ खड़े हो गए, ''अपना बैंगन पारावार देख रही हो।''

सीता मुस्कराईं, ''यहाँ तो स्थिति यह है कि आम के वृक्ष पर भी बैंगन ही फलेंगे।''

''फिर खेती पर अधिक परिश्रम क्या करना।'' राम मुस्कराए, ''आओ, तनिक नाव खेने का अभ्यास हो जाए।''

राम नीचे उतरते चले गए, जाकर मंदाकिनी के तट पर रुके। खूँटे से बँधी नाव उन्होंने खोल ली और सीता की प्रतीक्षा करने लगे।

सीता का शस्त्राभ्यास काफी आगे बढ़ गया था। राम नये-नये शस्त्रों के साथ अन्य प्रकार के शारीरिक व्यायाम भी जोड़ते जा रहे थे। तैरने और नाव चलाने का साधारण ज्ञान सीता को पहले से ही था; किंतु राम अब उन्हें अकेले बड़ी नौका खेने, उसकी गति बढ़ाने, किसी भागती हुई नाव का पीछा करने इत्यादि का अभ्यास करा रहे थे।

सीता नाव में बैठीं तो राम ने चप्पू उन्हें थमा दिए, ''चलाओ।''

सीता ने चप्पू थाम लिये। नाव चल पड़ी।

''आप नौका-प्रशिक्षण पर इतना बल देते हैं।'' सीता बोलीं, ''पर्वतारोहण इत्यादि का भी तो अभ्यास करना चाहिए। पिछले सप्ताह जब वर्षा में भीगते, चट्टानों पर फिसलते हम चित्रकूट की विभिन्न चोटियों पर घूमते फिरे थे, तो कितना आनंद आया था।''

''नौका-प्रशिक्षण आनंद के लिए नहीं है, देवि!'' राम मुस्कराए, ''शत्रु से बचने के लिए, किसी अत्यंत बीहड़ स्थिति में निकल भागने के लिए, तुम्हारे पास एक ही मार्ग है—मंदाकिनी। तुम्हें इससे पूरी तरह परिचित होना चाहिए।''

''आपको लगता है कि हम अब भी यहाँ सुरक्षित नहीं हैं?'' सीता ने राम को आश्चर्य से देखा, ''हमें यहाँ आए दस मास हो चुके हैं। मुझे तो आस-पास शांति लगती है। कभी-कभार जयंत जैसा कोई दुष्ट आ जाए...''

''भली कहीं जयंत की,'' राम मुस्कराए, ''उसके परिवार की तो पीढ़ियों से यही परंपरा है। पर मैं देख रहा हूँ कि यहाँ नित नये रावण, इंद्र और जयंत पैदा हो रहे हैं। मैंने सुना है कि जंयत कई दिनों से इस क्षेत्र में घूम रहा था और विभिन्न आश्रमों और ग्रामों में दुष्टता दिखाने का प्रयत्न कर चुका था।''

''हाँ! आज सुमेधा भी कुछ ऐसे ही समाचार लाई थी।''

''पर मैं कुछ और सोच रहा हूँ, सीते!'' राम गंभीर हो गए, ''भरत ससैन्य आ रहा है। कह नहीं सकता, ऊँट किस करवट बैठेगा। संभावना कम दीखती है, पर यदि भरत के मन में खोट हुआ तो हमें उसका तो सामना करना ही होगा; यहाँ के दमित राक्षस भी हमारे विरुद्ध खड़े होंगे। इस समय मेरा समस्त ध्यान उस ओर लगा हुआ है।—जाने क्या हो। भरत क्या करे और उनकी प्रतिक्रिया यहाँ क्या हो...''

''आप ठीक कहते हैं, राम!'' सीता दूर क्षितिज को देख रही थीं, ''हमें प्रत्येक स्थिति के लिए तैयार रहना चाहिए।''

7

संध्या का झुटपुटा क्रमशः गहराता जा रहा था। सारा वन-प्रांत शांत होता जा रहा था। आश्रमों से बाहर गए हुए लोग आश्रमों में लौटते आ रहे थे। थोड़ी देर में पूर्ण

अधिकार होते ही वन में पूर्ण शांति भी हो जाएगी। आश्रमों के बाड़ों के फाटक बंद हो जाएँगे और लोग अपनी कुटिया में दीपक के निकट अथवा कुटियों के द्वार पर अग्नि के पास बैठे होंगे।

ब्रह्मचारी अश्विनी तेजी से पग बढ़ाता हुआ, अपने आश्रम की ओर चला जा रहा था। आज वन में विलंब हो गया था। कहीं ऐसा न हो कि वह वन-प्रांतर में ही हो और पहले ही बाड़े का फाटक बंद हो जाए। एक बार फाटक बंद हो जाए तो उसे खुलवाने में पर्याप्त कठिनाई हो जाती है। भीतर वाले लोग जब तक कोई ऐसा प्रमाण प्राप्त नहीं कर लेते कि आगुंतक आश्रमवासी ही है, अथवा उसके बहाने कोई और तो भीतर नहीं घुस आएगा, अथवा आस-पास कोई राक्षस या हिंस्र पशु तो नहीं है—तब तक फाटक नहीं खोलते। और इस सारी प्रक्रिया में इतना विलंब और कोलाहल होता है कि प्रत्येक आश्रमवासी को यह मालूम हो जाता है कि अमुक व्यक्ति विलंब से आया है तथा उसके कारण सबको असुविधा हुई है।

जल्दी-जल्दी चलने के कारण अश्विनी की साँस फूल गई थी और शरीर पसीने से भीग गया था। संतोष यही था कि अधिक देर नहीं हुई। वह समय से आश्रम में आ पहुँचा था, अभी फाटक बंद नहीं हुआ था।

आश्रम की सीमा में प्रवेश करते ही, उसकी गति धीमी पड़ गई। तब उसे अनुभव हुआ कि वह बहुत दूर से असाधारण तेजी से चलता हुआ आया है और उसने अपने शरीर को बहुत अधिक थका डाला है। आसन्न संकट के कारण उसका ध्यान अब तक इस ओर नहीं था, उसके मानसिक तनाव ने उसे शारीरिक कष्ट के प्रति सजग होने ही नहीं दिया था। किंतु अब उसके शरीर में अधिक कार्य-क्षमता नहीं थी। न तो वह तेजी से चल सकता था और न सिर पर रखा लकड़ियों का बोझ ही अधिक ढो सकता था। पर अब वह आश्रम में प्रवेश कर चुका था; किसी-न-किसी प्रकार कुटिया तक भी पहुँच ही जाएगा।

वह घिसटता हुआ अपनी कुटिया तक आया। भिड़ा हुआ द्वार खोला और सिर का बोझ धरती पर पटककर सुस्ताने बैठ गया।

कुटिया के भीतर पूरी तरह अँधेरा था; किंतु थकावट के कारण दीपक जलाने का उद्यम वह कर नहीं पा रहा था। तेज-तेज साँस लेता वह चुपचाप बैठा रहा। थोड़ा सुस्ता लेगा तो फिर उठकर दीपक जलाएगा...

क्रमशः साँस स्थिर हुई; आँखें भी अंधकार में देखने की अभ्यस्त होती गईं। उसने उठकर कुटिया के कोने में रखा दीपक जलाया और घूमा...

दीपक के प्रकाश में, दूसरे कोने में खड़े एक विराट शरीर पर उसकी आँखें जड़ होकर जम गईं। सारे शरीर का रक्त उसके मस्तिष्क की ओर दौड़ रहा था और हाथ-पाँव ठण्डे पड़ते जा रहे थे। उसे लगा, वह चक्कर खाकर गिर पड़ेगा। दीवार का सहारा लेकर, वह भूमि पर बैठ गया।

उस विराट आकार के राक्षस के हाथ में एक भयंकर परशु था और वह हँस रहा था।

राक्षस धीरे से पास चला आया, "यदि तुमने चिल्लाने का प्रयत्न किया तो याद रखना, यह परशु बहुत धारदार है। मैंने बहुत दिनों से नर-मांस भी नहीं खाया।"

अश्विन फटी-फटी आँखों से चुपचाप उस राक्षस को देखता रहा।

"यह धनुष यहाँ कैसे आया?" राक्षस ने कुटिया की छत से टँगा हुआ धनुष उतार लिया।

अश्विन ने कोई उत्तर नहीं दिया।

"बोलता क्यों नहीं?" राक्षस ने तीखी आवाज में डाँटा और दाएँ पैर की एक भरपूर ठोकर, बैठे हुए अश्विन के बगल में मारी।

अश्विनी कराहता हुआ, पृथ्वी पर उलट गया।

"बोल!"

"अश्विन ने अपने होंठों को जीभ से गीला किया और बोला, "मैंने बनाया है।"

"किसने सिखाया?"

"लक्ष्मण ने।"

"क्यों बनाया?"

"आत्म-रक्षा के लिए।"

"आत्म-रक्षा!" राक्षस की आँखें लाल हो गईं, "किससे करेगा अपनी रक्षा? हसमे? हमारा विरोध करेगा? हसमे युद्ध करेगा?"

अश्विन कुछ नहीं बोला।

राक्षस ने एक करारा चाँटा उसके गाल पर लगाया, "बोल! किससे करेगा आत्म-रक्षा?"

अश्नि के मुख से रक्त बहने लगा। उसे बोलना पड़ा, "वन्य पशुओं से!"

राक्षस हँसा, "तेरे पास लौह-फल वाले बाण भी हैं?"

"नहीं।"

"लक्ष्मण ने दिए नहीं?"

"अभी मैं लक्ष्य-भेद में सक्षम नहीं हूँ। मेरा प्रशिक्षण पूरा नहीं हुआ।"

"कितने लोग सीख रहे हैं?" राक्षस ने पूछा।

"बीस।"

"किस हाथ से बाण पकड़ते हो?" राक्षस हँस रहा था।

"दाएँ हाथ से।"

राक्षस आगे बढ़ा। उसने अपना परशु उठाया और जोरदार प्रहार किया। परशु सचमुच धारदार था। अश्विन की दाहिनी भुजा शरीर से कटकर पृथक् जा गिरी।

अश्विनी एक कराह के साथ पृथ्वी पर लोट गया। उसके कंधे से निरंतर रक्त बहता जा रहा था।

राक्षस ने छत से धनुष उतारा और अश्विनी की कटी हुई बाँह उठाई, ''तुम्हारा धनुष ले जा रहा हूँ आत्म-रक्षा के लिए; और बाँह ले जा रहा हूँ अपने भोजन के लिए।''

अश्विन कुछ नहीं बोला। वह संज्ञाशून्य हो चुका था।

संकल्प मुनि प्रातः स्नान के लिए कुटिया से बाहर निकले। किवाड़ भिड़ाए और मुड़े।

उषा होने में अभी थोड़ा विलंब था; किंतु मंदाकिनी तक जाने में उन्हें कुछ समय लगेगा। फिर, हवन के समय तक उन्हें लौटना भी था। उन्होंने तेजी से पग बढ़ाए।

उनका तेजी से उठा हुआ पग किसी चीज़ में अटका और अपने ही जोर में आगे बढ़ता हुआ उनका शरीर पृथ्वी पर आ रहा। असावधानी में इस प्रकार गिर पड़ने से माथा एक पत्थर से जा टकराया और रक्त बहने लगा। हथेलियों में कंकड़ियाँ और काँटे एक साथ चुभे थे। घुटने भी छिन गए थे। नाक की नोक पर भी पर्याप्त जलन थी।

किसी प्रकार अपने शरीर को सँभालकर उठे और गिरने का कारण खोजने के लिए दृष्टि घुमाई—सामने दो राक्षस एक मोटी-सी रस्सी को लपेट रहे थे।...

पहले भी कई बार मुनि के साथ ऐसी दुर्घटनाएँ हो चुकी थीं। यह राक्षसों का खेल था, उनकी इच्छा थी, उनकी आवश्यकता थी अथवा उनका रोग था। धन, शारीरिक बल एवं संगठन और प्रायः सैनिक संरक्षण ने उन्हें इतना उच्छृंखल और मदांध बना दिया था कि उनसे किसी प्रकार के शिष्ट अथवा संस्कृत व्यवहार की अपेक्षा ही नहीं की जा सकती थी। वे निरीह लोगों को अकारण भी परेशान कर सकते थे और सकारण भी। उनसे कुछ पूछना व्यर्थ था। अपनी पीड़ा और अपमान को पी जाना ही मुनि के लिए एकमात्र उपाय था।

''क्यों, आज हवन-शवन नहीं करोगे?'' एक राक्षस ने पूछा।

मुनि ने उसे क्रोध से देखा और फिर स्वयं को सहज बनाते हुए बोले, ''नहाने जा रहा हूँ। आकर करूँगा।''

''नहीं! पहले हवन करो।'' दूसरा राक्षस बोला, ''नहाना तो बाद में भी हो सकता है।''

''नहीं! ऐसा संभव नहीं है।'' मुनि ने उत्तर दिया।

''संभव तो हम बना देंगे।''

दूसरा राक्षस आगे बढ़ आया। उसने मुनि को जोर से धक्का दिया। मुनि पृथ्वी पर लोट गए। उसने मुनि की दाहिनी टाँग पकड़ी और घसीटता हुआ कुटिया में ले आया। हवन कुंड के पास मुनि को पटककर बोला, ''चल, आग जला।''

मुनि की नंगी पीठ भूमि पर रगड़ खाती, कंकड़-पत्थरों पर घिसटती आई थी। वह लहूलुहान हो गई थी और बुरी तरह जल रही थी।

"रक्त-स्नात मुनि हवन नहीं करता।" मुनि बोले।

"करता है, बे!" राक्षस ने मुनि की गर्दन में पंजा फँसाकर ठेला, "करता है या मैं करूँ तेरा हवन!"

मुनि समझ गए कि निस्तार नहीं है। अपनी शारीरिक और मानसिक पीड़ा से लड़ते, वे उठे और उन्होंने अग्नि प्रज्वलित की।

एक राक्षस ने स्रुक्र और स्रुवा उठाकर अग्नि में झोंक दिया।

"क्या कर रहे हो?" मुनि ने क्रोध से उनकी ओर देखा।

"हवन!" वे दोनों हँस पड़े।

मुनि आँखों से अग्नि-वर्षा करते, हवन-कुंड के पास बैठे रहे।

"अब बता।" एक राक्षस, मुनि के पास आ, अपने जूते से उनके शरीर को कोंचता हुआ बोला, "तू आश्रम में क्यों नहीं रहता, यहाँ कुटिया क्यों बनाई?"

"यह कुटिया मेरे दादा ने बनाई थी, मैं तब से यहीं रहता हूँ।" मुनि पीड़ित स्वर में बोले।

"तू गधा है, मुनि नहीं।" दूसरा राक्षस हँसा, "तुझसे पूछा जा रहा है, यहाँ क्यों रहता है, किसी आश्रम में क्यों नहीं जा मरता?"

"पर आज क्यों पूछा जा रहा है?" मुन हठ पर उतर आए थे।

"बकवास मत कर!" राक्षस ने मुनि के पेट पर ठोकर मारी, "जो पूछते हैं, बता। तुझे यहाँ राम ने भेजा है?"

"राम तो यहाँ अब आए हैं।" संकल्प मुनि ने उत्तर दिया, "मेरे तो बाप-दादा भी यहीं जन्मे थे।"

"राम से तेरा कोई संबंध नहीं है?"

"है क्यों नहीं?"

"क्या संबंध हैं?"

"वे हमारे मित्र हैं। वे सज्जन हैं, न्यायी हैं, वीर हैं..."

"तू राम को इस क्षेत्र की सूचनाएँ नहीं देता? हमारे विरुद्ध भड़काता नहीं है? हमसे हमारे अधिकार नहीं छीनना चाहता?"

मुनि की पीड़ा उनकी आत्मा का दमन नहीं कर सकी। वे तेजोमय स्वर में बोले, "यह वन-प्रांत है। यहाँ किसी का राज्य नहीं है। तुम्हारा कौन-सा अधिकार है यहाँ—निरीह प्राणियों के दमन का, उनके शोषण का, उनके रक्तपात का, पराई स्त्रियों से बलात्कार का?...'

"बकवास मत कर!" एक राक्षस ने खड्ग उठाया, "बोटी-बोटी काट थाली में सजाकर ले जाऊँगा। तुम जैसे प्राणी हैं किसलिए? आज हमारा आहार उठकर हमसे विवाद करता है। और तेरी स्त्री तो हम इसलिए उठाकर ले गए थे

कि तू कहीं से कोई और कोमलांगी, षोडशी मुनि-कन्या ब्याहकर लाए और हम उसे भी उठा ले जाएँ। पर तू ऐसा गधा निकला कि षोडशी छोड़, कोई खूसट भी नहीं लाया।''

''नीच! कुछ तो लज्जा कर।'' मुनि मौन नहीं रहे, ''हम भी मनुष्य हैं, चैतन्य प्राणी। हमें भी जीने का, सम्मानपूर्वक जीने का पूरा अधिकार है। संसार में सब मनुष्य समान हैं...''

''व्यर्थ है।'' एक राक्षस हँसा, ''यह अब हमें प्राणियों की समता का सिद्धांत पढ़ाएगा। इससे विवाद करने से अच्छा है कि इसकी वे दोनों टाँगें काट ली जाएँ, जो इसने हमारी इच्छा के विरुद्ध बढ़ाई हैं।''

मुनि भय से मूक हो गए। यहाँ तर्क का कोई काम नहीं था; और शारीरिक शक्ति उनमें थी नहीं...

एक राक्षस ने उनके कंधे पकड़, उन्हें भूमि पर लेटा दिया। दूसरे ने उनकी टाँगें सीधी कीं और उन पर बैठ गया। उसने अपना परशु उठाकर, सधे हाथ का वार किया, जैसे कोई वृक्ष की शाखा पर बैठ उसे काटता है।

मुनि ने एक भयंकर चीत्कार किया और बेहोश हो गए।

''मर गया?'' एक राक्षस ने पूछा।

''नहीं। संज्ञाशून्य हुआ होगा।'' दूसरा बोला।

''ये सब इतनी जल्दी मर जाते है। कि दूसरी बार इनके शरीर का मांस हमें नहीं मिलता।'' पहला बोला।

''चिंता मत करो।'' दूसरा बोला, ''अभी बहुत है।''

कालकाचार्य के आश्रम के ब्रह्मचारी दैनिक आवश्यकताओं के लिए वन में लकड़ियाँ काट रहे थे।

''इन दिनों वन का रूप कुछ बदल गया है।'' जय ने कुल्हाड़ी का प्रहार करते हुए कहा, ''पहले तो वन ऐसा नहीं था।''

''हाँ!'' आनंद ने उत्तर दिया, ''अयोध्या की सेना के आ जाने से भीड़-भाड़ इतनी हो गई है कि क्या कहें। फिर, राम के आश्रम के पास तो रोक-टोक बहुत अधिक है। इधर न जाओ, उधर न जाओ। यह सैनिकों के लिए आरक्षित है, यह सेनापतियों के लिए। इधर राजमाताएँ गई हैं, उधर राजगुरु गए हैं। इन लोगों ने तो वन को भी राजकीय सैनिक अनुशासन में बाँध दिया है।''

''भई, मैं तो और बात सोचता हूँ।'' त्रिलोचन बोला, ''यह इतनी बड़ी सेना कुछ दिन और यदि इसी वन में पड़ी रही, तो हमारे लिए फल प्राप्त करना भी कठिन हो जाएगा।''

''कुल्हाड़ी चलाओ, भैया!'' आनंद बोला, ''सेना अधिक दिन यहाँ नहीं रहेगी। मैंने सुना है कि भरत आज लौट रहे हैं।...वैसे पहले ही विलंब हो चुका है। मार्ग

में कहीं लौटती हुई सेना में घिर गए, या किसी राजमता-राजपिता की सवारी आ-जा रही हुई तो रास्ते रुक जाएँगे।..."

"ठीक कहते हो, मित्र! जल्दी-जल्दी काम कर लेना चाहिए।"

जय ने कुल्हाड़ी उठाई तो वह उठी-की-उठी रह गई। उसे नीचे लाना जय को याद ही नहीं रहा। उसके मित्रों ने उसकी विचित्र अवस्था को देखा तो उनकी दृष्टि भी उसी ओर धूम गई, जिधर वह देख रहा था।

वे सब-के-सब स्तब्ध खड़े रह गए। वृक्षों के बीच, जहाँ कहीं भी थोड़ा-सा स्थान था, वहीं न जाने कब कोई-न-कोई राक्षस आकर खड़ा हो गया था। राक्षसों ने उन्हें वृत्ताकार घेर लिया था और उन लोगों का अवरोध पर्याप्त दृढ़ लग रहा था। राक्षसों के हाथ में शस्त्र थे और वे सब-के-सब प्रहार-मुद्रा में दिखाई पड़ रहे थे।

सहसा ब्रह्मचारियों में से किसी ने चीख मारी और वह भागा। कोई नहीं समझ पाया कि कौन चीखा और कौन भागा। सब जैसे एक साथ ही भागे। पता नहीं चला कि पहले झटके में ब्रह्मचारी राक्षसों के घेरे को तोड़कर भागे या राक्षसों ने उन्हें घेरा तोड़ने दिया। दूसरी बार भी कुछ बचे हुए ब्रह्मचारी घेरे में से निकल गए, किंतु तीसरी बार राक्षसों ने वह अवसर नहीं आने दिया। उन्होंने अपने खड्ग सीधे कर लिये थे, अब भागने का प्रयत्न सीधे-सीधे उनके खड्ग की धार पर दौड़ने की बात थी।

"कुल्हाड़ियाँ फेंक दो!" एक राक्षस ने आदेश दिया।

जय ने कुल्हाड़ी भूमि पर फेंक दी और दृष्टि उठाकर देखा—उसके साथ-साथ उसके अपने ही मित्र आनंद, त्रिलोचन, कुवलय और शशांक भी राक्षसों के घेरे में बंदी हो गए थे। उनमें से अकेले भागने का प्रयत्न किसी ने नहीं किया था और साथ मिलकर भागने की योजना वे बना नहीं पाए थे। अपनी कुल्हाड़ियाँ वे फेंक चुके थे और भयभीत दृष्टि से राक्षसों को देख रहे थे।

राक्षसों से भिड़ंत की बात जय ने कई बार सुनी थी, किंतु अधिकांशतः वे अकेले-दुकेले व्यक्ति को पकड़ते थे, वह भी अँधेरे-सवेरे। इस प्रकार दिन-दहाड़े इतने अधिक आश्रमवासियों पर आक्रमण की बात उसने पहले नहीं सुनी थी। हाँ, सैनिक अभियानों की बात और थी; किंतु चित्रकूट-क्षेत्र में सैनिक अभियानों की बात भी कम ही सुनी जाती थी। आज क्या विशेष बात हुई थी कि उन लोगों ने इस प्रकार का दुस्साहस किया था। आश्रम के आधे से अधिक ब्रह्मचारी एक ही स्थान पर लकड़ियाँ काट रहे थे। यदि ब्रह्मचारियों ने साहस से काम लिया होता और भागने के बदले अपनी कुल्हाड़ियों से राक्षसों का सामना किया होता तो कदाचित् यह स्थिति न आती। किंतु अधिकांश ब्रह्मचारी भाग निकलने में सफल हो गए थे—वे अपने उद्यम से निकल भागे थे या राक्षसों ने उन्हें जान-बूझकर निकल भागने दिया था? राक्षसों ने इन्हीं पाँच मित्रों को पकड़ना चाहा था या संयोग से वे ही नहीं भागे थे...? जय के मन में कुछ भी स्पष्ट नहीं था।...उसने

अन्य लोगों की ओर देखा। उसके सभी मित्रों के चेहरों पर भय तथा प्रश्नों की भीड़ लग रही थी।

क्रमशः राक्षसों का अवरोध संकीर्ण होने लगा। पाँचों मित्र एक-दूसरे से सट गए। राक्षसों ने उन्हें पकड़, उनके हाथ पीठ पर बाँध दिए और घुटनों, घूँसों तथा धक्कों की ठोकरों से उन्हें आगे बढ़ाने लगे।

मार्ग अनजाना नहीं था। प्रत्येक ब्रह्मचारी जानता था कि यह मार्ग राक्षसों की बस्ती में जाता है और इसीलिए कोई ब्रह्मचारी पहले कभी इस मार्ग पर नहीं चला था। आज उस मार्ग पर चलना ही नहीं था, लगता था उनकी बस्ती में भी जाना पड़ेगा।...पर उन्हें बस्ती में ले जाने का प्रयोजन? यदि उनकी हत्या करने की इच्छा होती तो अब तक वे उनका वध कर चुके होते। बंदी कर ले जाने का क्या अर्थ? क्या वे लोग दास बनाए जाएँगे?..या यातना देकर धीरे-धीरे मारे जाएँगे?...

राक्षस-बस्ती में पहुँचते-पहुँचते उनके नाक-मुँह बुरी तरह छिल चुके थे।

बस्ती के एक मैदान में राक्षसों की भीड़ एकत्रित थी और राक्षस-प्रमुख एक उच्च आसन पर बैठा था—जैसे कोई उत्सव होने वाला हो। ऐसा नहीं लगता था कि किसी आकस्मिक मुठभेड़ में सहसा ही राक्षसों ने उन्हें पकड़ लिया हो। निश्चित रूप से यह सब योजनाबद्ध रूप से हुआ था, अन्यथा सारी राक्षस-बस्ती इस प्रकार उनकी प्रतीक्षा न कर रही होती।

किंतु यह सब क्या था?

राक्षसों ने प्रत्येक ब्रह्मचारी को अलग-अलग वृक्ष के साथ बाँध दिया। एक-एक के सामने आग जलाकर उसमें गर्म करने के लिए लौह-शलाकाएँ रख दी गईं।

सारे ब्रह्मचारी एकटक उस यातना-सामग्री की ओर देख रहे थे और उनका वर्ण भय से पीला पड़ता जा रहा था।

राक्षस-प्रमुख ने आदेश दिया—दो कशाधारी आकर जय की दोनों ओर खड़े हो गए।

लगता था तैयारी पूरी हो चुकी है, अब नाटक आरंभ होगा। प्रत्येक व्यक्ति की दृष्टि राक्षस-प्रमुख पर लगी हुई थी। राक्षस-प्रमुख भीतर-ही-भीतर किसी आवेश में खौलता हुआ, थोड़ी-थोड़ी देर में बंदियों की ओर देख लेता था। सहसा उसने अपने आसन पर बैठे ही चिल्लाकर पूछा, "अयोध्या के भरत की सेना को यहाँ किसने बुलाया है? वह सेना किस अभियान के लिए आई है?"

जय को लगा, वह मुस्करा पड़ेगा। इस जोखिम की घड़ी में भी जैसे उसका सारा मानसिक तनाव समाप्त हो गया था। क्या समझ रहे हैं राक्षस? क्या सोचते हैं वे? क्या तपस्वियों ने भरत की सेना को राक्षसों से लड़ने के लिए बुलाया है?...भरत की सेना से भयभीत होकर कैसे बौखला गए हैं ये!

जय ने अपना मन तथा स्वर संतुलित किया, "भरत राम को अयोध्या लौटा ले जाने के लिए आए हैं।"

राक्षस-प्रमुख अविश्वास से हँसा, "सुनो तपस्वी! यह कथा मैंने भी सुनी है। किंतु मैं इतना मूर्ख नहीं हूँ कि इन झूठी प्रचार-कथाओं पर विश्वास कर लूँ। भरत स्वयं राज्य क्यों नहीं करता? और यदि वह दे ही रहा है तो राम क्यों राज्य को स्वीकार नहीं करता? फिर राम को मनाने के लिए इतनी बड़ी सेना लाने की क्या आवश्यकता थी?"

"मैं नहीं जानता।" जय आत्मविश्वास सहेजकर बोला, "हमारे आश्रम का राम के आश्रम या अयोध्या के राज्य से कोई संबंध नहीं है। हम तपस्वी हैं, अयोध्या की राजनीति से हमारा क्या संबंध!"

"चुप रहो!" राक्षस-प्रमुख चीखा, "तुम सारे तपस्वी एक हो। प्रत्येक आश्रम का दूसरा आश्रम से संबंध है। तुम लोगों ने राम को राक्षसों का विरोध करने के लिए यहाँ बुलाया है। और जब राम असमर्थ दीखा तो भरत को उनकी सेना सहित बुला लिया है।" वह रुका, "मेरे पास अधिक समय नहीं है। मुझे यह सूचना मिलनी चाहिए कि भरत को बुलाने के लिए कौन उत्तरदायी है और भरत की योजना क्या है?"

"हमें मालूम नहीं..."

राक्षस-प्रमुख ने उसे वाक्य पूरा करने नहीं दिया—"मैंने सुन लिया। पर मुझे अपने प्रश्नों का उत्तर चाहिए।"

"हमें कुछ भी ज्ञात नहीं।" जय ढीली आवाज में बोला।

"नहीं?"

"नहीं।"

"तुम, ब्रह्मचारी?" राक्षस-प्रमुख आनंद से संबोधित हुआ।

"मुझे भी ज्ञात नहीं।" आनंद दीन होकर बोला, "हममें से किसी को भी ज्ञात नहीं।"

राक्षस-प्रमुख ने अविश्वास से मुख फेर लिया, "तुम?"

"नहीं।"

"तुम?"

"नहीं।"

"तुम?"

"नहीं।"

"इन्हें गिन-गिनकर सौ कोड़े लगाओ।" राक्षस-प्रमुख ने अपने कशाधारियों को आदेश दिया, "तब तक लौह शलाकाएँ भी तप जाएँगी। यदि वे लोग संतोषजनक उत्तर न दें तो इन्हें तप्त शलाकाओं से दागो। ध्यान रहे, ये मरने न पाएँ। ये धरोहर हैं। इनके शरीरों को अच्छी तरह चिह्नित कर इन्हें इनके आश्रम के निकट फेंक आओ। ये स्वयं अपने कुलपति को बताएँगे कि यदि उन्होंने बाहर से कोई सैनिक सहायता मँगवाकर हमारा विरोध करने का प्रयत्न किया तो हमारी ओर से लड़ने के लिए

लंकाधिपति रावण की सेना आएगी; और इनमे से एक-एक की यही अवस्था कर दी जाएगी।...''

कालकाचार्य चिंतित मुद्रा में सिर झुकाए बैठे थे। आश्रम के सारे तपस्वी तथा आचार्य उनके सामने बैठे उनके बोलने की प्रतीक्षा कर रहे थे। प्रत्येक चेहरे पर चिंता थी। केवल जय, आनंद, त्रिलोचन, कुवलय और शशांक–शेष ब्रह्मचारियों से हटकर, कुलपति के कुछ निकट, प्रमुखता से बैठे हुए थे। उनकी भंगिमा चिंता की नहीं, यातना और अपमानित क्रोध की थी...उत्तरियों के नीचे, उनके शरीर विभिन्न प्रकार की औषधियों और पट्टियों से लिपटे हुए थे। इस प्रकार बैठने में भी वे कम कष्ट का अनुभव नहीं कर रहे थे, गुरु का दीर्घ मौन उन्हें और भी पीड़ित कर रहा था।

अंत में कालकाचार्य ने सिर उठाया, ''तपस्विगण! यह न समझें कि इस दुर्घटना से मेरा मन दुःखी नहीं है। मेरे शरीर पर राक्षसों ने कशाघात नहीं किया, मेरी त्वचा को उनकी तप्त शलाकाओं ने दग्ध नहीं किया, किंतु उस कुलपित के मन के घावों की कल्पना करें, जिसके एक नहीं, पाँच-पाँच ब्रह्मचारियों ने इतनी पीड़ा पाई हो। उनके शरीर पर पड़ा प्रत्येक कोड़ा मेरे हृदय पर पड़ा है। प्रत्येक शलाका ने मेरी आत्मा को दग्ध किया है।...किंतु आक्रोश के असंतुलित क्षणों में कोई उग्र कर्म करने के बदले, हमें थोड़ा आत्म-विश्लेषण करना चाहिए...''

''आर्य कुलपति! कैसा विश्लेषण?''

जय को अपना ही स्वर काफी उच्छृंखल लगा। आज तक उसने कुलपति के सम्मुख कभी ऊँचे स्वर में भी बात नहीं की थी और आज वह प्रतिवाद करना चाह रहा था। उसके मन में कुलपति के प्रति सारी श्रद्धा समाप्त हो गई थी। उसे लग रहा था, यदि कुलपति इसी ढंग से सोचते और बोलते रहे तो वह अमर्यादित हो उठेगा–उसे कुलपति का विरोध करना पड़ेगा–संभवतः उनका आश्रम छोड़ना पड़े। वह कालकाचार्य को अब अपना गुरु नहीं मान सकता...

''आत्म-विश्लेषण आवश्यक है, तपस्विगण।'' कालकाचार्य ने दुर्बल-से-स्वर में कहा, ''वर्तमान परिस्थितियों और उसके कारणों को जानने और समझने की भी आवश्यकता है और अंत में उसका समाधान ढूँढने की भी।''

''आपका क्या समाधान है?'' इस बार शशांक बोला। उसका भी स्वर जय के स्वर से कम उच्छृंखल नहीं था।

''ठहरो, वत्स! मेरी बात सुनो।'' कालकाचार्य अपने उसी दुर्बल स्वर में बोले, ''राम के इस प्रदेश में आने से पहले भी हम यहाँ रहते थे और ये राक्षस बस्तियाँ और शिविर भी यहीं थे। ऐसा नहीं था कि तब राक्षस हमें परेशान नहीं करते थे। किंतु जब से राम यहाँ आए हैं, स्थिति काफी बदल गई है। राम और लक्ष्मण क्षत्रिय योद्धा हैं। उनके पास भयंकर अस्त्र-शस्त्र हैं। उन शस्त्रों को उन्होंने स्वयं तक ही सीमित नहीं रखा है। उनका प्रयत्न यही रहा है कि जहाँ तक संभव हो, लोग स्थान-स्थान

पर राक्षसी अत्याचारों का विरोध करें। उस विरोध का माध्यम शस्त्र हैं। उन्होंने प्रत्येक इच्छुक व्यक्ति को शस्त्रों के निर्माण और परिचालन की शिक्षा दी है। उससे अनेक स्थानों पर राक्षसों का सफल विरोध हुआ है और अनेक ग्रामों में से राक्षसों का आधिपत्य समाप्त हो गया है। इससे राक्षस राम से ही नहीं, समस्त आश्रमों से नाराज हो उठे हैं। राम के आश्रम का वे कुछ बिगाड़ नहीं सकते—अपना क्रोध शेष आश्रमों पर उतारते हैं।''

कालकाचार्य ने रुककर तपस्वियों पर दृष्टि डाली। उन्हें लगा कि जय तथा उसके घायल साथियों की आँखों में उत्सुकता का भाव नहीं था। निश्चित रूप से वे अपने कुलपति के दृष्टिकोण से सहमत नहीं थे।

कुलपति ने अपनी बात आगे बढ़ाई, ''राम ने पहले दिन से हमसे संपर्क स्थापित कर रखा है। राम ने सदा चाहा है कि मैं भी अपने आश्रम में शस्त्राभ्यास कराऊँ। हमारा आश्रम उनके आश्रम से निकटतम है। वे हमारी पूरी सहायता के लिए प्रस्तुत थे। किंतु मैं पहले दिन से यह जानता था कि शस्त्र रखने का अर्थ है, राक्षसों से वैर पालना। राम हमारी सहायता तो कर सकते हैं, पर हमारी रक्षा नहीं कर सकते।''

''आपने कब चाहा कि वे आपकी रक्षा करें, आर्य कुलपति?'' त्रिलोचन बीच में ही चिल्लाकर बोला।

''धैय न छोड़ो, वत्स त्रिलोचन!'' कालकाचार्य का स्वर और भी दुर्बल हो गया, ''मुझे अपनी बात कहने दो, फिर मैं तुम्हारी बात भी सुनूँगा।'' और वे अपनी बात आगे बढ़ा ले गए, ''मैंने कभी नहीं चाहा कि राम हमारी रक्षा करें। मैंने यहाँ विद्याभ्यास के लिए आश्रम स्थापित किया था, युद्ध-शिविर नहीं बनाया था। राम क्षत्रिय हैं। मेरी प्रवृत्ति क्षत्रिय-प्रवृत्ति नहीं है। मैं नहीं चाहता कि शस्त्र-निर्माण और शस्त्राभ्यास से मैं राक्षसों के क्रोध और विरोध को आमंत्रित करूँ।...और मैं देख रहा हूँ कि मैं भूल नहीं कर रहा था। जिस-जिस आश्रम में राम के शस्त्र-दर्शन का प्रवेश हुआ, वहीं-वहीं राक्षसों के क्रोध की उल्का गिरी।...और अब भरत की सेना आई है। उसके लिए भी राक्षस हमें ही दोषी मानते हैं। यदि हम राम के निकट न होते तो राक्षस हमारे ही आश्रम के ब्रह्मचारियों को पकड़कर न ले जाते। मुझे लगता है, राम एक प्रचंड अग्नि है—अग्नि पवित्र ही सही—किंतु उसका नैकट्य ताप भी देता है।...अभी तो भरत की सेना और राक्षसों में कहीं भिड़ंत नहीं हुई। यदि हो गई तो राक्षस अयोध्या की प्रशिक्षित सेना का तो विरोध कर नहीं पाएँगे, उनका कुंठित क्रोध फिर हम पर ही प्रहार करेगा। इसलिए मेरा विचार है कि यह स्थान अब सुरक्षित नहीं रहा। हमें यहाँ से हटकर, राम से दूर चले जाना चाहिए...''

''आर्य कुलपति!'' जय उठकर खड़ा हो गया। उसका चेहरा तमतमाया हुआ था और स्वर क्रोध से काँप रहा था, ''आपने दूसरों का मत सुना ही नहीं और अपना निर्णय दे दिया। यह आश्रम की रीति के अनुकूल नहीं है।''

कालकाचार्य में आश्रम के कुलपति का तेज नहीं जागा। वे सहम गए। उन्हें जय का तमतमाया चेहरा जैसे डरा गया था।

''यह निर्णय नहीं है मेरा, प्रस्ताव है, वत्स! मेरी निजी राय! तुम लोग अपने विचार व्यक्त करने से पूर्णतः स्वतंत्र हो।''

''तो फिर मेरा प्रस्ताव सुनें, आर्य कुलपति!'' जय ने आज एक बार भी कालकाचार्य को 'गुरुवर' कहकर संबोधित नहीं किया था; जैसे वह उनके गुरुत्व को भूलकर, केवल उनके आधिकारिक पद को ही देख पा रहा था, ''शशांक, त्रिलोचन, आनंद, कुवलय तथा मेरा—हम पाँचों का मत है कि हम लड़ें या न लड़ें, राक्षस हमसे लड़ेंगे। हम निःशस्त्र हों तो भी मरेंगे, सशस्त्र हों तो भी मरेंगे। विकल्प हमारे हाथ में नही है। इसलिए यदि मरना ही है तो सशस्त्र होकर मरें—कदाचित् तब मरना अनिवार्य न रहे। इसलिए हम तत्काल राम के आश्रम पर चलें। उनसे मिलकर सारी स्थिति स्पष्ट करें। उनसे शस्त्र तथा युद्ध-विद्या की सहायता तथा सहयोग माँगें और आत्म-रक्षा में समर्थ होकर, न केवल गौरव और स्वाभिमान के साथ जीवित रहें, वरन् राक्षसों से अपने अपमान का बदला भी लें। इसके लिए यदि आवश्यक हो तो राम, लक्ष्मण, सीता तथा उनके अन्य आश्रमवासियों को अपने साथ रहने के लिए आमंत्रित करें या हम अपना आश्रम उनके आश्रम में विलीन कर दें; और यदि किन्हीं कारणों से यह संभव न हो तो दोनों आश्रमों की भौतिक दूरी तो समाप्त कर ही दें।''

''हम इस प्रस्ताव का पूर्ण समर्थन करते हैं।'' जय के घायल मित्र पूरे जोर से चिल्लाए।

''नहीं।'' कालकाचार्य का स्वर भय तथा आवेश से कंपित होने के कारण चीत्कार बन गया, ''मतभेद तथा व्यक्तिगत विचार-स्वातंत्र्य का समर्थक होने पर भी मैं इस प्रकार के आत्मघाती प्रस्तावों पर विचार करने की अनुमति नहीं दे सकता। मेरे मस्तिष्क में यह बात पूर्णतः स्पष्ट है कि हम युद्ध-व्यवसायी नहीं हैं और राम की मूल-वृत्ति क्षात्र-वृत्ति है। वे जहाँ रहेंगे, वहाँ आस-पास शस्त्र-व्यापार चलता ही रहेगा। कल की जिस घटना से तुम लोग इतने उत्तेजित और क्षुब्ध हो उठे हो; मुझे लगता है, वह तो भविष्य का आभास-मात्र है। तुम लोग स्वयं सोचो, कल जब अयोध्या की इतनी बड़ी और शक्तिशाली सेना की छावनी यहाँ से उखड़ ही रही थी, अर्थात् सेना अभी यहाँ विद्यमान थी, तब भी राक्षस इतना दुस्साहस कर गए। भविष्य में, जब कोई सेना आस-पास नहीं होगी, तब राक्षसों का साहस और कितना बढ़ जाएगा। भविष्य की उन भयंकर दुर्घटनाओं से अपना बचाव करने के लिए ही मैंने यह निश्चय किया है, तपस्विगण! कि हम यहाँ से हटकर अश्व मुनि के आश्रम के निकट जा बसेंगे। राम राक्षसों की निरंतर उत्तेजना का कारण है। हम उसके निकट रहकर, सदा-सदा के लिए राक्षसों के क्रोध के पात्र नहीं बनना चाहते।...'' और सहसा कुलपति का स्वर ऊँचा हो गया, ''इस विषय में वाद-विवाद की अनुमति मैं नहीं दूँगा। यह

मेरा अंतिम निश्चय है और आश्रमवासियों के लिए आज्ञा है। इस आज्ञा की अवहेलना का दण्ड आश्रम से स्थायी निष्कासन होगा।''

''तो हम स्वयं को इसी क्षण से आश्रम से निष्कासित समझते हैं।'' आनंद इस सारे वार्तालाप में पहली बार बोला था। उसका चेहरा दृढ़ और सहज था। स्पष्ट था कि उसने यह बात आवेश में नहीं कही थी—यह उसका सुचिंतित मत था।

जय, कुवलय, शशांक और त्रिलोचन भी उनके निर्णय के समर्थन में उठकर, उसके पीछे खड़े हो गए थे।

कालकाचार्य का आवेश लुप्त हो गया। उन्हें जैसे अपने आवेश का यह परिणाम ज्ञात नहीं था, अथवा वे घटनाओं को यह मोड़ नहीं देना चाहते। वे आश्चर्यजनक ढंग से बदले हुए, कोमल और स्नेहयुक्त स्वर में बोले, ''मैं यह कभी नहीं चाहूँगा, वत्स! कि मेरा कोई शिष्य किसी मतभेद के कारण मेरा आश्रम छोड़कर चला जाए। यह वैसा ही है जैसे कोई पुत्र पिता का घर छोड़ दे।...और तुम पाँचों ही मुझे बहुत प्रिय हो। मैं किसी भी रूप में तुमसे विलग होना नहीं चाहूँगा। मेरी बात समझने का प्रयत्न करो, वत्स! मैं अग्नि को स्वयं से दूर रखने का प्रयत्न कर रहा हूँ, ताकि उसका प्रकाश तो हमें मिले, किंतु उसका ताप हमें दग्ध न करे। और तुम चाहते हो कि मैं अग्नि को अपनी कुटिया में ले आऊँ, ताकि मेरा आश्रम जलकर भस्म हो जाए।''

कालकाचार्य की कोमलता ने आवेश पर ठण्डे छींटे डाल दिए थे। किसी ओर से कोई प्रत्युत्तर नहीं आया, जैसे सब कुछ शांत हो चुका हो।

पर तभी कुवलय उठकर अपने ठहरे हुए मंद स्वर में बोला, ''आर्य कुलपति! आपका और हमारा दृष्टिकोण पर्याप्त भिन्न है, यह स्पष्ट हो चुका है। किंतु मतभेद का अर्थ अनिवार्यतः विरोध नहीं होता। आप हमें आश्रम से निष्कासित नहीं करना चाहते और न ही यह हमारी इच्छा है कि हम आपसे दण्डित होकर अथवा आपसे झगड़कर आश्रम से पृथक् हों। इसलिए गुरुवर! एक निवेदन है। आप चाहें तो आश्रम को अश्व मुनि के आश्रम की ओर ले जाने की तैयारी करें; किंतु साथ ही हमें यह अनुमति दें कि हम भद्र राम से मिलकर इस विषय में उनका मत जानने का प्रयत्न करें। यदि से सहमत हो गए तो हम पाँचों आपकी अनुमति से उनके आश्रम की सदस्यता स्वीकार करना चाहेंगे।...और यदि हमें ग्रहण करने को वे तैयार नहीं हुए तो हम पूर्ववत् आपके शिष्य हैं—अतः आश्रम के अनुशासन में बँधे आपके साथ जाएँगे।''

कालकाचार्य का स्नायतिक तनाव ढीला पड़ा। कुवलय ठीक कह रहा था—वे राम के पास जाना चाहें तो जाएँ; इसमें क्या संकट है। वे न राक्षसों का विरोध चाहते हैं, न राम का और न अपने शिष्यों का।

''ठीक है, वत्स! तुमने बिलकुल ठीक कहा। तुम लोग आज ही राम से मिलने चले जाओ। भरत की सेना लौट चुकी है अतः राम से मिलने में कोई बाधा भी

नहीं है। कल प्रातः मुझे अपने और राम के निश्चय की सूचना दो। हमारा प्रस्थान कल मध्याह्न तक रुका रहेगा।''

अपनी कुटिया के बाहर अपराह्न की धूप में राम और सीता कुछ अलसाए-से बैठे थे। दोनों ही पिछले दो-तीन दिनों में घटी घटनाओं में ऊब-डूब रहे थे। बात प्रायः कोई भी नहीं कर रहा था।

''भैया! कुलपति कालकाचार्य के आश्रम के ब्रह्मचारी आए हैं।''

राम ने सिर उठाकर देखा। आगे-आगे जय था। इसे राम ने कई बार कालकाचार्य के आश्रम में देखा था। आते-जाते कभी-कभार कुछ बातें भी हुई थीं। जय ने कई बार धनुष-बाण तथा अन्य शस्त्रों में रुचि भी दिखाई थी। अन्य ब्रह्मचारियों के चेहरे भी कुछ परिचित-से थे, किंतु राम उन्हें ठीक-ठीक पहचानते नहीं थे।

''आओ! बैठो, मित्र!'' राम ने मुखर द्वारा लाए गए आसनों की ओर संकेत किया।

''आर्य! ये भील-कला के आसन आपके यहाँ कैसे?'' कुवलय ने कुछ आश्चर्य से पूछा।

''ये आसन मैंने और सुमेधा ने मिलकर बनाए हैं।'' सीता बोलीं, ''सुमेधा भील-कन्या ही है। मैंने उसी से यह विद्या पाई है। तुम्हें भील-कला वाले आसन पर बैठने में कोई आपत्ति तो नहीं, ब्रह्मचारी!'' वैदेही मुस्कराईं, ''इधर जाति-विभाजन पर बल कुछ अधिक ही है।''

''नहीं, देवि!'' कुवलय झेंप गया, ''मैंने तो केवल जिज्ञासावश पूछ लिया। आश्रमों में इस प्रकार के आसन सामान्य बात नहीं है।''

''बैठो, मित्र!'' राम पुनः बोले, ''मेरी भी जिज्ञासा है—तुम पाँचों ही घायल प्रतीत होते हो। औषध और पट्टियाँ अभी गीली ही हैं। यह क्या है, मित्र! मृगया अथवा राक्षसों से मुठभेड़?''

''हम इसी संदर्भ में आपसे मिलने आए हैं, राम!'' जय बोला, ''आने में कुछ विलंब अवश्य हुआ। कल अयोध्या की सेना लौट रही थी अतः आप तक पहुँचने के लिए मार्ग मिलना कठिन था और आज अपने कुलपति से विचार-विमर्श में विलंब हो गया।''

''ठीक कहते हो, ब्रह्मचारी।'' राम गंभीर हो गए, ''कदाचित् इसी कारण पिछले तीन दिनों से मैं सारे चित्रकूट से कटकर अपने आश्रम में सीमित हो गया था। इस बीच इस आश्रम में बहुत कुछ घटित हुआ है, मित्र!''

''यहाँ ही नहीं, आर्य! इस सारे प्रदेश में बहुत कुछ घटित हुआ है।'' शशांक का स्वर कुछ तीखा था, ''कहीं किसी का सिर कटा, कहीं किसी का पाँव। कहीं

आग लगी और कहीं हम जैसों को घेरकर बंदी किया गया और राक्षस बस्तियों में ले जाकर कशा के आघातों से आहत और तप्त शलाकाओं से दग्ध किया गया...''

''क्या लाभ अयोध्या की इतनी बड़ी सेना का!'' राम जैसे अपने-आपसे कह रहे थे, ''जिसने जन-सामान्य को सुरक्षा देने के स्थान पर असुरक्षित कर दिया।''

''किसने बंदी किया?'' लक्ष्मण की उग्रता प्रकट होने लगी थी।

''राक्षसों ने।''

''क्यों?'' मुखर ने पूछा।

''वही बताने के लिए हम उपस्थित हुए हैं।'' जय बोला।

''कहो, मित्र! मैं सुन रहा हूँ।'' राम उनके चेहरे की ओर देख रहे थे।

कालकाचार्य ने जाने वाले तपस्वियों, छकड़ों पर लदे सामान, छकड़ों में जुते बैलों को हाँकनेवाले गाड़ीवानों इत्यादि पर अंतिम बार निरीक्षण करती दृष्टि डाली। वे व्यवस्था से संतुष्ट थे। आकृति पर आश्वस्ति के चिह्न एकदम स्पष्ट थे और साथ ही किसी विकट विपत्ति से मुक्त हो जाने का आह्लाद भी था।

उन्होंने मुड़कर इन सारी तैयारियों से अलग, एक ओर हटकर खड़े हुए राम की ओर देखा—राम, सीता तथा लक्ष्मण साथ-साथ खड़े थे और उनके पीछे जय तथा उसके चारों मित्र खड़े थे। कुलपति का चेहरा कुछ विकृत हुआ जैसे मुख का स्वाद कड़वा गया हो। किंतु उन्होंने तत्काल स्वयं को सँभाल लिया। वे सायास मुस्कराए और सहज होने का भरसक प्रयत्न करते हुए चलकर उन लोगों के समीप आए।

''वत्स राम! अब हमें विदा दो।'' कुलपति अत्यंत औपचारिक स्वर में बोले, ''बड़ी इच्छी थी कि हम यहाँ साथ-साथ रहते अथवा तुम हमारे साथ अश्व मुनि के आश्रम में चलते। किंतु तात! शायद यह संभव नहीं है। पर जाते-जाते भी मैं तुम्हें एक परामर्श दूँगा। यद्यपि तुम वीर और साहसी हो, युद्ध-विद्या में कुशल हो—फिर भी यह स्थान ऐसा नहीं है, जहाँ तुम अपनी युवती पत्नी के साथ सुरक्षित रह सको। वत्स! तुम भी इन लोगों को लेकर किसी सुरक्षित स्थान पर चले जाओ।'' उन्होंने रुककर राम के पीछे खड़े तपस्वियों को देखा, ''और मेरे इन ब्रह्मचारियों की रक्षा करना। भगवान तुम्हारा भला करें।''

राम ने शांत भाव से कुलपति की बात सुनी और हल्के-से मुस्करा दिए। लक्ष्मण ने एक बार उद्दण्ड आँखों से कुलपति को ताका और वितृष्णा से मुख मोड़ लिया।

राम और सीता ने झुककर कुलपति के चरण छुए और अन्य लोगों को मार्ग देने के लिए एक ओर हट गए।

लक्ष्मण ने अब तक स्वयं को सँभाल लिया था। पूर्ण गंभीरता का अभिनय करते हुए बोले, ''ऋषिवर! हमें भी आपके साथ चलकर अश्व मुनि के आश्रम में रहने की बड़ी इच्छा थी पर हम जा नहीं पाएँगे, हमारी असमर्थता को क्षमा करें।

हम नहीं चाहते कि हम आपके साथ-साथ लगे फिरें और आप अपने छकड़ों से अपना सामान भी न उतार पाएँ।''

इससे पूर्व कि राम आगे बढ़कर लक्ष्मण से कुछ कहते, कालकाचार्य उन्मुक्त कंठ से हँस पड़े। राम ने कुछ विस्मय से देखा—कुलपति का कंठ ही नहीं, मन भी उन्मुक्त था। लक्ष्मण ने अपने इस वाक्य से न केवल अपने मन की कह दी थी, वरन् कुलपति के मन की ग्लानि भी धो डाली थी।

''बहुत अच्छी बात कही तुमने, वत्स सौमित्र!'' हँसी के पश्चात् कुलपति अत्यंत निर्मल हो आए थे। उनकी आकृति की औपचारिकता भी विलीन हो गई थी, और वे सहज हो गए थे, ''तुमने न कहा होता तो कदाचित् मैं भी सच न बोल पाता। पुत्र! मेरा विश्वास करो। तुम लोगों का सहवास हम सब तपस्वियों के लिए आनंददायक है। यह हमारी हार्दिक इच्छा है, पुत्र! कि तुम हमारे साथ रहो। किंतु लक्ष्मण! सारे मनुष्यों की प्रकृति एक समान नहीं होती। हम लोग स्वयं अपने-आप में न्यायपूर्ण आचरण करने वाले हैं। हम बिना किसी जीव को कष्ट दिए, मानवता के सुख के लिए ज्ञान, विज्ञान, कला तथा संस्कृति के विकास के लिए प्रयत्नशील हैं। अतः मन से हम न्याय के समर्थक और अन्याय के विरोधी हैं। इस दृष्टि से हम तुम्हारे सहयोगी हैं। किंतु पुत्र! अपने जन्मजात स्वभाव, राजसिक वृत्ति के अभाव तथा संयम के लंबे प्रशिक्षण के कारण हम लोग तुम्हारे समान संघर्षशील नहीं हैं। अतः अन्याय के विरोध के लिए सक्रिय अवसर उपस्थित होते ही हम लोग प्रायः उस स्थान से हट जाते हैं। हम अपनी सीमाएँ पहचानते हैं। ऐसा नहीं है, पुत्र! कि मैं नहीं चाहता कि मैं भी तुम्हारे ही समान शस्त्र धारण कर राक्षसों का हनन करूँ। किंतु मैं अपनी तथा इन तपस्वियों की भीरु प्रकृति का क्या करूँ? हमें अपना विरोधी न समझो। तुम्हारे साथ न रह सकने का अर्थ कदापि यह नहीं है कि हम राक्षसों के मित्र हैं। हम तुम्हारे अक्षम तथा भीरु मित्र हैं, जो संघर्ष करने का साहस नहीं बटोर पा रहे। सौमित्र! हमारे प्रति मन में क्रोध न रख, करुणा और दया का भाव धारण करो।''

कुलपति मौन हो गए। उनका स्वच्छ मन उनकी पारदर्शी आँखों में से झाँक रहा था। कोई भी देख सकता था कि उनके संपूर्ण व्यक्तित्व में कहीं कोई दुराव तो नहीं था। उन्होंने वाणी के माध्यम से अपना मन सहज ही सबके सम्मुख रख दिया था।

लक्ष्मण कुछ संकुचित हुए—शायद उन्हें निश्छल और निर्मल वृद्ध से ऐसी कटु बातें नहीं कहनी चाहिए थीं।

''आर्य कुलपति!'' राम ने आगे बढ़कर बात सँभाल ली, ''लक्ष्मण की बात का बुरा न मानें। हम दोनों एक-दूसरे का पक्ष समझते हैं। ऋषिवर! हम क्षत्रियों का शस्त्र धारण करना तभी सार्थक होगा, जब आप जैसे निष्पाप तपस्वी खुलकर हमें अपना स्नेह दे सकेंगे और हम न्याय के नाम पर आपको अभय दे सकेंगे। कुलपति

सहज मन से अपनी यात्रा पर जाएँ। इस अलगाव से किसी के मन में वैमनस्य न रहेगा।''

कुलपति ने धीरे-धीरे अपनी भींगी आँखें ऊपर उठाईं और राम के चेहरे पर टिका दीं, ''राम! मेरे इन ब्रह्मचारियों का ध्यान रखना। ये पाँचों तपस्वी हैं। आशा है, ये मेरे पाप की क्षति-पूर्ति करेंगे।''

कुलपति ने उन लोगों की ओर देखे बिना मुख मोड़ लिया और धीरे-धीरे चलते हुए अपने छकड़े पर जा बैठे। बैठते ही उन्होंने गाड़ीवानों को संकेत किया, ''चलो!''

राम स्पष्ट देख रहे थे, कुलपति का मन उनके कर्म का विरोध कर रहा था। वे उदास थे। विवेक कितना भी प्रेरित करे—अपनी प्रकृति के विपरीत कार्य करना कठिन होता है। मन की भीरुता, तन की कोमलता और संघर्ष के प्रति अतत्परता व्यक्ति को क्या बना देती है। ऐसा क्या खो गया है इन लोगों में, जो सत् पक्ष को जानते हुए भी उसका समर्थन नहीं कर पाते, उसके पक्ष में खड़े नहीं हो पाते। किस बात से डरते हैं—कष्ट से? पर कष्ट तो ये उठा ही रहे हैं। अपमान से? इस प्रकार, अपनी इच्छा के विरुद्ध, किसी के भय से, अपना स्थान छोड़कर, कहीं और भटकने के लिए चल पड़ना क्या अपमानजनक नहीं है! यह सैनिक दृष्टि से योजनाबद्ध प्रत्यावर्तन नहीं है कि इसे रण-नीति या रण-कौशल मान लिया जाए। यह तो रण ही नहीं है। जब कभी संघर्ष का अवसर प्रस्तुत होगा—ये लोग इसी प्रकार पीछे हट जाएँगे। इन्हें कहीं भी 'सत्य' नहीं मिलेगा, कहीं 'न्याय' नहीं मिलेगा, कहीं अधिकार नहीं मिलेगा। 'सत्य' और 'न्याय' के संघर्ष से भागना स्वयं 'सत्य' और 'न्याय' से दूर भागना है।

राम की दृष्टि बहिर्मुखी हुई—जय तथा उसके साथी कुछ उदास लग रहे थे। लक्ष्मण की मुद्रा अभी भी कुछ उग्र थी। सीता सहज हो चुकी थीं।

''आओ, चलें।'' राम ने अपना धनुष उठा लिया, ''उद्घोष तथा उसके साथी हमारी प्रतीक्षा कर रहे होंगे। आश्रम पहुँचकर उन्हें शस्त्रागार की रक्षा के दायित्व से मुक्त करना है।''

अपने-अपने विचारों में खोए लोग आश्रम की ओर बढ़े। कोई किसी से बात नहीं कर रहा था। केवल यांत्रिक रूप से, आगे-पीछे चलते जा रहे थे।

आत्मलीन राम के मन में पिछले तीन दिनों की घटनाओं की स्मृतियाँ थीं—कितना आकस्मिक था सब कुछ। किसने घटनाओं के इस रूप की कल्पना की होगी। अयोध्या में घटित घटनाओं के विषय में राम उत्सुक थे। मन में अनेक आशंकाएँ थीं। जैसे-जैसे भरत के निकट आने के समाचार मिलते जा रहे थे, जिज्ञासाओं की भीड़ भी बढ़ती गई थी...तीन दिन पहले वन्य पशुओं में सहसा भगदड़ मच गई। चित्रकूट पर चारों ओर से धूल-ही-धूल उड़ने लगी। निकट के विभिन्न आश्रमों से सूचनाएँ मिलीं कि भरत की सेना आ पहुँची है।...लक्ष्मण ने कवच कस लिया और अपने दिव्यास्त्रों से सज्जित हो गए। उन्होंने आश्रम के पिछले मार्ग से मुखर को उद्घोष के ग्राम

की ओर दौड़ा दिया कि वह विभिन्न ग्रामों तथा आश्रमों में से सशक्त युवकों को एकत्रित कर शीघ्रातिशीघ्र पहुँचे।

...सशस्त्र युवक-संगठनों ने तनिक भी विलंब नहीं किया। उद्‌घोष ने इतने युवक एकत्रित कर दिए थे कि वे आश्रम की अच्छी तरह व्यूह-बंदी कर सकते थे।...किंतु युद्ध की आवश्यकता नहीं पड़ी। भरत की सेना आश्रम से दूर ही रुक गई थी। निकट आते ही भरत राम के चरणों पर गिर पड़े थे।...

राम अपनी कुटिया के द्वार पर आकर रुक गए।

''आश्रम के नये सदस्यों के रहने की क्या व्यवस्था होगी, सौमित्र?''

''हम तुरंत निर्माण-कार्य आरंभ कर देते हैं, भैया!'' लक्ष्मण बोले, ''किंतु आज की रात उद्‌घोष की कुटिया तथा अतिथिशाला से ही काम चलाना होगा।''

''हम'' से क्या तात्पर्य है, लक्ष्मण? राम मुस्कराए, ''कहीं तुम इन लोगों को तो निर्माण-कार्य में नहीं लगाना चाहते? वे आहत हैं। उन्हें अभी शारीरिक श्रम नहीं करना चाहिए।''

''नहीं, आर्य!'' जय बोला, ''हम इतने अक्षम नहीं है कि आर्य सौमित्र की कोई सहायता न कर सकें। राक्षसों ने हमारी हड्डियाँ न तोड़ने की कृपा अवश्य दिखाई है।''

''नहीं! कुटीर-निर्माण-कार्य मैं और मुखर कर लेंगे।'' लक्ष्मण मुस्कराए, ''इन्हें केवल मनोरंजनार्थ हमारा हाथ बँटाना होगा।''

''अच्छा! जाओ।''

लक्ष्मण इत्यादि को भेज, राम सीता के साथ कुटिया के भीतर आए। सीता बिना कुछ कहे भोजन की व्यवस्था में लग गईं और राम की चिंतन-प्रक्रिया फिर चल पड़ी—भरत ने आते ही अपना अभिप्राय कहा। वे राम, लक्ष्मण तथा सीता को अयोध्या लौटा ले जाना चाहते थे। वे नहीं चाहते थे कि अयोध्या के राजपरिवार की, परस्पर अविश्वास की परंपरा और आगे बढ़े; और भरत के राज्य को युद्धाजित के आतंक का विस्तार माना जाए। वे नहीं चाहते थे कि अयोध्या में फिर कोई दुःस्वप्नों और आशंकाओं से पीड़ित होकर वैसे प्राण त्यागे जैसे सम्राट् दशरथ ने त्यागे थे...

भरत अयोध्या और मिथिला के राजपरिवार, मंत्रि-परिषद्, पुरोहित वर्ग, प्रमुख प्रजाजन, सेनापति, सैनिक परिषद् तथा सेना की अनेक टुकड़ियाँ लेकर उन्हें लिवाने आए थे। वे तत्काल राम का राज्याभिषेक करना चाहते थे।...किंतु एक बात के लिए भरत एकदम सजग नहीं थे। भरत के साथ-साथ भरद्वाज, वाल्मीकि तथा अनेक ऋषि भी आए थे। जो ऋषि आ नहीं पाए थे—राम जानते थे—उनके चर आश्रम के चारों ओर मँडरा रहे थे। वे भयभीत थे, कहीं राम भरत की बात न मान लें।...जब संपूर्ण राजवंश एक स्वर में कह रहा था कि राम अयोध्या लौट चलें—एक भी ऋषि इस इच्छा का समर्थन नहीं कर रहा था।

अंत में भरत को निराश लौट जाना पड़ा। अयोध्या से लाई गई राजसी-खड़ाऊँओं को वे राम के चरणों से छुआ भर सके, उन्हें पहना नहीं सके।...

...किंतु इन तीन दिनों में जब वे अपने पारिवारिक मनोमालिन्य को दूर कर रहे थे, इस वन में कितना कुछ कलुषित और भयंकर घट गया था। यदि राम राजकीय मर्यादाओं में घिरकर जन-सामान्य से दूर न हो गए होते तो कदाचित् राक्षस वह सब नहीं कर सकते, जो उन्होंने किया।...भविष्य में राम को ध्यान रखना होगा कि वे किसी भी कारण से जन-सामान्य के लिए अनुपलब्ध न हो जाएँ, नहीं तो उन-जैसे जन-नेता और उन विलासी शासकों में क्या भेद रह जाएगा, जो अपनी सुख-सुविधाओं के बंदी होकर जनता की असुविधाओं को अनदेखा कर जाते हैं...

राम ने कुटिया के बाहर आकर देखा—लक्ष्मण, मुखर तथा पाँचों ब्रह्मचारियों के साथ लकड़ियों के गट्ठरों के साथ वन से लौट रहे थे। लक्ष्मण और मुखर के कंधों पर अधिक बोझ था, किंतु ब्रह्मचारियों ने भी कुछ-न-कुछ उठा ही रखा था। राम उन्हें टीले का चढ़ाव चढ़ते हुए साफ-साफ देख रहे थे। वे सातों उल्लास में भरे, प्रसन्नतापूर्वक बातें करते हुए ऊपर आ रहे थे। उनमें से किसी को भी ऐसा नहीं लग रहा था कि अभी थोड़ी देर पूर्व ही उनके आश्रम के कुलपति अपनी शिष्य-मण्डली और अन्य तपस्वियों के साथ राक्षसों से भयभीत हो, यह स्थान छोड़कर चले गए हैं और पीछे छूटे वे लोग जो राक्षसों के जबड़ों के बीच बैठे हैं।

तभी लक्ष्मण ने कुछ कहा और शेष सब लोग उन्मुक्त अट्टहास कर उठे।

भोजन के पश्चात् वे लोग कुटिया के बाहर तनिक खुले स्थान में जा बैठे।

"ये अश्व मुनि कौन हैं," राम ने बात आरंभ की, "जिनके पास कुलपति अपने ऋषिकुल को लेकर गए हैं?"

जय कुछ आगे खिसक आया,-"आर्य, मेरी स्पष्टवादिता को क्षमा करें। अभी थोड़े-से ही समय में मैंने आर्य लक्ष्मण की संगति में सीखा है कि तेजस्वी पुरुष न तो स्पष्ट कहने में संकोच करता है और न स्पष्ट बात का बुरा मानता है।"

"बोलो, जय! संकोच न करो।" राम मुस्कराए।

जय हल्के-से आवेश में बोला, "आर्य! अश्व मुनि भी अन्य अनेक भगोड़े ऋषियों के समान इस क्षेत्र के 'सावधान' ऋषि हैं। उनकी विशेषता यह है कि उन्होंने शिष्य-पालन के साथ-साथ अश्व-पालन को भी बहुत महत्त्व दे रखा है। उनके पास कुछ अच्छे प्रशिक्षित अश्व हैं। उनके कारण अश्व मुनि के शिष्य आश्रम की सीमा के कुछ आगे बढ़कर वन-प्रदेश में होने वाली घटनाओं की देखभाल करते रहते हैं। जब कभी उन्हें कोई राक्षस आश्रम की ओर बढ़ता दिखाई देता है, वे लोग तत्काल उसकी सूचना ऋषि को देते हैं। समस्त आश्रमवासी इधर-उधर छिप जाते हैं और समय तथा अवसर के अनुकूल आश्रम से दूर चले जाते हैं। इस प्रकार वे लोग अपने प्राण बचा लेने का प्रबंध कर लेते हैं।...वैसे भी कुलपति कालकाचार्य ने आप लोगों

से अलग होकर अपने ढंग से राक्षसों को जताया है कि वे आपके मित्र नहीं हैं, अतः आपके कारण वे उन्हें परेशान न करें।..."

"तुम लोग कुलपति के साथ ही क्यों नहीं चले गए, जय?" सीता ने मुस्कराकर पूछा, "क्या तुम्हें अपनी सुरक्षा प्रिय नहीं?"

"देवि! सुरक्षा किसे प्रिय नहीं।" शशांक ने कहा, "किंतु राक्षसों के हाथों इतनी यातना सहकर हम बहुत पीड़ित और अपमानित हैं। परस्पर बहुत सारा विचार-विमर्श कर हम पाँचों इस निष्कर्ष पर पहुँचे हैं कि दूसरों की दया पर निर्भर, अपमानित जीवन जीने से अपने सामर्थ्य के बल पर जिया गया तेजस्वी जीवन कहीं श्रेष्ठ है। हमने पाया है कि न्याय के संघर्ष से दूर भागना, उसे टालना न्याय को टालना है। अतः व्यक्ति को उसकी उपेक्षा करने के स्थान पर उसे उकसाना चाहिए, उसकी ओर बढ़ना चाहिए—तभी वह न्याय के निकट पहुँच उसे पा सकेगा।"

"बंधुओ! मैं तो कब से यही कह रहा हूँ।" लक्ष्मण मुस्कराए, "पर मेरी कोई सुनता ही नहीं।"

"मैं सुन रहा हूँ।" राम ने सस्नेह लक्ष्मण को देखा, "और इसलिए यहाँ बैठा हूँ कि विचार-विमर्श कर आगे का कार्यक्रम तय कर लें।...हम लोग प्रायः इस विषय में एकमत हैं कि राक्षसों के अन्याय, असमानता तथा शोषणपूर्ण चिंतन-दर्शन और जीवन-विधि से हमारा समझौता नहीं हो सकता। उनसे हमारा संघर्ष अनिवार्य है।"

"एकदम!"

"यदि संघर्ष अनिवार्य हो तो उसे और उग्र करना चाहिए, ताकि हम न्याय की ओर तीव्रता से बढ़ सकें।"

"हमारा भी यही विचार है।" आनंद बोला, "हमारा वश चले तो हम आज ही राक्षस-बस्तियों पर आक्रमण कर दें।"

"किंतु सामूहिक और व्यक्तिगत संघर्ष में भेद होता है, आनंद!" सीता बोलीं, "क्या सर्वत्र व्याप्त इस राक्षसी अत्याचार से संघर्ष पर न्याय प्राप्त करने का एकमात्र यही ढंग है कि हम एक-के-बाद-एक राक्षसों की बस्तियों, शिविरों, ग्रामों तथा नगरों पर आक्रमण करते जाएँ।"

"नहीं!" राम बोले, "बहुत उग्र और प्रचण्ड होने का अभी समय नहीं आया है। संघर्ष की ओर हमें सुसंयोजित ढंग से योजनाबद्ध रूप में बढ़ना है। हमें अपनी वाणी और कर्म का रूप ऐसा रखना होगा जिससे राक्षसों के विरुद्ध हमारा संघर्ष दबे नहीं, भड़के। यह व्यक्तिगत संघर्ष नहीं है। न्याय का संघर्ष, एक व्यक्ति का संघर्ष नहीं होता। हमें समस्त पीड़ित और दलित लोगों को अपने साथ लेकर चलना होगा। जितने भी लोग मानव की समता के आधार पर एक ऐसे न्यायपूर्ण मानव-समाज के निर्माण के इच्छुक हैं, जिसमें प्रत्येक व्यक्ति के विकास के लिए पूर्ण स्वतंत्र और सुविधाएँ उपलब्ध हों—ऐसे समस्त लोगों को संगठित करना होगा। जहाँ कहीं थोड़ा-सा

भी तेज है, प्रकाश है, संघर्ष है, प्रतिरोध है–उसे जगाए रखना होगा और अपने साथ लिये चलना होगा...''

''अर्थात्?'' जय ने पूछा।

''अर्थात्,'' राम ने समझाने के ढंग से कहा, ''चाहे हम खोज-खोजकर न मारें किंतु यदि कोई राक्षस किसी को पीड़ित करता है तो हमें पीछे नहीं हटना होगा। हमें अपना मोर्चा सँभालना होगा। युद्ध करना होगा। हमारे इस प्रकार के संघर्षशील प्रयत्नों से अन्य लोगों का तेज भी जाग्रत होगा। और ऐसे जितने भी ऋषि अथवा ऋषिकुल यहाँ हैं, जो इस प्रकार के संघर्ष में विश्वास करते हैं–उन सबसे संपर्क स्थापित कर उन्हें बल देना होगा और स्वयं उनसे शक्ति प्राप्त करनी होगी।...''

''आप ठीक कहते हैं, आर्य!'' मुखर बोला।

''संघर्ष का आरंभ उस व्यक्ति से होना चाहिए, मित्रो। जो अत्याचार का सीधा सामना कर रहा है। जिन लोगों ने उस अत्याचार के विषय में सुना मात्र है, उससे प्रत्यक्ष संपृक्त होने का अवसर नहीं पाया; उनके मन में दाह नहीं है–अतः प्रकाश भी नहीं है। वे लोग ऐसे संघर्ष को मानसिक सहानुभूति दे सकते हैं, उसमें सक्रिय योग नहीं दे सकते।''

''तो भैया। संघर्ष का आरंभ अश्व मुनि के आश्रम में नहीं, जनस्थान में ही हो सकता है।''

''तो जनस्थान की ओर बढ़ो।'' सीता मुस्कराईं।

''देवि! आप...'' शशांक ने आश्चर्य से सीता को देखा।

''ये शक्ति-रूपा नारी हैं, मित्रो!'' राम मुस्कराए, ''तुम लोग अभी सीता को नहीं पहचानते।''

''तो हम सबका जनस्थान जाना निश्चित रहा।'' जय के स्वर में उल्लास था।

''नहीं, जय!'' राम गंभीर स्वर में बोले, ''जनस्थान में न्याय का युद्ध वहीं के निवासी लड़ेंगे। तुम चित्रकूट में ही रहोगे।''

''तो यह सारा वार्तालाप...''

''मेरी बात सुनो।'' राम बोले, ''हमें, अर्थात् मुझे, सीता तथा लक्ष्मण को अंततः दण्डक वन में ही जाना है–ऐसा अयोध्या से चलते समय ही निश्चित था। मुखर का अपना घर दक्षिण की ओर है, अतः वह भी हमारे साथ जाना चाहेगा। हम लोग यहाँ इसलिए रुके हुए थे कि हमें अपनी अनुपस्थिति में घटित अयोध्या के समाचार मिल सकें। भरत की नीति स्पष्ट हो सके और हम आगे की योजना तय कर सकें वह कार्य अब पूर्ण हो चुका है, अतः हमारा चित्रकूट छोड़ दक्षिण की ओर जाना निश्चित है...''

''किंतु आर्य!...'' कुवलय ने कुछ कहना चाहा।

''धैर्य रखो, कुवलय!'' राम मुस्कराए, ''तुम लोगों को मझधार में छोड़कर नहीं जाऊँगा।...हमारा जाना निश्चित अवश्य है; किंतु जाने से पूर्व हमें कुछ प्रबंध करना

है। राक्षसी आतंक इस क्षेत्र में अभी पर्याप्त मात्रा में है। पर इतना नहीं कि मैं यहाँ से हिल न सकूँ। उद्घोष के रूप में यहाँ एक ऐसा व्यक्ति है, जो आजन्म अन्याय के विरुद्ध संघर्ष करेगा। संयोग से उसके पास अच्छे साथी हैं। वे लोग जागरूक संगठित तथा बलिदानी हैं। अन्य अनेक ग्रामों में भी जन-क्रांति की प्रक्रिया आरंभ हो चुकी है। अनेक आश्रमों में भी यह चिंतन जड़ पकड़ चुका है कि अत्याचार को समाप्त कर मानव को सुखी बनाना ब्रह्म को पाने से अधिक महत्त्वपूर्ण है। अतः जाने से पूर्व इन सब लोगों में संयोजन का कार्य करने के लिए मैं अपना आश्रम किसी उपयुक्त उत्तराधिकारी को सौंपना चाहता था। तुम लोगों से उत्तम उत्तराधिकारी और कौन होगा। मेरा विचार है, हम लोग तुम्हारी शस्त्र-परिचालन तथा निर्माण-शिक्षा पूरी होने तक यहाँ रुकें और फिर यह आश्रम तुम्हें सौंपकर आगे बढ़ जाएँ।''

''आर्य! क्या यह दायित्व हमारे कंधों के लिए भारी नहीं पड़ेगा?'' त्रिलोचन घबराया-सा लग रहा था।

''नहीं!'' राम ने उसकी आँखों में देखा, ''तुमने स्वयं अत्याचार सहा है। फिर तुम्हें तपस्वी जीवन का अभ्यास है, जो उद्घोष और उसके साथियों को नहीं है। अतः जागरूक श्रमिक तथा बुद्धिजीवी जनता में भाईचारा बनाए रखने के लिए तुम लोग यहाँ रहोगे और उद्घोष से प्रत्येक क्षेत्र में सहयोग करोगे। किंतु सावधान, मित्रो! बुद्धिजीवी होने के अहंकार में जन-सामान्य से दूर मत हो जाना, अन्यथा तुम शोषकों के हाथ के खिलौने बन, जन-सामान्य के शत्रु हो, क्रांति की प्रक्रिया की सबसे बड़ी बाधा बन जाओगे।''

''आर्य! हमें सहयोग दें।'' कुवलय ने सिर को तनिक झुकाया, ''हम आपकी आशाओं पर खरे उतरने का पूरा प्रयत्न करेंगे।''

''मैं आश्वस्त हूँ, साथियो!'' राम की सम्मोहनमयी मुस्कान उनके अधरों पर आ विराजी, ''कल से तुम्हारा प्रशिक्षण आरंभ होगा।''

❑ ❑ ❑